U0148222

永恒的岁月

康永跃 著

远方出版社

图书在版编目（CIP）数据

永恒的岁月 / 康永跃著 . ―― 呼和浩特 ： 远方出版
社，2020.9

ISBN 978-7-5555-1381-0

Ⅰ . ①永… Ⅱ . ①康… Ⅲ . ①长篇小说 – 中国 – 当代
Ⅳ . ① I247.5

中国版本图书馆 CIP 数据核字（2020）第 151120 号

永恒的岁月
YONGHENG DE SUIYUE

著　　者	康永跃
责任编辑	云高娃　王　福
责任校对	云高娃　王　福
封面设计	李鸣真
版式设计	韩　芳
出版发行	远方出版社
社　　址	呼和浩特市乌兰察布东路 666 号　邮编 010010
电　　话	（0471）2236473 总编室　2236460 发行部
经　　销	新华书店
印　　刷	内蒙古爱信达教育印务有限责任公司
开　　本	170mm×240mm　1/16
字　　数	260 千
印　　张	17
版　　次	2020 年 9 月第 1 版
印　　次	2020 年 9 月第 1 次印刷
标准书号	ISBN 978-7-5555-1381-0
定　　价	48.00 元

01

　　海边的沙滩上突然冒出来许多贝壳，斑斓的色彩在阳光下闪闪烁烁，炫人眼目。爱党穿着小裤衩，赤着脚跑来跑去，兴奋极了，脸颊和肚皮上沾着洁白晶莹的细沙。蔚蓝的大海一望无际，映着天上的朵朵白云，海鸥在翩跹起舞，天边似有帆影若隐若现。海风轻轻吹来，爱党拾的贝壳已经堆成一座小山。

　　爱党感到小肚子有点儿胀，他想撒泡尿，却发现周围不知什么时候聚集了很多人，海面上则有军舰渔船穿梭往来。他跑到一棵椰子树下，亮出小鸡鸡，却发现有一伙人正在那儿吹拉弹唱。他转过身又跑，来到一处礁石的后面，痛痛快快地尿了起来。

　　就在这时，礁石顶上骤然响起一声炸雷，爱党打了个激灵，一下子被惊醒，原来他做了个梦！很快他便意识到了什么，何况已经感觉到身下湿乎乎的，他又尿床了！他的心怦怦地跳着，赶紧翻了个身。从隔壁房间里，传来父亲尚云龙震天撼地的呼噜声。

　　爱党想用自己的身子把尿湿了的被褥焐干，于是就不停地翻身，又怕把睡在旁边的弟弟爱国弄醒，小心翼翼地不敢碰到他。可这是张棕床，睡觉时人

不由自主地往中间出溜，兄弟俩想不往一块凑都不行。而这时爱国也在不停地翻身，揉着眼睛坐了起来，在朦胧的晨光中望着爱党怯声怯气地说："哥，我……我尿床了！"

爱党也坐了起来，伸过手一摸，果然这小哥俩都发了大水。两人躲在蚊帐里面大眼瞪着小眼，都知道屁股上少不了又得挨父亲几巴掌。虽然父亲尚云龙刚从舟山调进甬城的司令部任副参谋长，但他绝不会因为晋升而改变自己管教孩子的方式。情况也果真是这样，身为军人的尚云龙听见动静，很快便来到他们的房间。父亲啪嗒一声开了灯，伸手撩开蚊帐，一眼就发现了床上的状况。他面色一凛，顺手按倒两个儿子，大巴掌噼里啪啦地就在两个屁股蛋儿上抡了起来，嘴里教训着："都多大了你们还尿床……没点儿记性！一个尿腚子不够，还两两地尿上了！"爱党和爱国杀猪般号叫起来。

这时，母亲陈荷花也来到床前，她挺着个大肚子，对尚云龙说："两个孩子，准是这几天搬家跑累了。"

尚云龙很不以为然，说："嗷！搬家也没用他们动手，怎么能累着……就是昨晚上西瓜吃多了，像一辈子没吃过似的。"

陈荷花说："小孩子家家的，吃就吃呗！"

尚云龙说："你就惯着他们吧！"

那时楼房里面配套设施不齐全，既没有自来水，也没有什么下水道，当然也不可能有卫生间，别的地方有没有爱党不知道，反正他们这个部队家属院楼房里没有，晚上就在房间的地上放个便盆。人们早晨起来想方便，都得往坐落在江堤旁偏僻角落的那处唯一的公共厕所跑。厕所盖得不高，是个小三间，起脊的，房顶上铺着小青瓦。但是这天，当人们三三两两朝厕所奔去的时候，首先映入眼帘的是覆在房顶上的被褥，接着便是被褥上如地图般的一大片尿迹，在清晨的阳光照射下显得格外醒目。

大人们莞尔一笑后便不再理会，谁家的孩子没尿过床呢？这没什么大惊小怪的。但是小孩子们不肯放过这道"西洋景"，尽管他们自己也不止一次地在床上发过大水。没人能说清他们是怎么知道的，爱党和爱国很快就成了大院里孩子们嘲笑羞辱的对象。他们聚在厕所前兴奋地跑来跑去，还跟在爱党和爱国的屁股后头，伸出一根手指头在腮帮子上搔着，齐声高喊："尿脬子！尿脬子！"

爱国猫腰拾起一块瓦片，朝他们狠狠地撇了过去，那些孩子退后几步，但很快又跟了上来。爱党脸上发烧，手按着还在隐隐作痛的屁股，恨不得地上有道缝隙一头钻进去躲起来！

母亲陈荷花去小菜市场买菜回来，挺着大肚子趾高气扬地进了院，见状皱起了眉头，说："你们都是谁家的孩子啊？你们没尿过床吗？"谁知道他们噌一下子都跑开了，远远地又冲着她喊了起来，还模仿着她走路的那种样子："大肚皮！大肚皮！"

陈荷花哭笑不得，骤然提高了分贝，说："你们这些孩子，咋这么没礼貌啊！"又扭头冲爱党和爱国嚷："不在家好好看着弟弟！我早晨出门的时候怎么跟你们俩说的？弟弟要是从床上骨碌下来，看我不告诉你们爸打死你们！"这时，有好多人头从窗口探出来，注视着这娘儿仨的背影。

他们把家从海岛搬到这个坐落在余姚江边的家属院，满打满算才第三天，跟这里的人还都不熟悉呢，自然也不知道那些孩子是谁家的。在海岛上生活了好几个年头，那种单调寂寞陈荷花早就受够了。当然最高兴的还是孩子，老三爱军才两岁多一点儿，没有什么感觉，爱党和爱国都大点儿了，特别是爱党已经上小学，所以看见什么都觉得新鲜，这几天始终处于一种抑制不住的亢奋之中，睁开眼睛就想着往外跑。他们以前在海岛上哪儿见过这么多的人、这么多的楼房和景致啊，感到哪儿都是那么热闹好玩儿。尽管他们在父亲尚云龙跟前如同耗子见了猫蔫蔫的，大气都不敢出，但小孩子的天性是谁也没办法控制的，在不经意间就会流露出来。

离开海岛前，尚云龙让爱党和爱国站在他面前，很严肃地告诫他们："到了一个新的地方，不许像啥都没见过似的；不许惹是生非跟人打架；不许见了人没个礼貌；还有，不许再尿床了……总之，就是要听话懂事。"他一连气地说了好多的"不许"，直让小哥俩对即将要去的地方充满恐惧和不安。但孩子毕竟是孩子，到了一个新的环境，吸引眼球的东西实在太多了，没过多久

就把那些"清规戒律"丢到脑门子后。这不嘛，他们不但一块在床上发了大水，还去楼下玩耍，以至于把睡觉的弟弟也给忘了。

陈荷花挺着个大肚子，那两步走得颇像池塘边"曲项向天歌"的一只大鹅，她把装着莴笋、芋头、黄花鱼的菜篮子倒了下手，一回头发现爱党和爱国没跟在自己身后，而是站在一株香樟树前伸着脖子看什么稀罕。陈荷花喊了他们一声，爱党和爱国才有些不情愿地跟了上来，边走边往回看。

原来靠着树干席地坐着一个穿开裆裤的小男孩，正旁若无人地玩弄着自己的小鸡鸡，他一手翻开包皮，一手捏起地上的草棍儿或者小石子儿，不停地往尿道口里面塞，满脸涨得通红，呼吸急促。其实陈荷花刚来的第一天就已经发现了，对这个小男孩乖戾的行为怎么也想不明白，她对尚云龙说："那个小男孩也不知道是谁家的，准保有什么病，大人也不领着去医院看看……"尚云龙很不以为然，说："哼！我看就是欠揍……一个小孩子家家的玩儿啥不好，竟然玩儿这个，将来不知道会出息个啥东西呢！"陈荷花戳了他一下，"看你说的啥呀，难听死了。"

此时陈荷花招呼着爱党和爱国，说："快点儿，那有啥好看的！"

这时，一个小脚女人出现了，她大声地呵斥着香樟树下那个小男孩："俺怎么告诉你的，咋就又忘了哩？没个记性！"她说的普通话带山东口音，舌头在嘴里面似乎有点儿纠缠不清。原来那孩子是她儿子。

小脚女人的个头不太高，穿一身灰了吧唧的裤褂，扎着裤脚，走起路来扭搭扭搭的，脑后的鬃鬏上还与众不同地别着把木梳，让人觉得她生怕一不小心会把它弄丢了，以至于顶在头上才放心似的。还有她嘴里那颗硕大的金牙，每当说话或者冲着人笑的时候就会露出来，闪闪发光。但最让人过目不忘的是她的那双小脚，穿着比婴儿大不了多少的鞋子，带棱带角的，像个肉粽，上面用丝线绣着花和凤鸟。她手里端了个大海碗，一转眼发现了陈荷花，立马站住，声调变得柔和绵软，"那谁……他婶儿啊！"她是在招呼陈荷花。

陈荷花停下脚步，茫然四顾，而后不解地望着她，"你是……"

小脚女人一跛一跛地到了跟前，一脸的笑容，金牙在阳光的映照下格外灿烂，"俺们孩儿他爸姓韩，在司令部当参谋哩。听说尚副参谋长家搬来了，老韩特意让俺去买了只老母鸡，足足炖了一晚上，正要给你们送过去哩！你和孩子们尝尝。"语气里带着巴结，一边把那个海碗递到陈荷花面前。

陈荷花很不好意思，说："这……这怎么行呢？再说老尚也不让，你们快自己留着吃吧！"

小脚女人说："都是革命队伍同志，有什么不行的！"又上上下下地端详着陈荷花，嘴里发出啧啧声，"长得真俊……白白净净的，脸上一点儿皱纹都没有。唔，肚子这么大了，几个月了？快生了吧？一准是个小子！"

陈荷花眉头皱了一下，说："已经有仨秃小子了，老尚我们俩就盼着生个闺女哩。"

小脚女人似乎愣了一下，但瞬间就笑了，嘴里的金牙闪闪烁烁，她说："看俺这眼神，可不！细端详的话，你肚里怀的保准是个丫头，脸上一点儿黑云彩都没有，肚子是圆的，没有尖儿。"

陈荷花不禁多看了她两眼，这个女人一会儿这么说一会儿又那么说，连脸都不红，而自己是无论如何都做不到的。陈荷花说了句："有空来家串门啊！"正想转身离去，那个小脚女人突然噭地号叫了一声，接着便有鸡肉的香味儿弥漫开来。陈荷花回头看去，原来是小脚女人那个在树下玩弄自己小鸡鸡的儿子不知什么时候凑到跟前，把她手里端着的碗弄到了地上，捡起一个鸡腿就啃，也不管沾没沾上土。小脚女人眼珠子瞪得像两只玻璃球，龇牙咧嘴，挓挲着两只手围着那摊鸡肉打转，金牙在光天化日下显得异常醒目！

02

这座部队家属院所处位置挺有意思，它的南面是个造船厂，北面则与一

5

家毛纺厂毗邻，东面的大门紧靠着一条马路，西面是江堤，堤坝外就是水势浩渺的余姚江。它不像别的部队家属院，在部队机关大院里面或者附近，而是远远地孤悬甬城一隅。据说中华人民共和国成立前，这里是国民党部队的一个什么单位。院子挺大的，但只有一座用砖砌成的楼房和两排平房，显得空阔敞亮。楼房有四层，墙壁上攀附着葱绿的爬山虎。院子四周生长着枝叶繁茂的香樟树，有小鸟整天在浓荫里叽叽喳喳嬉闹。不知道后勤管理部门是有意还是无意，反正住在楼房里面的军官的职衔都相对较高，而住在平房里面的军官的职衔则要低一些。

尚云龙是司令部的副参谋长，海军大校军衔，自然住在楼里面，而且是在二层，除了一间用作书房兼会客室外，另有两间卧室和一个厨房。那时还没有煤气，炒菜做饭都是生炉子烧煤球。每到做饭的时候，整座楼烟气缭绕，勺子铲子响成一片，饭菜的香味儿彼此交织纠结。

陈荷花上了楼，刚走近家门，就听见屋里面有哭声，忙掏钥匙，却又一时忘记放在哪个兜里，便扔了菜篮子，用两只手在身上乱摸，嘴里喊着："三儿别哭，妈来了啊……这该死的钥匙！"爱党见状，站在旁边提醒说："妈妈，钥匙不就在你手腕子上呢嘛！"爱国嘻嘻一笑，说："妈妈骑着驴找驴。"陈荷花狠狠地瞪了他们一眼，说："都是让你们气的！"一边把用松紧带套在手腕上的钥匙插进锁眼里。

快走几步进了屋，只见老三爱军正坐在床上抽抽噎噎地哭，两手把鼻涕眼泪抹得满脸都是，见了陈荷花，立刻小嘴一咧又号了起来，给自己送冤。

陈荷花说："别哭了，妈这不是回来了吗？三儿最听话了，妈中午给你做黄花鱼吃。"一边让他往尿盆里撒尿，一边扯过条毛巾给他擦脸。

趁着陈荷花喂爱军吃饭的工夫，爱党端起尿盆出了门，爱国则摸出只用线拴着的金虫逗引爱军。陈荷花没吭声，知道老大、老二是在用实际行动将功补过呢。

爱党端着尿盆下了楼往厕所方向走，忽然发现江边的堤坝上聚集了好多人，一个个都伸着脖子在看什么，还不时地用手指点着，半张的嘴里发出阵阵哄嚷声。好奇心促使爱党倒完尿，又在自来水池子旁把尿盆涮了，一溜小跑上了堤坝。

原来在堤坝朝向江面斜坡的草丛里，藏着条大蛇，一个身材魁梧的叔叔举着把镐头正在小心地寻觅。草丛中不时响起蛤蟆的叫声。忽然，围观的人惊呼了起来，就见一条如大人胳膊粗细的蛇直立起身子，甩掉嘴里衔着的一只蛤蟆，朝那个手里举着镐头的叔叔发起了攻击。那个叔叔稍稍躲闪了一下，抡起镐头就砸了过去，一下两下……复又猫下腰，伸手在草丛里拨拉了几下，揪着一条大蛇的尾巴把它拽了出来，站在堤坝上的大人孩子顿时欢呼起来。

被打死的蛇足足有一根扁担那么长，它的脖颈处已经血肉模糊，几乎断开。人们围在四周，不时地发出惊叹声。

爱党崇拜地望着那个打死这条大蛇的叔叔，注意到他的眼眉很浓，这会儿正一手拄着镐把，一手叉着腰，微笑着跟大伙儿说："这下孩子们在江边玩儿没问题了。"而后扛起镐头，下了堤坝走了。

一个身体瘦削的大男孩望着他的背影，神秘地说："你们知道吗？我听我爸爸说，他是刚从越南回来休假的，援越抗美，过些时候还去呢。"

孩子们的脸上立刻露出了崇拜的神色，说："怪不得呢，他能帮助越南人民打美国鬼子，一条蛇算得了什么！""哪天咱们一定要让他讲讲打仗的故事！"

爱党打心底里升起一股敬仰之情。他想，在越南的丛林里，美国鬼子见了这个浓眉大眼的叔叔，肯定会吓得浑身打哆嗦，掏出事先准备好的投降书，乖乖地举起白旗投降的。

爱党在脑海里想象着战斗的场面，一进家门就对陈荷花说："妈妈！刚才有个叔叔在江边打死了那么长的一条蛇。那个叔叔刚从越南回来！"

陈荷花瞪了他一眼，"我说呢，倒个尿盆也用不了这么长时间啊，感情你又去看热闹了，真没记性！"

爱党不敢吭声了，上前背起老三在地上转悠着。爱国好奇地问："哥，那蛇有多长啊？是不是还在江边扔着呢？"

陈荷花说："我告诉你们，江边草里头净是毒蛇马蜂什么的，谁也不准去那玩儿！好好在家看弟弟！"

爱国做了个鬼脸儿，嘟哝说："还不让出去玩儿了。"

陈荷花面色一凛，说："你个小短命鬼，会犟嘴了是不？想气我啊，看我不告诉你爸，剥你的皮！"

爱党说："妈，我们哄着弟弟一块去玩儿。"

陈荷花骤然提高了分贝，"那更不行！要是一眼没照看好，孩子从堤坝上骨碌下去怎么办？若是赶在涨潮的时候就更毁了。"

爱党背着弟弟来到卧室的窗前，隔着院子里小路旁的一排自来水池子和几株香樟树，不远处就是江堤，堤坝的下半部分砌着整齐的石块，上半部分则是用土夯起来的，斜坡上长满了杂草，其间有几朵小花在微风中摇曳。堤坝很宽，顶部是平的，人可以在上面行走玩耍。堤外就是余姚江，正是退潮的时候，可以看见整整一条江的水都在缓缓地、很有气势地向东流逝，有一艘摆渡的乌篷船在江心处漂移，船桨在阳光下划出了一串银亮的水花，几只江鸥在空中追逐翱翔。在江的对岸，可见堤坝后面高矮参差的建筑物，其中有一所是医院。爱党听陈荷花指着那个方向说过不止一次，自己和老二爱国、老三爱军都是在那里出生的。爱党心里不解，曾问过陈荷花："妈妈，你为什么不在海岛上生啊？"陈荷花不耐烦地说："岛上又没医院，上哪儿生去！"

江堤上此时已经空无一人，那条被打死的蛇也没了踪影。爱党想，准是被爱吃蛇肉的人捡回去了。

爱国不知什么时候跑了过来，问爱党："哥，你有没有用手指过那条蛇？"

爱党不解地望着他说："干啥呀？"

爱国说："我听人家说，小孩不能用手指蛇，要不会烂掉手指头的。要是用手指了，得放在嘴里咬三下，再吐三口唾沫，拿脚踩了就没事。"

爱党说："别听人胡说！"

爱国说："真的！还有，那条蛇也不知道弄到哪儿去了，要是让马蛇子

（蜥蜴）发现了，就能把它给救活，咱们就不能去江边玩儿了。"

陈荷花趴在门口说："什么乱七八糟的，你这都是听谁说的？"

爱国说："我在海岛上听一个阿婆说的。"

晚上，尚云龙下班回来。吃饭的时候，陈荷花告诉他："今儿在江边打死了一条大蛇，有挑水的扁担那么长。"

尚云龙用筷子点着几个儿子，说："你们在家要好好听妈妈的话，不许出去乱跑，要是不小心被蛇咬了可就没命了，记住了吗？"

爱党看着爸爸的脸，说："听说那个叔叔是从越南回来的，真了不起！"

尚云龙扒了一大口饭，咽下去，说："小孩子家家的，瞎说什么？你们几个给我听好了，以后谁也不许再说这个事！"

皎洁的月光从窗口洒进屋里，爱党听着隔壁房间父亲发出的呼噜声，怎么也想不明白，那个叔叔在越南打美国鬼子有什么不能说的，难道这也算大人们常说的军事秘密？

03

江水悠悠，爱党跟几个孩子赤脚在岸边的滩涂上捉螃蟹，周围随处可见密密麻麻的洞穴，有的螃蟹在洞口悠闲地吐着泡沫，有的大摇大摆地在散步，还有的横着身子急匆匆地一路小跑，转瞬间就不见了。时不时，螃蟹们像是得到了什么警讯，一阵忙乱，迅速地钻进就近的洞穴里，只剩下空荡荡的一片滩涂。

爱党手里拿着用尼龙丝做的网罩，看准了一个螃蟹后，便悄悄地接近，伺机冲过去扣住螃蟹，同时用脚丫迅速地把地上的洞穴抹没了，以断螃蟹的退

路和藏匿之所。倘若一击不中，他就觅着螃蟹的踪迹随手捡起一块瓷片什么的进行挖掘，逮着了自然是欢呼雀跃，更多的时候是白忙活一场。

不知不觉间涨潮了，江水漫过了脚面，漂浮的柴草在岸边逐渐堆积，一艘拖轮拉着长长的一排吃水很深的货船逆流而上，激起的涌浪拍打着小腿。

孩子们全都退到了江堤上。宝有，就是那个身材瘦削的大男孩说："咱们去玩儿藏猫猫吧！我领你们去一个地方。"爱党已经知道他八岁了，正好比自己大一岁，他爸爸姓张，是卫生所的所长，少校军衔。

爱党曾问过他："你都已经八岁了，怎么不去上学啊？"

宝有不屑地望了他一眼，说："上学有什么意思，天天让四只眼儿管着，哪有在家玩儿好啊！"他认为老师都戴眼镜，因而管老师叫四只眼儿。

"上学可以认识字。"

"识几个破字有什么用？我爸罚我打立正，完了我还是不去！我把他给我买的书包还有铅笔什么的都藏起来，他和我妈两个人到了都没找着。嘻嘻，其实书包就在放旧衣裳的箱子底下呢！你说他们笨不？"

"那你爸不打你吗？"

"他敢打我，我就敢不回家，我妈就得罚他站。"

爱党想不明白，上学读书是一件多么好的事情，坐在明亮的教室里，跟着老师认字识数，慢慢地也能看大人看的书，多令人神往啊！这个宝有怎么如此厌恶上学呢？多年后，爱党想起自己儿时的玩伴，仍然感到不可思议。那时他已经有了自己的家，在北方的一座城市里为工作、生活奔波着，辗转得到的消息让他唏嘘不已，宝有因走私毒品，早就死在一场枪战里。

那一天，几个孩子扔掉捉来的小螃蟹，兴奋不已地跟着宝有来到楼房侧面的僻静处，打开一扇小门走了进去。宝有掀开楼梯后面地上的一块挡板，一个黑黢黢的洞口出现在了大家面前。

爱党跟另外几个孩子一样，感到既紧张又神秘，心扑通扑通地跳，不约而同地想到了以前看过的那些抓特务的电影，里面不会藏着特务吧？

攀着钢筋抓手下到底，一股霉味儿直冲鼻子，眼睛好半天才适应黑暗，就着不知从什么地方透进来的微弱的光线，爱党发现这里面简直就是个迷宫，曲里拐弯的通道，两侧有许多拱形的门洞，掩藏着恐怖和诱惑。啪嗒一声，宝有不知在哪儿摁了下开关，头顶上竟然有一只落满了灰尘的灯泡亮起来，看到远远近近的犄角旮旯。

这里面竟然还安了电灯，爱党感到难以置信。可能是长时间没有人进来的缘故吧，目光所及处是蜘蛛网和灰，地面上也覆着一层厚厚的灰尘，一脚踩下去便会腾起团尘雾，留下个深深的鞋印。

宝有开始发话了，声音听起来瓮声瓮气的，他说："咱们还是玩儿抓特务吧！我来当特务，你们都算一伙的。要是我被你们抓住了，我给你们每个人买一块糖，要是抓不住，你们每人得送给我一样好吃的，行不行？"

几个孩子纷纷表态："谁赖谁是小狗！""谁赖以后大伙儿都不跟他玩儿！""谁赖谁就是蒋介石反动派！"他们把小手指头勾在一起，嘴里喊道："拉钩上吊，一百年不许赖！"

随后，宝有宣布："我先藏起来，你们数到两百个数的时候就开始找我。"说完转身朝着黑暗处遁去，很快就没了踪影。

几个孩子互相看了一眼，按照约定开始数数，然后开始行动。爱党起先心里很怕，仿佛到处都会有怪物扑出来，因而头皮一阵阵发麻，冷汗顺着脊梁骨往下流，腿也有些打战。但是他很快就稳住了心神，想起母亲陈荷花说过："害怕这个害怕那个，其实都是自己在吓唬自己，什么东西都怕人！"特别是想到不能让别的孩子说自己胆小，被他们笑话，便嗷地喊了一嗓子给自己壮胆，奔着旮旮旯旯寻找起宝有来。

谁知爱党这一喊，别的孩子也都跟着喊了起来，声音此起彼伏，爱党心里一下子坦然了。他转来转去地寻找宝有，不时被蜘蛛网缠住手和脸，灰尘呛得他不住地咳嗽，眼睛也睁不开。但是宝有就像是蒸发了似的，毫无踪影。

不知过了多长时间，爱党突然觉得四周静得可怕。他不知道自己此时处在一个什么位置，只感到这地方变得非常狭窄，如果是大人，恐怕很难转开身子。他一下子紧张了起来，心咚咚地跳，几乎要从嗓子眼儿蹦出来。他用两只

11

手摸索着前行，慢慢挪动自己的双脚，已经辨不出方向，惊慌中有种想要哭的感觉。

就在这时，他的额头碰了一下，很疼，于是扶着墙的手本能地往回一缩，想去揉揉，却不小心触到一根裸露的电线，先是一麻，接着就感到一股吸力，瞬间整个人扑倒在地上……

过了好一会儿，爱党才缓过劲儿来。他试着活动了一下身子，慢慢地抽回还有些酸麻的手臂，坐了起来，情不自禁地裂开嘴巴哭了，泪水顺着脸颊扑簌簌地往下流。他感到了恐怖，自己会不会死在这里啊？一时间，他非常强烈地想要见到爸爸、妈妈还有弟弟们。

他想站起来，手往地上一按，似乎摸到一个包袱，便抓住拎了下，有些沉甸甸的。这时，爱党忽然听到有好几个人在喊他，并有手电的光柱晃来晃去。爱党一骨碌爬了起来，喊道："我在这儿呢！"

爱党不知道，当他在地下室里因迷失了方向而惊恐不安咧着大嘴哭的时候，外面也乱成一锅粥。谁都没想到，宝有说让大伙儿抓他，其实他并没有藏多远。趁着小伙伴们分头散开去搜寻他，他四外看看没人，便蹑手蹑脚地来到出口处迅速爬了上去。难怪谁也找不到他！

宝有若无其事地回到家里。他吃完晚饭后，优哉游哉地去院里玩儿，看见陈荷花正挺着大肚子在喊爱党回家吃饭，他没事人似的上了江堤，捡起碎石瓦片朝江里扔。其时晚霞给江面涂满了银箔，还夹杂着几道彩练。

后来陈荷花敲开了几家邻居的门，大家才意识到事态的严重性。原来，除了被称为"混世魔王"的宝有外，其他几个孩子因害怕，没敢太往地下室深处去，也都争先恐后地爬了出来，只有爱党一个人稀里糊涂地待在地下室，而小伙伴们不知道，还以为爱党早就回家了呢！

陈荷花吓得腿立刻就软了，险些没坐到地上。尚云龙下部队检查战备执勤没在家，几个已经下班回来正在吃饭的军官听说副参谋长的孩子丢了，扔下筷子就找手电，急匆匆地奔地下室而去。

再说爱党被人找到后，出了地下室，手里还本能地拎着那个小包袱，当时陈荷花是又生气又心疼。爱党整个人像个肮脏不堪的猴子，浑身上下都是灰和蜘蛛网，甚至连嘴和鼻孔里都是土，眼神里充满了惊惧之色。

陈荷花上去一把夺过爱党手里抓着的包袱，扔在地上，就听见周围的人都不约而同地"咦"了一声，目光齐刷刷投向那个包袱。

在已经暗下来的天光里，从摔破的包袱皮的裂口处，露出一个捆扎着的油纸包。有人上前，小心翼翼地把它打开，结果让所有在场的人大吃一惊。展现在人们眼前的，竟然是一把小手枪，此外还有一张折叠着的画满了奇怪符号的图和一个小本本。那只漂亮的小手枪看上去似乎还挺新，闪着蓝幽幽的光。

这件事情非同小可。家属院里很快就开来一卡车持枪的战士，另外两辆是吉普车，从车上下来的人，有的穿军装，有的不穿军装，还夹杂着公安局的人。

院里到处都布满了岗哨，气氛显得十分诡异和紧张。爱党洗了个澡，刚刚吃完饭，就有几个叔叔敲门进来，他们很客气地跟陈荷花打过招呼后，便开始向爱党仔细询问发现那个包袱的经过，不放过一点儿细节。

最后他们走的时候，一再嘱咐爱党往后谁问也不要再说这件事。爱党点了点头，说："我知道，这是军事秘密。"

那几个叔叔互相看了看，相视一笑，说："对，军事秘密！"

多年后，爱党才从父亲尚云龙那里知道，当时人们从地下室里又搜出一部生满锈已经不能使用的电台。那个小本本上写着发报用的密码。而那张图则是一张国民党特务潜伏地点的秘密联络图，公安局顺藤摸瓜，抓获了几名隐藏很深的国民党特务。至于藏那些东西的国民党特务是个什么样的人，是死是活，抓没抓住，尚云龙没跟他说。由此爱党才彻底弄明白了，为什么当时父亲尚云龙回家后没扒下他的裤子揍他，甚至那天晚上他又尿了床——尽管刚一尿就醒了，毕竟还是尿了——却没有挨揍。不但屁股免去了一场灾祸，到了晚上，他还津津有味地啃了一顿父亲特意让母亲陈荷花买回来炖得稀烂的猪蹄子，大饱了口福。饭后，尚云龙又给他们几个一人发了一大把从老家邮来的大枣和榛子。陈荷花再一次提起："爱党还给电了一下，幸亏没事……"尚云龙

还摸了摸他的小脑瓜。

04

　　宝有在院子里跟那个韩参谋家的小脚女人吵了起来。

　　原来，一帮小孩在树荫下玩儿弹玻璃球，宝有一眼瞥见大顺——小脚女人家的那个孩子叫大顺——靠着墙根在摆弄自己的小鸡，还捉起地上的蚂蚁往尿道口里面塞，便恶作剧地把手里的一个玻璃弹珠递给他，说："你要是能把这个弹子塞进去，我赶明儿送你一个大前门的香烟盒！"那时候有好多孩子以搜集各种各样的香烟盒为乐趣，经常互相比谁拥有的多且漂亮。

　　这些孩子除了宝有大点儿外，都是六七岁，正是最贪玩儿和对什么都好奇的年龄。大顺行为怪诞，这些孩子想不好奇都不行，于是就围着看热闹。

　　大顺低头拽着自己裆里的那个物件，拿着玻璃弹子使劲儿往尿道口里塞，当然是不可能塞进去的。孩子们大眼瞪小眼，有的替大顺着急，有的捂着嘴嘻嘻地笑。爱国当时也在场，见大顺的小鸡尿道口那儿都已经红肿溃破了，问他："你那儿疼吗？"

　　大顺说："痒痒。"

　　现在回想起来，大顺让人不可思议的行为其实就是手淫，并且已经到了病态的程度。但在当时，人们缺乏卫生知识，似乎谁都不明就里，只一味地斥责他"没脸没皮""不学好"。结果由于尿道感染，大顺不得不经常被他爸韩参谋背着去打针消炎，以至于两个屁股蛋子上一边有一个硬核。但是令家里人沮丧的是，他只要刚好点儿，就会故态萌发。爱党曾不止一次看见小脚女人望着她的儿子偷偷地抹眼泪。

　　那天，一伙小孩都把注意力集中在大顺身上，谁也没发现小脚女人什么时候已经来到身后。骤然响起的咆哮声，犹如一声惊雷，让所有孩子惊骇，待看清楚小脚女人那张扭曲恐怖的脸，都拔腿而逃。但宝有没能逃脱，一只胳膊被韩参谋家的小脚女人死死地抓住，怎么也挣脱不掉。

小脚女人一蹦多高，以至于头上的梳子都掉到了地上，那神情像是要把宝有一口吞了，嘴里的金牙整个都露出来，她用嘶哑的嗓子吼道："你想把俺家的孩子害死吗？走！找你们家大人去，还没王法了呢！"

宝有吓得哇哇大哭了起来。

这时，在平房的门口和楼房的窗口有很多人朝这里看，有的大声地招呼自己孩子回家。一个人高马大，梳着根又粗又长辫子的女人冲到楼下，疯了般奔过来，两只沾满白面的手在空中挥舞着，汗衫后面仿佛有两只团团转的虎崽子要窜出来，嘴里像是放机关枪，"嗬！小养汉老婆你个，敢欺负我儿子，也不撒泡尿照照自个儿啥模样。老娘今天跟你拼了！"这个女人是卫生所张所长的老婆，宝有的妈。

韩参谋的老婆显然不是张所长老婆的对手，只一个回合，宝有便被她夺了过去。张所长的老婆把宝有搂在怀里，呼呼地喘着粗气，对小脚女人说："你敢碰我儿子一指头试试！"宝有则狗仗人势，对着小脚女人不绝口地辱骂："小养汉老婆！压寨夫人！"

小脚女人被拽得趔趄了一下，跌倒在地上。可她也不是个善茬，就势打着滚挨刀般喊叫起来，被汗水湿透了的小褂上沾满土，"都来看啊，东北母老虎杀人了！俺不活了！"由于张所长的老婆生就一副凶神恶煞的模样，再加上泼妇般的性格，大人孩子背后都偷偷叫她东北母老虎。

陈荷花站在自家楼上的窗户前，看着院子里的一幕。她发现爱国和几个小孩躲在水池子边上探头探脑的，便以不容置疑的口吻喊道："爱国，你给我马上回来，快点儿！"

爱国抬起头望了一眼，快快地朝楼房走去。

爱军在屋里跑来跑去玩皮球。爱党在自己的房间里看书和写字。暑假就要结束了，陈荷花让他把上学期学过的语文和算术再看一遍，并规定每天还要

工工整整地写两页纸的字，实际上是控制着不想让他出去。前些日子发生的事把她给吓坏了，特别是听爱党说在地下室里还被电了一下，更是后怕不已。

楼下传来的吵嚷声，终于把在书中徜徉的爱党也吸引到窗户前。陈荷花望了他一眼，叮嘱说："那个宝有是个祸害，你以后离他远点儿！"

爱党说："知道了。宝有他妈妈真凶。"

陈荷花叹了口气，说："韩参谋这家人也真是，不带着孩子去上海、杭州的大医院检查检查，将来把孩子耽误了，哪个多哪个少啊！"

爱党说："大顺那样，多丢人啊！"

陈荷花转身离开窗前，边走边说："看以后怎么说媳妇儿。"

爱党还不能理解陈荷花话里的意思，他又朝楼下望去，见吵架的双方已经撕扯到一块，宝有在不停地用脚踢吓呆了的大顺，小脚女人则披头散发一副豁命的架势，把张所长老婆的汗衫撕成碎片，张所长老婆露着两只硕大的奶子，踩着小脚女人的头发，有人开始上前拉架。

爱党的心咚咚直跳，不敢再看，目光转向正在涨潮的余姚江。宽阔的江面上，有拖船在逆流而上，发出吃力的突突声，江鸥在空中飞上飞下追逐着。爱党忽然发现，这江鸥跟海鸥是不一样的，海鸥颜色是白的，看上去个头似乎要大一些，飞翔时敏捷而有力，而江鸥的颜色似乎淡了点儿，偏灰，个头也好像小了些，飞翔时懒散而悠闲。爱党想起了母亲陈荷花曾说过的话，一方水土养一方人，那么鸥鸟也是这样的吧！

楼下风平浪静，空气里只有从纺织厂传过来织布机的有节奏的轰鸣声以及造船厂不时响起的咣当咣当的敲击声，几只麻雀在香樟树浓荫里叽叽喳喳嬉戏。

半夜，爱党似乎听见屋里有人进进出出，但不大一会儿便归于静谧。他翻了个身，很快又沉入梦乡。

早晨，爱党是被一泡尿给憋醒的。他睁开眼睛，阳光已经从窗户射到蚊帐上。往常母亲陈荷花早就来喊他们起床了，但今天没有。爱国的身子横了过来，一条腿搭在他肚皮上，睡得正香。

家里静悄悄的，爱党忽然觉得有点儿不对劲，他挪开爱国的腿，钻出蚊帐，在尿盆里撒完尿后，在屋子里转了一圈。母亲陈荷花没在家，他们房间的那张大床上，只有爱军还趴在那儿光着腚睡，炉子没有生，门也从外面上了锁。爱党寻思，母亲陈荷花准是上小菜市场买菜去了，怕他们起床以后出去乱跑，才把门给锁上了。

但是等到太阳都很高了，暑热从窗户灌进来，母亲陈荷花还没回来。这时，爱国和爱军也都起来了。小哥仨站在窗前，眼巴巴地望着外面。爱国说："哥，我饿了……"爱军说："哥，我要妈妈……"小嘴一撇就要哭。

爱党从水缸往脸盆里舀了点儿水，让他们都洗了脸，而后找出一个馒头掰开，递给爱国和爱军，说："先垫点儿，等一会儿妈妈就回来了。"

听到门响的时候，哥儿个都扑了过去，但是站在门口的不是陈荷花，而是一个满脸笑容的解放军。爱党认识他，他是爸爸的警卫员小栗叔叔。

小栗叔叔问："都饿坏了吧？"一边拎着个网兜进了屋，又说："你们有妹妹了！"

原来昨天晚上，母亲陈荷花突然肚子疼了起来。真是赶得巧，恰好父亲尚云龙从镇海出差回来，于是马上就用车拉着她去了医院。凌晨的时候，妹妹爱华一声响亮的啼哭，宣告了自己光临人间。

小栗叔叔把带来的东西打开放到桌上，说："快吃吧，一会儿副参谋长他们就回来了。"又拎起暖壶给每人倒了碗开水。

小哥仨见面前全是好吃的，有饼干，有蛋糕，还有咸鸭蛋什么的，那只符离集烧鸡尤其诱人，不禁垂涎欲滴，立刻动手吃了起来。小栗叔叔帮他们把包装的袋子都打开，烧鸡也用刀切了，嘱咐他们慢慢吃，便起身走了。

直到傍晌午的时候，父亲和母亲才从医院回来。先是小栗叔叔抱着被小毯子裹着的妹妹进了屋，接着是父亲抱着用花被裹着的母亲进了屋，后面尾随着一群兴奋不已的孩子，嘴里喊着："新娘子，新娘子！"

父亲把母亲放到床上，抹了把额头上的汗水，转身打开箱子，捧出一把大红枣来，走到门口，对围在那儿不走的孩子说："来，吃大枣！"

一伙孩子嘴里吃着，手里拿着，欢呼雀跃而去。

爱党和两个弟弟围在床前，用稀奇的目光看着他们的妹妹，她小脑瓜比父亲尚云龙的拳头也大不到哪儿去，肿眼泡，脑门上还有皱纹，看着倒像个小老头，不时咧开小嘴哭几声，哭的时候连眼都不睁。

爱党不禁想，自己刚生下来的时候，一定也是这个样子吧！爱国转身离开床前，满脸失望，说："嗨，怎么才那么大点儿啊！"爱军则显得很兴奋，一蹦一跳地问陈荷花："妈妈妈妈，她会跟我一块玩皮球吗？"

父亲伏下身子看了一眼襁褓中的女儿，嘴角带着抑制不住的笑意，叮嘱爱党："你妈坐月子下不了地，你得学着做饭哄孩子了，还有洗尿布，你妈不能沾凉水，又做了结扎手术……没事就不要老出去玩儿了！"

爱党"嗯"了一声，说："我知道。"心里却在嘀咕，什么叫结扎手术？

父亲又转过身来，训导几个儿子："你们已经不小了，我像你们这么大的时候，都牵着驴下地干活儿了，拔苗，割地……背着粪筐子出去捡粪。"

陈荷花手捂着肚子，有气无力地插了句："行了，你那是啥时候啊！"

05

学校开学了。这所坐落在余姚江边的小学，前身是历史上有名的女塾。十九世纪中叶，英国一个叫奥特绥的基督教传教士来此设教传道，首创了这所中国第一所女子学校，后几经演变，最终成为一所小学。这里以办学严谨，质量较高而著称。爱党第一学期是在岱山上的，比较起来，他对这里感受最深的有两点，一是人多且上课的教室均为楼房，二是老师们表情严肃，戴眼镜的多。

在岱山上学的时候，那个扎着两个小辫的班主任老师就像是邻家的一个姐姐般可亲，而现在这个班主任则不然，她有一个奇怪而又特别能激发孩子们想象力的姓：隗！她的脸盘很大，看上去也挺白净的，但好像不会笑。她看学生的时候不知为什么总要皱一下眉头，弄得学生们都很怕她。只要她一出现，原本欢声笑语的教室立刻变得鸦雀无声，孩子们低着头，一个个连大气都不敢出，赶快轻手轻脚地回到自己的座位。

隗老师讲课很卖力气，还经常压堂。好多时候，下一节课的老师都已经来到教室门口，她还没下课呢。而这也苦了那些想上厕所的孩子，憋得一个劲儿地在凳子上扭动身子。

一次，有个孩子闹肚子，最后实在憋不住了，竟拉在了裤子里，酸臭味儿随着这个孩子的啜泣声，弥漫了整个教室。但隗老师稳稳地站在讲台上，面无表情地说："我们哪位同学以实际行动学雷锋，帮他把屁股擦干净？"

结果真有几个学生撕掉自己的作业本，一手捏着鼻子，七手八脚给这个孩子脱下裤子，擦拭了起来。

后来，谁也说不清从什么时候开始，而且也确实无从考察，有同学在私下说："隗老师不会笑是因为她没老公了，隗老师的老公跟别的女人好了……"再后来，有同学远远地望见她，不再说："快，隗老师来了！"而是说："快，鬼来了！"

尽管谁也不敢当着她的面说什么，但孩子们从心里对她是抵触的，这就影响到班里的学习成绩。甬城驻军多，班级里不少都是部队的子女，一般情况下比地方的孩子要敢说话些，加上他们的家长经常到学校表达不满，慢慢地，隗老师这个班主任就很难当下去了。到三年级的时候，班主任便换了个叫汪翠月的老师。她目光和善，始终笑吟吟的，从不高声大气跟同学们说话，即使谁做错了什么，她也和风细雨地跟你讲道理。这就如同从寒冬过来的人最知道太阳的温暖一样，许多孩子都觉得她像妈妈，因而愿意跟她亲近，同学们的学习成绩也突飞猛进，作业不时被拿到别的班去展览。

只是好景不长，到了那年夏天，突然就不上课了，很多人胳膊上套个印

着字的红袖章，天天跑来跑去地揪什么"牛鬼蛇神"，唾沫星子横飞，聚在一起打嘴仗，且兴奋得两眼放光，隗老师就是其中的一个。而班主任汪翠月老师却不知何故，头发被剃去一半，拿把笤帚弯腰在楼道和走廊打扫卫生，不再给他们上课。

爱党是从其他地方转学过来的，刚到了一个新的环境，什么都不熟悉，因此感到很孤独。最初的一段日子，下课后，别的同学或凑在一起说话，或趁老师不在时追逐玩耍，而他除了上厕所，就是坐在座位上静静地观望四周。

偶尔有一天，爱党发现不少同学远远地在打量他，还悄悄说着什么。他开始没在意，以为自己新来乍到，难免会有同学对他好奇。慢慢地，别的班的同学也在教室门口探头探脑，对他指指点点。上学和放学的路上，都有同学望着他窃窃私语。爱党起初摸不着头脑，但是很快就弄清了个中缘由。

其实简单说就是因为暑假时发生的那件事，可一旦传开来，就增添了很多成分。爱党自己不知道，当时他在同学们的眼里，简直就是个英雄。在关于他的多个传说中，很多同学都把他塑造成自己心目中的某种形象，并为此争论不休。不少人看起来想接近他，似乎又对他敬而远之，大概是一种高山仰止的心态所致吧！

好奇心驱使下的诱惑毕竟是挡不住的，终于有同学上前来央求他："给我们讲讲你抓特务的事吧！你当时不害怕吗？对了，你一开始是怎么发现特务的呀？"

爱党说："我们藏猫猫，玩儿抓特务的游戏。"

当然谁听了都不相信，便继续缠着问他，有的甚至还跟他许愿："你给我讲抓特务的事情，我把别人送我的蚕卵分给你一半，不信拉钩。养蚕真的是很好玩儿的。"

爱党显得很无奈，说："我真的没有……我就是……"他想说出那个包袱和手枪来，猛然记起当时几个叔叔嘱咐他的话，于是大声地说："这是军事秘密！"

围着他的同学立刻都不吭声了，一个个用肃然起敬的眼神望着他。事情牵扯到军事秘密，别说是对一切都充满了好奇的孩子，即使是大人也都不得了。

军事秘密！这可不是闹着玩儿的，谁还敢再问？于是，爱党的耳朵终于肃静了不少，他可以专心地看书和写作业了。

虽然班里的同学从爱党的嘴里什么也没得到，更别说验证什么，但没有人表现出丝毫不满。若有外班的同学问起爱党以及相关事宜，他们便以"这是军事秘密"为由，把话题打住，口气里充满了自豪，仿佛他们也是这个秘密的守护者。他们可以对班级里的小队长和中队长不屑一顾，但是对爱党崇拜得一塌糊涂。他们以上学或放学的路上与爱党走在一起为荣，主动陪他去楼下操场边上厕所，体育课时还把铁环让给他，凡此种种。

在离街头不远的香樟树下有个书摊，简易书架和铺在地面的塑料布上摆放着好多小人书。爱党每天放学路过，最喜欢到那里租上一本或者两本，坐在小竹凳子上看。钱是母亲陈荷花给他的，让他买棒冰吃，但爱党不舍得那么花，大部分都到这里租小人书看。个中的乐趣，多少年后他每每回味起来，仍然感到无尽怀念。管理书摊的那个摇着蒲扇的白胡子老头，只要一见爱党，就会眉开眼笑地递给他一个竹凳，操着甬城当地的口音唠叨："哎哟！侬这样子喜欢看书，将来必定是文曲星下凡。"

不久，班里的同学发现了爱党的这个嗜好，有的便也在中午或晚上放学后不忙着回家，和他一起围坐在书摊前的竹凳上，租本小人书看。在行人和黄包车熙来攘往的街头，一帮放学后的孩子把书包放在脚边，低着头坐在书摊前津津有味地翻看手里的小人书，周围的纷扰丝毫不影响他们的注意力，形成一道独特的景致，吸引着过往行人的目光。

当然了，爱党是不能在路上耽误太多时间的，他需要回家帮母亲陈荷花做饭、收拾房间、照看弟弟，特别是得把妹妹换下来的那些尿布什么的洗干净晾晒。一旦他到家晚了，母亲陈荷花的眉头就会聚出个疙瘩，整张脸都阴云笼罩，谁和她说话都不吱声，弄得家里气氛非常压抑。若是他手忙脚乱再出点儿什么差错，就等着挨骂吧！

陈荷花骂人很有特色，她咬牙切齿，专门选择那些最恶毒的字眼，用排比句式倾泻而出，任谁都难以招架，堪比用狗血淋头。譬如，有次老二爱国跟她顶了句嘴，她劈头盖脸把爱国骂得直翻白眼儿，"啊！你个小短命鬼，翅膀硬了是吧？你个遭雷劈的，野狗啃的，蝎子蜇的，毒蛇咬的……还没吃你的、喝你的呢，竟敢和我顶嘴了！"

多年后在北方的一座城市里，爱党清晨陪她在公园里面散步，聊起小时候的事，问她："妈，你怎么忍心那么骂我们呢？"已经步履蹒跚，满头白发的陈荷花根本不承认，说："我什么时候骂过你们啊？我舍得吗？"哥儿几个听了，禁不住哈哈大笑。

日子如水一般流逝。爱党作为家里的老大，除了去上学，就是帮助母亲陈荷花忙家务，而父亲尚云龙经常下部队，家里很难见到他的身影。母亲陈荷花只得一个人在家里守着孩子，没什么事还能将就，最怕的是哪个孩子生病。在寂静的长夜，她抱着烧得跟火炭似的孩子，边哭边咒骂。特别是母亲因生妹妹带做节育手术，身体始终没恢复好，以至于后来一直都病病快快的。为此，她几乎埋怨了父亲尚云龙一辈子，"我说不做，你非让我做……出了满月来都不行。我这是让他们给割坏了……"母亲陈荷花说的不是没有道理，那时候不像现在，很少有人做这种手术，临床经验不足，难免会影响手术效果。当然，这些都是后话了。

家里面这种情况，使得爱党突然间长大了。他原本不会生炉子，开始怎么也点不着火，以至于弄得到处是烟，呛得人直咳嗽。但是到了后来，他生炉子的速度比母亲陈荷花还快，他先在炉膛底部放上一层刨花，接着把劈好的木头段由细到粗逐层码好，再在上面压少量的煤球，而后把划着的火柴通过炉条将刨花点燃，炉子便呼呼地着起来，一遍准成。

洗尿布得端着盆下楼去水池子那儿。爱党先打开水龙头，冲掉屎褥子上黏糊糊的秽物，再打上肥皂拿刷子刷一遍，最后用手揉搓清洗，拧干了踮起脚尖晾晒在不远处拉起的一根铁丝上。

没事的时候，爱党就拿起玩具逗妹妹笑，或者背着老三爱军到楼下院子里去转一圈。老二爱国贪玩儿，有时吃饭他还得出去找。至于打酱油买咸盐这些需要跑腿的事，基本上都是他。

家属院里的叔叔和阿姨见了陈荷花就说："你们家大儿子真好，又懂事还会干活儿，和谁都是不笑不说话，看着像个姑娘。"

陈荷花说："老尚根本就指望不上，家里仗着他了。"

可让谁也没有想到的是，爱党这个大人眼中的乖孩子，有回竟然和自己的班主任顶起嘴来，甚至暴怒得像一只好斗的小公鸡。

二年级上半学期的时候，班级里发生了一件不算大的事，上课间操一会儿工夫，有个同学削铅笔的小刀和橡皮在教室里不翼而飞。丢东西的就是那个曾经闹肚子拉在教室里的孩子，他把头埋在臂弯里，趴在课桌上一个劲儿哭泣。

班主任隗老师的脸色恐怖极了。她站在讲台上，目光缓缓地从每一个孩子的脸上扫过，而后用低沉语调说："谁偷的？主动交出来！"

教室里静得仿佛连空气都停止了流动，若是此时有根针掉到地上，一定能够听得见。

隗老师看没人站出来承认，突然伸手拍了下桌子，随着啪的一声巨响，几乎所有孩子都吓得一哆嗦。

"交出来！"她紧接着又吼了一声，语调变得极其刺耳。

而她接下来的做法简直让人目瞪口呆，她让所有学生都离开座位，站到凳子两端，把衣裳裤子兜里的东西掏出来放到课桌上后，还得把衣服里面所有的兜都亮出来。这下好了，满教室屏声敛气不敢言语的孩子，仿佛突然间在身体中间长出两对耳朵，煞是怪异。

但这还不算完，班主任隗老师又开始逐个翻学生的书包。她把书和作业本掏出来后，手依然不放心地在里面摸几下，接着打开文具盒，让跟在身边的那个丢东西的同学辨认。

爱党当时和其他同学一样，站在凳子的一端接受班主任的检查，其实倒不如说是搜查更准确一些。事情发生突然，可以说出乎所有人的预料，隗老师的手刚把爱党的文具盒打开，那个丢东西的同学就喊了起来："在这儿呢！"

爱党愣了一下，说："这是我的！我妈妈五一节时在商店买的。"

那个同学上前就抢，"就是我的！"

隗老师的目光像两把刀子，说："偷了就是偷了，怎么还不敢承认？"

爱党哭了，说："老师，我没有偷他东西，我没有偷。"

隗老师不屑地瞥了爱党一眼，"没偷你哭什么？害怕了是不是啊？做贼心虚了是不是啊？人赃俱在，你说什么都没有用了！"

爱党毕竟是个孩子，哪经过这种事情，他一边哭一边喃喃地说："那是我妈妈买的，我妈妈买的……"

隗老师把爱党的小刀和橡皮从文具盒里拿出来，转身朝讲台走去，嘴里还一路挖苦着爱党："哭也没有用的！哼，听说你还抓过特务呢，弄了半天你原来就是一个小特务啊！"同学们轰一声笑了。

放学后，隗老师对一直哭泣的爱党说："走！我要去你家里做家访。你偷了人家同学的东西，我必须给你家大人个交代。"

母亲陈荷花没等隗老师说完，就打断了她的话："隗老师，你凭什么说我儿子偷了人家东西？咱们这就去商店行不，当面问问那个售货员，看她能不能证明我领着孩子在她那里买过小刀和橡皮？"

隗老师愣怔了一下，转过脸对仍在抹眼泪的爱党说："你是少先队员，偷了就是偷了，要说实话。"

也许是母亲就在跟前的缘故，爱党一下子就爆发了，他说："我就是没偷！隗老师，你凭什么非让我承认偷了人家东西？商店里面很多东西都一样，难道谁有了就是偷的吗？"他的小脸涨得通红，两眼直视班主任。

母亲陈荷花也不让了，说："这不行，你必须给我儿子恢复名誉，要不我儿子怎么出去见人。"

爱党把脖颈上的红领巾解下来，使劲儿扔给隗老师，愤愤地质问这个姓隗的班主任："老师，为什么我的话你一点儿听不进去，就信那个同学的？你不配做我们的老师！"

隗老师张口结舌，脸上红一阵白一阵。

第二天一大早，母亲陈荷花领着爱党径直就去找校长。校长随后把隗老师叫到办公室，斥其有辱百年名校声誉，批得她呜呜地哭起来。

而在教室里，那个丢东西的同学来到爱党面前，说自己的小刀和橡皮已经找到了，原来是弟弟看着喜欢给藏了起来。他把爱党的小刀和橡皮还了回来，说："对不起。"

爱党在以后的日子里不止一次地琢磨过这个姓隗的老师，始终也没弄明白她为什么会那么变态，好像学生们上辈子都欠她什么似的。

06

说实话，爱党非常崇敬自己的父亲，这不仅仅是基于一种血缘的关系，最主要的是父亲光荣的历史。他记不得父亲尚云龙讲过多少次。父亲的老家在原热河省一个叫西沟的山旮旯里，就像许多生活在关外广袤土地上的人家一样，早年间爷爷那辈，也是从山东用一根扁担挑着全家逃荒过来的。在风雪弥漫的荒野上，几只老鸹在飞起飞落寻觅食物，前面已经再没有路可以走，爷爷叹息了一声，说："人不留人，天留人啊！就是这儿了。"一家人躲进大山的一个小旮旯里，就着山崖和几株榆树搭了个窝棚，落了脚。转年开春，爷爷带着一家人寻找到泉眼挖了口井，在附近开垦出几块荒地，又和泥脱坯盖起了三间土坯房，总算把家安下了。这个地方就是西沟。

父亲尚云龙时常念叨："听你奶奶说，咱们老家在山东济南府。"爷爷把家安顿下来后，没几年就累得吐血死了。奶奶一个妇道人家，带着三男两女五个孩子，日子的艰难可想而知，但她硬是把家撑了起来。爱党听得出来，父亲对奶奶很崇敬，这或许跟爷爷去世早，父亲作为这个家里最小的孩子被奶奶

一手拉扯大有关。

奶奶含辛茹苦，跛着一双小脚奔波在山野间，熬白了自己的头发，先后给自己的两个儿子娶了媳妇儿，给闺女寻了婆家。西沟也慢慢形成一个村落。

那时，八路军的冀东游击队经常在那一带活动，奶奶便给他们烧水做饭伺候伤病员，其中不少人后来成为共和国的高级干部。父亲尚云龙从上山放羊时起就耳濡目染，懂得了许多革命道理。有一次，驻扎在平泉城的鬼子趁着夜色来偷袭，父亲硬是背着在家养伤的一名伤员爬上后山，躲进密林中。要知道，父亲那时还仅仅是个十几岁的孩子！

后来日本鬼子为了防八路军，到处搞"无人区"，实行"集家并户"，把老百姓都驱赶到一起去住，设置"人圈"，还动不动牵着狼狗，端着三八大盖枪挨家挨户搜查。奶奶就对尚云龙说："这么下去谁知哪天出啥事啊！孩子，你还是找八路军去吧！兴许还能有条活路。"就这样，不满十六岁的父亲不久成了八路军冀东游击队的一名战士。到东北野战军挥师南下时，才二十岁出头的父亲尚云龙已经是四十八军一六一师赫赫有名的侦察连连长。

父亲尚云龙一直以来对未能参加解放海南岛的战斗，渡过琼州海峡打到海角天涯而耿耿于怀，也对没上朝鲜前线亲手消灭几个美国鬼子颇为不爽。但他是一名军人，以服从命令为天职，一切行动听指挥！当他被选送到武汉的防空学校学习的时候，尽管内心并不情愿，还是二话没说就放下手里的枪，握起了看上去不起眼却似乎比枪还要沉重得多的笔杆子。

其时人民解放军已经取得了决定性胜利，共和国缔造者们的目光开始投向辽阔的海疆和空域，要着手组建一支正规化的空军和海军。于是，父亲和许许多多跟他同样尚未洗尽征尘和硝烟的兵一起，从各个部队匆匆赶来，一屁股坐进教室捧起书本，开始了文化和相关军事知识的学习。两年后，父亲成为与台湾隔海相望的舟山群岛某守岛部队的一名年轻的海军军官。

父亲很少说起他过去打仗的事，但有一个话题经常挂在嘴边："我当初要不是听你奶奶的话出来当兵，可能早就让小鬼子拿刺刀挑了，也可能没吃的饿死在了要饭的路上。"

父亲平时不太着家，即使在家话也不多，总是绷着脸一个人坐那儿不停地吸烟，弄得满屋子烟气缭绕，熏得人几乎睁不开眼，嗓子辣得直咳嗽，躺在床上睡觉的妹妹爱华一个劲儿用小手揉鼻子，呛得哇哇大哭。母亲陈荷花只好把所有窗户和门都打开放烟，嘴里唠叨着说："哎呀！你少抽点儿行不行啊……"

　　爱党和爱国、爱军几个孩子猫在一边不吭声。父亲尚云龙把烟蒂在一个罐头盒做的烟灰缸里拧灭，目光从几个儿子的脸上掠过，皱了皱眉头，说："怎么一个个都不吱声？把头都给我抬起来！立正！挺起胸，缩缩着脖子哪儿像个军人的后代！"

　　母亲陈荷花揶揄说："怕你呗！你成天拉着个脸子，再不就是打，孩子们在你跟前还不是耗子见了猫一样。"

　　尚云龙不愿意听这话，鼻子里"哼"了一声，说："你扯不扯！老话讲，养不教，父之过。我一个当爹的，成天跟孩子嘻嘻哈哈撕皮捋肉的，他们还不得蹬着鼻子上脸啊？到时候都一个个没大没小的，让左邻右舍指着脊梁骨说缺少家教就好了，是不是！"

　　陈荷花说："亲父子，跟个两氏旁人似的难道就好了。"

　　父亲烦躁地挥了下手，说："我在教育孩子，你不要打岔！"

　　母亲陈荷花用白眼珠子剜了他一眼，端起放着尿布的小木盆，对爱党说："洗了去！这点活儿我要是不撺着，到明儿这时候也不知道干。都是那该死的大夫把我给割坏了，要是以前这点儿活我谁都不用。"

　　爱党看父亲尚云龙一眼，赶紧把盆接了过来。

　　如果说尚云龙对自己的孩子缺乏父爱，似乎也不尽然。爱党就听母亲陈荷花经常提起，他呱呱落地时正是滴水成冰的季节，与北方老家不同，南方的冬天是很受罪的，特别是在海岛上，晚上睡觉又没火炕，那种寒冷能穿透骨头，仿佛把一颗心置于冰窖里面。幼小的爱党总是冻得睡不踏实，啼哭不已。父亲尚云龙从外面查哨回来，见状便解开自己的腰带，把儿子贴身搂进怀里。在父亲温暖的怀抱里，爱党终于甜甜地睡着了，而尚云龙则斜靠在床上一动不

敢动，唯恐惊醒了已经沉入梦乡的儿子。很多时候，爱党就把尿撒在父亲的怀里，父亲尚云龙就那么溺着，还乐呵呵地对陈荷花说："童子便能治腰疼，大补。"

爱党相信这一切都是真的，从未有过任何怀疑。然而说实话，在他的记忆里则是另一番情形。父亲尚云龙以他自己的家庭教育审美标准，近乎苛刻地约束儿子们，且绝对信奉棍棒底下出孝子的古训，认为孩子不打不成器。而他教育孩子的主要方式就是打屁股。他尤其不能容忍孩子在家里跟大人犟嘴或者在外面跟别的孩子打架，认为那样有辱门风，都一概归结到"父之过"上。甚至连孩子尿炕这样的事情，他也认为只有通过打才能好，不打没记性！届时他把某个认为需要教育的儿子按在自己的大腿上，扒下裤子就是噼里啪啦地一顿打，那肉乎乎的屁股蛋上登时就会红肿一片，使挨打者一连几天都不敢仰脸睡觉，更别说端端正正地在椅子上落座了。当然，除了屁股，别的地方他是连一个指头也不动的。他打孩子是为了孩子好，可不想让孩子变成一个残废或者二傻子什么的，屁股上肉厚，伤不了筋，动不了骨，扛打。

有一句话他几乎是挂在嘴边上："过去你奶奶常和我们说，雁过留声，人过留名……老人的话都是很有道理的。人活这一辈子不易，要想有出息，就得在家里好好听父母的话，在外头听老师的、听组织的话。"

爱国有一次忍不住问父亲："你小时候不听话，我爷爷奶奶是不是也总打你屁股？"

父亲尚云龙瞪了爱国一眼，站起来脱下外衣，爱国吓得转身就跑，但父亲并没有追上去揍他。

在父亲尚云龙看来，一个好孩子的标准就是听话，小的时候如果不手拿把掐严加管教，等到日后变坏了，一切再说啥都晚了。他尚云龙这一支绝不能出败家子，辱没了祖宗的脸面和清白，必须个顶个都得是让人十二分放心的革命后代，光宗耀祖。

母亲陈荷花很不以为然，她正色说："龙生龙，凤生凤，老鼠的儿子到啥时候都只会打洞偷嘴吃。只要是好人家的孩子就学不了坏，树大自直。"

父亲尚云龙则丝毫不予认同，"树若不修理，长得好才怪了！我们老家西沟山坡上那些树可都没人管，结果咋样？除了长得七扭八歪，净杈子，有几棵能成材的。"

陈荷花给爱华换了裤子，抱在怀里喂奶，说："行了，快别提你们家那破山沟子了，只要去过一趟，保准不会想去第二趟。"

尚云龙嘟哝了一声："忘本……"起身踱到窗户前停下，外面不远处是浩瀚的余姚江。

母亲陈荷花不赞成尚云龙管教孩子的方式，但是她管教的方式也是让人不敢恭维。这说起来其实很简单，她若生气了，就一个字：骂！顺嘴就可以穷极世间最恶毒的字眼，捡天下最难听的词语，以一种排比的句式，劈头盖脸抛出去，几乎让人没有招架喘息的空，且不分时间场合。以至于后来每当她开骂时，就会有一群孩子聚集在周围，眨着好奇的眼睛，像是欣赏部队文艺宣传队演的节目，稍后便开始模仿她的样子互相骂着玩儿。譬如，那个叫宝有的孩子就一手叉腰，一手指着一个孩子的鼻子骂道："你个小短命鬼，我上辈子缺啥德了养下你这么个狼崽子？你咋不吃饭噎死、喝水呛死、睡觉憋死……"在一片哄笑声中，另一个孩子则夸张地跳着脚回骂："又诈尸了？想气死我是不是？你这个黄蜂蜇的、蚂蟥叮的、毒蛇咬的……"这些话里面当然有加工的成分，孩子们在学说模仿的过程中，内容和词句有很大的变化，但陈荷花张嘴即来的骂人话，的确是坊间一绝。

尚云龙曾不止一次地指责她："你是部队家属，这样影响多不好！连小孩子都在笑话你，街坊邻居背后不知道怎么议论呢！"

陈荷花却不以为然，说："我影响不好，你影响就好了？挺大个副参谋长，满院追着打自己的儿子。知道人们都是怎么夸你的吗？说起来都让人笑掉大牙，简直就像老鹰抓小鸡或者撵兔子。"

母亲陈荷花说这话是有缘由的。之前发生了这么一件事，那个到处惹是生非的孩子宝有，爬到隔壁纺织厂的工人食堂房顶掏麻雀，被几个工人给喊了下来。工人们倒不是为了要保护鸟类，而是因为鸟窝附近有一排电线，害怕

电着他，脸都吓白了，连吆喝带吓唬地把他给弄了下来。谁知这个宝有竟然不知好歹，趁着午休没人的时候钻进食堂，在工人们吃饭时坐的长条凳上钉了好多钉子。凳子面是格栅状的，板条都不厚，宝有把凳子翻倒，用小锤子把钉子砸在板条上，让钉子的尖从凳子的面上露出些许，工人们不注意很容易就会扎屁股。宝有搞这个恶作剧时不是自己单独行动，还叫上了几个孩子，其中就有爱国。小孩子想不了那么多，只觉得好玩儿，虽一个个战战兢兢的，可又觉得挺刺激，于是便跟着去了。结果可想而知，食堂里的师傅听见动静，毫不费力地把这几个孩子当场拿住，无一漏网。待他们弄清楚了事情的原委后都哭笑不得，好在不是阶级敌人搞破坏，又是隔壁大院解放军的孩子，就给送了过来，客客气气地交给了家长。

基本上各家大人知道后都是又气又笑，说孩子几句就过去了，毕竟是小孩子勾当，谁还能吃他嚼他啊？母亲陈荷花骂了爱国一通，也没太往心上搁，但父亲尚云龙当回事了，他脸色铁青，啪一拍桌子，喝道："这么大点儿就不学好，你以后还不得啥坏事都敢干，想去当流氓阿飞啊！"随手就把爱国抓了过去，谁知爱国早就防备着呢，一看不好，奋力挣脱那只抓住他的手，在父亲尚云龙愣怔之际，转身拉开门就跑了。父亲尚云龙哪容得了这个，臭小子干了坏事还要逃避教育，竟然明目张胆地进行抗拒，是可忍孰不可忍，怒火中烧的他一抬腿便撵了出去。

在夕阳的余晖里，大院里许多人目睹了这样一幅画面：一个细胳膊细腿的孩子惊恐万状地在前边跑，嘴里不时发出尖叫声，身后紧追不舍的是个身材高大的解放军军官，手一再地伸向前面，看着要抓住了，却又被那孩子逃脱了……活像是一只老鹰在捉拿亡命的小鸡。

几个在树下玩耍的孩子见状，欢呼雀跃地喊了起来："加油！加油！"也不知道是在给谁加油。

爱国的屁股到底没能躲过一顿巴掌。母亲陈荷花用热毛巾给他接连敷了好几个晚上，肿才消了下去。陈荷花抚摸着那变成黑紫色的屁股，心疼地说："下手这么狠，就不怕把孩子给打坏了！你也真是该，以后不许再跟宝有那个坏种上一块去了。"

多年后爱党和已经年迈的父亲说起小时候的这些事，尚云龙叹了口气，沉默良久，缓缓说道："现在想起来，主要还是太在乎别人的评价了，就怕周围人说三道四！所谓雁过留声，人过留名，说到底是为名声所累啊！"

他的目光久久地落在墙上的一幅照片上，照片上的爱国一身戎装，正望着他憨笑。他轻轻地摇了摇已经全是白发的头颅，目光转向窗外。其时身为副连长的爱国，已经在南疆那场自卫反击战中英勇牺牲了！

母亲陈荷花则概不承认过去骂人的窘事，一提就急眼，"净胡说八道，哪有的事啊！是谁没好良心给瞎编的？该死的小短命鬼，我非得找他对证对证去……谁不知道，你们小时候我连一句都舍不得骂！"

爱党后来才慢慢知道，父亲尚云龙管教孩子的方式简单粗暴，还有一个不为人知的深层原因，那就是他夭折了的初恋！这是多年后爱党在医院陪伴父亲，自知时日无多的父亲聊起自己的过去，不无伤感地告诉他的。爱党当时受到的震撼可想而知，这段感情被父亲深深地埋压在心底，珍藏了一生，也折磨了他一生。

父亲喃喃地说："也不知道她现在怎么样了？唉！算了……"目光久久地望着窗外，在窗户的外面，湛蓝的天空下，有几朵白云悠悠飘向远方……

当然这些都是后话了。而在当时，还是小学生的爱党端着木盆来到楼下的水池子跟前，拧开水龙头，先把褥子浸湿了，然后开始清理上面的秽物，接着打上肥皂用刷子刷，直到那黄乎乎的污迹看上去消失了，再用清水洗出来拧干。做这一切的时候，爱党心里没有丝毫的委屈，他觉得这都是他应该干的，他是家里的老大，是哥哥，母亲身体不好，他不能把活儿推给别人。

爱党把褥子晾在铁丝上，拿起木盆正准备要走，忽然发现江堤坡下的杂草中有棵小桃树苗，在阳光和微风里轻轻地摇曳。爱党急忙跑了过去，小桃树嫩绿的叶子鲜灵灵的，格外招人爱怜。爱党心里欣喜万分，因为这棵桃树苗是他种出来的。父亲尚云龙去杭州出差，买回来一网兜又大又甜的水蜜桃，爱党把桃吃完后，寻思着要是把核埋在地里面，说不定会长出一棵桃树来呢！于

是，趁着来洗裤子的时候，他把核埋在了这儿，现在果然长出一棵小桃树苗。

　　爱党蹲在它跟前，小心翼翼地拔去它周围的草，又给它浇了点儿水，才恋恋不舍地起身离去。

07

　　住在这个大院的部队家属来自诸多省份，听说话口音就知道有山东的，有山西的，还有东北的……可谓是南腔北调，脾气秉性也迥然不同。由于绝大多数人没有文化或者仅仅是识字班的水平，所以一般来说都不太讲究。除了当兵的见了面敬个礼握个手什么的，女人们则都是我行我素，谁也不服谁。在对孩子的管教方面，彼此间的差异就更大了。俗话说，老婆是人家的好，而孩子是自己的好！或许正是由于这种心理作怪的缘故，大院里各家女人之间经常会因孩子的事吵起来，甚至撕扯到一块打得头破血流。在这个过程中，最尴尬的是那些当兵的男人。虽然部队与地方不同，官大一级压死人，可事情一旦牵涉家属，也只有干瞪眼的份儿，饶你官再大职衔再高，对老婆们来说都没用。时间长了，自然也会影响到当兵的人，两个男人间的关系就变得微妙起来，张所长和韩参谋两家就是这样。

　　本来他们的关系还算正常，两家之间也有些走动，韩参谋见了张所长都是先敬礼——按条令规定，上尉见了少校先敬礼这没什么说的——但最主要的还是韩参谋小孩有病，经常需要去张所长家弄点儿紫药水、感冒药、消炎药什么的，因为张所长家里备着诸如此类的一些常用药。韩参谋和他的家属既省去了跑卫生所或者医院的麻烦，又不耽误孩子大顺的用药，很方便的。韩参谋的老婆小脚女人隔三岔五端炖好的猪蹄子或是别的什么送过去，以表示谢意。张所长的老婆东北母老虎在笑纳的同时，也会客气几句，拉着小脚女人坐下说会儿话。飘散在楼道里的香味儿常诱得左邻右舍的孩子流口水，嚷嚷着也想吃。而宝有似乎已经吃麻了嘴，一见到大顺便颐指气使地吩咐说："你们家做的小鸡炖蘑菇真好吃，告诉你妈再给我送一碗过来啊！"

到张所长家来串门或办事的人时常会看到，一高一矮的两个女人手拉手坐在床沿上，话长得仿佛扯不断，宛如亲姐妹一般。她们唠各自家乡的风土人情以及家长里短，唠彼此的男人，唠一些女人家的私密，但两人唠得最多的话题还是关于孩子的。

小脚女人忧虑儿子大顺的病，说："得个什么病不好，怎么会得那么一个怪病，俺将来可怎么办呢？"边说边抹起了眼泪。

东北母老虎赶紧安慰她，说："人吃五谷杂粮闹点儿毛病很正常，你也甭试着急……不行打听打听看有没有治这个病的偏方，偏方更能治大病啊！再说你们孩子还小，长大了说上媳妇儿兴许就好了呢！"

小脚女人说："就他这样，将来谁给啊！人家姑娘要是知道，还不都躲远远的，纯粹就是打光棍的命……"

东北母老虎也跟着唏嘘不已，说："看你说的……也别……唉！家家都有本难念的经啊。"就开始说他们家宝有怎么不让她省心，成天在外头戳毛蛋惹是生非，"两个丫头片子还算行，小子老操心哩！这小犊子只要早晨一睁开眼，我就赶紧念阿弥陀佛，保佑他这一天出去的时候少给我惹事。别的咱先不唠，就他上学的事，你说可咋办好呢？我都快要愁死了！老张我们俩嘴唇儿几乎磨破了，可这个小犊子一点儿盐酱不进，死活就是不去，说上学没意思，不如在家好玩儿，把我们家老张气得血压都高了，说他将来就当流氓阿飞二流子……"

小脚女人说："孩子上学可是个大事，将来没个文化怎么出人头地，还不是睁眼瞎？咱们姐妹过去就是吃了这个亏。宝有这孩子挺聪明的，跟他掰开揉碎好好说说。"

东北母老虎摇了摇头，说："没用！现在，说少了他不吱声，说多了嫌你磨叽，动不动还要离家出走，说要去越南找我们楼上的郭副营长。郭副营前些日子回来休假，还在江边打死了条长虫，这犊子对郭副营长崇拜得着了魔。"

小脚女人抢过话头，嘴里不住地啧啧着，说："人家郭副营长两口子跟你们两口子一样，都是全命人！在咱这大院里，他家那两个孩子真叫懂事，小子也好闺女也好，都那么有心！俺自打搬到这院来，就没见他们跟谁吵过架，见了谁都不笑不说话，文文雅雅的，听说学习成绩还特别好……人家那两口子也不知咋教育的，没听说打呀骂呀的。"

东北母老虎叹了口气，说："我一直觉着小孩子还是豪横点儿好，以后长大了免得让人欺负。老话讲，淘小子是好的，淘丫头是巧的，我不大稀罕性子忒绵软一脚踹不出个屁来的小孩子，我们家宝有，我打小一直惯着，可是现在我也不知道咋着好了。行，别的我都可以不管，书你可得去念啊……唉！他是一点儿都不让说，就像上辈子跟学校种了仇似的，可咋好呢？"

小脚女人转而开始安慰她："嘻，可没事啊！你们孩子将来赖不了，保证赖不了就是了……"怎么个赖不了，她又说不上个子丑寅卯，想到自己的儿子大顺将来还不知道怎么着好呢，于是找了个台阶赶紧告辞。

东北母老虎一边往外送她，一边说："我也想好了，人一辈子管不了两辈子的事，儿孙自有儿孙福，该是个啥命就是个啥命，将来他爱咋咋吧……"

但是自从两个人为了孩子的事撕巴到一块以后，两家仿佛成了不共戴天的仇人，立马中断了来往。小脚女人不再去敲门送好吃的，大顺需要用个药什么的，宁可顶风冒雨去卫生所或者医院取。偶尔两个女人躲闪不开走个面对面，都是扭过脸去谁也不看谁，往地上呸一声吐口唾沫，甚至有时候还故意指桑骂槐，这个似不经意地甩下一句："咋不一脚踩空了，骨碌到江里喂王八，替好人去死了……"另一个则像是在自言自语："上辈子干啥缺德事了呢，小子得那么个不要脸的病……"

而韩参谋和张所长两个大男人也未能免俗，只要是发现对方的身影，便都条件反射般来个视而不见，即便是不得已擦肩而过，眼睛也都定定地望着别处，实在避不开的时候，韩参谋便草草地抬手在眉际笔画一下，算是敬礼了，张所长则挺胸凸肚，抬着脸像是什么都没看见似的从旁边一晃而过，以至于有时弄得韩参谋灰头土脸的，那副样子不啻像是骂自己下作，却又很无奈，毕竟人家是少校，自己只是个上尉。由是再走在路上的时候，韩参谋的眼睛就格外忙碌，不停地在人群里扫描，及早发现那个不想碰面的人，好避开。但是这么一来，韩参谋就把自己的身心搞得很疲惫，情绪也因而沮丧起来。回到家里，本以为终于能够放松点儿了，可他的老婆却没个眼色，踮着双小脚跟在屁股后头喋喋不休，说他熊了吧唧的，不像个伟岸大丈夫，顶不起钢火来，让老婆孩子当受气包。她说："可惜呀！自个儿老婆孩子都快让外人欺负死了，进来出去的竟吓得连屁都不敢当众放一个。你看看你还算个男人吗？"上尉军官终于不可遏制地爆发了，他把喝水的搪瓷缸子啪一声摔在地上，吼道："滚一边去！也不拿镜子照照自己那副熊样。你给我们老韩家生了那么样的孩子，还以为自个儿有功了是怎的？要不是你爹你哥哥戴个四类分子的帽子，部队年年搞政审，我能这样子吗？"

小脚女人也急眼了，上去就抓韩参谋的脸，"那是你姓韩的种不好，还赖到老娘我身上来了？撒啥样的种子开啥花，栽下的秧苗要是压根就有毛病，能结出好果子来吗？还不是歪瓜裂枣？这怨得了天怨得了地吗？再说了，你当初可是国民党的兵，后来被解放军俘虏了才当的解放军，要不是会认几个字识几个数，哼！也不撒泡尿照照自个儿！"韩参谋猝不及防，脖颈和腮帮上即刻像爬上去几条蚯蚓。

一伙孩子探头探脑地在门口看热闹。韩参谋嘴里咝咝地吸着凉气，气急败坏地喊了声："泼妇！"一脚踹上门，转过身来把小脚女人按倒在床上就抡起了拳头。小脚女人挨了刀似的尖叫起来，瞬间眼眶便一片乌青，肿胀的嘴角渗着血，满脑袋都是一个个鸡蛋大小的包。

屋子里片刻间陷入安静，小脚女人蜷缩在床角，此时仿佛连哭的力气都没有了，只是重复地呢喃着一句话："你把我打死算了……"韩参谋则站在地中央，呼呼地喘着粗气，胸脯剧烈地起伏，说："要是还想过就好好的！不的话，你走你的阳关道，我走我的独木桥，咱井水不犯河水！"

突然，从厨房里传来儿子大顺的呼喊，声音凄厉。韩参谋略一踌躇，赶紧奔了过去，眼前的情状使他大惊失色，只见大顺手捂着裆部在地上翻滚，身旁扔着一根筷子，上面沾满了血迹。

韩参谋正要上前，小脚女人嗷一声，早已先他一步蹿过去把儿子搂抱在了怀里，惊恐万分地喊道："俺的儿啊！你这是，这是……"眼睛死死地盯着地上那根带血的筷子。

两口子什么也顾不得了，赶紧上医院，韩参谋抱着孩子在前面跑，小脚女人踮着双小脚远远地跟在后面撵，身子犹如风摆杨柳，脸上还带着青一块紫一块的伤痕。

08

爱国把在韩参谋家门口看到听到的都告诉给了爱党，他很为自己有所发现而兴奋不已，说："大顺他爸爸样子可凶了，过来一脚踢上门，不一会儿就把他妈打得没气了……大顺他妈头上梳的那个疙瘩鬏也散了，脸都认不出来了，紫青蓝靛的，像个大妖怪，可吓人了。"

爱党问："那大顺他怎么了？"

爱国说："不知道，身上有好多好多的血，小鸡鸡那儿还捂着块毛巾。"

陈荷花在一旁择着豆芽，插话说："两口子成天打，孩子还有个好？备不住大顺的病就是他们作的！那孩子也是，得啥病不好，偏得了那么个病，死没个出息的……你们谁也不许再和他上一块去啊！"

爱国说："知道。"

爱党应了一声，继续抓着床上妹妹爱华的小手逗她玩儿，"大拇哥，二拇娘，中指，太阳，小擎擎盖瓦房……"

爱军则自顾自地趴在椅子上看小人书，嘴里念念有词。

见母亲陈荷花转身去了厨房，爱国又凑过来趴在爱党的耳边说："哥，我告诉你个秘密，你不许和妈说！"

爱党回头朝厨房的方向瞅了瞅，说："啥秘密啊，还不让和妈说。"

爱国望着爱党的眼睛，说："咱俩拉钩！"

小哥两各自伸出小手指勾在一起，以此来确认承诺的严肃性，嘴里轻轻地说着誓言："拉钩上吊，一百年不许变！"

爱国所谓的秘密，是宝有在厕所里透过墙下面通往女厕所的沟槽，利用积存的尿液的反光看女的屁股，还说宝有不止一次看到大顺他妈小脚女人的屁股，还有别人的……

爱党吓了一跳，说："宝有他多流氓啊……爱国，你可不能学他，要是让人知道丢死人了，还不得抓起来。"

当年人们尚未解决吃饱吃好的问题，所以对排泄场所自然不可能有什么讲究，好多地方都是在地上半埋一口大水缸，中间用竹帘隔开，届时男女或站或蹲坐在一侧，边方便边聊天，成为远近的一道风景。一个时代有一个时代的标准，在二十世纪六十年代，如果厕所有遮蔽风雨的顶棚和围墙，算是比较上档次了。爱党家所在的这个部队家属院，能有一座砖瓦结构的公共厕所，已经算奢侈了。可即便是这样，经常发生令人尴尬的事情，比如，不知什么时候隔着男女厕所的墙会被人戳一个窟窿，厕所墙壁或门上会不时出现一些文字、图画；厕所里面几乎不隔音，所以从厕所出来的男女互相间都不打招呼，而是低着头一路匆匆忙忙而去……但是像宝有这种所为，真是让人闻所未闻。说到底他还是个孩子，怎么会有如此扭曲的心理？这个问题，在爱党成人后百思不得其解，是社会环境方面的原因，还是家庭方面的原因，还是其他，一直都没有个最终的答案。

爱国继续告诉爱党："宝有说他有一次在厕所拉屎，正好大顺他妈也在那边上厕所，他就捡了块砖头顺着沟槽使劲儿扔过去，溅了大顺他妈一屁

股……他扔完就偷着跑了，大顺他妈到现在也不知道是谁干的。"

爱党说："宝有也太坏了，咱们都离他远点儿。"

爱国说："哥，宝有还要在去厕所的道上埋臭粑粑雷呢，他说挖个坑，里面放上一泡屎，外头做好伪装。他让我们几个人跟他一块干，我们都说不敢，怕大人知道了挨打，他还笑话我们，说他爸他妈从来都不管他。哥，你以后上厕所小心点儿。"

母亲陈荷花洗了手过来给爱华喂奶，她抱着孩子疑惑地问道："你们俩嘀咕什么呢？又想偷着出去玩儿是不是？怎么就在家待不住呢！"

爱军把小人书随手一扔，颠颠地跑了过来，说："妈妈，我也要跟哥哥出去玩儿。"

爱党赶忙说："妈，我和爱国说话来着，没要出去玩儿。"

但陈荷花很为自己的判断而自负，说："哼！就你们那点心思还不都在我肚子里装着呢，不承认也没用。你们当哥哥的得有当哥哥的样子才行，什么事都要想着给弟弟做出榜样，不但爱学习，还要知道帮大人多干点儿家务，不能贪玩儿把弟弟带坏了。"她耳提面命般磨叨着，爱党不吭声，趴在桌子上抓紧写作业；爱国则背过身去，不时地做着鬼脸；爱军的注意力又被母亲怀里的妹妹爱华吸引住了，眼巴巴望着那叼着奶头不停吸吮的小嘴，露出一副垂涎欲滴的样子。

屋子里静悄悄的，从不远处的江面上传来了小火轮的突突声和汽笛的呜呜声。陈荷花突然"哎哟"一声，喊道："该死的，你怎么咬我啊？"伸手一捏爱华的鼻子，把奶头从小嘴里给拽了出来，片刻爱华的啼哭声便响彻了整个房间。

陈荷花抱着爱华在地上走来走去，却是怎么也哄不好，她长叹了口气，吩咐爱党说："你先别写了，去沏瓶炼乳来。"随后便又开了骂："该死的小短命鬼他个医生，做坏了手术，让孩子跟着遭罪。你们那时候奶咕咚咕咚地都吃不完，现在眼瞅着奶不够吃……都怨你们那个犟种爹！我说先不做，他就是不听，非让我去挨那一刀，等出了满月都不行，一时三刻都不能等了。唉！

说到底还是怨我自个儿没章程，如今落了这么个结果，成病秧子了。早先我那身体扛个麻袋都行，从来不知道什么叫累。哼！谁也别想拦着我，不定哪天我抱着孩子找那个小短命鬼医生去……他算是缺了德了，遭了瘟了，糟心烂肺了……"

自从母亲陈荷花做结扎后，身体始终没恢复过来，奶水一直不够吃，无奈只得靠买炼乳来弥补不足。父亲尚云龙曾试图改善陈荷花的伙食，给她单做好吃的增加营养，以恢复体质，三天两头地亲自去小菜市场买鸡、鱼或者猪蹄子什么的，调着样给她吃。爱党还记得，有一次父亲尚云龙买回点儿羊肉，炖好后让他去盛了给母亲陈荷花吃。之前爱党从没吃过羊肉，心想羊肉是什么味儿呢？掀开锅盖的时候，他凑过去用鼻子使劲儿去嗅，结果一股膻气直扑鼻腔，差点儿没把他熏个跟头。此后多少年，爱党都不敢吃羊肉，他实在受不了那股膻味儿。

但是父亲尚云龙的努力并没有收到应有的效果，母亲陈荷花的身体始终不见有什么好转，自然奶水也供不应求，两只乳房瘪瘪的。尤其是到了晚上，妹妹爱华吸吮不到足够的乳汁，便会啼哭不止，弄得一家人谁也睡不好。时间久了，自然而然对家里的氛围就造成负面影响，屋檐下少了些温馨和快乐，多了些压抑和沮丧。母亲陈荷花的脾气变得越来越坏，人人都不得不小心翼翼。父亲尚云龙回到家后，则坐那儿一支接一支地吸烟，仿佛看谁都不顺眼。

爱党最害怕母亲陈荷花和父亲尚云龙两个人生气，他们既不吵也不打，只是谁也不跟谁说话，就那么怄着。睡觉的时候，虽然他们还躺在一张床上，却是脊梁骨对着脊梁骨，中间隔着宽得不能再宽的距离，从而形成一条谁也不去逾越的三八线。如此这般的冷战，往往会不期而至，这就使得爱党和爱国等兄弟儿个心里像揣了个兔子，惴惴不安。

爱党只有去学校上学的时候，才会轻轻地舒一口气，有种终于逃离了深渊和恐怖的感觉，身心方能松弛下来。放学回家的路他总是嫌短，想把脚步放得慢些，再慢些。一旦进了家门，他放下书包就赶紧找活儿干。母亲陈荷花的身体不好，他愿意抢着多替她分担些家务，唯恐不经意间会惹她生气。他不怕在家哄孩子做饭洗尿布，他怕的是见到阴沉沉的目光和凝霜般的脸色。倘若陈荷花不知什么时候突然给他一个笑靥，他会如沐春风，浑身上下从里到外都感到暖暖的，他会摇晃着妹妹爱华的小手，给她背诵一首首的儿歌，什么"小兔子乖乖，把门开开。不开不开我不开，妈妈没回来……""大雨哗哗下，北京来电话，叫我去当兵，我还没长大……"爱华便咿咿呀呀地跟着学舌，不时地蹬一下小脚丫。

爱国还没上学，正是最贪玩儿的时候，显得更顽皮一些，但是他很会看大人的脸色，就像随着气温的变化增添和减少身上的衣服一样，他懂得适时调整自己的行走坐卧。在母亲陈荷花和父亲尚云龙面前，他装出很听话的样子，蔫蔫的，不露声色，可两个滴溜溜的大眼珠子始终没闲着，随时随地从父母亲的脸上捕捉喜怒哀乐的信息，可只要一转过身来，他立马就偷偷地做怪相扮鬼脸，极度夸张地龇着牙咧着嘴，又是挤眉弄眼，又是吐露舌头，吓得老三爱军不止一次扭头就跑，吱哇乱叫着直往母亲陈荷花怀里面扎，不停地喊："妈妈……"很多时候，爱国在屋里待着待着悄无声息地就没影儿了，独自跑到楼下去找小伙伴们玩儿"撞拐"或"抓特务"的游戏，回来的时候也是悄没声儿的，仿佛在人们不经意间又出现了，还刻意摆出一副若无其事什么都没发生过的样子，然而脸上的汗迹和身上尚未拍打干净的尘土却是无法掩饰的，他那点儿掩耳盗铃的小把戏其实根本蒙骗不了谁。毕竟爱国还只是个孩子，没有大人那种自制力，所以他从家里溜出去玩儿，经常会忘了早些回家，再加上尿床，如此隔三岔五地挨顿骂或挨顿揍就不可避免了。

爱军才三岁，尚处于天真无邪的年龄，还不懂得揣摩大人的心思。除了吃的东西对他有着无尽的诱惑，其他包括玩儿的兴奋点随时都在变化中，正是跟着什么人学什么人的时候。他见母亲陈荷花不让哥哥出去玩儿，便又跑到一边拿起万花筒眯着眼看起来，很快就被里面的景致吸引住了。

母亲陈荷花的奶水不好，妹妹爱华稍大了点儿主要靠喂，蒸个鸡蛋羹或熬点儿大米稀饭什么的。也许是她从未尽情地享用过乳汁的缘故，对别的食物排斥得很厉害，任凭你怎么哄就是不张嘴，且啼哭起来没完没了，父亲尚云龙忙得根本顾不上管，母亲陈荷花气急败坏地嚷一通也不顶啥用，只好无奈地坐在床上抹眼泪，爱党和爱国等兄弟几个也都感到束手无策。

偶尔有一次，爱国不小心把洗脸盆踢翻了，哗啦一声轰响，爱华吓得打了个激灵，顿时不哭了，母亲陈荷花趁机用小勺把鸡蛋羹送进她嘴里。这一重大发现，极大地鼓舞启发了母亲陈荷花和她的儿子，于是再喂爱华吃东西的时候，兄弟几人就聚拢到床前，有的怪声怪调做鬼脸，有的拿着洗脸盆咚咚地敲打，爱军小不会别的，就在地上蹦来蹦去。这一招还真是管用，妹妹爱华的注意力被吸引过来，不再哭起来没个完，瞪着黑黢黢的眸子好奇地看热闹，还不时地咧嘴笑一下，母亲陈荷花便抓住这个机会，赶紧喂她一口吃的。

很长的一段时间里，每当要给妹妹爱华喂饭的时候，尚副参谋长家里就会热闹异常，像是在上演一台综艺节目，令左邻右舍看了感慨不已。

爱华长大后，听哥哥爱党说起小时候家里的趣闻轶事，笑着笑着忽然间泪流满面。她是在美国哥伦比亚大学读的博士，许多人不理解她为什么毕业后那么急着回国。作为国家某重大项目的首席科学家，她在接受记者采访时，面对同样的问题，常常说这么一句话："这里有我的亲人！"

有一天，全家人正"齐心协力"地让妹妹爱华吃东西，忽闻外面的马路上锣鼓喧天，还有人在喊口号："到边疆区！到祖国最需要的地方去！"

原来这是在欢送一个自愿报名去新疆生产建设兵团的姑娘。人们举着横幅和彩旗，敲锣打鼓，还不时跟着一个人振臂高呼口号，气氛热烈，像是过节。姑娘的母亲在整个欢送仪式进行过程中，一直不停地擦拭着眼睛，哭成了泪人，几个显然是街坊的女人时不时低头劝慰几句。那个姑娘瘦瘦的，看上去年龄不大，只是脸色有些苍白，还有些疤痕。她在众人的簇拥下，神情漠然，直到上了车，也没有朝她母亲的方向回头看一眼。

陈荷花怀里抱着爱华，领着几个儿子站在人群的外面看热闹。爱党听见有人在窃窃私语："哎哟，新疆老远，很苦的！这个小囡脑筋没问题吧？""侬勿晓得，这个囡没法在家里生活了，伊阿爸姆妈吵起来没完没了，火气全往她一个人身上撒……""囡要走了，这工夫晓得哭了，来不及

了！""囡是太伤心了，坚决要求报名去大西北……"接着是一片叹息声。

母亲陈荷花从外面回到家里，眼圈红红的，刚把妹妹爱华撂在床上就愤愤地说起来，显见是憋半天了："当妈的再有不对也是妈呀，看哭的……那个死丫头片子怎么竟然连头都不回一下？不养儿不知父母恩……去那么远的地方，有她后悔的时候……"

爱国冲她做了个鬼脸，说："哭死活该！谁让她老打那个姐姐。不过去新疆没什么意思，不如去打仗，那才好玩儿呢。"

母亲陈荷花的目光一凛，骂道："该死的你个，有能耐现在就走。别说没告诉你们，今天我可是有点儿不高兴，最好谁都别惹我。"

09

张所长的老婆跳着脚在院子里骂，原来她去上厕所的时候，一脚踩进了不知谁挖的一个坑里，吓了一跳不说，最主要的是里面有好多稀屎，弄得她脚上腿上到处都是，恶心得哇哇直吐。

她觉得这是受了人暗算，气急败坏却又一时找不到正头香主，便像只落于平阳遭犬欺的老虎，咆哮了起来，脑后的那根大辫子像尾巴似的甩来甩去。她可着嗓门，搜肠刮肚把所能会的骂人话全吼出来，令人闻之色变，要多难听有多难听，要多狠毒有多狠毒，到了她不怕脏了嘴巴，别人可生怕污染了耳朵的程度。譬如，"谁算计老娘，让他全家八辈子都不得好死，遭天打五雷轰！生的丫头是养汉老婆，生的小子没屁股眼……"那副架势，若肇事者站在她面前，非生吞活剥了他不可。骂了半天见没有人过来搭茬，她便去水池子那儿，嘴对着水龙头咕咚咕咚先喝了一气，然后把那条让人不忍直视的腿脚抬起来，开始冲洗。有几个不知谁家的孩子嬉笑着凑到跟前看热闹，她发现后立刻张嘴就骂："兔崽子,看什么看!"

洗涮完毕,恼羞成怒的她,又开始在院子里转着圈地骂,高一声低一声,始终不离韩参谋家附近,那意思谁都能看出来。

而韩参谋家房门紧闭,屋里死一般寂静,连平常在树底下玩弄小鸡鸡的大顺也不见影儿。张所长老婆就差指名道姓说:"敢做不敢当,算什么玩意儿?报应,老天报应啊!生小子让他得绝症,那是缺了德了!"

家属院里许多人目睹了张所长老婆在楼下撒泼的一幕。爱国站在窗户前忍不住嘻嘻直笑,对爱党说:"太好玩儿了,宝有她妈骂自个儿呢!那颗臭粑粑雷是宝有埋的。"

母亲陈荷花听见了,问:"你说什么?"

爱党说:"宝有他妈骂了老半天,其实这事是宝有干的。"

陈荷花瞪大了眼睛,说:"是吗?"

爱国禁不住卖弄起来,"宝有说他假装从别处挖来棵小桃树,栽到去厕所的小路旁边,其实是为了掩护他埋臭粑粑雷。嘻,宝有说他差点儿没臭死,让我们随时听他的好消息。"

陈荷花说:"这个小短命鬼宝有,可把他那个妈给糟践死了。不过我得嘱咐你们一句,上外头不许多嘴多舌的,就假装啥都不知道,多一事不如少一事。"

爱国问:"那为啥呀?"

爱党忽然有一种预感,他想起自己种在堤坝下的那株小桃树,会不会就是被宝有挖走的那棵呢?他已经好几天没去侍弄了。

张所长的老婆已经骂得声嘶力竭,却仍然十分执着地坚持着,她的几个丫头孩子惊恐万状地跟在屁股后面,谁也不敢上前劝说。后来还是躲在一旁的宝有顶不住劲儿了,过去吞吞吐吐地告诉她事情的真相。这个身躯高大的女人愣怔了半晌,伸手指着她的儿子一句话没说出来,便像堵墙似的轰然倒在地上,嘴里漾起了白沫,宝有兄妹几个吓得哇哇大哭。邻居们一看不好,这才纷纷围拢上去,有的掐人中,有的张罗着去给张所长报信。

后来，有好些日子，人们在院子里见不着张所长老婆的影子，她的儿子宝有似乎也销声匿迹。等到再露面时，张所长老婆的脸色憔悴了不少，宝有则走路有点儿瘸，额角和腮帮上有几处地方结着痂，显然挨过一顿胖揍。事发的当天晚上，很多人都听到了从张所长家传出来的怒吼和哀号，伴随着噼里啪啦的抽打声。母亲陈荷花对父亲尚云龙念叨："你没看呢，张所长家的把啥不好听的都骂了。谁都不敢上前，可闹了半天却是她那个瘪犊子干的，可算当着众人的面把自己个儿好一顿骂。这事搁谁身上都够磕碜的。"

父亲尚云龙说："他们家那小子，早晚是个祸害！"

母亲陈荷花说："可不是嘛！咱家爱党在地下室差点儿出事那回，就是他撺掇的，到现在我都后怕。"

父亲尚云龙说："近朱者赤，近墨者黑，你平时看紧点儿，别让咱家孩子和他上一块去。"

爱党抱着一线渺茫的希望，借着去洗裤子的空，急切地奔向那个惦记着的地方。离老远他就发现，原来生长着小桃树的地方已经空荡荡，除了散落在四周新翻出来不久的泥土，哪里还有小桃树的踪影。

爱党蹲下身子，呆呆地望着面前遗留下的那个小土坑，心里很难过，小桃树不见了，肯定是被宝有给挖走干坏事糟践了！

家庭是社会的细胞，这细胞千差万别，有的甚至还存在缺陷，既构成了社会生活丰富多彩的一面，也使得社会生活呈现出了复杂的一面，从而让人感慨万千，更让人唏嘘不已。在这个小小的部队家属院里，也交织纠结着种种欲望、矛盾和冲突，似乎永远没有结束的时候。

这天爱党没去午睡，在厨房里帮爱国做陀螺，爱国守在旁边，眼神里充满了期待。这种形状像海螺用木头制成的玩具，顶端留有一个小小的圆头，下面则可镶铁尖，亦可镶一颗滚珠，玩儿的时候用细绳一圈圈缠绕起来，在砸向地面的同时，用力抽绳使其直立旋转，谁的陀螺转的时间长，谁就是赢家，且很出风头，能吸引别人艳羡的目光。爱国早就渴望拥有这么个陀螺，只是一直没有找到合适的木料，现在他终于用一根铜丝换到了，恨不得立刻让它变成自己心仪已久的陀螺。

爱党怕弟弟不小心用菜刀砍了手，便自告奋勇把这事承揽了过来，其实他自己童心未泯，对陀螺也是很感兴趣的。兄弟俩说着有关陀螺的话题，眼看就要大功告成的时候，却不料陀螺一歪，菜刀砍在爱党自己的食指上，血霎时就把整个手染红了，滴在垫着的木墩、地板和那只陀螺上。爱国吓得喊叫起来，爱党用另一只手攥着，疼得龇牙咧嘴，直吸凉气。母亲陈荷花急匆匆地走进厨房，见状又是来气又疼得慌，扯过一条毛巾就把爱党受伤的手裹了起来，对爱国说："在家哄着三儿和妹妹，都是你惹的！"便拽着爱党往外走。

正在午睡的张所长被喊了起来，他打开一个乳白色小橱的玻璃门，取出来好多的瓶瓶罐罐，用镊子分别夹出里面的棉球，给爱党处置手上的刀伤。他先用酒精棉球擦拭创面，接着用碘酒杀菌消毒，又在伤口周边涂抹上红药水，末了往刀口上撒了一层白色的粉末，缠上纱布后再用胶布固定起来。在这一过程中，张所长的老婆不时地安慰着陈荷花："别着急嫂子，上点儿药过几天就好了。尚副参谋长没在家啊？"陈荷花说："出差了。"张所长的老婆长长地叹息了一声，说："自个儿在家带孩子，也真够你忙活的了。"陈荷花淡然一笑，说："老尚事多。"宝有凑过来煞有介事地看了一眼，说："离着心大老远呢！"几个女孩则躲在稍远一点儿的地方交头接耳，不忍直视。

爱党望着手指上那道皮开肉绽的伤口，似乎已经露出了骨头，再加上药力的刺激，疼得他一个劲儿地跺脚，浑身直打战，眼里噙满了泪水。张所长却丝毫不为所动，一张白胖的脸上表情漠然，他对陈荷花说："再使点儿劲，这根手指头就给剁下来了。嫂子，三天后让孩子自己过来换药就行了！"接着又叮嘱手千万别沾水，防止伤口发炎什么的，还给包了几袋吃的药。

陈荷花对爱党说："还不快谢谢张叔叔，为了你把午觉都耽误了。"

张所长脸上露出了些许微笑，他把那些瓶瓶罐罐一样样地放回乳白色的小橱子里，慢慢地说："尚副参谋长为了忙工作，都没时间照顾家，我这都是应该的，嫂子别客气！"

陈荷花急着回去，没想到张所长老婆抓着手说啥都不撒开，说："嫂子

平时没事从不来我们家，再坐会儿，咱姐俩好好唠唠嗑。"又朝张所长把手一挥，说："你睡你的觉去吧！"

陈荷花说："爱华该醒了。"但盛情难却，只好坐了下来。

张所长老婆取出一把水果糖让爱党吃，而后挨着陈荷花坐下，歪着脑袋端详着陈荷花，说："嫂子看上去又年轻又漂亮，你都是咋保养的？"

陈荷花说："还漂亮呢？要不是做那个破手术，我可比现在强！"

"我当时是没在跟前，要不谁说出天花来也不让你挨那一刀，开肠破肚哪有不伤元气的，简直拿咱老娘儿们没当人！"

"那个该死的医生！现在说啥都晚了。"

"咱不说这一章了。我看在咱这大院里，就属咱姐俩对劲儿，都是刀子嘴豆腐心，为人处事从来不糟践别人。"

"我们家搬来的时间虽然短，但觉着这个院里的人真都挺好的，不这个那个的。"

张所长老婆沉吟了一下，往陈荷花跟前又挪动了下屁股，说："你是来的时间短，有些事不知道，人心隔肚皮，像韩参谋家的那个小脚娘儿们就得防着她点儿，不是个好东西！"

陈荷花不愿扯老婆舌头，说："远亲不如近邻，都在一个院住着，有啥过不来过不去的，可别……"

张所长老婆说："那个老娘儿们，忒不是个东西了，养个小子得了那么个死不要脸的病，还觉着怪好呢！都是缺德缺的，老天爷报应。"

陈荷花没法搭这个话茬，她扭动了一下身子，想伺机站起来走人。

张所长的老婆看来是触动了某根神经，自顾自地只管往下说："这院的人都知道，韩参谋是在战场上被咱们部队抓的俘虏，后来才参的军，属历史上有污点的。他老婆也就是那个小脚娘儿们，娘家是开大车店的，被土匪抢去当了好几年的压寨夫人，还给人家生了个小子。快解放时，她独自跑出来，土匪头子和那个孩子全炸死了。开头谁都闹不明白他们两个咋结婚了呢？后来才知道是咋回事，闹了半天韩参谋原来是那个大车店的伙计，出门时在路上让国民党给抓了壮丁，两个人其实早就有一腿。"

陈荷花简直像在听故事，嘴里不时地说着："是吗？"

张所长的老婆正色道："这还能有假？你们家尚副参谋长肯定知道他们过去的历史，没在家说过吗？"

陈荷花说："老尚从不在家说部队上的事！"

张所长老婆又接着说："你别看那两口子见谁都点头哈腰的，还时不时给人送好吃的，其实藏着一肚子坏水。"

陈荷花诧异地望着张所长老婆，不由得想起了他们两家吵架的事，于是规劝道："这话有点儿重了！咱们当大人的，犯不上因孩子之间的事伤了和气撕破脸皮，那多没劲儿啊！"

张所长老婆恨恨地说："挺大个老娘儿们，和个孩子一般见识！那天我要不是赶到跟前，她得把我们家宝有撕巴了，真像个土匪，她本来就是土匪的压寨夫人。"

爱党不时偷着打量张所长老婆，见她越说似乎火气越大，唾沫星子在从窗户射进来的光线下四处迸溅，不禁心下骇然，宝有妈妈的样子真凶，自然便想到人们对她的那个称谓，看来管她叫东北母老虎，一点儿都没错。

母亲陈荷花虽说喜欢张嘴骂人，却绝不参与邻里间的任何纠纷，搬弄是非扯老婆舌头。她没随着张所长老婆的话题谈论韩参谋和他的小脚女人，并非在这两家之间同情谁或不同情谁，而是性格使然。在处理邻里关系上，她有自己奉行的原则和底线，即大不了敬而远之，不走动，实在没必要见了谁就跟谁磨叽嘴。张所长的老婆不知道，此前韩参谋的老婆小脚女人和她一样，曾经也在陈荷花面前，把张所长他们两口子说得一文不值。

那是妹妹爱华过百天的时候，小脚女人买了个长命锁，还煮了几个染成红颜色的鸡蛋。她站在床前，不住地夸赞陈荷花怀里正在吃奶的孩子："这闺女将来长大了，不知有多俊呢！你看那大眼睛，水灵灵的，高鼻梁随了你们家尚副参谋长，皮肤也好，白白净净的……唉，俺是没你那个命啊！"

陈荷花在坐月子的时候，她也曾上门来看望，送来一只宰杀好的老母鸡

和几条活鲫鱼。这次她来又没空着手，陈荷花感到有些过意不去，佯作生气的样子，说："你看你咋又花钱了呢？再这样，我就不让你进门了！"

小脚女人说："花多花少俺们愿意，你们这家人仁义，心眼儿好！"

爱党给她搬来把竹凳，又倒了缸子水，用双手捧过去，说："阿姨喝水。"而后便回了自己的房间，接着写作业。爱国和爱军则趴在桌子上，头挨头兀自用草棍儿逗弄竹筒里的蟋蟀，两只蟋蟀多开翅膀对峙着，互相龇着牙不时地扑向对方撕咬一气，那架势大有置对方于死地而后快。

陈荷花说："我到哪儿都遇见好人。不管啥事，其实都是两好合一好，互相都往好了处才行，能住在一个院也是缘分。"

小脚女人说："你这话俺爱听。唉，人要是都像你这样，就好了！"

陈荷花说："你别给我戴高帽了，待会儿我找不着北可咋好？对了，我一直想问问你，孩子的病是怎么得的？"

小脚女人叹息了一声，说："到现在俺也闹不准……俺们家大顺是在镇海出生的，那时候老韩还在连里当副连长。可能你都不信，俺大顺小时候长得白白胖胖的，可招人喜欢了，街坊邻居们还有连里的那些兵，谁见了都要抱一抱，伸手摸个鸡吃……没想到一来二去成了习惯，别人不摸的时候，他就自个儿摸着玩儿，要是不让他那样，他就又哭又闹，像抽大烟有瘾了似的。这几年也没少找医生给他看，可一点儿没见好转，还越来越厉害了。"

陈荷花说："那你们没带着孩子去上海、北京的大医院看看吗？病这东西是越早治越好得快，还去根儿，不能耽误。"

小脚女人似乎有一肚子的怨气没处撒，说："老韩哪儿也不去，说是等长大了就好了！"随之便不住地叹气。

陈荷花沉吟不语，半晌说道："要不想法淘腾点儿民间偏方，偏方有时候也能治大病，兴许管事了呢！"

小脚女人似乎有些感动，说："俺真是没看错人，也只有你能跟俺说这些体己话，不像有的人，没个好良心！"

陈荷花说："家家都有本难念的经，只是自己不说别人不知道罢了，谁也甭笑话谁，更不能幸灾乐祸。"

小脚女人像是找到了知音，说："咱姐俩不是外人，俺得给你提个醒，有个人你可千万得防着她点儿……就是张所长家的，那个差点儿让你们家爱党出事的宝有他妈，大伙儿背地管她叫东北母老虎。哎呀，这家子人没一个好东西，全都脏心烂肺的。"

陈荷花没作声，拍着怀里的孩子哄她睡觉。爱党停下笔，出于一种本能的好奇心，悄悄地竖起了耳朵，捕捉着隔壁房间的声音。

小脚女人一吐为快地说："你不知道吧，张所长看上去端个架子像个人似的，其实净在外头搞破鞋了，医院小护士还有那些住院的女病人，他只要划拉到筐里就是菜，连上厕所的空，都能顺手勾搭上一个。听说他们家早先有个做皮毛生意的商号，让他爹多在女人身上给败没了，自己也得了那种脏病，最后是烂死的。现在张所长也好这口，真是骨血里管着，一辈传一辈。你别看宝有他妈那么凶，可这事她管不了，一哭二闹三上吊加上抹脖子都没用！其实她自个儿当姑娘那会儿就不正经，没随军之前也跟过别人……两人是乌鸦落在了黑猪背上，都是一路货色。你想问俺咋知道的？还不是他们两口子干仗，自己嚷嚷出来的。"

陈荷花扑哧一声笑了，说："两口子干仗的话，哪儿还有准头，不能把它当真！两氏旁人最好还是别当回事。"

爱党似懂非懂，感到很茫然，不明白大人们怎么知道那么多事情，特别是对别人家的破事好像更有兴趣，念叨起来有一种看热闹和解恨的心态。

小脚女人走后，母亲陈荷花嘱咐："你们都给我听着，刚才大顺他妈在咱们家念叨的那些话，谁都不许出去跟别人说，要是谁的肚子里盛不下二两香脂油，我非把他的嘴给撕烂了！"

爱国吐了一下舌头，可到底还是忍不住，饶有兴趣地问道："妈妈，什么是脏病啊？"

爱军也提出了困扰着他的一个问题："妈妈，宝有他爸爸去买菜的时候怎么用筐啊，他们家没有篮子吗？"

陈荷花有点儿不耐烦，说："小孩子家家的，管好你们自己都有了，瞎操心别人家的事，真是闲的！"

爱党收拾好了书包，从母亲陈荷花手里接过妹妹爱华，来到窗前看远处江面上过往的船只和在空中追逐的鸥鸟。

其实母亲陈荷花不知道，她不让孩子们出去传耳过舌的那些东西，在这个家属院里人们早已耳熟能详，只是没一个人公开去扯那个淡罢了，所谓心照不宣而已。那种种的不屑、鄙夷和幸灾乐祸，更多的是被掩饰在一团和气的氛围里以及笑脸的后面。

在那个日复一日如白开水般寡淡的年代，本能促使着人们从彼此的隐私中寻求刺激，以窥探他人的不堪作为娱乐。如果家庭之间发生矛盾，抖搂对方的隐私又成为攻讦的一种首选。对此，父亲尚云龙曾用了两个字嗤之以鼻："闲的！"

那天，爱党跟着母亲陈荷花好不容易才离开了张所长家。离老远，他们就听见爱华的哭闹声和脸盆盘子的敲打声……

10

要吃饭了，爱国还没回来。爱党跑到窗户跟前看着外面，爱国刚才一直在堤坝上放风筝，这会儿却不见影儿了。

爱党说："爱国他可能上楼了。"

母亲陈荷花说："这个二鬼，他准是不饿啊，要不早死回来了！"

爱党打开门探头看看，半天都没有动静，回头对陈荷花说："妈，我下楼找他去。"

爱党触摸着扶手，顺着楼梯往下走，直到出了楼房也没迎着爱国。爱党想了想，本能地撒腿朝江堤跑去。爱党踩着石阶，刚上了坝面，就听到从坝下传来时断时续的哭声。爱党吓得心突突地跳，急忙顺着坡出溜下去，只见爱国跌坐在烂泥和水草中，整个人成了泥猴，一根放风筝的线逶迤在草丛间，稍远处，那只蝴蝶状的风筝已扎进了江水里，唯有搭在几块石头上的飘带不时随风抖动一下。爱国的额角和胳膊都擦破了皮，已经渗出血，一只脚也崴了，不敢挪动。见了爱党，他嘴一咧，喊了声"哥"，便抽抽搭搭地哭了起来。

原来，爱国牵着放风筝的线在坝面上跑来跑去，光顾仰着脸看天上摇头晃脑的风筝，没注意脚底下，一个不小心踩偏了，便顺着坡面滚了下去，幸亏岸边净是些烂泥和水草，否则的话，不定摔成啥样呢！但也够危险的，因为江水还在持续上涨，爱国自己又不能动，真让人不敢想象。

爱国一动不动地躺在床上，身体被擦伤的地方都抹上了红药水，脚脖子肿得发亮，母亲陈荷花又是生气又是心疼，不时地责骂他："你个犊子，大人说啥你都不带听的，主意真正呢，怎么不让水鬼把你给拖去啊！"

爱国嘟嘟哝哝地说："那不是……你让我去玩儿的嘛……"

陈荷花一听立刻恼了，"啥？这还成了我的不是了！躺床上竟敢和我犟嘴，你想气我是吧？我怎么生了你这么个没良心的。"

爱国不服气，说："我也没让你生我，是你自己要。"

母亲陈荷花扑哧一下乐了，"你个小短命鬼，有这么说妈的吗？我都给你攒一块，等好了，看我怎么跟你算账！"

爱党拿了个镊子，用棉球蘸着藏红花泡的水在爱国脚脖子上涂抹，这东西活血化瘀。他制止爱国说："你别和妈犟嘴了。"

作为家里的长子，爱党懂事比较早，他爱看书，把做家务、哄好弟弟妹妹以及不惹父母生气等等，均视为自己不可推卸的责任，愿意做一个被人们称之为"听话"的好孩子。他平时寡言少语，性格文静，像个姑娘，不管母亲陈荷花说得对错，他都是默默地听着，极少去反驳。他当然能分辨得出是非曲直，可打小受到的家庭教育，使他一直以来养成了顺从的习惯，认为惹父母生气会让别人笑话，无论在什么情形下都不应该！在这个世界上，还有什么人能

比自己的爸爸妈妈更亲呢？

但是话说回来，在爱党的内心深处，他最渴望见到的还是父母脸上展露出的笑容，充满了舐犊之情的目光以及慈爱亲切的话语，也正因为如此，爱党格外留恋幼年的时光，那是无拘无束的日子，单纯而充满了温馨，却又是那样的短暂难得，仿佛转瞬间便无影无踪了！

不知从何时起，父母开始以一种居高临下的姿态对待孩子，少了一份关切，多了一些呵斥，曾经跟孩子牙牙学语时亲密互动的情景，早已成了昨日梦境。这让爱党感到害怕，经常被压得透不过气来，心随着母亲陈荷花和父亲尚云龙脸色的阴晴而飘忽不定。他多么想把看到的，听到的，想到的，向他们倾诉一番，但是没人听，似乎一个孩子世界里面的喜怒哀乐根本就不重要，无须浪费时间予以关注，亦不足挂齿。

爱党得不到跟父母沟通交流的机会，许多想说的话，往往到了嘴边不得不咽回去，这让他有些茫然和无奈，感到和父母间似乎竖起了一道墙，很多东西变得模糊不清，陌生起来。

可嘴上没说不等于心里不嘀咕，于是爱党便时不时兀自沉浸于无边无际的遐想中，进而有了自己的内心世界。如此，爱党的话变得越来越少，常常走神。母亲陈荷花就说他"嘴弩"，父亲尚云龙则沉着脸瞥他一眼，皱起眉头。

说实在话，爱党对母亲陈荷花张嘴即来的骂人话，有着极大的反感，难道有话就不能好好说，非得骂才行？很多时候，爱党都暗暗地替陈荷花脸红，还是当妈的呢，让人听了多笑话呀，只有旧社会地主婆才那样呢！

而对父亲动辄就打的棍棒式教育，爱党更是从心底里感到愤慨，那从眼睛里流淌出来的一滴滴泪水，不仅仅因为屁股的疼痛，更因为一种不被亲人呵护爱惜的忧伤！多少年了，不管在家里做错了什么，他都要打；外人来告状，是不是自己孩子的错他也打；甚至连尿床这种谁家孩子都会有的事，他还打……且是真打，仿佛把所有的火气都集中到了他的巴掌上，抡起来一下比一下重。若是有人拉着或站在远处看，那么他就会更来劲儿，好像要证明给谁看，自己是如何的铁面无私。每一次挨打，爱党都会用泪眼望着暴怒的父亲，在心里喊："爸爸，我还是不是你的儿子啊？"他暗地里发誓，将来若自己有了孩子，绝不戳孩子一下手指头。

虽然爱国因不慎出了险情受了伤，让人想起来感到后怕，但他毕竟还小，需要的是家里人的安慰，更何况江堤上本来就是一个玩儿的地方，提醒他今后多注意些安全，小心点儿也就是了，没必要也不应该再去骂他。

爱党一方面反感于母亲陈荷花不问青红皂白，张嘴就骂人的坏习惯，另一方面又自觉或不自觉地顺从她，这就使他心里很不是滋味儿，怪难受的。也说不上是为什么，那首耳熟能详的儿歌此刻又涌现在他脑海里："小兔子乖乖，把门开开。不开不开我不开，妈妈没回来……"

爱党想起在岱山的时候，有一天母亲陈荷花去市场上买菜，顺便买回十几只小鸡。它们在纸箱子里唧唧地叫着，或挤在一起，或跑来跑去，活像一个个滚动的绒球，爱党一下子就喜欢上了。

陈荷花逐个抓起小鸡，扒开它们尾部的绒毛仔细地寻找着什么，一会儿嘀咕说："该死的，又是个小公鸡！"在鸡屁股上抹点儿红钢笔水做记号，一会儿嘀咕说："这是个小母鸡！"在鸡的脑门子上抹点儿红钢笔水做记号。

爱国蹲在旁边说："妈妈，把它们身上都染红了多好看啊。"

陈荷花说："那怎么行，那样就分不出公母来了。"

母亲陈荷花用一个掉了瓷的盘子做食槽，剁点小白菜掺上糠喂它们。白天的时候，把小鸡都撒开来，让它们在屋子里自由自在地跑来跑去，用炉灰盖住拉的粪，用笤帚扫了。父亲尚云龙见状，一边小心着脚底下一边说："怎么不圈起来？这家成了养鸡场。"陈荷花说："这你就不懂了，撒开了小鸡长得快。"到了晚上，陈荷花会把小鸡都圈到屋子的一角，用一只大口径的竹筐扣起来，下面再垫上层纸壳。关了灯之后，小鸡们便会唧唧地呢喃着睡去。

爱党急切地盼着这些小鸡快些长大，每天都围着它们转悠，有时还趁母亲陈荷花不注意，偷偷地抓把米撒给它们，看它们欢天喜地争抢着啄食，会高兴得手舞足蹈。爱党还跑到房后的山坡上捉蚂蚱和小虫子喂它们，刚开始的时候小鸡不知道那些东西是何物，惊叫着争先恐后地跳了开去，显出一副很害怕

的样子，歪着脑袋远远地打量着，喉咙里发出疑惑的鸣叫声。但是很快，有那胆大的试探着上前啄了一只，伸着脖子吞咽了下去，咂咂嘴，像是品尝到了美味佳肴似的，赶紧又啄向下一个目标。其他的小鸡如同受到某种神秘的昭示，骤然间醒悟过来，冲刺般向着猎物扑了过去。

小鸡长得很快，仿佛转眼间就扎老翎了，绒毛逐渐褪去，羽翼慢慢变得丰满起来。个别小公鸡还开始学着打鸣，声音喑哑，宛如变声期的孩子。或许是常喂它们吃东西的缘故，小鸡一见爱党就立马围拢过来，叽叽喳喳，像是要告诉他什么话似的，有的还伏在脚边以示亲热。

爱党忘不了，那天他和爱国跟小朋友们到山上藏猫猫，大着胆子钻进那个有着很多恐怖传说的洞穴里。刚走进去不远，扑面而来的凉风让他打了个寒战，爱国则紧紧地抓住他的手，喊了一声："哥……"声音分明打着哆嗦。

他们不敢再往前走了，正犹豫着是否要往回返时，就听洞穴深处骤然响起一片扑啦啦的轰响，紧接着有一团东西吱吱叫着涌了过来。几个孩子霎时间被吓得头皮发麻，心胆俱裂，本能地连滚带爬向着洞口方向夺路而逃，惊叫声里充满了恐惧。

爱党不知道自己是怎么跑出来的，直到停下脚步，才发现还紧紧地拉着弟弟爱国的手，回头看时，只见有大群的蝙蝠不断地从洞穴里飞出来，乱纷纷地遮住了一片天空。爱党的心像要从嗓子眼儿里跳出来，他呆呆地望着眼前的一幕，感到腿脚软绵绵的，膝盖磕破了渗出血来也不知道疼，再看看弟弟爱国，小脸煞白煞白的。

这个位于半山坡石碴子的洞穴，有人称它老虎洞，还有人叫它龙王窟，亦有叫妖精洞的……尚没有一个固定的称谓，但足以反映这个洞穴的凶险。听当地人说，这个洞穴深不可测，一直通到东海。至今凡误入其中者，几乎都无一生还，包括猪牛羊和人等等。爱党就曾听一个常来用糯米糖换废铜烂铁的老头说过，他有天晚上挑着担子从山上的小路回家，星光熹微中，忽然发现妖精洞口附近有几个身穿一身白衣的人，在那儿无声无息地跳舞，动作曼妙多姿，他一时看呆了，心想这些人是谁呢，胆子也够大的了，就觉得浑身一阵发冷，很快便什么也不晓得了。等到他苏醒过来的时候，已经是后半夜，借着月光见自己竟然半倚半坐在妖精洞口的一块石头上，挑着的担子则不知道哪里去了。他感到好生奇怪，好一阵子也弄不明白是怎么回事。

终于，他的意识恢复过来，立刻被吓得魂飞魄散。他左右扫了一眼，想起方才看见有白衣人在这里跳舞的情形，而现在却是空无一人，心不禁突突地直跳，而从洞穴里面断断续续传出的呜呜咽咽似哭似笑的声音，在静寂的夜空下显得格外诡异、恐怖。他感到小肚子坠得慌，只想找地方撒尿，其实他的尿已经撒在裤子里，头发仿佛都竖了起来。他迈开腿想逃命，身子却动弹不了，好在这个时候家里人寻了来。他被七手八脚地抬回家后就发起了高烧，一直神志不清，在床上躺了半个月才下地，又是请人念经又是做道场。

这件事情当然瞒不过母亲陈荷花，她撂下抱着的老三爱军，抄起笤帚疙瘩就抽向爱党，嘴里骂道："你个小短命鬼，我怎么嘱咐你们的？竟敢领着弟弟上那个地方去玩儿，还要不要命了！"母亲陈荷花平时除了骂不绝口，极少动手打孩子，可见她这次是气坏了。

爱党手捂着屁股躲闪着，母亲陈荷花疯了般挥舞着笤帚。令人意想不到并称奇的是，那群小鸡见状，非但没有跑开去，反倒围了上来，抻着脖子冲陈荷花叫，似在替爱党求情，但陈荷花不为所动，依旧还打。爱党使劲儿挣脱开来，转身就跑，却不料把一只小鸡踩在了脚底下。只见它肚腹破裂，血将洁白的羽毛染红一片，叫声越来越微弱，爪子抽搐了几下便不动了，其他小鸡都惊愕地站在原地，探头探脑，从喉咙里发出咯咯的哀鸣声。

母亲陈荷花愣住了。爱党蹲下身去，捧起那只小鸡，小鸡的脑袋软绵绵地耷拉下来，眼睛瞪得圆圆的，流出来的血一滴滴落到了地板上，爱党禁不住哇哇地哭了起来。

在房后对着窗户的一株桃树下，爱党和弟弟爱国挖了个坑把小鸡埋了。晚上睡觉的时候，爱党的眼前一直晃动着那摊血迹和瞪得圆圆的眼睛，泪水顺着他的脸颊流淌了下来，很快浸湿了枕头。

直到两年后的今天，爱党仍然时不时地想起那些可爱的小鸡，不止一次

陷入漫无边际的遐想中，倘若小鸡们会说话该有多好，自己要是能听得懂它们的叫声该有多好。当然了，这些都是不可能的。爱党只记得在来年的春天，窗外那棵桃树枝头上开满了一朵朵花，淡粉色中呈现着红色，如天上落下的一片云霓……

一股饭菜的香味儿袭了来，伴随着母亲陈荷花的唠叨声："吃饭吧！这都啥时候了，先饿你们几顿，也好让我省会儿心！"

爱党回过神来，赶紧过去帮着盛饭，陈荷花挡了一下，说："洗手去，不知道个干净。"

爱党伸手在鼻子底下闻了闻，有一股子藏红花淡淡的芳香，其间掺杂着丝丝缕缕脚丫子的酸臭味儿。他回头看了爱国一眼，见他的脸上抹着一片片的红药水，活像扑克牌里面的丑角，不禁乐了，说："嘻嘻，爱国，你这回成了大王。"刚才惊魂未定，气氛被意外和害怕笼罩着，现在心情总算可以放松下来了。

母亲陈荷花没好气地说："真没心没肺，觉着怪好呢，是不是？等还了阳，你们还去胡作啊！"

爱国在床上靠被垛坐了起来。爱党不时给他往碗里夹菜，看他那狼吞虎咽的吃相，就如同已经几天没吃饭了似的，以至于爱党不无担心地说："你慢点儿吃，别噎着。"

其实，像弟弟爱国身上发生的这类事，虽然也让人担惊受怕，但与母亲陈荷花闹病比起来，几乎就不算什么了。爱党一直以来最恐惧的事情莫过于母亲陈荷花闹病。

不知道从什么时候开始，母亲陈荷花患上了头疼的毛病，一旦犯了就是世界大事，恰如台风的形成，全家人都会被拖进旋涡里面去，而这在有了妹妹爱华之后更是有过之而无不及。

届时母亲陈荷花躺在床上，两手抱着头发蓬乱的脑袋，一迭声地发出痛苦不堪的呻吟，似乎在告诉人们，自己快要不行了，且音调会越来越高，"哎哟……哎哟哎哟……哎哟哟哟哟哟……"

每当这个时候，一家人谁都别想消停，尤其是在晚上，任你是皇上他姥姥也甭想去睡觉。倒不是她要谁为她具体做点儿什么，只不过是让人们知道，她生病了，她病得很不轻，她痛苦至极，她将要一病不起……谁也不要离开她，仅此而已！倘若有医生或闻讯前来探望的邻居们在场，她发出来的声调会更加痛苦，令人惊怵不已。

现在，陈荷花对医生给出的诊断基本上都不认可。她最反感医生说她的病不要紧之类的话，如果那样，医生前脚刚出屋，她随即就会说："这个医生不行！我的头都要疼死了，还说没事，敢情不是他闹病。快去找张所长，给我换个医道高的来。"陈荷花希望医生们把她的病情说得厉害点儿，且越玄乎越好。假如有医生跟她说："你的病很严重啊，得抓紧治，千万耽误不得。"她就会认为这个医生有水平，下次再有病的时候，会点名找这个医生给她看，其他的一概不予信任。而在用药上，她最爱挂在嘴边的一句话是："这药不管事！"坚持让医生护士给她调换。父亲尚云龙说她："这世界上没有灵丹妙药，要是吃上一片马上就管事，还要医院干什么，药厂也早关门了。"但是母亲陈荷花很不以为然，固执地反驳说："病又没长在你身上！这药我都吃了两天，头还是疼得像谁拿刀子剜似的，一点儿都不见轻，凭啥非要让我说它管事呢？"

这样的情形，常使得父亲尚云龙没了脾气。他远远地坐在椅子上，皱着眉头一根接一根地抽烟，弄得满屋子都是烟雾。陈荷花停止了呻吟，抑制不住地咳嗽几声，扭过头来以极度虚弱的音调说："你怎么还抽啊……"父亲尚云龙便什么也不说，鼓起腮帮子再深吸上一口，而后把夹在手指间的香烟不是在烟灰缸里摁灭了，就是扔到地上用脚一踩，于是地面上即刻出现一朵灰黑色的污迹。这样的污迹在家里的地面上浓淡不一，随处可见，用拖布怎么拖也是擦不去的。

待人人都被折腾得疲惫不堪，陈荷花也似乎得到了某种心理上的满足，她不再"哎哟"了，只是一动不动地躺在床上，似乎睡着了。爱党问她："妈你喝点儿水吗？"她没有反应。爱党轻轻地推一下她的肩膀，说："妈，你该

吃药了。"她还是不吭声。爱党端着鸡蛋羹,站在床边小心翼翼地说:"妈,吃饭了!"她仍旧不予理睬。其实陈荷花根本就没睡着,她要的就是人们守候在她跟前,不时地嘘寒问暖,拿她当回事。

爱党知道母亲陈荷花是醒着的,时间长了,这点儿伎俩早已瞒不住人。问题在于,谁都不好意思捅破这层窗户纸,从而又在某个方面鼓励了陈荷花再三地上演这一幕。爱党一直以来不理解她为什么要这么做,多没意思呀!直到多年后,他才慢慢悟出了其中的玄机,就是想让父亲尚云龙在乎她,而这一切说到底还是跟他们两人的婚姻有关。

但在当时,爱党内心深处唯有恐惧,他的精神世界,在母亲陈荷花亦真亦幻的"哎哟"声中饱受煎熬,他真想用手捂住自己的耳朵,可又不敢……多少个万籁俱寂的夜晚,爱党睡意全无,像是受到某种暗示,抬起头来侧着耳朵听另一张床上或房间里的母亲陈荷花是否还在呼吸,他害怕妈妈没了。

多年后,父亲尚云龙躺在医院的病床上,聊起母亲陈荷花的病,对爱党说了这么一句话:"你妈那不是生病,是闹病。"

11

父亲尚云龙平时回到家以后话很少,可一旦提到远在北方的老家和老家的亲戚们,他的话匣子就打开了,滔滔不绝地说起来没完。他描摹故乡大山的苍凉与河流溪水的清澈,形容淳朴无华的民俗和风情……听得出来,他对那片贫瘠的土地充满了眷恋!尽管他很小就投身革命,大部分时间都生活在别的地方,后来也曾回去过几趟,但老家的一切早已经融入他的血脉中,在他心里留下了深深的烙印,又怎能不叫他魂牵梦绕呢?而这也很好地解释了为什么他从部队转业后不去干休所,却执意要回老家的缘由。

平常的日子里，尚云龙把对家乡的思恋和关爱，更多放到了生活在那方土地上的亲戚们身上。每当老家来信，他都会看了一遍又一遍，不由自主地向孩子们说起写信人的种种趣闻轶事。虽然所有的来信几乎满纸都是哭穷，无一例外不是要这就是要那，就像他们家里要啥都有，钱花不完东西用不尽似的，尚云龙仍显得非常高兴。

而在这方面，他既不看陈荷花的脸色，也不管她心里乐意还是不乐意，总是想方设法地满足写信人的要求，一次又一次给老家的亲戚们寄钱寄省出来的全国粮票，还时常买些药品给他们邮回去。譬如，他那个赶大车的哥哥来信说，家里一下子病倒了几口子，急用青霉素、链霉素，可当地十分紧缺，万望当军官的弟弟想办法解决云云。

那些年国家正处于困难时期，家里大大小小五张嘴全靠尚云龙一个人的工资养活，日子过得并不宽裕，爱党三天两头地随着母亲陈荷花出去捋树叶和树枸，回来用水浸泡去了涩味儿，再掺上点儿面粉、地瓜干啥的蒸着吃，或者撒几把米熬粥喝。或许是因食物构成方面的缘故，爱党便秘非常厉害，蹲在那儿怎么使劲儿也拉不出来，憋得满脑门子都是汗，母亲陈荷花只得用筷子一点儿一点儿给他往外抠。他拉一次屎简直就像上一次刑，每每想起遭的那罪，便心惊肉跳。爱党后来患有严重的痔疮，不能不说与这一段生活有着密切关系。

事情关乎人命，尚云龙立刻找到张所长，买了几十支青霉素邮回了老家，还顺便寄去数目不小的一笔钱。时隔不久，哥哥又来信了，说是药挺管事的，家里人的病好多了，但为了治彻底，还需要若干数量的青霉素、链霉素什么的。于是，尚云龙又去想办法，弄到后便急三火四地跑邮局……后来还是老家别的亲戚来信透露，他哥哥家里根本就没人生病，那些年当地青霉素、链霉素属稀缺药品，哥哥把通过他弄来的这些药都转手倒卖了出去，着实赚了不少的钱。

对此，尚云龙还护短，说："他这么干，肯定是太困难了。"但陈荷花并不认同，说："你那个哥哥为了钱，真是啥事都干得出来。"

这话尚云龙听着自是不入耳，便替他哥哥辩解说："谁都有个为难的时

候，还是别计较了！"

陈荷花揶揄他："计较？人家都把你卖了，你还要替人家数钱，这种伸着脑袋被人算计的事，今后还是少干点儿为好！"

尚云龙其实心里头也并不痛快，嘴上却不认账，说："你别说得那么难听好不好？再怎么着也是我亲哥哥，爱党他们的亲大爷。"

陈荷花本来一直压着火，这会儿终于憋不住了，说："哼！亲哥哥？他是那样的吗？你上他当受他骗，我啥都没说，你反倒一个劲儿替他解释开了，这有意思吗？人家可是啥啥都不顾忌，拿你这个弟弟当核桃仁砸，你倒是不把自个儿当外人，心肠是不是有点儿太好了！"

尚云龙被抢白得一句话都说不出来，皱着眉头，耷拉着眼皮坐那儿一口接一口地抽烟，胸脯剧烈地起伏，在灯光的映照下，他额角鼓起的青筋像一根蜥蜴的尾巴，蹦蹦直跳。

也难怪，若说起老家的那些亲戚来，陈荷花确实要比尚云龙硬气得多，原因倒也简单，主要是自己娘家的哥哥姐姐们懂得进退，除非万不得已，一般很少来信，即使是写也从不开列清单，要这个要那个，像上辈子欠下了似的提出诸多要求，甚至她去信问，他们说啥都有不用挂念，这就给陈荷花倒出了嘴，在两口子因亲戚关系方面引发的口角中占据上风。

陈荷花时常跟爱党说："你大舅那人，本来都几顿没吃啥东西了，可只要是出门，就掀开缸盖舀一大瓢水咕嘟咕嘟喝下去，再用羊骨头在嘴巴上蹭几下。"

爱党曾不解，问："大舅喝水干啥？"

陈荷花叹口气，说："他不想让别人知道家里没吃的呗！"

爱党仍弄不明白，问："那为啥呀？"

陈荷花的眼眶里已经有了泪水，沉默片刻说："你大舅忒耿直，说是树活一张皮，人活一张脸，谁也不欠谁的，让别人知道除了遭街坊邻居耻笑，什么用都没有。"

爱国在一旁抢话说："我大舅这叫志气，是不，妈妈？"

陈荷花抹了下眼角，说："你大舅……现在也不知道咋样了……"

爱党知道，在母亲陈荷花的娘家人里面，她和哥哥是最有感情的，哥哥一直以来都最疼她这个妹子。爱党随母亲陈荷花回老家探亲见过大舅几次面，印象最深的是他穿一身黑色的棉衣棉裤，那棉裤的裆是掮着的，嘴里咬着一杆短把的旱烟袋，有两股烟雾从鼻孔里徐徐地冒出来，时浓时淡，轻轻一吹，便都倏忽间散去，清癯的脸上刻满了道道皱纹，笑起来眼睛就眯成弯弯的月牙。大舅异常喜欢他这个外甥，抱在怀里久久都舍不得撒手，晚上睡觉怕他冷，还把自己的狗皮褥子拿来给他铺在下面。

陈荷花曾不止一次地责怪他："家里有难处，为啥写信不告诉我？我是你的亲妹子呀！"

大舅却笑着摇了摇头，说："你和妹夫在外头难处肯定少不了，八百里地一棵高粱，周围连个亲近的人都没有。我们离得远，帮不上啥忙也就罢了，哪能再给你们找事呢？"

舅母上前插话："我说写信的时候跟你们提一嘴，可他说啥都不让。"

那时爱党还小。有一次，大舅把爱党举过头顶逗着玩儿，没想到爱党恰好撒尿了，滋了大舅一脸，而大舅非但没嫌弃，还哈哈大笑，伸出舌头在唇边掮了一圈，眼睛乐得眯成了月牙，说："哈！大外甥这是给我敬烧酒呢。"

每年在国庆节后和过年前，大舅都会从老家陆续邮来两个包裹，一般前一个里面都是些蘑菇、木耳、蕨菜什么的，后一个则最令爱党兄弟几人垂涎欲滴，因为里面都是香甜好吃的红枣、榛子和松仁等干果。

对先邮来的那个包裹，爱党、爱国以及后来的爱军怀着某种期待，围在桌子周围，随着母亲陈荷花一层层地打开，最终露出"庐山真面目"后，很快便散去。那种来自遥远故乡独特的清香及美味，只能在年节或改善生活时的菜肴里慢慢咀嚼和品尝了。

而对后一个包裹，爱党、爱国以及爱军等几个兄弟，会在一阵欢呼后，簇拥着怀里抱着包裹的母亲陈荷花来到桌子前，很快安静下来。但陈荷花像是故意似的偏不忙着打开，而是拿来剪子，顺着缝包裹的麻线寻找下剪子的地方，而后一个针脚一个针脚地往外抽那根线。几个馋虫此时用眼珠直直地瞅着，一口接一口地咽唾沫，嗓子眼儿里仿佛要伸出小手来。

终于，通红的大枣、橙黄色的榛子和松仁在心的千呼万唤下，呈现在人们的面前。母亲陈荷花让孩子们每人拿个碗，逐样给抓了一把，之后分别装进几个铁盒里，打开墙角的箱子锁了起来，说："尝尝行了，好东西不能一次都吃了。你们大舅，他自个儿从来不……"一回头见尚云龙正饶有兴致地看着几个孩子吃东西，赶紧住了口。

陈荷花把不知什么时候攒在手里的一把大枣递了过去，说："你尝尝，这枣才好呢！他大舅信上说今年雨水多，旱瓜涝枣，难怪今年的枣又大又甜，肉还厚。"

尚云龙吃了个枣，吐出核来，对陈荷花说："你想着点儿，等这个月发了津贴，给他大舅邮五十块钱。"

陈荷花说："三十块吧，三十块也不少。"

尚云龙说："别，就五十。"

那时，很多人一个月的工资也才三四十块钱，因此五十块钱真的不算是个小数目，好在父亲尚云龙是当兵的，且还是个职衔不低的军官。尚云龙之所以要这么做，除了敬重他的这个大舅哥，其内心深处有没有是为了寻找某种平衡这个因素，就不好妄自猜测了，毕竟你自己的哥哥是哥哥，丈人门上的哥哥难道就不是哥哥了吗？应该怎么做才不至于显得厚此薄彼，父亲尚云龙心里还是有数的。他不能让陈荷花在亲情问题上占据话语的高地，使自己产生仰视的感觉，被老婆小看了，他是个大男人啊！

陈荷花不再说什么，见爱华醒了，便过去给她换裤子。在这期间，那几个秃小子谁也不作声，各自守着碗吃得津津有味。如果仔细观察，会发现他们的情形又有所不同。爱党吃东西很文静，他先挑那些个儿小和有疤痕的，放进嘴里细细地咀嚼，留在碗里的都是鼓鼓溜溜格外顺眼的。爱军则是先拣大的，一边吃一边玩儿，他岁数小吃得慢，碗里的东西长时间也不见少，尽管榛子和松仁都已经去了壳，不用现砸。最令人目瞪口呆的是爱国的吃相，他这只手刚把一个枣塞进嘴巴里，尚未嚼碎了咽下去，另一只手紧跟着又把一个枣塞进嘴巴里，就像谁要跟他抢似的，与此同时上一个枣的核也被舌头顶了出来，仿佛连气都不喘，腮帮子一个劲儿地蠕动，转眼间碗就见了底，把碗撂到桌子上，摸了摸自己的肚皮，目光盯着爱党的那只碗，使劲儿咽了口唾沫，嬉笑着说："哥，你还这么多呢？还净是大的……"

爱党自然明白他的意思，就从碗里抓出点儿递过去，说："你怎么吃那么快啊！嚼碎了再咽。"

父亲尚云龙瞥了爱国一眼，揶揄道："你们知道什么叫作囫囵吞枣吗？他那就是。"

难得父亲尚云龙放下脸，几个孩子如获大赦，顿时活跃了起来。爱党从碗里挑了几粒个儿大的榛子，托在掌心里，趋前说："爸爸，给你。"塞进尚云龙嘴里。爱军也捏起一枚大枣，举着要母亲陈荷花吃。爱国抓耳挠腮，又耸鼻子又咧嘴，看准了机会，迅速地在爱军的碗里抓了一把，顺手揣进裤兜里，而后装作若无其事的样子趴在床上翻看小人书，两只跷起来的脚一开一合的，像是打拍子。但人算不如天算，有一粒被身子晃动带出来的榛子掉到了地上，恰好骨碌到了尚云龙面前。父亲尚云龙抬起头来目光一扫，立刻发现了问题，他威严地咳嗽了一声，问："爱国，你刚才干什么了？"

爱国打马虎眼，说："我……我没干啥呀，看小人书呢！"

尚云龙说："你右边那个裤兜里，装的啥呀？"

爱国显然有点儿惊慌，他扔掉书，一下就爬了起来，手本能地捂住裤兜，嘴里嗫嚅着："我……我……"但转瞬便镇静下来，他朝父亲尚云龙讨好地笑了笑，说："我的那些……好吃的，还剩了一小点儿，留着明天馋了的时候再吃。"他小心地与尚云龙保持着距离，眼角的余光一直偷偷地瞄着门口的方向。

尚云龙不想破坏家里的欢乐气氛，只是正色说："你大舅他们给邮来的这些好吃的，你们谁也不比谁分的少，别没成色，要学着有点儿出息！"

爱军回头端起自己的碗，似乎觉得有些不对，他疑惑地抬起头来，看看

这个又看看那个，往嘴里塞了一粒圆滚滚的榛子。

父亲尚云龙起身来到窗前，望着夕照下的余姚江，涨潮了，一股股的江流无声无息地打着旋泛着浪花，迅捷地逆势而上，小火轮突突地冒着烟，像女人迎风飞扬的长发，拖着吃水很深的一排运砂船，两侧形成的亮晶晶的水波，犹如一对翅膀，逗引着江鸥在空中尾随俯瞰。

尚云龙想起了自己的哥哥。他的那个哥哥打小脑瓜就好使，在老家是被称作会来事的一类人。

他比尚云龙大十来岁，虽然是在山沟里长大的，但庄稼地里的活计样样稀松，也懒得舍力，说他四体不勤，五谷不分可能多少严重了点儿，可也不算太过冤枉他。由于常年不受风吹日晒，他的肤色要比别人白皙很多，再加上一米八九的个头，很是抢眼，颇受一些女人的青睐。但也有街坊不以为然，说他是"秧子哄哄"的，意为不务正业、游手好闲。

尚云龙少时，有一次跟哥哥赶着驴驮子往山上送粪。到了地方后，哥哥靠着山榆树抽烟，却努努嘴让弟弟一个人从驴背上往下卸。驮子里装的是已经捣好了的猪粪，十分沉重，尚云龙年小体弱，根本就没那么大气力，结果不慎把右腋下面的肋骨抻坏了，从此落下了个毛病，一赶上阴雨天或节气就隐隐作痛，且在他的晚年，那个伤处又悄然鼓起个包来，稍不小心触碰到，便会疼得吸一口凉气，头上冒出汗来。

尽管如此，尚云龙却极少说哥哥一个不字，毕竟他是自己的哥哥。陈荷花说："你那个哥哥真是没安好良心，纯是祸害你这个弟弟。他明明知道你身子骨单细，还让你去抻那死沉死沉的驮子，哪有他这么当哥哥的……现在觍个脸动不动要这个要那个的，也真好意思张得开嘴。"

尚云龙嘴巴上并不认同，说："主要还是怨我自己不小心，哪能怪他。"

陈荷花说："怪他不怪他的如今都没啥意义了。我是说这事，他咋那么不是东西呢？"

尚云龙张了张嘴，结果是啥也没有说出来。的确，他很难替自己的这个哥哥"评功摆好"。他的这个哥哥，使他在好多时候都很没面子！

农村公社化后，父亲尚云龙的这个哥哥赶上了生产队的马车，成了令许多人都眼热的车老板子。他不用扶着犁杖或者挥舞着锄头镰刀去地里干活儿，每天就坐在车辕子上，嘴里驾驾吁喝着，手里啪啪地甩着鞭子，这一年的工分就不少挣。即使到了寒冬季节，很多人可能还赖在热炕头上睡懒觉，他却得起早踩着吱吱作响的冰雪去队里的饲养院套车，天冷得猫咬爪，呼出来的哈气犹如两根象牙，但他头戴狗皮帽子，身上穿着过膝的白茬皮大衣，一双厚厚的高腰毡靴使得脚和小腿与寒冷完全隔绝开来，他是冻不着的，更何况三天两头还能喝上烧酒，肚子里也有油水。那时，农村连拖拉机都很少见，拴着马或骡子的大车是主要的交通工具，谁家盖房子、卸煤、去医院看病甚至接新媳妇儿什么的都需要用车，尽管这牲口和车是队里的，但人情都搭在了他的身上。每逢卸完车，用车的人家都少不得要炒几个菜，烫上一大壶烧酒犒劳他，有时还会请上队里的头面人物来作陪，譬如，队长、会计、保管或者出纳、民兵排长等等。

在烧得都烫腚的炕头上，这个姓尚的车老板子盘腿而坐，眼睛不离炕桌上的盘子和碗碟。他仰起脸吱一声喝口酒，嘴里哑哈着，伸出筷子在菜里面扒拉来扒拉去，专门挑肉吃。他的头上冒着腾腾的热气，汗水顺着腮帮子滴滴答答往下流，眼珠子都被酒精给刺激红了，舌头也变得越来越大，说些啥恐怕连他自己都弄不清楚，别人听了更是一头雾水。虽然如此，临走时他绝对忘不了把炕上抽剩下的半盒纸烟，似不经意地顺手揣进自己的袖口里，主人装作没看见的样子，眼睛故意望着别处，其实心里非常不乐意，这从他们原本灿烂的笑容骤然间凝固在脸上，讪讪地不再说什么就知道了。

尽管他的吃相及爱占小便宜为人所不齿，但有一点，他自始至终保持着清醒，这就是不忘张罗着给队长夹菜倒酒，和队长及其他队干部一盅接一盅碰杯，他知道自己的工分和口粮在谁手里攥着呢！也正因为他明白事理，所以当他给队长及其他队干部家出车时，甭管是否被留下来吃饭，他都会揣上瓶好酒，一块猪头肉或几斤豆腐片什么的，总之是绝不空着手光带个嘴去。久而

之，车老板子这活儿就像被他拿下了似的，人们满意也罢不满意也罢，整个生产队竟然没一个人站出来提议换换，在非他莫属这点上保持着惊人的一致，真让人不可思议。

尚云龙的这个哥哥在老家西沟一带远近闻名，不仅仅是因为他爱吃肉，爱喝烧酒，爱顺手牵羊贪些小便宜，最主要的是他爱串老婆门子，给不少的男人戴了绿帽子，尤其是跟其中一做豆腐的小寡妇，两人的关系更是成为人们茶余饭后的闲篇。那个小寡妇的男人在抗美援朝时牺牲了，是个烈士遗属，人长得谈不上有啥姿色，只是皮肤白了点儿而已，但这足够使车把式产生某种幻想。

自古有"寡妇门前是非多"一说，那些喜欢拈花惹草的男人，往往怀了龌龊的心理，意欲在寡妇身上得点儿便宜。这个做豆腐的寡妇虽让人惦记，却是让好些人有这个心而没这个胆，原因只有一个，她是烈士遗属！

尚云龙的哥哥，那个赶大车的老板子之所以敢跟这个寡妇有一腿，倒不是因为误吃了豹子胆，用他自己的话说就是："我那老兄弟在东海前线当兵呢，我是军属我怕啥。"

老婆自然是寻死觅活地跟他闹，甚至坐到豆腐坊门前，两只手拍打着地面骂小寡妇是"狐狸精""死不要脸"云云。面对越聚越多的街坊，小寡妇不紧不慢一句话就让她憋了茄子："你连自个儿老爷们儿都管不住，还有脸上这儿来撒泼！"老婆半天没说出话来，当时就眼珠子翻了白，自此落下了一个打嗝的毛病，且不分场合不分昼夜，一声连着一声，使人避之不及。

老婆和闺女跪在他面前给他说好的，哀求他回心转意，谁知他干脆来了个不认账，还把手里的酒盅摔碎了，说："别人往我脑瓜上扣屎盆子，你们咋也随着啊？我不过是去那儿喝碗豆腐脑……我好这口，这你们也不是不知道，就有事了咋的？王八蛋！有人没安好心，这是臭败我呢！"弄得老婆和闺女面面相觑，犹疑着往下不知说什么好了。而他转过身去，该怎么着还是怎么着，依然我行我素。

他的老母亲，即爱党的奶奶已经快七十岁了，气得拿起炕笤帚当着孙子孙女的面抽打他，说："雁过留声，人过留名，你咋就这么不争气呀！老尚家的脸算是让你给丢尽了。"老人一生好强，在村里极受人敬重，她也很为自己有一个在远方当兵的儿子感到自豪，但这个在村里赶大车的儿子让她在街坊邻居面前抬不起头来，颜面尽失。她本来身子骨还算硬朗，三天两头踮着小脚上沟沟岔岔搂点儿柴火，后来终于被气得落了个心口窝疼的病，找了多少大夫吃了多少药也不见好转。她走的时候是在腊月，整整三天三夜，她躺在炕上大睁着两眼啥也不说，直到最后时刻，才对那个还有脸哭的儿子断断续续地留下了一句话："别给你老兄弟丢脸哪……"

最让陈荷花记忆犹新且时常念叨的一件事，是她和尚云龙结婚后，要随尚云龙返回部队去。当时乡下交通非常不便，没有公路更没有公交车，唯一的办法就是让尚云龙的哥哥赶着大车去送他们，到几十公里外的县城赶火车。本来临出门的时候，尚云龙已经给他哥哥留了一笔钱，余下的仅够路上的花费，谁知在火车站辞别的时候，他的哥哥竟然还觍着脸伸手要钱，说："兄弟，你还有钱没？再给我闹两个……"尚云龙的脸当时涨得通红，尴尬地看了一眼新婚妻子陈荷花，啥也没说，逐个衣兜翻找，把身上所剩无几的钱全又留给了他。那次幸亏陈荷花身上还带了点儿钱，那是自己的母亲头一天悄悄塞给她的，否则真不知道他们这一路上都吃啥喝啥，能不能顺利抵达目的地。

过后小两口说起话来，陈荷花到底还是忍不住，说："你那个哥哥真是人心不足蛇吞象，他也不寻思寻思，咱们在路上吃饭买车票都得用钱。咱俩差一点儿就只能拖着打狗棍，靠要饭回来了。那样的话，得让你那些兵笑话死，还什么戴大盖帽的军官呢，娶个媳妇儿是要着饭回来的。"

尚云龙扑哧一下乐了，说："唉！算了，咱不和他一般见识，别为了几个钱，影响了亲亲故故的关系。"

陈荷花说："你还笑呢，我若不是也想着这些，早就不惯着他了。他也真好意思张嘴，好像你这辈子该他欠他似的，压根就没点儿当哥哥的材料，让人看不起。"

尚云龙赶紧打岔，说："我的那些战友人都很实在，一会儿他们上家

来，要是开个玩笑啥的你别太在意。"

陈荷花说："在家时我见过，知道该咋做！这部队上有啥讲究吗？"

尚云龙说："别忒惯着他们就行。"

陈荷花从北方的山村来到遥远的南方，还住到了海岛上，她感到啥都是新鲜的！面对浩瀚无垠的蓝色海疆，她感到惊讶，没想到海竟然那么大，没边没沿的，只能隐隐约约看到远处几个小岛的影子，偶尔会有帆船或舰艇从天边缓缓驶过，身后拖着一缕很快便会散去的烟霭。天气好的时候，空中像水洗过了似的澄澈，棉絮般的白云，一朵朵，一团团，或浓或淡，一种叫作海鸥的鸟在海面上飞来飞去。而到了闹天的时候，尤其是刮台风的时候，那情形可就太吓人了，大团的铅灰色云彩在天空翻滚纠缠，海水变得狂躁不安，一排排的涌浪向着岸边吼叫着扑来，仿佛要把那些礁石击碎或者吞掉，而陆地上的树木似乎要被揪掉脑袋连根拔起，那雨不是在下，倒像是天被什么妖怪戳了个窟窿，水全漏了下来，真是惊心动魄！

这儿的阳光也跟老家的不一样，老家的阳光是柔柔的、暖暖的，夏天虽然也热得像火焰在燃烧，但绝不拖泥带水，而这岛上的阳光似乎掺杂着一团水蒸气，闷闷地裹缠着你，让人不透脱憋得慌。但也有一样挺奇怪的，如果你站到树荫下面，便会感到一股小凉风徐徐吹来，浑身顿时为之一爽。

新婚宴尔的陈荷花，沉浸在各种各样的好奇中。她问尚云龙："这儿的风咋是咸的呢？"

丈夫尚云龙告诉她："因为海水是咸的嘛，咸滋味渗到风里面，风可不就变咸了。"

陈荷花对海水很是不屑，"我还以为能直接喝呢，就拎了一小桶回来，没想到又苦又涩，哪像咱老家小河套的水，喝到嘴里甜丝丝的。这海水真是……"

尚云龙哈哈大笑，说："这是啥时候的事？"

陈荷花脸红红的，"刚上岛的时候呗，我怕你笑话，就没好意思说！"

尚云龙笑着摇了摇头，说："你呀……"

陈荷花特别喜欢看海上的月亮，那么大，那么亮，还离得那么近，好像一伸手就能够得着似的，真想仔细看看那只躲在桂花树后面的玉兔是啥样的！虽然陈荷花也喜欢老家山里的月亮，但它高高地悬挂在天上，似乎离得有点儿远。尚云龙就笑她傻，说："要是能看得到，那兔子得有多大个儿！怕是一条兔子腿就够咱俩吃一年的。"

说到吃，这儿的主食副食跟老家那边也完全不一样。在这海岛上，平时吃的都是大米、白面和地瓜干啥的，菜的种类不多，以小白菜和莴苣为主，然而隔三岔五能品尝到带鱼、黄花鱼等在老家见都没见过的海鲜，还能吃上一种用雪里蕻的菜腌的咸菜，有点儿像老家那边的芥菜缨子，饭桌上顿顿都是离不开的。在老家那边，生产队里分的粮食基本上是高粱和玉米棒子，连小米都很少见，炕桌上所谓的菜主要就是一碗咸菜条和小葱蘸酱，如果哪天有几根黄瓜，就算奢侈的了。院子里种的那些菜是用来赶集卖钱的，它们跟鸡窝里的那些鸡蛋，还有猪圈里喂的肥猪一样，是一家人过日子花钱的主要指望。

陈荷花感到自己真是幸运，可谓一步登天了！

那一阵子，陈荷花在闲暇时，还特别爱和别的已经熟识的军人家属去海边的沙滩上捡贝壳，捉小螃蟹，以至于弄得家里到处都是贝壳和沙子，罐头瓶里则养着小螃蟹什么的。下班回来的尚云龙看到这些，直摇头，说："唉！你怎么像个小孩子。"

当时，陈荷花弄不明白尚云龙是个多大的官，反正那些当兵的见了他都得打立正敬礼。看着他们绷着脸，一本正经的样子，陈荷花就忍不住地乐。

她也悄悄问过尚云龙："他们咋都见了你就敬礼啊？怪不好意思的！"

尚云龙不想多做解释，说："条令就是这么规定的！"

陈荷花对此也不感兴趣，就转移话题，缠着尚云龙让他给肚子里的孩子起名字。尚云龙就说："你急啥！还没生出来呢，也不知道是个男孩还是女孩，到时候再起赶趟儿。"

陈荷花不干，说："起了预备着，省得到时候现寻思。最好起个小子名，再起个丫头名。"

尚云龙说："要我看，不管是丫头还是小子，就叫爱党！"

其时陈荷花已经怀孕，开始闹起了小病。尚云龙因为战备任务紧，没有更多的时间陪她，陈荷花丝毫没有责怪他的意思，还嘱咐他小心点儿，注意休息别累着。但是有一天，陈荷花无意中发现尚云龙的脸色不大好，回到家后也不太爱说话，像是揣了什么心事。

陈荷花就问他："咋了？累了还是遇着啥事了。"

尚云龙也不看她，闷闷地说："没啥事。"便一根接一根地抽烟。烟雾缭绕中，让人看不清他的面目，这使陈荷花有点儿不知所措。

到最后，陈荷花也没弄清楚那些日子尚云龙为啥突然间变得判若两人。其实事情说简单也很简单，说复杂也复杂。尚云龙接到一封信，而写信的人是个女军医，一个美丽温柔的杭州姑娘，是尚云龙以前生病住院时认识的。当时，两人彼此都有好感，也有意朝着那方面发展，一起散过步，也写过信，只是那层窗户纸还没来得及捅破。恰在这时，阴差阳错，尚云龙回北方探了次家，被母亲和姐姐等人一阵撺掇，他竟然直接把陈荷花领回了部队。这让人情何以堪！

女军医在信上并没有责怪他，只是祝福他新婚快乐，而这足以在尚云龙的心底掀起巨大的浪花，他感到很对不起她，自己怎么稀里糊涂地娶了陈荷花呢？尽管陈荷花也没什么不好的。但这事做的，咋想都觉得自己欺骗了那位女军医，辜负了她，玩弄了她的感情。尚云龙心里五味杂陈，久久不能释怀！而这样的事，尚云龙又怎么能跟陈荷花说呢？

这段感情经历，在尚云龙的内心深处几乎埋藏了一辈子，并且随着时间的推移，到了晚年愈加难以忘怀，时不时地忆起。

上面的这些事以及后来发生的好多事，不少都是爱党亲历，有些则是长大后慢慢听父母以及老家的那些亲戚们说的，这让爱党唏嘘不已。

12

母亲陈荷花和父亲尚云龙两人的婚姻，是尚云龙的姐姐亦即爱党的姑姑给牵线张罗的。尚云龙参军后，先是忙着打小日本鬼子，后来又一路南下……中华人民共和国成立后不久，又被送到武汉的防空学校学习了两年，毕业后便成了海军，成为与台湾隔海相望的舟山要塞区某海军守岛部队的一名年轻军官。

这时的尚云龙，像当时部队里的许多干部一样，仍是形单影只。他本人似乎不着急，老家那边却等不得了！其实他们不知道，那时尚云龙正在与一位美丽的杭州姑娘交往，她是坐落在甬城东钱湖畔的海军四一二医院的一名年轻医生。有一次尚云龙因中暑被送来住院，两人从而相识并萌生了情愫。

老家那边对这件事可以说毫不知情，离得远不说，更主要的是尚云龙一点儿风都没透露过，家里的人自然都不眊影儿。

尚云龙老大不小至今还孤身一人，他的母亲是最着急的，儿子的婚事都成了她的心病。她到处托人，给自己在远方当兵的儿子张罗媳妇儿。谁知那时许多人家对当兵的不感兴趣，有的甚至放出话来，说："我们家闺女可不找那当兵的，离得这么老远不说，谁知道是不是缺胳膊少腿。"

尚云龙的哥哥尚云虎对弟弟的婚姻大事既不打听也不过问，根本就是没放在心上，每天除了在村里村外的道路上留下串串鞭花，就是带着一张喝得红扑扑的大柿饼子脸去小寡妇家串门。有人唠起嗑来，问他："你那老兄弟有媳妇儿了没？"

尚云虎打个酒嗝，嘴里喷出一股难闻的气味儿，说："我不知道。"

有那好心人就说他："你这当哥哥的得给张罗张罗啊！咱这前后村跟他一般岁数的，孩子都快上学念书了。"

尚云虎很不以为然地说："我老兄弟在军队上是挎盒子炮的，还愁说不上个媳妇儿？咱用不着操那个心。"

尚云龙姐姐婆家的那个村跟西沟离得不算太远，就在老哈河的北边，步行的话也就不到一小时的路程。姐姐是真替那个当兵的弟弟着急，于是便扒拉着手指头逐门挨户地踅摸周围那些尚待字闺中的姑娘。其实也用不着费啥工夫，鸡犬之声相闻，赶集上店时常常抬头不见低头见，街坊邻居的情况都彼此在肚子里面装着呢。很快，老陈家的那个叫陈荷花的姑娘就被她相中了。

尚云龙的姐姐乐颠颠地找个事由假装去串门，又当面把陈荷花上上下下好个端详，而后对陈荷花的母亲说："婶儿，我想给你们家我老妹子保个媒呢，你看行吗？"

老太太说："那敢情好，哪儿的呀？"

尚云龙的姐姐说："我娘家兄弟，在军队上当兵呢，还挂个啥长，这我就闹不清了。"

老太太说："是吗？倒是早就听说过你有个兄弟在外头当兵，今年多大了？"

"比荷花大两岁。"

"哦，侄媳妇儿，这事，你给做主就行！"

尚云龙的姐姐欢天喜地赶紧回了趟娘家。老母亲终于去了心事，她撇下喂猪搅食的棍子，满脸绽笑，说："是馃子陈的老丫头吗？那可好！唉，总算有着落了。哦对了，彩礼的事都咋商量的？"

尚云龙的姐姐回答："荷花她那老妈啥都不要，说只要能给闺女找个好人家，不受气就行了。"娘儿俩是越说越高兴。

当时，陈荷花正在厨房里忙着做饭，但耳朵一直捕捉着屋里的动静，就听嫂子大声地在呵斥母亲："凭啥不朝他们要彩礼？不要白不要，咋也不能白给他们养这么大！"

母亲说："能寻个好人家才是根本。当老人的从不指望回报，更不想在这其中得到点儿啥，只要儿女好好的，比啥都强！"

嫂子说："还是个破当兵的，要再缺胳膊少腿，那可真就赔掉底了。"

母亲说："看我闺女的命吧！我不信老天爷会那么不开眼！"

陈荷花出神地拉着风箱，在心里面对自己说："甭管啥样我也认了，再差还能比在这个家更差吗？"灶膛的火光映着她脸上浮起来的红晕，那双明亮的眸子倏然间蒙上了一层泪水。

陈荷花的父亲打一手好馃子，尤其是他烤出来的烧饼，外皮酥脆，里面松软适口，芳香袭人，是远近闻名的馃子匠。他不笑不说话，见了谁都是乐乐呵呵的，逢年节或谁家办红白喜事，大户人家请他去帮忙，他尽心尽力不偷奸耍滑，街坊邻居小门小户找他，他也一样施展自己的手艺，而且在报酬上完全是靠东家打赏，从来不斤斤计较。平常，馃子陈在家里的偏厦小作坊里打馃子时，飘散出去的香味儿会吸引过来好多孩子，他们眼巴巴地站在不远处含着手指头使劲儿地吸吮鼻子。每当这时，馃子陈总是把他们招呼过来，笑眯眯地给一只只伸过来的小手掌心放上一块香喷喷的烧饼什么的，故而人们只要提起馃子陈来，没有不竖大拇指的。

馃子陈有两个儿子、两个闺女。大儿子娶的是小寺沟郝木匠的丫头。当年陈荷花的大哥身材颀长，黑红的脸膛上浓眉秀目，抬手动脚都透着股精神气，是庄稼地里样样都拿得起放得下的好把式，并且还深得馃子陈的真传，也打得一手好馃子。郝木匠那是一眼就相中了，三番五次托媒人来提亲，说啥也要把他的二丫头嫁过来。

对这门亲事，馃子陈从内心来讲是很不愿意的。他跟郝木匠早就认识，故而也见过那个丫头，但留下的印象不怎么好。

有回他被小寺沟的一户人家请去打馃子时，赶巧碰上了郝木匠。郝木匠拽着他的手，说啥让他上家里认认门喝口水。盛情难却，他只好跟着去了，进屋以后，只见一个胖乎乎的姑娘正对着墙上的镜子在梳头，面前放着个泡着刨花的水盆，她不时地把木梳伸进去蘸一下，弄得一脑袋头发都水光溜滑的。

郝木匠招呼老婆去沏茶，又对正在用刨花水收拾头发的胖姑娘说："这是你陈大爷。你最爱吃的那种烧饼，就是你陈大爷做的。"

胖姑娘扭过脸来冷冷地瞥了一眼，啥也没说，继续对着镜子摆弄她的头发。

馃子陈心里一动，莫非这丫头是个哑巴？

郝木匠神情略显尴尬，他往炕上让着馃子陈，又把放在缝纫机上的一个用木头做的烟匣子取过来，说："你抽抽我这烟，一点儿不辣嗓子。"

馃子陈撕了条纸，捏了撮烟叶儿的碎屑，麻利地卷了个喇叭筒，点燃后深深地吸了一口，憋住气，少顷，才顺着鼻孔缓缓地冒出烟雾来，说："还中，挺绵软的。"

郝木匠正待要说啥，突然间那个胖姑娘旁若无人地嚷了起来："妈！我那瓶雪花膏呢，你又给我放哪儿了？"

馃子陈被吓了一跳，敢情她能说话啊！禁不住又打量了她两眼，心想这丫头看来是给惯坏了，够不懂事的。

但现在，郝木匠就像是狗皮膏药给贴上了，馃子陈感到左右为难，应承了这门亲事吧，实在是相不中那丫头，若一口回绝了呢，又怕伤了感情。

馃子陈没有也不可能预料到，正是他的善良，磨不开面子，给他们这个家带来了一系列的厄运，也让他自己惨遭不幸。

郝家的二丫头娶进门后，好吃懒做不说，还刁钻蛮横，吃饭时不是嫌菜咸了就是嫌菜淡了，或者是嗔着没有荤腥。天刚一擦黑，她就拽着荷花的大哥回屋里去睡觉，早晨太阳都老高了，还压着荷花大哥的腿不让他起来。炕桌上盛好的稀饭和苞米面饼子眼瞅着都凉了，一家人吃也不是不吃也不是。当婆婆的到门口去喊一遍不起来，喊一遍不起来。待到总算爬起来了，她还得梳妆打扮一番，先是洗脸，弄得水花四溅，接着用梳子蘸着刨花水慢条斯理地梳头，最后还要往脸上抹厚厚一层雪花膏，而尿盆就在地当中摆着。

家里面的气氛一时陷入前所未有的憋闷中，谁都不愿开口说话，馃子陈的脸上也失去了往日的笑容，没事就蔫儿在炕梢闷头抽烟，辛辣呛人的烟雾里传来他的深深叹息。

终于，儿子受不了了，挥手给了他媳妇儿一个嘴巴子。事情的起因，是早晨吃饭的时候，一家人左等右等她都不来，兀自在屋里洗漱打扮，儿子忍不住说了她一句："你快点儿行不！饭都凉了。"谁知这下可捅了马蜂窝，骄横的郝二丫头竟然一巴掌就把泡刨花水的瓦盆扒拉到地上，摔得粉碎，骂道："催命呀！睁开两眼就知道吃，一帮猪！"

一个才过门不久的新媳妇儿，竟然这么撒泼，实在太过分了，馃子陈脸上的肉疼挛着，两手直哆嗦，卷烟的纸怎么也捋不平，其他人都面面相觑。

俗话说，兔子急了还咬人呢，陈荷花的大哥那是真急了！可挨了一巴掌的郝二丫头非但没有老实，在陈荷花大哥的脸上留下几道蚯蚓般的抓痕后，气呼呼地跑回娘家去了，且这一去就是十来天，音讯全无。

原本以为郝木匠也是个顾脸面的人，丫头不懂事，他当长辈的不能不明事理，还不调教她几句让她回来？谁知满不是那么回事，郝家非但不认为自个儿丫头有啥毛病，竟放出风来说，他的丫头在馃子陈家受了虐待，平日里不让吃饱不说，还挨打受气，老陈家若不给个说法，这事没完。

古训讲，家丑不可外扬。馃子陈一生都极讲究，要脸面，最怕让人在背后指指戳戳，可自打给儿子娶上了这个媳妇儿，没过多久，便觉得在街坊邻居面前抬不起头来了。现在亲家那头又拿不是当理说，而他又没法见人就解释，以澄清事实真相，终于一口气窝在心里面被放倒在炕上。他满嘴是泡，脖颈子上揪出来的火，颜色紫黑紫黑的，嗓子肿得连水都咽不下去。

陈荷花的母亲无奈之际，只好打发儿子拎着酒和几包馃子，去了小寺沟郝木匠家。不管好赖吧，毕竟娶个媳妇儿也不容易，再说了，家家如是，或多或少有本难念的经，街坊邻居谁三尺门里是肃肃静静的？对付着过吧，等往后有了孩子，岁数再大点儿兴许就好了。

陈荷花的大哥一连跑了三趟，郝家才松口，且逼着他下了个保证，今后不许再动她丫头一个手指头，才让他把人领了回来。

晚上，一家人诚惶诚恐地请过郝二丫头，炕桌上比平时多做了几个菜，甚至还炖了条鲤鱼，那是陈荷花的二哥在河套里抓的。郝二丫头阴沉着脸，旁若无人地吃完后就撂下筷子回了屋。一家人谁都不说话，吃完饭后也都老早睡

了。

谁都想不到，这顿饭竟会吃出人命来。已经是半夜，万籁俱寂中突然响起郝二丫头尖厉的号叫声。全家人以为两口子又打起来了，惊醒后躺在被窝里一动不动，竖着耳朵听动静，心里直念阿弥陀佛，他们实在是已经被折腾怕了。

陈荷花的大哥连鞋也没穿，惊恐万状地过来敲门，哆哆嗦嗦，话都说不成句："她她……她……"所有人感觉天塌了。

郝二丫头蜷缩在炕上，散乱的头发难掩其狰狞的面目，裸露的身体部位布满了一个个紫泡，人已经没有了气息。

馃子陈颤声问道："这这……这是咋了？"

吓得已经蔫儿了的儿子，浑身抖成一团，说："我……我也不知道……她先还好好的，半夜冷不丁地喊肚子疼，就在炕上直打挺，揉也不行，眼瞅着身上起了紫泡……"

老郝家自然不让，人活蹦乱跳地让你们接回去了，说没就没了？这浑身的紫泡到底是咋回事？不是打死的又是什么？于是一伙人跑来噼里啪啦地把家全给砸了，还告到了法院，要求让陈荷花的大哥偿命。

谁也说不清楚这到底是咋回事。公安局的人也骑着马来了，把陈荷花的大哥一绳子捆了去。

郝家来的人又哭又闹，肆意地糟践粮食，吃饱了就在院里烧纸，弄得乌烟瘴气，街坊邻居或围在门口或趴在墙头上，都不禁摇头叹息。

陈荷花和姐姐被眼前发生的事情吓坏了，姐俩依偎在一起簌簌发抖，躲在背人的地方偷偷哭泣。荷花的二哥急了，抓起把镐头要过去豁命，被荷花妈死死地抱住了双腿。馃子陈的嗓子沙哑得几乎发不出音来，说："甭管咋说，人是在咱们家没的，让他们闹去吧……完了，这个家完了……"

后来，还是被一个请来给人看病的老中医揭开了事情的真相。他在吃饭时听说了馃子陈家发生的事，若有所思，说："馃子陈那可是好人啊！咋摊上了这么个事呢？"

老中医来到老陈家，进了院后，找到已经被折腾得几乎傻了的馃子陈，先详细询问了相关的情形，馃子陈断断续续一一做了描述，诸如腹部剧痛，身上起紫泡等等。老中医捻须沉吟着，又问："出事那天晚上，都吃的啥呀？"

馃子陈好半天才回过神来，语无伦次地说："他们两口子生点儿气，媳妇儿就回了娘家……我们小子叫了三趟她才回来，寻思着慢慢感化吧……甭管咋说人回来了，晚上吃饭时就多做了几个菜，还炖了条鲤子，是我们二小子在前面那老河套里抓的……谁承想……"

老中医点了点头，又让人喊来了郝木匠，问他："你们丫头在家的时候是不是吃了黑猫肉？"

郝木匠诧异不已，说："你咋知道她吃了黑猫肉？"

老中医追问："吃没吃吧？"

郝木匠说："是吃了。咋的了？我们丫头有血分病，在他们老陈家挨打受气犯了，听人说吃黑猫肉能治好，我就买了一只给她炖了吃。"

老中医摇了摇头，深深地叹口气，说："黑猫肉跟鲤鱼犯冲，这两样东西必须得间隔三天三宿才能吃。你们丫头这事谁也不怨，算是该着啊！老辈人管这叫黑猫犯鲤鱼。"

事情的原委总算是弄清楚了，儿子也被放了回来，但馃子陈的脸上再也没有展露过笑容，从此变得一蹶不振，平时连话也不愿意多说，整个家都被一种颓势的阴影笼罩着，日子看上去一天不如一天。

最让陈荷花刻骨铭心的，还是她父亲馃子陈死时的情形。那已经是两年后了，她的大哥又娶了个媳妇儿，是板石沟老孙家的。这个嫂子最大的特点，是不骂人不说话，啥肮脏难听的词都骂得出口。她也是一干仗就往娘家跑，还躲起来不露面，娘家那边这回不是等着他们去请，而是上门来要人，质问："把我们人给弄哪儿去了？"逼着让他们赶快去找，声称活要见人死要见尸。

无奈之下，一家人只得说好听的，除了陪着喝烧酒吃炒菜，走时还得给他们拿上半口袋小米或豆子什么的。

总算是风平浪静了，父亲馃子陈站在当院，禁不住仰天长叹："我上辈

子干啥缺德事了呀？老天爷非要让这个家败了不可啊！"

陈荷花的哥哥气得直扇自个儿嘴巴子，说："我还不如打光棍呢，咋又娶了这么个丧门星啊！"

但嫂子的话更毒："你怨谁呀？相亲那会儿你爹也没带捂眼。"她这是把老公公骂成磨坊里拉磨的驴了。馃子陈在屋里面听了，紧紧闭着双眼，强忍着没让泪水流出来。

那天是二月二，晚上一家人围着炕桌吃饭，特意多炒了一盘羊肉，烫了壶烧酒，这些都是已经出了门的姐姐和姐夫正月回门拜年时带来的，肉本来就是咸的，嫂子在炒的时候不知是忘了还是故意的，又放了不少盐，结果齁得人几乎没法吃，但是谁也没说什么。父亲馃子陈故意嚼出声来，做出吃得津津有味的样子。

然而到了半夜，父亲馃子陈的嗓子就不行了。其实他的嗓子这几年已经落下病了，有点儿火就往那儿去，连水都不敢喝，吃东西时不时地吐。羊肉本身是一种发物，又炒得过咸，再加上炕也热，更何况还喝了一壶烧酒，嗓子里像是着了一把火，塞满了东西，憋得他喘不上气来。

昏暗的煤油灯下，父亲馃子陈的脸色呈现出可怕的紫青色，眼珠子直瞪瞪的，似要从眼眶里挤出来，他两手不停地抓挠自己的脖子，甚至伸进嘴里像是往外抠什么，鼻腔里发出一阵阵痛苦绝望的声音，还没等天亮就撒手人寰。

熹微的晨光中，他的眼睛瞪得大大的，嘴也张得大大的，似乎有太多的事情没弄明白，有太多的话想说……

13

老陈家遭逢的一连串不幸，使得街坊邻居们唏嘘不已，特别是对父亲馃子陈的溘然去世，充满了惋惜之情，都纷纷地感叹："真是好人不长寿啊，这老天爷也太不睁眼了……"亦有许多人唠了起来，情不自禁地说："往后，再也吃不到他打的馃子和烧饼了，馃子陈这块牌子算是没了……"

逝者已去，而活着的人也许更难，仿佛在一夜之间，陈荷花和母亲等人就成了给人遛房檐吃下眼子食的。即使大哥能顶得起钢火，可嫂子整天骂骂咧咧不给个好脸子看，着实让人如履薄冰，她俩时时都小心翼翼的。那一道道白眼珠多黑眼珠少的目光，犹如刀子剜在了心上，让人痛得慌。

不久，荷花的二哥给人当了倒插门女婿，随后又去了黑龙江，剩下荷花跟母亲两人相依为命。那段日子，陈荷花后来每每想起就掉眼泪，她和母亲可谓是噤若寒蝉。作为小姑子，她本可以不管不顾，跟嫂子针尖对麦芒，但是她怕大哥在中间为难，大哥活得够不易了，她绝不能再给他添乱。俗语说，退一步晴空万里，憋屈也罢受气也罢，她宁愿让这一切都烂在自己的肚子里。她打小就和大哥对劲儿，而大哥也特别心疼她。小时候，女孩兴缠足，用一根长长的布条子把脚裹得像个粽子，疼得她呜呜直哭。大哥见状，说："算了，我老妹子脚大就脚大点儿吧！"不由分说给她抖搂开裹脚条子，背起来就跑，使她免受了一场酷刑般的折磨，当然也使得她的亲事一再提不到日程上来，很多人家啥都相中了，可一听说或见了她的那双大脚，就打了驳回。冥冥中，她似乎在等待着尚云龙的出现。

尚云龙的姐姐当时是夫家村子里的妇女主任，见了陈荷花拉起家常来，非常同情这家子人，让她有啥事就说一声。陈荷花笑笑说："没事的，大姐。"甭管尚云龙的姐姐咋说，家里的情形她啥也不透露。

陈荷花家里外头啥活儿都抢着干，几乎不住闲，满手都是裂开的口子，有的甚至渗出血来，但嫂子不知是真没看见还是装没看见，根本不为所动。陈荷花弄不明白，你是陈家的媳妇儿啊，咋就对陈家的人一点儿都不亲呢？

嫂子坐月子前后有两个月子，都是荷花捧着汤汤水水伺候的。为了让嫂子尽快调养好身子，使其奶水充足，她不敢有一丝怠慢，调着样给嫂子做好吃的。可这个当嫂子的也实在是太刻薄了，真不知道她舌头上的味蕾是咋长的，

一会儿说咸了，一会儿又说淡了，再不就是油腥忒大，至于热了凉了的，更是让人不知道如何才好。陈荷花只得一遍遍地给她重做，直到她满意为止。

哥哥愧疚地望着忙得满头大汗的妹妹，说："真难为我老妹子了。你嫂子她忒不叫玩意儿，以为是啥金枝玉叶，把自个儿当成娘娘，简直比那个慈禧老佛爷还难伺候。"

荷花笑笑，说："哥，没事的呀！只要我嫂子能调养好身子，小侄子奶水足足的，啥都有了！"等到出了满月，嫂子整个人胖了一圈，腮帮子上的肉都噜嘟下来，而荷花则憔悴不堪，瘦得几乎脱了相。

在日常生活中，嫂子对待夫家和娘家人的态度迥然不同，可以用冰火两重天来形容。夫家的亲戚来了，她不是抱着孩子走人，就是沉着个脸，好歹给你对付几个菜，还咸的咸淡的淡，甚至摔摔打打指桑骂槐，让人在炕上如坐针毡几欲逃走。倘若是她娘家的人，无论是来串亲戚还是赶集上店路过，则又是另一番情形，她的脸上如沐春风，一迭声地问这问那，跟人唠家常，时不时地用肉乎乎的手背拭去眼角笑出来的泪水。客人们围坐在炕桌的周围，喝着茶水嗑着花生瓜子，一根接一根地抽着专门从代销点买的纸烟，时而高腔大嗓，时而小声，东家长西家短，似乎一个比一个知道的事多，比别人正确。有的竟然连鞋也不脱就上炕，有的则旁若无人地朝地上吐痰擤鼻涕，弄脏了的手就在炕沿上一擦，弄得满屋子乌烟瘴气的。饭菜绝对不将就，肉啦蛋啦鱼啦，啥也不少，上几个盘几个碗都是掰着指头经过了反复琢磨。散酒一般不喝，得去供销社或代销点买瓶装的。他们吃饱了喝足了，走时还得拿着，没有的东西就现去买。等到把人都送走了，嫂子便回屋逗弄孩子，荷花跟娘两人好赖吃一口就开始收拾，炕上地下杯盘碗碟什么的，洗了涮了擦了扫了，待到终于可以直起腰喘口气了，想起猪还没喂，鸡也得再拌点食，于是又忙活一气。

说起来让人难以置信，荷花在家做在前头吃在后面，对嫂子敬着捧着不敢有丝毫差池，然而嫂子待她还不如两氏旁人。

记得有一次院里菜地的黄瓜架上少了根黄瓜，嫂子进来出去地骂，言语间所指就是小孩子也听得出来，"老大不小的，缺你吃了缺你喝了？就不怕嗓子眼儿里长疔，瘸了爪子。假装像没事似的，要想人不知，除非己莫为，真是耗子能防黄鼠狼子能防，可这家贼最难防。"

娘盯着荷花的眼睛，问："给我说实话，是不是你摘的？"

陈荷花的泪水在眼眶里直打转，说："我真没有……娘！我要是偷吃了，就让我不得好死！我跟她对证去。"

娘一把捂住荷花的嘴，把她抱在了怀里，说："忍着吧，啊！我老闺女要是有那个命，将来找个好人家，就不再受这个气了。"

后来还是大侄子怯怯地说："那黄瓜……是我摘了吃的，不是老姑。"

嫂子气出两肋骂了半天，结果全骂的是自己，她愣了一下，伸手照着孩子的脸就是一巴掌，骂道："王八羔子，你们老陈家没一个好种！咋不一口卡死你！"

陈荷花赶紧跑过去把侄子拽走，但嫂子的那些骂人话，仍然像小北风一样在身后紧追不舍，"不吃那口就活不了是咋的？无怪乎老辈人说龙生龙，凤生凤，老鼠的儿子会打洞，这都随你们老陈家的根儿啊！"

当奶奶的摸着孙子脸颊上的巴掌印，嘴角抿得紧紧的，什么也没说。

其实陈荷花心里跟明镜似的，嫂子在家里无端怄气，经常不知啥缘故就指桑骂槐，多数都是冲着她来的。平心而论，街坊邻居像她这个年龄的姑娘早就出门了，有不少孩子都满地跑了。可话说回来，荷花也没吃闲饭，在家啥活儿不抢着干啊，和个扛活儿的也没啥两样。但是嫂子可不这么认为，她时不时地就在荷花母亲跟前敲打说："谁像咱们家，平白无故地养个姑奶奶，老邻旧居嘴上不说啥，心里不定都咋笑话呢！你就一点儿不着急。"

娘说："她嫂子你就给多操点儿心，看有那合适的……"

嫂子把嘴一撇，说："哟！我可没那能耐，谁知道人家想找啥样的？若是一朵鲜花插了在牛粪上，我还不得成你们老陈家的罪人啊！"

娘说："看你说的，咱也不指着找啥大富大贵人家，能有口饭吃，对你老妹子知冷知热的就行了。"

嫂子满脸不屑，说："看她那双脚吧，跟个老爷们儿似的，谁要哇！"

娘说："没人要就算了，我养着，咋也不能把她掐死！"

嫂子不乐意了，说："你养着？你自个儿还不知道谁养着呢，我可是没多余的小米子。"

娘不吭声了，任凭嫂子再说啥也不搭齿。

荷花在灶前忙碌着，两手团着发好的棒子面贴饼子，她的耳朵早已经被磨出了腿子，心也麻木了，只当是什么都没听见。

陈荷花比谁都清楚，自己的婚姻问题是母亲最大的一桩心事。接二连三遭逢的打击，使得娘的身体和精神都备受摧残，瘦得只剩下皮包骨头，而她之所以强撑着没有倒下去，就是放不下自己的老闺女，牵挂着老闺女的婚事。

所以当尚云龙的姐姐找上门来，要把自个儿的亲弟弟介绍给荷花，娘绝口不提彩礼的事，立刻就点头答应了。她后来告诉荷花，之所以如此痛快，是她认为尚云龙能在部队当上军官，肯定就赖不了，她尤其相中的是尚云龙这个人没在当地当兵，她希望自己的老闺女能够走得远远的，离现在这个家和这个家里的人越远越好，眼不见耳不听，该着苦尽甜来。当然，两人的年龄也是一个重要因素，仅仅差了两岁，再没有比这合适的了。

这时，嫂子不知道想起了啥，串门回来，就在家里开始磨叨："挑来挑去竟挑了个穷当兵的，待的地方远不说，还不知道胳膊腿全不全，哪如在就近找个人家，亲亲故故的，也好互相有个照应啥的。"

娘悄悄地对荷花说："她死懒死懒的，等你走了，她肯定要缺手，这是还惦记你给她扛活儿，伺候她呢。"

陈荷花望着娘深陷的眼窝，浑浊的眸子让谁看了都会揪心，"娘，我要是走了，你怎么办啊？要不我还是别嫁人了，一辈子都在家伺候你。"

娘不禁笑了，说："傻丫头，闺女大了总得嫁人，你不用管我。只要你以后能好好的，我就是死也放心了。当老人的，啥也不指望，只要孩子都顺顺当当的就行了。"

荷花沉吟了片刻，说："娘，我想，等将来你跟着我过吧，我跟他说，把你接到我们家去，要不我就不嫁。"

娘笑了，摇了摇头，说："那不中！咱老陈家又不是没小了，那样让你哥在街坊面前咋抬得起头啊！再说你哥也肯定不让。"

荷花忧心忡忡地说："那咋办呀？这些破讲究，就不能变一变？"

娘是在荷花结婚后的第二年冬天去世的。那时爱党已经出生，老人用瘦骨嶙峋的手，捧着外孙的照片，怎么也看不够。她是含笑闭上眼睛的，一颗晶莹的泪珠顺着脸颊扑簌簌滑落下来。

这年秋天的一个早晨，荷花起床后刚打开门，就听见当院的杨树上有两只喜鹊在喳喳地叫。娘舒了口气，说："今天怕是有喜事要临门啊！老陈家也该着好了。"

果然太阳才从东边的房檐探出头来，就听大门口有人喊，随即尚云龙便在他姐姐的带领下进了院，后面还跟着一大群人。

当时，娘正坐在炕上，见进来个当兵的，高高的个子，腰板溜直，头上戴顶大盖帽，扛着肩章，稍一愣神，立刻明白过来，赶紧下地迎出去，嘴里不停地说："快着……快着……"往屋里招呼。

其时尚云龙千里迢迢回来探亲，是专程到老陈家来拜访，依尚云龙姐姐的想法，也有让荷花母女等人相看相看的意思。

陈荷花的心怦怦直跳，脸上呼呼地发烧，吓得一转身躲了起来。娘不错眼珠地端详着尚云龙，咋看咋喜欢。这个年轻的海军军官，一张俊气的脸上，有着黑黑的眉毛，挺直的鼻梁，目光清澈和善，他坐在那儿不多言不多语，一笑起来便露出整齐的牙齿，浑身上下都透着一股精神，既不缺胳膊，也不少腿。

荷花的哥哥也替妹妹高兴，他兴奋地说："这往后咱就是军属了，谁要再这个那个的，我老妹夫就不让了。"

嫂子讪讪地笑着，说："还没下聘礼，也没换盅呢，咋就叫上了？也忒不拿自个儿当外人了。"其实她的心里是五味杂陈，尚云龙比她想象的不知要好多少倍，完全超出了一些人和她的预料，其所受到的震慑自然是强烈的。此后，她见了荷花，脸上就条件反射般露出讨好的神情，样子显得颇不自在。

娘乐得合不拢嘴，她的脸上，终于又绽出了久违的笑容。

隔了一天，尚云龙的姐姐叫荷花去她家。荷花拿不定主意，毕竟啥都没说呢，她哪能一招呼就颠颠地跟人走，让街坊邻居们背后耻笑。还是娘发了话，说："快着点儿吧。现在是新社会，哪那么多的说道！你大姐都亲自过来了，赶紧去！"

院子很宽敞也很整洁，尚云龙独自一人坐在屋里，手上夹着烟，像是正寻思啥事。他是一大早从西沟那边过来的，在家里，娘啥都不让他干，就盯着一件事，马快枪急地让他摁着窝子解决自己的婚姻问题，根本不容他有一点儿喘息的空。儿子大老远好不容易回来，当娘的不想错过这个机会。

陈荷花进了屋后，尚云龙的姐姐笑吟吟地看了看两个人，说："他们都上集去了，家里没别人，你俩说说话。"而后掩上门出去了。

陈荷花心里发慌，脸上呼呼地冒火，感到手脚都没处放，不禁抓着自己的辫子垂下头去，一声不敢吭。

尚云龙站在她面前，搓着两手，一时也没话，额头上冒出汗来。

屋子里静得似乎连空气都停止了流动，掉地上一根针也能听见声音。从半开的窗户望出去，尚云龙的姐姐坐在当院的葡萄架下，正低着头纳鞋底子。

尚云龙收回目光，搔了搔头，突然间发现了什么，他一把就把荷花的手抓了过去，翻过来转过去地看。这哪像是年轻姑娘家的手啊！肉皮粗糙不说，手指肚和掌心满是膙子，骨节处几乎没好地方，一道道口子……

荷花挣了几下没把手夺回去，便任由他抚摸着，眼睛里慢慢开始转泪。

尚云龙看上去心疼不已，问她："这手……怎么弄的？"

荷花小声说："做活儿……都这样……"

尚云龙眉头皱了皱，深深地看了她一眼，往下就转了话题，说："你怎么老站着，快坐下啊！"

荷花没吭声，望着他抽了下自己的手。尚云龙这才意识到，他还抓着荷花的手没撒开呢，不禁"哦"了一声，有些不好意思。

或许姻缘这个东西都是命里注定的，谁该跟谁走进一个家门，月下老人早就把线牵好了。荷花胸中渐渐地涌起一片柔情,对面前的这个男人骤然产生一种依赖和亲近感,好像多年前就跟他熟识似的,但一时又想不起来在什么地方见过。而尚云龙呢,或许是被陈荷花的那双手触动了心底最隐秘的角落里的那根弦,唤醒了前世的记忆吧!那是命里的一种约定。

陈荷花在尚云龙的面前已经不再拘谨,两个人很自然地唠了起来,想到哪儿就说到哪儿。

荷花问他:"你待的那地方有多远啊?"

尚云龙说:"反正从咱这儿先到县城,然后坐火车。在火车上咣当几天几宿下来还得再坐汽车,最后是坐船。"

荷花着实吃惊不小,她长这么大,连县城都没去过呢,而尚云龙说的地方到底有多远,已经完全超出了她的想象力。

荷花又问:"我听不少人都念叨,南方到了夏天死热死热的,都能把人给晒迷昏了,鸡蛋扔地上登时就熟了。"

尚云龙笑了笑,说:"热是热,可也没那么邪乎,要不人早就跑光了,谁还傻乎乎地在那儿待着。"

荷花想想也是,一方水土养一方人,就拿眼前的这个他来说,皮肤气色便没有几个人能比。

几天后,尚云龙在他姐姐的陪同下,带着大包小裹的礼品上门来了。他红着脸对荷花的母亲说:"大娘,我跟你商量个事,我想这次带着荷花一块回部队去,你看行吗?"

荷花的母亲笑了,说:"行啊!咋不行呢?!马上领着走都行。"

尚云龙的姐姐急忙在一旁说:"兄弟,你咋还不改口啊?赶紧叫娘。"

尚云龙不禁摘下帽子,搔了下头,喊道:"娘!"

荷花的母亲长长地答应了一声:"哎!"

荷花的大哥乐得跳起来就往代销点跑,去买那种瓶装的好酒。嫂子怀里抱着孩子,转身看看这个又看看那个,一脸的疑惑,说:"咋就这么快?还没换盅就……再者也得看个日子啊!"

娘摇了摇头，说："人该是个啥命就是个啥命，那些个讲究和过程有没有都无所谓，享福也好遭罪也罢，都是人过出来的。"

就这样，全家人在一块吃了顿饭，荷花就跟着尚云龙走了。一切都非常简单，简单得令人难以置信。

只是末了，娘对荷花的大哥吩咐道："你明儿个起早，去供销社买几斤水果糖和纸烟，给老邻街坊们撒撒，告诉大伙儿你老妹子成亲了……"

临出门前，娘脸贴着脸对荷花嘱咐了又嘱咐，说："娘总算放心了，我老闺女的命还不赖。甭惦记我，好好的！听见了没？"

荷花永远都忘不了那一幕，她坐着大车已经走出很远，娘还拄着拐棍，站在家门口望着，不停地挥动手臂，风吹起了娘满头的白发，深秋的背景下，那瘦小单薄的身躯宛如一尊雕像，深深地定格在了荷花的脑海里。

这是娘留给荷花的最后的形象，在此后漫长的岁月里，荷花每当想起来就会落泪。也许只有荷花自己知道，在娘挥动的手臂和看着她远去的目光里，有着一个母亲对女儿的多少希冀和祝福……

14

小脚女人的钱包丢了，她先是在院子里低着头寻找，旮旮旯旯的地方都搜寻到了，甚至连可疑的树叶都掀开了，依然不见踪影。

连着几天阴雨，总算晴了，阳光亮花花刺眼，风不大，尚含有一丝淡淡的霉味儿。院子里横七竖八拉起的一道道铁丝或麻绳，晒满了被褥、床单以及大人孩子洗过的衣裳。一帮小孩子把这儿当成迷宫，在里头嬉戏玩耍。

小脚女人发现钱包不见了的时候，正准备做中午饭。她清楚地记得钱包就揣在有偏开口一侧的裤兜里，怎么忽然就没了呢？那里面装着几十块钱，若是丢了，全家人还不得扎脖啊！她什么也顾不上了，跌跌撞撞地便往外跑，急得眼睛里好像要滴出血来。

大顺坐在他们家外面的墙根下，低着头，全神贯注地抓着自己已经红肿了的小鸡，不停地捏起地上的蚂蚁往尿道口里塞。由于蚂蚁是活的，可能意识到了某种危险，均调转屁股落荒而逃。大顺一次次前功尽弃，这使他看上去越来越失去耐心，身子烦躁地扭动着。

小脚女人脸上滚着豆大的汗珠，嘴巴咧歪着，呼哧呼哧的喘息声里已经情不自禁地带上了哭腔。她挓挲着两手，无助地在日头下面转来转去，一眼发现丢人现眼的儿子大顺，嗷一声扑了过去，喊："俺的小祖宗啊，你倒是怪美的，看见谁拣了咱的钱包没有？看见没？"

大顺呆愣愣地抬头望着她，伸出手说："这……这是蚂蚁……"

小脚女人一巴掌把他的手打开，骂道："你咋不嘎巴下死了！"而后像是突然间想起了什么，又转身大步流星地朝江堤上跑去。钱包在江边的水草丛中找到了，但里面已经空空如也。

小脚女人在院子里打着滚，整整骂到天黑。她把已经被水浸湿了的空钱包放在身边，两手不停地拍打着地面，披头散发如同疯了一般，那把梳子也掉在了石板上，齿子压断了好几根。

谁也不敢上前去劝，说什么好呢？让她算了吧，以后小心点儿，显然是站着说话不腰疼；如若陪着她一起骂那贪心人，又顾忌多一句少一句把人得罪了，还不知道是谁。大家都猫在自己的家里，躲在窗户后头不作声。有心软的，一边唉声叹气一边自言自语："谁要是捡了就快给送回去，都管着好的，怎么能偷偷地拿了呢？早晚让大伙儿知道，脸往哪儿放啊……"

当年人们的收入都不高，又没别的进项，一分钱能掰成两半花。韩参谋家丢了几十块钱，不啻是个引起轰动的大事，司令部的人与公安局的人很快赶来调查了解情况。

结果没费多大的劲儿，就水落石出了。冥冥中也算该着，越是有事，事是越往一块赶，原来那个钱包被张所长的儿子宝有捡了去。宝有和另外几个孩

子在院里晾晒的被褥床单间藏猫猫玩儿时，发现掉在地上的钱包。他捡起来后见跟前没人，就不声不响地揣了起来，回家后交给他妈。张所长的老婆打开钱包看了看，立刻掐着宝有的耳朵进行嘱咐，要他跟谁都不许说捡到钱包的事，甭管谁问，就说不知道。

但宝有毕竟是个孩子，来调查的人在询问过程中见他神情异样，便很快盯上了他。过后，有段对话曾被流传一时。

"小朋友，钱包是不是你捡的？"

"我妈不让说。"

"钱包在哪儿捡到的？"

"不知道。"

"钱包里面都有什么啊？"

"我没看，不知道。"

"你把捡来的钱包交给谁了？"

"我妈不让说。"

"你妈妈为什么不让说？"

"不知道。"

"那你先不能回家，让你爸爸上公安局来领你吧。"

"叔叔，你们是不是要把我抓起来？"

"如果说实话，承认错误后改了，就……"

"叔叔，我说了，你们别告诉我妈，行吗？"

这件事一时弄得沸沸扬扬。张所长的家人进来出去的，在大院里各种各样目光的注视下，低着头谁也不看匆匆而过，再没有了往日的张扬和威风。韩参谋跟张所长偶尔走个面对面，也是昂首挺胸目不斜视，一副居高临下的模样，张所长则显得有些狼狈，躲躲闪闪的。两个人的神态自此奇妙地完成了互换，着实让旁观者忍俊不禁。

小脚女人的嗓子发炎了，打了几天青霉素，消下去后，在院子里哪儿人多往哪儿凑，似乎除了张所长一家，跟所有的人关系都近了一层。

母亲陈荷花对此感叹不已，她在吃饭的时候对尚云龙说："张所长老婆多豪横的一个人，现在走道连头都不敢抬，也没人搭理他们。韩参谋家的倒阳兴起来了，往那儿一坐数她话多，寻思起来怪好笑的。"

尚云龙从鼻腔里重重地"哼"了一声，说："本来嘛，人活·张脸，树活一张皮，没脸没皮让人在背后戳脊梁骨的事，到任何时候都不能做！他奶奶活着的时候常念叨，雁过留声，人过留名。"

荷花看了几个孩子一眼，禁不住笑了。她伸出筷子夹了块鱼肉，仔细地把刺都摘净后，放到爱军的碗里。

爱党知道母亲陈荷花想说什么，也知道父亲尚云龙接下来会说什么，果然不一会儿，尚云龙又开口了："别不当回事，老人的一些话，很多都是他们人生经验的总结。你们不想听，我也要说。"

陈荷花扒了口饭，说："先吃饭吧！一吃饭就来事。"

尚云龙不置可否，继续按着自己的思路往下说："人最怕的是什么？是让人在背后戳脊梁骨，说三道四，留下不好的口碑。就像张所长家这件事，就是做得欠考虑，不想想一旦败露，那影响根本没办法挽回！"

陈荷花说："算了，还是说点儿别的吧。"

这时，尚云龙已经刹不住了，说："有很多事，还是顾忌一点儿好，不能满不在乎。也许你们要笑话我，怎么一个当兵出身的动不动就怕这怕那的，给谁活着呢……"

陈荷花说："本来嘛，整天这怕那担心的，累不累啊？不做亏心事，就不怕鬼叫门，咱不偷不抢不坑害人，谁爱说啥说啥去！"

尚云龙终于无奈地摇了摇头，说："你呀……"往下不吭声了，闷着头三口两口扒拉完饭，便坐在一边点上烟抽起来。

时隔不久，张所长一家就匆匆地搬走了，走的时候天还没亮，跟谁也都没打招呼，只是左邻右舍听到楼道里有动静，出来看才知道是怎么回事。

早晨爱党起床的时候，听见母亲陈荷花跟父亲尚云龙说："他们……张所长他们这家子人就这么走了？"

尚云龙淡然地说："不走行吗？"

陈荷花说："也是，抬头不见低头见的，咋着都不得劲儿了。"

尚云龙说："换换环境，到一个新的地方也好。人哪，这字写起来笔画简单，做起来真是不容易啊！"

陈荷花轻轻地叹了口气，没再说什么。

曾经好长一段时间，爱党心里面对父亲尚云龙很是不解，父亲敢跟日本鬼子拼刺刀，敢在枪林弹雨中冲锋陷阵，有着一副军人的火爆脾气，在战场上从没害怕过什么，甚至现在还动不动就用大巴掌来教训他们，怎么也会怕这怕那的呢？

譬如，对老家的亲戚，他几乎是有求必应。哪怕这东西自己不吃不用，手头上只剩下一块钱，也要先满足他们。

母亲陈荷花每有异议，尚云龙就神情严肃地说："有句老话讲，富在深山有远亲，穷在闹市无人问。我是最怕被人拿这话来议论咱们，让三亲六故的数落咱在外头忘了本，不认亲！"

陈荷花一脸诧异，说："这能挨得上吗？"

尚云龙振振有词，说："猪嘴羊嘴绑得住，人嘴你能绑得住吗？真要是那样的话，将来我转业了回去咋和那些亲戚见面啊？见了面都说啥啊？"

陈荷花说："可咱们也得过日子，大人孩子总不能扎脖吧？"

尚云龙看了看手表，站起来，说："行了，就算是替我坐瘩子吧。"系好领子上的风纪钩，扎上武装带，径自上班去了。

陈荷花不再言语，话已经到了这份儿上，她还能说啥。望着尚云龙匆匆而去的背影，她不禁张嘴骂了句："该死的……"也不知骂的是谁。

但爱党晓得，尽管陈荷花和尚云龙两人也有勺子碰锅沿的时候，且红过脸甚至发生过争执，从没张嘴骂过尚云龙一句，无论当面还是背后。母亲陈荷花骂的，是老家个别寡廉鲜耻贪心不知足的亲戚。

在父亲尚云龙的意识里，自己的一切都是部队的，都属于组织，对此没有任何条件可讲。可一旦涉及家庭或自身的困难和问题，他又总是默不作声，自己去想办法克服和解决，绝对不找上级领导汇报反映，更不会让下属出面替他承办处理。用他自己的话说，就是"我最怕给组织上找麻烦"，常挂在嘴边的一句口头禅是"我没事"。

曾经有一阵子，由于海防前线形势紧张，母亲陈荷花带着孩子到一个新的地方住。那时爱党刚会在地上跑，爱国还在吃奶，尚云龙因为战备执勤，很长一段时间不回家。

这是一幢木质结构的二层小楼，楼前是那种南方小街上常见的石板路，隔着石板路便是条河，河的两岸砌着壁立的条石，不远处有拱桥，时有乌篷船从下面缓缓地穿过。爱党他们家住的是楼下，在这所房子的后面，仅隔了条窄窄的胡同，是家屠宰厂。每天凌晨时分，到处都还黑乎乎的，那里面已是灯火通明，持续不断地传出猪的惨叫声，着实让人毛骨悚然。但这只是一方面，最让人忍受不了的，还是空气里从早到晚都飘溢着一股浓重的腥臭味儿，即使天天打着窗户敞开门也没用。原来在这幢小楼的楼上，还住着一对专门做肠衣营生的小两口。在他们的房间里，摆放着一只只大小不一的木盆，里面浸泡着的全是猪的小肠，成群的绿豆蝇时而飞起，时而落下，让人感到特别恐怖。

这小两口身上系着围裙，端坐在一张长条桌前，把从血水中捞出来的猪肠子捋在上面，手里掐着个竹片，从一头开始，顺着一个方向刮去上面的肉，留下的是薄如蝉翼的肠衣，据说可以卖给食品厂灌香肠用。桌子的两边，固定着用剖开后打通的毛竹做的槽，以便收集血水什么的，一端放着两只糊满了血污油腻的木桶，里面的东西泛着泡，几乎要溢出来，散发出令人作呕的气味儿。

爱党后来不吃一口香肠，哪怕多看几眼都会反胃，许多人以为他是不是吃伤了或吃不合适了，其实没有一个人猜对，而他也不做任何解释，否则的话别人还怎么吃呢？

楼上的小两口对新来的邻居很热情，他们自己还没有孩子，因此对爱党爱国都非常喜欢，时常做了好吃的就送过来一碗。但爱党一闻到他们身上的味道便急忙跑开，当然更不会吃他们送来的东西。爱国则只要一进屋就啼哭不止，连奶也不好好吃，不是晃着脑袋躲避送到嘴边的奶头，就是咬住奶头后不撒口，疼得母亲陈荷花直吸凉气，情不自禁地吼叫起来。

尚云龙回来后，满含歉意地对直掉眼泪的陈荷花说："这一带的房子不咋好找，先这么将就着吧！"他去街上买来塑料布，亲自动手把里面的门和窗户都封得严丝合缝。这一来虽然味儿是小了，但由于空气不能对流，又使得屋子里闷热异常。于是，在白天的时候，陈荷花不得不常常带着孩子，去石板路对面河边一棵浓荫蔽日的香樟树下乘凉，那里有卖西瓜的，还有卖棒冰的。有时，她怀里抱一个手里牵一个，沿着石板路慢慢地走，依次经过茶庄、丝绸店、裁缝铺以及染坊……赶巧，他们会在一个香烟缭绕铃声悠扬的人家前停下来，看一帮老太婆虔诚地围坐在一张摆放着各种贡品的桌旁，闭着眼睛，一边敲着手里的木鱼等法器，一边虔诚地蠕动着嘴唇，像唱歌般念经。

而到了晚上，吃过饭以后，陈荷花就带着孩子在门口铺张凉席，手里摇把蒲扇驱赶蚊虫，一遍遍地让爱党数天上的星星，或指着远处一闪一闪飞舞的萤火虫讲故事。直到暑气退了，一家人才进屋关上门睡觉。

有一天爱党正在睡梦中，忽然被不期而至的雷声惊醒了，觉得整个小楼都在颤抖，像要散架。外面的天空中仿佛有千万匹马在奔腾嘶鸣，一会儿远，一会儿近，雷电交加，暴雨如决堤的河水倾泻而下，房间的窗户不时被闪电映得惨白，瞬间又变得漆黑一团，暗夜中响起了爱国的哭声。

爱党恐惧极了，吓得全身簌簌发抖，情不自禁地喊道："妈……"

这时，他感到有一只大手摸索着伸了过来，就着闪电的光亮，爱党发现母亲陈荷花坐在床上，怀里搂着弟弟爱国，脸色白得吓人。爱党一翻身抱住陈荷花的胳膊，狂跳的心渐渐地平复了下来。但是很快，爱党就觉出了异样，母亲陈荷花的手冰凉冰凉的，沁着一层冷汗，贴在他脸上的那只胳膊，也像发疟疾似的微微哆嗦着。爱党不禁往陈荷花的身上贴了贴，心里又莫名害怕起来。就这样，陈荷花在床上搂着两个孩子，一直坐到了天亮。

吃完饭后，陈荷花怀里抱着爱国，不时地到门口向着远处瞭望，嘴里一直念叨着："爸爸回来了……爸爸回来了……"

由于昨夜的一场大雨，隔着石板路的小河，水位明显升高了，且打着旋儿泛着水花，变得浑浊不堪，还漂浮着树枝杂草和翻了白的死鱼什么的。陈荷花叮嘱爱党不许到河边去，说发大水后在旋涡里面藏着一种叫鼋的东西，会变成各种样子出来迷惑人。鼋尤其喜欢哄骗细皮嫩肉的小孩，谁要是不听话非偷着到河边去玩耍嬉戏，就会被它一把抓住拖进水里去，灌死以后再慢慢地享用。

爱党那时才三四岁，听得毛骨悚然，不时偷着往河里边看，以至于有一个卖棒冰的老头从门前经过时，冲着他笑了笑，他竟吓得扭头就往屋里跑，嘴里喊着："妈妈妈妈，鼋来了！鼋来了！"

父亲尚云龙几天后才回来，他似乎永远都在忙，家好像就是一个歇脚的驿站。这天晚上，爱党睡眼蒙眬中，忽然被一阵忽高忽低的嘤嘤哭声给惊醒了，他按捺住心跳，悄悄地竖起耳朵，原来是母亲陈荷花一边啜泣一边和父亲尚云龙说话，声音里还带着余悸："那雷一声接一声都不断头，闪电就像把天撕碎了似的……你没看这房子呢，震得吱吱嘎嘎，都快散架了。我寻思八成要见不着你了……"

夜已经很深了。窗外，一只蟋蟀正在悠闲地浅唱低吟。父亲尚云龙轻轻地咳了下嗓子，说："看把你吓的，不怕的，啊！南方天气就这样，没事的！到时候你们待在屋里别出去就行……"接着便是窸窸窣窣的声音。

就听陈荷花说："孩子还没睡呢……"

尚云龙笑了一下，说："都半夜了……"

少顷，床颤动起来，伴随着陈荷花含混不清的嘟哝声……

母亲陈荷花是在北方的山村长大的，南方的雷雨之夜曾使她惊恐不已，然而和后来遇到的一件事相比，那简直就不值得一提。

有一天清晨，陈荷花起来做饭，当她掀开水缸盖准备舀水的时候，赫然发现里面竟然浸着一条足有胳膊粗的蛇，正冲着她不停地吐着信子。天知道它是什么时候又是怎么钻进去的！

陈荷花嗷一声把盆扔了，扭头便跑，到了门外，才发现怀里抱着爱国手

里拽着爱党，却无论如何也想不起来怎么就一个也没丢在屋里，或许这纯粹是一种母性的本能吧！

陈荷花浑身发抖，吓得不敢再进屋。还是楼上刮小肠的那小两口下来，笑嘻嘻地说："哎哟，没关系的，我们去把它抓来。"

男的进了屋，不一会儿便拎着那条蛇的尾巴出来了。蛇的身子像没有骨头般软绵绵的，看上去足足有一根扁担那么长。

陈荷花的腿肚子直抽筋，战战兢兢地连看都不敢看，后怕不已。蛇进到水缸里面，肯定是因为天太热了的缘故，以至于连这种冷血的爬行类动物都要找地方降温。只是陈荷花实在不敢想象，如果睡着了，蛇爬到蚊帐上或者床上可怎么办！因为这种事情根本就是事先无法能够预防的，万一……她不禁倒吸了口凉气，腿都软了，不停地抹眼泪，不敢往前凑。

那小两口见状，便再次进到屋里，男的用烧火做饭夹煤球的火钳，女的一手举着笤帚，还顺手抄起趿拉板，蹑手蹑脚地仔细进行搜寻，不放过一处疑点，特别是水缸的周边更是做了重点查勘，并把墙角的几个耗子窟窿给堵上了。确认再没什么危险后，他们才招呼陈荷花进屋。那只搪瓷盆已经被捡了起来，有好几处都磕掉了瓷。

楼上的那小两口是南方人，他们把蛇剥了皮后炖熟，还给陈荷花送了一碗，说："蛇肉很好吃的，有营养。"

陈荷花从没吃过蛇肉，哪敢动筷子啊！后来便偷偷地端出去倒了。陈荷花对爱党说："听老人说，所有咱们人住的房子里头都有蛇，要不夏天的时候热得根本没法待。蛇身子不是凉的吗，能降温。"

爱党若有所思，问陈荷花："妈妈，那咱们家的蛇已经让楼上的叔叔给打死吃掉了，是不是往后屋里会更热呢？"

陈荷花不吭声，举目四下逡巡着，半天说了一句："这个死地方……"

15

父亲尚云龙原本是很单纯的一个人。在爱党的记忆里，父亲虽然话语不多，但是很爱笑，神态也是轻松的，一回到家就把爱党揽过去，放在自己的肚皮上面逗着玩儿，或者干脆让爱党骑在脖子上去外面转一圈。吃饭的时候，他不时把菜里面的肉扒拉出来，夹送到爱党的碗里，鱼则要再三确认没刺后，才让爱党吃到嘴里。毋庸讳言，爱党对父亲尚云龙要比母亲陈荷花亲得多。

但有一天，爱党忽然发现父亲尚云龙不知从什么时候开始变了，他脸上的笑容越来越少，神情也显得疲惫，本来挺稀松的烟抽得勤了起来，尤其是对待孩子的态度，简直跟以前换了个人似的，看谁都不顺眼！终于，爱党因为玩儿累了尿了床，破天荒第一次挨了尚云龙的巴掌。抚摸着自己满是横七竖八岗子的屁股蛋，爱党惊骇不已，抽抽噎噎地儿乎哭了一早晨。他无法相信父亲竟然会舍得打他，还那么使劲儿。

陈荷花也没料到，尚云龙会因为尿床这样的事动手打孩子，气得她连饭也没吃，陪着爱党一块掉泪，又拧了块热毛巾给他溻在屁股上。

过了些日子，父亲尚云龙从杭州出差回来。他打开手提包，从里面掏出个大石榴递给爱党，说："给！快吃吧！"爱党看了母亲陈荷花一眼，怯怯地接了过来。

晚饭后，陈荷花坐在床上做针线活儿，尚云龙摁灭了烟头，喝着带回来的龙井茶，馥郁的香气弥漫开来，渐渐地盖住了那股呛人的烟味儿。

尚云龙说："等有时间，我带你们也到杭州去玩儿几天，看看西湖。"

陈荷花似乎对他的话不感兴趣，头都没抬，淡淡地说："算了吧，都说过多少回了，这儿那儿的。再说了，出去玩儿一趟得花多少钱啊！"

尚云龙说："钱不钱的，这个月花没了，下个月又开了。"

陈荷花把针在头发上蹭了蹭，说："你事那么多，哪有空陪我们娘几个出去玩儿？多回家几趟就阿弥陀佛了。"

尚云龙欲言又止，他端起茶杯喝了一口，沉吟片刻，说："按说当兵的有当兵的职责，干啥得说啥，可现在有时候好像劲儿没往正地方用，真让人搞不明白……"他从烟盒里抽出根烟叼在嘴上，划火柴点着，深深地吸了一口。

陈荷花抬头望了他一眼，说："部队能有多少事啊？"

尚云龙幽幽地说："你以为部队没事啊，现在跟打仗那时候可不一样了。"

陈荷花想了想，说："要不然你给上级打个报告，要求提前转业，咱们回老家算了。这个破地方死热死热的，我还真没相中！"

尚云龙瞥了她一眼，说："这是两回事。"

父亲尚云龙原本是农家子弟，是从硝烟弥漫的战场上冲杀过来的，加之读书不多，这就决定了他们那一代军人普遍都具有朴实耿直的性格特点，极少对上面说的和做的产生过多的想法。然而现实生活中出现的不少东西，与他们已经形成的思维模式间的矛盾和冲突，使许多人感到一种无法排遣的困惑及压抑，陷入难以言说的苦闷之中。这样一来，传统意识加上宣泄的需求，在他们身上便萌生出一种偏激和固执，家里的孩子不期然就成了最好的对象，挨打挨骂几乎是家常便饭，而这跟人的脾气好赖、性格是否简单粗暴并无直接关系。

几十年后，爱党作为一名社会学教授，和住在医院里的父亲尚云龙曾交流过一些想法。阳光透过窗户上的玻璃，照在病床上半躺半倚的尚云龙身上。这是一套他这个级别的干部才能入住的高级病房，设施齐全，很幽静，除了脚下铺着的带有图案花卉的地毯，几乎满目皆是白色，甚至连外面会客室的电视，其周边的框也是近似白颜色。

年逾古稀的尚云龙，头发自然也全是白的，已经看不到一根黑发。脑血管后遗症终将他拴在了病床上，这是很残酷且很无奈的，也使他有了时间来回忆自己过去的人生经历，跟儿子敞开心扉。很多时候，他对爱党的说法似乎并不完全认同，可也不予反驳，只是闭上眼睛陷入沉思中。

母亲陈荷花对尚云龙诸多做法是颇不以为然的，却无力改变他。譬如，在穿衣裳方面，当年曾有一句口号非常的流行，即新三年，旧三年，缝缝补补又三年。本来过年的时候，给孩子买身新衣服穿再正常不过，但尚云龙要求在裤子的屁股部位和膝盖部位用缝纫机轧上几块补丁。

陈荷花不解，问："那是干啥？"

尚云龙说："艰苦朴素嘛！"

陈荷花挺来气，她也开始变了，变得不再像早先那样仰视尚云龙，情不自禁地揶揄道："哟！敢情这艰苦朴素，就是在新衣服上面弄几块破补丁啊！那商店里还卖啥新衣裳呢？让收破烂的设个柜台岂不更省事。"

尚云龙一脸的严肃，"你说啥呢？这对孩子思想教育有好处，让他们从小就不受资产阶级生活方式的腐蚀！"

陈荷花说："我看不出来。"

尚云龙丝毫不让步，继续说："忘记过去就意味着背叛！现在的孩子都生在新社会长在红旗下，没受过旧社会的苦，不能让他们忘本！"

陈荷花疑惑不解，说："我还真让你给整蒙了。我就不明白，咋就好玩意儿都得给资产阶级留着，无产阶级只能用破的旧的谁都不稀罕的，不能吃好的不能穿好的，那当初给穷人打这个天下是为了啥？"

尚云龙一时语塞，愣了好半晌，末了来了句："你不怕别人说三道四，我不能不考虑影响问题。"

但说归说，最后陈荷花还是会找出几块布来作为补丁，去街坊邻居家用缝纫机轧到新买的衣服上。可好端端的衣裳，无来由弄上去几块补丁，让人咋看咋别扭。爱党还一连声地追问："妈！妈！为啥要在新衣服上撂补丁啊？"陈荷花面无表情地说："怕让资产阶级把你给吃了！"父亲尚云龙则不吭声，只是露出赞许的神色。

还有一件让爱党刻骨铭心的事情是与人交往方面。一直以来父亲尚云龙就教育他的几个孩子见人须有礼貌，尤其对待长辈，熟悉不熟悉的都要主动上前打招呼，且在称呼上也不能喊错了，还得会陪着说说话，几乎到了苛求的地

步。

尚云龙耳提面命地告诫爱党："别把这不当回事，要不人家会笑话咱家的孩子少教育，不懂事，让我和你妈妈也一块跟着丢脸闹臊猫。"

在军营或家属院里好办，管遇到的岁数大的男的叫声叔叔，女的叫声阿姨就是了，地方上的，对岁数大的称呼一声阿爷、阿婆、叔叔、阿姨也没问题。让爱党经常感到不知所措的是家里来客人的时候，父亲尚云龙要求必须表现出热情，嘴里还要会说话，一再叮嘱："别像缩头乌龟似的不敢见人，连个屁都不敢放，主动大方着点儿，该叫啥就叫啥，该说啥就说啥。"

然而经常会出现这样的场面，当爱党谦恭地用双手捧着茶杯或香烟，连说了几遍"叔叔请喝茶""叔叔请抽烟"之类的话，有的人不理不睬，自顾自地在那儿高谈阔论或者寻思什么。这让爱党感到难堪，站也不是，走也不是，不知道手里的东西往哪儿放才好。往往是客人前脚刚送走，尚云龙便开始教训："说话声音跟个蚊子似的，客人能听得见吗？另外，你在前面连个姓也不加，人家知道是给谁的。"而当下次爱党真按他说的做了，父亲尚云龙还是不满意，他待客人都走了以后，把爱党叫过来，说："你那么大声干什么？跟喊口号似的，连我都吓一跳。人家大伙儿准寻思，那孩子是不是有病啊！真没个记性，我平时都是怎么和你说的。"

爱党垂手站在尚云龙面前，怯怯地望着他，不明白自己到底怎么做才能让父亲满意。母亲陈荷花过来说："行了，孩子还没吃饭呢。"

尚云龙看上去意犹未尽，接着又说："就你现在这个样子，将来回到老家更得丢人现眼，那儿都是亲戚连着亲戚，叫什么的都有。"

陈荷花说："哟！你还惦记着回西沟啊！我可先把话留在这儿，要回你自个儿回去，我和孩子们可没那想法！"

尚云龙说："叶落归根，终有一天得转业复员。"

陈荷花根本不予认同，说："我还是那句话，就那死山沟子，谁爱回去就回去，别拉着我。"

尚云龙无奈地摇了摇头，说："到时候再说吧！"

果然，后来父亲尚云龙转业的时候，曾一门心思地要回老家西沟，陈荷花则坚决不同意。

　　尚云龙守着部队发给他的《毛泽东选集》、一把镐头和一根扁担，琢磨着回去后先在哪儿住。他的想法是暂时在他哥哥家住一冬，转年开春便弄块地皮，自己盖三间房子。陈荷花却不以为然，说："回老家行，但是不能去西沟。咱们已经不年轻了，根本就干不动农活儿。"

　　尚云龙深深地吸了口烟，说："报纸上号召不在城里吃闲饭，咱们怎么好去跟组织上讲这个那个条件！"

　　陈荷花态度坚决，说："那我不管，反正回西沟，我就赖这儿不走！"其实她也并非厌恶农村劳动，而是不愿和一些所谓的亲戚掺和，早年留在脑海里那些不堪回首的记忆以及后来纠结的一些东西，早已让她刻骨铭心，难以面对。

　　尚云龙还要做她工作，说："不管怎么说，西沟那儿亲戚多，有个大事小情的彼此也能有个照应。"

　　陈荷花不屑地说："到时候不够替他们塞牙的呢！就他那个大爷，你忘了娘是咋没的了？躲都来不及呢，还要往跟前凑，脑袋瓜进水了？"

　　这一下戳到了尚云龙的软肋，他不吭声，闷着头坐那儿抽烟，瞬间便被缠绕在迷蒙的烟雾中，偶尔瞥陈荷花一眼，欲言又止。

　　毕竟尚云龙的职级和年龄在那儿摆着呢，最后经部队多方联系，他们在离老家西沟几百公里外的市里安顿下来。当然，也就省了日后落实政策的诸多麻烦。

　　爱党对父亲尚云龙在接人待物方面对孩子们的诸多要求感到无所适从，却又不敢质疑，只能在心里暗暗地嘀咕，时间一长竟产生了心理障碍，他变得害怕见人，害怕跟外人接触，一旦家里面来了客人，甭管是熟悉的还是不熟悉的，他都会紧张得浑身冒汗，大脑瞬时变得一片空白，时不时地去看父亲尚云龙的脸色，连打招呼的话也变得吭哧吭哧吐字不清，总想着字斟句酌，唯恐哪句话说错了或说得不合适，结果是越想好好的，却越是糟糕。

尚云龙见状，看爱党就更加不顺眼，常常气不打一处来，"怎么家里来个人，越发的连话都不敢说了？谁还能一口吃了你！"

爱党嗫嚅着说："爸爸，再有客人，我就哄着弟弟出去玩儿，行吗？"

尚云龙脸上呈现出一副恨铁不成钢的样子，说："你怎么……以后就找个四邻不靠的小屋子，把自己关在里面，灶膛打井，房脊上开门！"

爱党对父亲尚云龙曾有一种矛盾的心理，他害怕见到父亲，可又希望父亲在离自己很近的地方，那样他会感到踏实，觉得有了依靠和主心骨，犹如一棵大树，甭管刮来的风怎么摇撼树枝和树叶，只要有树干撑着就没啥可畏惧的。

有一件事爱党想起来就后怕。那天晚上出奇闷热，一直到了凌晨身上还汗津津的，他睡不着，出于孩子的好奇心，他爬起来后悄悄地溜进了仅一条胡同之隔的屠宰厂，去里面看个究竟。地上湿漉漉的，弥漫的水蒸气使灯光显得昏黄暗淡，若不是有那么多的木头桩子以及钩子和案板，倒有点儿像澡堂子。味道很重，夹杂着脏腑、粪便和血腥的气息，不时响起猪的惨叫声和断续的呻吟声……工人们有的在一个热气腾腾的水池子里给猪褪毛；有的抓着猪的一只蹄子，在埋头呼呼地吹气，转眼间猪就变得圆滚滚的，当然之前得用一根长长的捅条翻过来掉过去在猪的身子里先捅一气；有的则握着刀给倒挂在木头桩子上的猪开肠破肚；有的在案板上又剁又砍……

这样的场面，充满了血腥和恐怖。爱党不敢再看下去了，转身想走，忽然又听到几声哞哞的牛叫声，循声望去，原来在不远处的角落里，有个工人正准备杀一头牛，他脚踩缰绳，手里执把大锤，伺机想把牛先砸晕了，牛则左右晃动着脑袋，似乎知道这人要干什么，鼓鼓的眼睛里竟然在流泪。

爱党逃也似的回到了家里，心怦怦地狂跳不止，头上满是汗水，他发誓今后再也不上那种地方去了。

这时，弟弟爱国的哭声吸引了他的注意力，他这才透过蚊帐发现，母亲陈荷花躺在床上一动不动，任凭爱国坐在旁边哭个不停。

爱党感到好生奇怪，陈荷花怎么不管弟弟啊？而且天都已经大亮了，怎么还不起来做饭呢？他过去喊了一声："妈妈……"

陈荷花竟然没有一点儿反应，爱党连忙掀开蚊帐抱过弟弟，接着用手推了推陈荷花，她还是一动不动，爱党感到她的皮肤有点烫手，不禁仔细地看了陈荷花一眼，只见她双目紧闭，面色潮红，呼吸显得异常急促。

爱党吓了一跳，害怕了，喊："妈妈，你怎么啦？怎么啦？"

陈荷花的手动了动，看样子想抬起来，却又没抬起来，她的眼睛睁开一条缝，嘴唇翕动着像要说什么，但声音十分微弱。爱党赶紧爬到她跟前，这回终于听清楚了，陈荷花在说："快……快……"

爱党出溜下地，似乎想都没想，就从外面的楼梯跑着上了二楼。那小两口正坐在长条桌前忙着刮小肠。

爱党呼哧带喘地对他们说："我妈妈生病了，很严重！"

两个人一听，立刻停下手里的活儿，站了起来，相跟着下了楼，男的跑去喊医生，女的随爱党急急地来到陈荷花的床前。她撩起蚊帐，把门和窗户都敞开，随后把毛巾在脸盆里浸了覆在陈荷花的额上，紧接着倒了碗水，用羹匙喂陈荷花，又随手抄起床上的蒲扇，冲着陈荷花慢慢地扇……所有这些几乎是一气呵成，动作轻盈利落。她的个头不高，身材纤弱但线条柔和，清澈的眸子像一泓湖水，微凸的额头和翘翘的鼻梁上挂满了细密的汗珠。她扭头望了爱党一眼，用软软的语调安慰说："莫怕！没有关系的，慢慢就好了。"爱党坐在一把竹椅上，两手抱着弟弟爱国，目光始终追随着她，陷入深深的恐惧之中，他这时特别盼着父亲尚云龙回来。

医生是附近驻军营部的卫生员。他抹了把脑门上的汗水，便打开带来的红十字药箱忙碌起来，先取出体温计甩了甩，对着光亮看了一眼，夹到陈荷花腋窝里，抓过她的手，把几根指头搭在她的腕子上号起脉，又打开血压计，把一条布袋缠到陈荷花的胳膊上，捏着个鹅蛋样的东西扑哧扑哧地充气，眼睛注视着水银汞柱，接着抖搂开听诊器夹到耳朵上，猫着腰，手里掐着传感听头，在陈荷花的前胸后背上细听，一副若有所思的样子，末了翻开陈荷花的眼皮……

卫生员有着一张娃娃脸，但说话举止与他的长相一点儿不符，似乎是天塌下来都不着急。他把几根银光闪闪的针扎在陈荷花的头上和手上，稍后又给陈荷花打了针吃了药，见她能喝水，神智已开始慢慢地恢复，他才直起腰，在床边的凳子上坐下来，冲着爱党启齿一笑。楼上的小两口互相看了一眼，也都舒了口气，脸上露出了笑容。陈荷花望着他们，深深地喘了口粗气，少顷，声音虚弱地说："谢谢你们了……"爱党这才抱着弟弟，怯怯地凑上前去。

原来母亲陈荷花是中暑了，幸亏那小两口帮忙，没耽误，现在已经不要紧了，再观察一会儿，如无异常，好好休息几天，用点儿药就没事了。那小两口便夸卫生员医道好，卫生员则称赞他们是热心肠，还告诉他们自己的爷爷在广西的家乡那一带是个有名的老中医。说来说去，不知什么时候变成畅叙军民鱼水情了。

父亲尚云龙接到电话后，坐小吉普车从训练基地赶回来。当他急匆匆地进了屋来到床前，外面天色已经完全黑了下来，爱党正在用羹匙一勺一勺地喂陈荷花吃饭，爱国则坐在一边自顾自地玩耍。

陈荷花有气无力地说："回来了……"

尚云龙关切地问："怎么样？听说中暑了。"

陈荷花吁了口气，说："仗着楼上那两口子！要不然，完了……"

爱党告诉父亲尚云龙："饭都是楼上那位阿姨给做的，她还拿来好几个咸鸭蛋呢，可好吃了。是楼上的叔叔跑着找的医生。"

尚云龙说："是吗，真得好好谢谢人家！以后，可不许再说人家身上有味儿什么的了。"

陈荷花告诉尚云龙："卫生员是个广西人，他说他是你接的兵，你还去过他们家，见过他的爷爷……"

尚云龙沉吟了一下，说："哦，好像广西河池的。他爷爷在当地可是个很有名气的老中医，一心想让他跟着学医，可他铁了心就是要参军。他爷爷开始觉得挺没面子的，后来倒想通了，说是让孙子去部队上锻炼锻炼也是件好事。"

这次尚云龙破天荒在家待了三天。这期间那个"小广西"又来过两趟，楼上的小两口则见了面就打听情况，他们很明白事理，知道自己身上有味儿，所以即使相让也不进屋，只是一再地表示："我们是邻居，有什么事情只管找我们好了，不要客气的。"

爱党哪儿也不去，像跟屁虫似的不离父亲尚云龙左右。他喜欢抱着尚云龙的腿，把脸贴在上面；喜欢受尚云龙支使，干这干那的；喜欢看尚云龙坐在椅子上一口一口地抽烟，寻思事。尚云龙想让陈荷花多休息休息，抢着去做饭，可他除了熬粥，扒拉疙瘩汤，别的啥都不会做。即使是这粥和疙瘩汤也实在让人不敢恭维，生熟不均，寡淡无味。但是爱党仍做出一副垂涎欲滴的样子，大口大口地吃，嘴里发出很响的声音，尽管好半天都咽不下去一口。

第二天，陈荷花就躺不住了，热是一方面，饭不管好赖也能将就，主要是她发现尚云龙心里有事，于是说："让部队来车接你回去吧！"

尚云龙闻之精神一振，说："那……你行吗？"

陈荷花说："有啥行不行的，对付呗！"

话虽这么说，但尚云龙还是放心不下，直到三天后，他才回的部队。临上车前，他踌躇了一会儿，对陈荷花说："训练正在节骨眼儿上，我就不在家多留了，你自己小心点儿。他大爷如果来信了，你看看家里还有多少全国粮票，给他邮点儿……"

陈荷花面色呈现不悦，说："他来信就要这要那的，大上个月才给他邮了五十斤。咱家也没多少了！"

尚云龙也显得很无奈，说："看能拆兑出点儿不？没多有少，摊这么个哥哥有什么办法。"

陈荷花说："就好像欠了他们的。他好意思要，咱倒不好意思不给，啥时候是个头呢？这要是给他奶奶，我啥都不说！"

尚云龙说："好歹他伺候娘来。"

陈荷花不予认同，说："娘是让他活活气死的，倒还有功了？"

尚云龙想说什么，终究没说出来。

陈荷花叹了口气，说："你走吧，我再找找，明天给他邮三十斤去。"

16

都说一母生九子，秉性各不同。爱党一直以来就知道，在老家西沟，父亲尚云龙是奶奶一生的荣耀，而那个当车老板子的大爷尚云虎，则是奶奶心中永远也抹不去的耻辱。父亲尚云龙在母亲陈荷花跟前最没面子最没话说的，就是他的这个哥哥尚云虎，尽管陈荷花并不以此作为话把，动辄就拿他来说事。

尚云龙一方面为哥哥尚云虎的寡廉鲜耻感到羞愤，耿耿于怀，另一方面又不得不再三地满足其无休止的索要，毕竟是一奶同胞，血浓于水，是自己的手足兄长，有着无法割舍的亲情，这让尚云龙心里始终很纠结，充满了无法与他人言说的苦恼和烦躁，就像两手捧着个刺猬。

多少年后，相关的当事人大都已经作古，爱党通过所谓知情者津津乐道的传闻逸事，透过亲戚们茶余饭后已不再忌讳什么的讲述，大致组合成了一个发生在僻壤的关于一个男人和女人之间老掉牙的故事，并在心头产生了另一番滋味儿。

赶大车的尚云虎每天都摇晃着鞭子在村街上过往，他腰板挺直，嘴里驾驾的吆喝声不断，伴随着不时在空中炸响的鞭花，一路上风光无限。

不远处，有大团的水蒸气在房脊和树梢上升腾飘散，扑面而来的风里溢出一阵阵豆花的芳香，他两眼放光，油汪汪的脸上漾起一片抑制不住的笑意。

这儿是个豆腐坊，或浓或淡的热气持续不断地从门口和窗户里涌出来。尚老大把车停在道边，拉上闸，插好鞭子，径直向屋里走去，浓郁的香气立刻包围了他。

透过迷蒙的水汽，他的目光很快便捕捉到那张白净俊秀的脸。她三十出头的年纪，眼睛里蕴含着一种让男人怦然心动的东西，是忧郁，是温顺？反正很难形容。大锅里煮的豆浆已经泛起泡沫，她手里舞弄着悬吊在房檐上的木头架子，正在过包，用来过滤豆腐渣的笼布，被固定在架子的四个角上，随着悠来荡去的抖动，洁白的浆汁从布里渗了出来，直接落入锅里。她穿件斜开襟的灰布褂子，虽然身材显得瘦削，但胸部鼓鼓囊囊的，里面像是躲藏着两只活蹦乱跳的兔子。一九五一年她的丈夫去了朝鲜，从此再也没回来，那时她刚满二十岁，儿子还不到一岁。

作为烈属，村里的人们对她是敬重的。敬重之余，街坊邻居又都纷纷感叹她的不幸，那么年轻就守寡，带着个孩子，往后的日子可怎么过呀？

有人劝她趁着年轻再走一家，但被她婉言拒绝了。时间一长，也就没人再提这档子事，只是茶余饭后没事的时候，猜测她的心思罢了。

这个年轻的寡妇，带着她的幼子回娘家住了些日子，回来后就利用临街的门面房开了个豆腐坊，起早贪黑地忙碌起来。

尚云虎赶着个大车，见了谁都没正经地胡说一气，早先和这个漂亮的女人自然也要贫。可自打她丈夫在朝鲜牺牲，她开起了豆腐坊之后，尚老大见了她再也不闹着玩儿了。倒不是因所谓的寡妇门前是非多，他变得规矩了，而是他被她的那副神情，她的目光给震慑住了，动了心。也不知是从啥时候开始，尚云虎有事没事总爱颠颠地往豆腐坊跑，去了就帮着干这干那，忙完了，或顺手抄起葫芦瓢，从锅里舀起豆浆喝上几口，或拿碗盛两块豆腐，浇上盐水，吃得津津有味，或用几块干豆腐片卷着小葱细嚼慢咽，从怀里取出酒壶喝上几口，而后便开始跟小寡妇没话找话三吹六哨，天上神仙地下鬼怪，东家长西家短，似乎没他不知道的。临走时，他还从不忘扔下几个钱。

小寡妇起先并未在意，毕竟来的都是顾客，为了招徕生意，她自然都是以一副笑脸相迎，过后也没啥可思量的。至于对尚云虎，顶多有时托他顺便捎点儿东西什么的，也仅仅是为了图个方便。然而时间一长，女人的本能使她感到忐忑不安甚至恐慌。她的目光不敢和他对视，作为过来人，她完全能够透过他躲躲闪闪的眸子和显得过分亲昵的话语，读懂一个男人心底的隐秘。

女人开始构筑堑壕，说："你赶紧走吧，要不嫂子在家该等着急了！"

尚云虎的目光在那隆起的胸部停留片刻，说："没事没事！看你还有啥活儿没？我反正回去也是待着。"

女人说："咋好意思老让你受累呢。再说，也不是那么回事！"

尚云虎说："你跟我还客气啥？你就实实在在的，别拿我当外人。"

女人说："羊嘴绑得住，人嘴绑不住的。"

尚云虎说："你啥意思啊？我老兄弟也是当兵的，还是个大军官，谁敢咋着我了。我才不怕呢！"

女人说："别让老邻街坊说个啥。"

尚云虎说："嘁！谁爱嚼舌头让他嚼去。"

村里已经起了风言风语。一直以来，男女间的传闻逸事就是人们津津乐道的一个永恒的话题，被誉为大众娱乐节目。它一方面可以满足人们窥探他人隐私的心理，一方面可以借此娱乐自己的嘴巴。而且这类事情往往还是人世间最难以遮掩的，更何况尚云虎根本就不管不顾，所以很快就闹得尽人皆知。

当尚云虎嘴里哼着小曲，披着一身夜色和炊烟回到自己的家，前脚刚刚迈进门槛，后脚还没抬起来，兜头便挨了好几拐杖。在飘忽的灯影里，风烛残年的老娘喘着粗气，浑身哆嗦着，伸手戳着他的前胸，好半天才吐出一句话："你把老尚家的脸，算是都给丢尽了！"接着便一个趔趄倒了下去，多亏手按在了灶旁的风箱上，总算没摔在地上。

尚云虎急忙扶住了她，脸上露出很无辜的样子，说："你这老太太，都这么大岁数了，还闹啥？是缺你吃了，是缺你穿了？我又咋的啦我！"

娘挣脱开他的手，说："你是想让我嘎巴一下子死了才好呢，是不？"

尚云虎说："这话从何而来？你快别没事找事瞎磨叽了。"

娘忽一下又举起手里的拐杖，直视着他，"你说啥？你再说一遍我听听？你老大不小的了，咋就那么没脸没皮呢！还让你老兄弟在外头创大业不？"拐杖是老儿子尚云龙在杭州买的，探亲时带回来的。

尚云虎不耐烦了，说："你中了！没事儿就上炕头眯一会儿去，老磨叽啥？"

这时，老婆一挑门帘从里屋出来，她头发蓬乱，脸上带着泪痕，牙缝里沾着焦黄的苞米馇子，说："你去跟那个妖精过得了！挺大个老爷们儿，天天跟个小寡妇泡在一块，怪能耐的是吧？还靦个脸回这个家干啥？满街坊都嚷嚷成一个蛋了，难怪大雁在她姥姥家不愿回来，跟着丢不起那个人！"大雁是他们的独生女。

尚云虎早就不待见这个邋里邋遢的黄脸婆了，说："咋的呀？有钱难买我乐意，你管得着吗？从哪儿拱出你这么个臭虫来，旁边待着去！"一抡胳膊把她给掀了个趔趄，老婆猝不及防，一脚踩住门帘的下端，把上面挂着的扣给拽断了，于是随着门帘一起跌倒在地上，整个人都被门帘裹了起来。

老婆坐在地上呜呜地哭了起来，眼泪鼻涕抹得哪儿都是，嘴里还唱歌似的数落着："好你个姓尚的，良心真的让狼叼去了！我当初一朵花才开，在娘家也跟小水葱似的一掐一包汤，是你们老尚家用花轿把我抬进这个门的，不是我自个儿没脸没皮想汉子偷着跑来的……现如今你看我脸上有褶子了，不再是水光溜滑的，腰也粗了，腚也肥了……还不都是让你给闹的！我的亲妈啊，这是想着不让我活了！"

尚云虎脸上毫无愧色，竟然还要上前去踹她，说："不想活就死去，上吊抹脖子喝卤水跳河，随便你挑！"

就听身后咚的一声，尚云虎回头一看，原来是老娘倒在了地上，嘴里吐了白沫。尚云虎冲老婆吼了一声："别你妈号丧了，快点儿！"

两口子慌作一团，把老太太抱到炕上，又是掐人中，又是抚弄胸口，还找出绿豆粒大小的一块烟土，掰了点儿就着水给灌了下去。良久，老人才幽幽醒过来，她定定地望着儿子，有气无力地说："老大，人不能活得没脸没皮啊！咱是根本人家，多少辈子都是走得正，行得端，从没让人在背后戳过脊梁骨……"

尚云虎抹了把脑门子上流下来的汗，一屁股坐在炕沿上，顺手把别在耳朵上的一根香烟取下来点着火，深深吸了一口，说："其实啥事都没有，全是

一些人吃饱了撑的，瞎嚼舌头根子。你也不是不知道，我打小对豆浆豆腐啥的就没够，好那口……顶多在那儿待的时间稍微长了点儿。再说了，都一个村住着，抬头不见低头见的，她一个寡妇人家多可怜啊，能帮就帮她一把。"

老婆撇了撇嘴，说："哄谁呢！你敢对着老天爷起誓吗？哼！别鼻子眼儿里插大葱——装象，真让人恶心！我看你纯是一黄鼠狼子，那小寡妇根本就是妖精托成的，心都长到肋巴骨上去了。可怜我那丫头都不敢回家来住，她有这么个长出息的爹，在人前多有面子啊！"

尚云虎朝地上吐了口痰，眼睛一立，"你还会说人话不？要是不想过了，立马给我滚远远的！瞅你那丧门星的样，谁腼应谁不知道？"

就听啪一声响，尚云虎的脸颊上结结实实被抽了一巴掌。刹那间，他有点儿发蒙，茫然四顾，惊愕发现原来老娘不知啥时候坐了起来，一张没有血色的脸上老泪纵横，扬起来的手臂被灯影高高地映在墙上，颤颤巍巍的，眼瞅着又朝他挥过来。

尚云虎抚着脸颊急忙出溜到地上，顺手把老婆朝边上一扒拉，逃也似的一步跨出门去，头也不回地走了。

尚老太太一辈子好强，把名声看得比命还重，没想到老了，却让这个不争气的儿子给弄得声名狼藉，门风扫地，自觉脸上无光，臊得几乎不敢出门。偏偏这个儿子又中了邪似的好话赖话听不进去，不以为耻，反以为荣，没一点儿反悔的意思。这使她痛不欲生，一气之下就病倒了，得亏是老儿子尚云龙大老远给邮回药来，总算没被阎王爷拽了去。远方的尚云龙当时不知道娘闹病的真实原因，也没有人好意思在信上透露给他。隔着几千里地，他军务缠身又不能赶回来探望，只能是焦急万分地买药寄钱，可这么一来，又让尚云虎从中得了不少的便宜。虽然老太太勉强捡回了一条命，然而身子骨和精神头都已被折腾得大不如前，连炕也很少下。

按说娘差点被气死，尚云虎该痛改前非，至少得收敛一些了吧？实际上满不是那么回事。人这东西，悠悠万事里面最难改的毛病就是所谓的淫，一旦沾惹上了，如蚁附膻，刻骨铭心，也难怪古往今来的人都异口同声说："问世间情为何物，直教人生死相许！"当然了，由于尚云虎胸无点墨，他是不可能有此谈吐的，可在具体行动方面则有过之而无不及，几乎都不背着人。姐姐回来伺候老娘，私下里流着泪规劝他："这多寒碜啊！你想把娘气死咋的？姐给你作揖，算是求你了，明天赶紧跟那小寡妇断了，离她远点儿。再说了，人家可是烈属，要是闹出点儿啥事，咱可担待不起呀！"

尚云虎显得很不耐烦，竟然撵他姐姐走，说："你咋也来教训我呢？明天快回你们家吧！我挺大的个人该干啥不该干啥，还得听你们磨叽啊！去两趟豆腐坊好像成四类分子了，都想管着我？她是烈属咋啦，咱还是军属呢，怕啥！"

这一天雨从早晨就开始下，人们出不了工只能在家猫着，有睡懒觉的，有打扑克牌的，有下五子棋的，还有的一家人围坐在炕上说着话搓苞米，总之是各找各的乐趣。尚云虎开始赖在炕上不起来，趴那儿一袋接一袋抽烟，像是在琢磨啥事。待下了地，很快便显出魂不守舍的样子，他一趟一趟地到门口抬脸朝天上看。吃饭的时候，他闷着个头谁也不看，也不吃咸菜，眨眼间就把一碗高粱米粥扒拉进嘴里，筷子一撂，说："看这架势，雨不会停，我得去饲养院看看，别让牲口淋着。"扯了块塑料布披在身上，就一头扎进了雨帘中。

"不是有饲养员呢吗？还用你……"老婆一句话没说完，人早没影儿了。

娘默默地撂下筷子不吃了，叹了口气，想说啥但最后啥也没说，只是一声不响地爬上炕躺了下来。

可想而知，尚云虎顶风冒雨地往外跑，当然不是惦记集体的骡马，他惦记的是在豆腐坊里忙碌着的那个人，正可谓一日不见，如隔三秋。

此刻，尚云虎浑身上下都滴着水，站在豆腐坊门口冲着那张满是诧异的脸龇牙一笑，说："那么瞅我干啥，不认得了咋的？"女人随手扯过一块手巾递了过来，说："这大雨天，你咋还来呀？不怕浇出病来。"

尚云虎说："在哪儿待不是个待啊？我也不知道咋回事，这脚丫子就驮着我上你这来了。咋，不欢迎？"

女人被逗乐了，用手背掩着嘴，说："你可真会说话。还站那儿干啥，赶紧把衣裳脱了晾上，溻出病来咋好。"

尚云虎睨她一眼，说："还是你对我好，是不是连裤子也脱了啊？"

女人伸手打了他一下，说："我可是管你叫哥呢，再瞎说不理你了！"

尚云虎四下看了看，问："孩子呢？"

女人说："在他姥姥家那儿的学校上学呢，我现在哪有空管他呀！"

尚云虎嘻嘻一笑，说："明白了，你是知道我要来，把他打发走了！"

女人把他的衣裳接过来拧了拧，抖搂开晾在一堆劈柴样上，说："你要再瞎说就赶紧走人，想吃点儿啥？"

尚云虎突然从后面把女人抱住了，手在她的身上乱摸，说："我，我就想吃你……就想吃你……"

女人身子抖成一团，很快瘫软了，鼻腔里发出黏腻的呻吟声，两人的唇不知啥时候就吸在了一起。外面，雨像鞭子一样抽打着窗棂，远近一片迷蒙。

尚云虎被人从女人身上掀下来的时候，愣愣地好一会儿没回过神来，刚听见女人哇一声干号，就觉眼前一黑，脑袋和上半身被人塞进一只麻袋里，随后身上又挨了重重的一脚，一头扑倒在了地上。

他手忙脚乱地挣扎着，心里充满了恐惧，一连声地喊："谁？干啥？"回答他的是疾风骤雨般的拳脚。他缩成一团，除了能听见周围呼哧呼哧的喘息声和杂乱的脚步声，什么也看不见。

揍他的少说也有三四个人，他们谁都不说话，但手脚很重，显然火气已经不是憋了一天两天，大有不把他打瘫了不罢休的架势。尚云虎这会儿即使用脚后跟寻思，也明白是咋回事了。他杀猪般号叫起来："救命哪！救命！"

这几个教训他的人看来也不想多待，瞬间便悄然退去，临走前仿佛还不解气，又恶作剧般在他赤裸的屁股上抹了几把锅底灰，还朝他裆部扬了一铲子草木灰，里面尚未熄灭的火星子把他小腹上的毛燎得吱吱作响，疼得他用手拍打着直蹦高，由于啥都看不见，脑袋不知磕在啥上头，差点儿没晕过去。

尚云虎浑身的皮肉都是麻木的，仿佛骨头全碎了，眼眶整个是青紫的，鼻子和嘴角流着血，头上到处是包。他费了半天劲儿，才把麻袋从头上抖落下来，举目四望，地上除了一片杂乱的泥脚印，满世界只有哗哗的雨声，一阵紧似一阵。

通往后院的门敞开着，隐约有压抑的哭声飘了过来。尚云虎此时像只被猎人打伤了的兔子，只想着赶紧离开这儿。他转着圈找裤子穿，结果炕上地下哪儿都没有，甚至连那块儿塑料布都不见了，所幸晾在劈柴杈上的小褂还在，他哆哆嗦嗦地穿在身上，又扯过一块过包用的布缠在腰间，推开临街的门左右看了看，便一头扎进了雨帘中。

家里人都像不认识他似的望着他，惊骇不已，老婆若有所思地问："你这是又做啥孽了？遭老天爷报应了！"

尚云虎躺在炕上，盖着条黄色旧军毯，身子哆嗦成了一团，牙巴骨磕得咔咔响，说："我，我今儿差点儿把小命给丢了……山上下来水了，我回来道上一脚没踩瓷实，就给冲到小河沟里去了，得亏抓住了个树杈子，险险喂了乌龟王八了……你咋还咒我……"

老婆一听脸都白了，嘴里叨咕着"仙家保佑"之类的话，赶紧去灶上给他熬姜汤发汗。娘找出两片止疼药，亲手喂到他的嘴里。

趁他喝姜汤的空，老婆捡起了扔在地上的那块布，吸了吸鼻子，满脸疑惑地问："咋有股豆腥味呢？"

尚云虎两手捧着碗顿了一下，说："你那啥鼻子啊……要说是土腥味还差不离，咋还扯到别的味上去了……嘁！"

老婆一根筋，翻过来掉过去地看了又看，说："咋像是豆腐坊过包用的布呢？该不会那小寡妇的豆腐坊让大水给冲了，赶巧让你就手捡了给用上，当了遮羞布。"

尚云虎呼一下把碗撇了过去，说："别你妈没事找事，是不是身上又刺挠了，想找人熟熟皮子！"

碗被摔得稀碎，老婆跳开，立马急扯白脸地号了起来："好啊尚老大，没做亏心事，不怕鬼叫门，你该不是偷嘴吃让人抓住给揍了吧？你要真是个站

着撒尿的爷们儿，就好汉做事好汉当，别藏着掖着的！娘也在这儿呢，你敢对天发誓吗？"女人的直觉，有时候是很准的。

尚云虎气急败坏，张嘴骂道："我哪辈子缺了德了，咋娶你这么个糟烂娘儿们！这日子你想过就过，不想过就滚得远远的！"他想下地去揍她，怎奈刚一动弹身上就疼得"哎哟"了一声，头上直冒冷汗。他抬头四处撒目，发现扫炕笤帚在跟前，于是顺手抄起来撇了过去。

老婆原本也不是盏省油的灯，这会儿更是啥都不管不顾了，她以揶揄的语气回敬道："你是缺了大德了！怪不得你绝户，没小子种！"

娘一手拄着拐棍，一手扶着炕沿，目不转睛地望着她的儿子，嘴角抿得紧紧的，浑浊的眼睛里似有千言万语，尚云虎的目光始终不敢跟她对视。儿媳妇儿的话显然也刺痛了她，她的身子不由自主地摇晃了一下，羸弱得像一片树叶慢慢瘫倒在地上。

俗话说，打人别打脸，骂人莫揭短。在乡间，你骂什么难听的话都行，可要是你骂对方绝户，对方绝对敢跟你拼命。尚云虎原本心里虚得很，说好说赖无非都是在遮掩，但是老婆骂出来的话犯了人世间的一个大忌，这下尚云虎倒好像成了被侮辱和被损害的，他像头被猎人逼急了的狮子，狂吼着反扑过来，照着那张早已看厌了的嘴脸抡圆胳膊扇了过去，血水即刻从她的鼻子和嘴巴里飞溅出来。他手脚并用把她按倒在地上，这会儿也忘了身上的疼痛，握紧的拳头不住儿地挥舞着，且嘴也不闲着，说："就你那破二阴地，种啥不长啥，让我白费了那么多功夫！我还没找你算账呢，你倒诈尸了，竟敢骂我绝户！我今儿非把你绝户了不可！"

老婆知道自己触了大霉头，见尚云虎眼珠子都红了，心里怕得要死，但嘴上仍不示弱，喊道："种瓜得瓜，种豆得豆，你往地里撒的是高粱籽儿，能长出苞米来吗？你就甭拿这个说事，把跟小寡妇的……"

尚云虎一把揪住了她枯草般的头发，拖着往外走，老婆哭叫着："你要有种就把我给打死了，算你小子有尿！"她的两手胡乱地抓挠着，在尚云虎胳膊上留下了一道道的血痕。

尚云虎此刻已经疯了，他一使劲儿，把老婆从屋里给抢了出去。老婆在院子里翻了几个个儿，登时就变成落汤鸡。她在雨水里打着扑棱，像挨了刀似的号叫着："快来人啊！姓尚的要杀人了！老邻旧居们都来看啊！姓尚的他不要脸，跟小寡妇又搞破鞋了！"

尚云虎抄起了顶门杠就要扑出去，忽然间他像是想起了什么，急忙转过身进了里屋，一眼看见娘蜷着身子躺在地上，满嘴是沫，那根从不离手的拐棍横在一旁。尚云虎疾步上前，娘的脑袋已经耷拉了……

雨淅淅沥沥地下着，天色变得灰暗。须发皆白的老中医端坐在炕前的一把椅子上，伸着手在那除了皮就是骨头的胳膊腕上切着脉，周围地上站了足有半屋子的人，一个个都屏息静气，不时有人扭头朝外间屋瞥一眼。此时的尚云虎一副人不人鬼不鬼的模样，正蹲在灶前一口接一口地抽烟，身上的衣服还在往下滴水，他老婆则不见了踪影。

老中医慢慢地站了起来，什么也没说，默默地开始收拾自己的东西。尚云虎慌不迭地进了屋，看看这个又看看那个，问："大夫，我娘她……"

老中医是公社卫生院的大夫，在这一带颇有些名气，他叹了口气，说："可惜了，该准备啥就准备吧……"

尚云虎朝炕上望去，娘一动不动地躺在那儿，灰白的头发散了开来，衬着她满是皱纹的瘦削的脸，像一张黄表纸，深陷的眼窝……尚云虎突然发现，一颗浑浊的泪珠顺着娘的眼角扑簌簌地滚落下来……

人们都说娘是被尚云虎气死的。尽管他披麻戴孝，在棺材前哭得死去活来，还请了响器吹吹打打，但人们指着他的后脊梁没有一个不撇嘴的。就连从姥姥家赶回来给奶奶送葬的丫头大雁，也不拿好眼珠子瞅他。老婆在烧过五七后，啥话也不说，收拾收拾东西抬腿便和大雁一起走了。

按说尚云虎经了这么些事，总该有所悔悟了吧？可实际上，他身上的伤疤还没好全呢，就窝在豆腐坊里拿不动腿，守在那儿开始吹牛冒泡。

自打那个下雨天之后，小寡妇便再没拿正眼瞅过他，一个把自己的亲娘老子都气死了的人，他在所有人的心目中连狗屎都不如。作为烈士遗属，她原

不是个水性杨花的人，特别是儿子一天比一天长大，已经懂事了，她不能让儿子在人前抬不起头来。尽管在她身体深处，有着一个正常女人如饥似渴的欲望，她也并为此险些不能自拔，可老话警示得好，寡妇门前是非多，自己若不加小心，指不定啥时候就会遭受无妄之灾。

她冷冷地对尚云虎说："没事你别老待在我这儿。羊嘴能绑得住，人嘴可是绑不住的，你咋就没个记性呢？"

尚云虎却自我感觉良好，他嘻嘻一笑，说："有啥可害怕的？我早就看透了，啥名声啊脸面啊，能当饭吃是咋的？值几个钱啊？人都是在给自己活，听狼叫唤还不养孩子了？别听那个，咱该咋着就咋着！"

女人不客气地驳他，说："那还叫个人吗？"

尚云虎愣了下，像不认识似的打量着她，说："你咋……变了呢？"

女人拿起笤帚，一边扫着地一边说："人不能不要脸！我今儿得把话跟你说明白了，我这豆腐坊卖的是豆腐，不是卖豆腐的人。"

尚云虎抬起两脚，躲避着笤帚，目光在她身上扫来扫去，说："哎，谁又说啥了咋的？管他呢！"

女人说："中了，别在这磨叽了，回家吧，啊！你可以啥都不管不顾，我们孤儿寡母的可不行，我们还得活人呢！"

自此小寡妇懒得再搭理他，且再没给过他笑脸。她一心拉扯儿子，后来送他去参了军。在那个叫珍宝岛的地方，她的儿子和战友们冲锋陷阵，身负重伤，伤愈后退伍，被安置在了商业部门工作。当然，这些都是后话。

尚云虎在街坊邻居鄙夷的目光和嘲笑声中，依然是我行我素，追求着他自己的生活。唯一让他闹心的是他的独生女大雁，先是和一挖煤的私奔，还没结婚却把孩子生下来了，没过多久又插足一大队会计的家庭，让人给破了相，随后是结婚离婚结婚，跟走马灯似的。尚云虎在喝醉了酒的时候，提起大雁，曾不止一次啪啪抽自己的嘴巴，满脸都是泪水。

爱党见过他这个大爷，也见过大娘和堂姐。最早是在二十世纪六十年代，母亲陈荷花带着几个孩子千里迢迢回到老家，住在姐姐家，亦即爱党的姨家。有一天，陈荷花带着孩子去看望婆母。就是在那个盖有五间大瓦房，长着两棵枣树并垒着围墙的院子里，爱党第一次见到了过去只是听说过的几位亲戚。

在爱党的记忆里面，除了奶奶瘦得吓人，大爷家里的人都很胖。父亲这个唯一的哥哥身材高大，穿着整齐，胖乎乎的脸上泛着一层油汪汪的光泽，手拄根系着红缨的鞭杆，威风凛凛的。而大娘却是另一番形象，她的袖子和衣襟上布满了大大小小的饭嘎巴，头发就像一蓬被风吹乱了的枯草，腮帮子上的皮肉往下嘟噜着，开口说话或者咧嘴笑的时候，可见裸露出来的牙缝里糊满了苞米面或小米粒，甚至还嵌着一片韭菜叶。爱党曾悄悄地问陈荷花："妈妈，大娘怎么像街上要饭的呀？连牙都不刷。"他对堂姐的印象是，不怎么爱说话，脸蛋红扑扑的，特别喜欢照镜子，看人时总是斜着眼睛，貌似一副对谁都带搭不理的模样。他当然也见过那个被人称为"妖精"的小寡妇，那天堂姐带着他去豆腐坊买豆腐，刚端着盛豆腐的小瓦盆出了门，堂姐就扭过头狠狠地朝地上"呸"了一口，骂了句："妖精！"回来后爱党偷着告诉了陈荷花，还说："妈妈，那个女的长得可白净了……牙也白……她怎么那么白呢？"陈荷花说："天天吃豆腐喝豆浆，哪有个不白的。"

爱党在以后的日子里又见过他们若干次，可怎么也抹不去第一次在脑海里留下来的印象。

17

那时爱党还年幼，他弄不懂蒋介石反攻大陆，为何这边还需要疏散部队家属，有那么多的解放军叔叔，有什么大不了的呢？但也有它的好处，就是得到了一个回老家看看的机会。后来爱党对这一段路上的记忆是不连贯的，脑海

里仅存有一些片段，因为连着许多天都是在轮船或火车上晃悠，还坐过几乎半天的汽车，爱党晕头转向，路上除了睡觉还是睡觉，直到最后坐上一辆伴随着銮铃和鞭花颠簸不已的马车，才终于清醒。他第一次坐由几匹大马拉的车，觉得怪好玩儿的，看着胶皮轱辘在乡间的土路上碾过杂草、野花和石头，不时惊起一两只蚂蚱，风里蕴含着北方旷野特有的馨香，天空上飘着淡淡的白云，悠远而宁静，所有的东西看上去都是粗粝的，明显跟南方特别是海岛不同。

他们没别的地方可去，只能暂住在大姨家。大姨家在一个被高大的杨树掩映的小村子里，村前有一条蜿蜒的小河，哗哗的流水声有些湍急。房子是前出廊檐后出厦的那种，檐下的廊道很宽，下雨也浇不着。院子很大，院墙是用大块的河卵石砌起来的，门楼则用的是青砖，上面还做了些装饰。院子里栽着几棵杏树和枣树，杏已经没了，枣还是青的，刚有糖豆那么大。墙角有个猪圈，里面的那头母猪老爱躺着晒太阳，任凭一帮小猪在它身上爬上爬下。猪圈旁边是个小棚，槽上拴着头灰色的小毛驴，一开始爱党以为它是匹马。院子的西侧是个小菜园，畦子里生长着豆角、黄瓜、西红柿、辣椒什么的，翠绿中掩隐着点点黄色和红色，畦埂上种着水萝卜和生菜，有蝴蝶在飞舞。大门旁边贴着院墙整齐垛着当柴火用的秫秸、玉米茬、谷茬和劈柴柈子。门洞子里卧着条小黄狗，嘴巴是黑的，不时抬起头来冲着外面汪汪几声。门外不远处的一棵老榆树下有眼大口井，村里人用水都去那儿挑，吱扭吱扭的辘轳声时缓时急。房后有鸡窝和被称作茅房的厕所。爱党很快就喜欢上了大姨家。

大姨瘦瘦的，脸色很白，是那种没有血色的苍白。她的个头不高，眉宇间似乎总有块阴云挥之不去，说话时常常会情不自禁地叹一口气。

看得出来，她对几个外甥是打心眼儿里喜欢的，那时还没有老四爱华，爱军刚摘奶不久。吃饭时，她总是不停地给几个外甥的碗里夹菜，时不时地变戏法，从灶膛的灰里扒拉出几个烤得香喷喷的土豆给他们，在孩子们欢呼雀跃之际，她的脸上会漾起一片恬静的笑容，但是很快，这笑容便会消失，整个人又恢复过去的老样子。爱党曾不止一次地悄悄问陈荷花："妈妈，我大姨她怎么老是不高兴啊？也不爱笑……"陈荷花好一会儿不吭声，末了才轻轻地说了句："你大姨她以前可不是这样子的……唉！人啊，都是命。"

爱党不解地望着陈荷花，"那大姨她现在……"

陈荷花不愿再聊这个话题，说："小孩子家家的，问那么多干啥？快找你表哥玩儿去吧。"

大姨夫话很少，还有点儿磕巴，他除了从早到晚闷着头干活儿，其他的事一概不闻不问，全听大姨的。他看上去身体的骨架很大，肤色黝黑，小眼睛眯缝着，眸子里带点儿褐色，跟外面土地的颜色差不多。爱党有点儿怕他，因为他真的是太老了，额角的皱纹那么深，头发也灰白了不少，嘴里叼着个亮晶晶的黄铜烟袋锅，喜欢蹲在窗下的廊道上喷云吐雾，还不时地用骨节很大的手指在烟袋锅上按按，也不怕烫着，一股股的烟从他的鼻孔里冒出来，在他的脸前变幻着，或浓或淡，这时他会眯缝起眼睛，露出一副很舒坦的样子。偶尔和大姨说句话，他也是瞅着烟袋锅，而大姨的脸上也没有丝毫的表情。从他跟前过的时候，烟雾辣辣的，特别呛嗓子。爱党有好长一段时间弄不明白，大姨那么漂亮，还那么年轻，大姨夫怎么会是个小老头呢？多年后爱党才从母亲陈荷花嘴里，慢慢地知道了这其中的辛酸和苦涩。

大姨有一个让人听了就喜欢的名字：杏花！她长得好看不说，炕上地下一应活计样样拿得起放得下，而且性格还特别温柔。一家女，百家问，上门来提亲的自然是络绎不绝。那时她父亲馃子陈还活着，娘问她可有中意的，行或不行总得给人回个话，可她低着头，手里只管纳鞋底子，就是不吭声，后来问急了，才没头没脑地迸出来一句："又不是去集上买东西。"

娘剜她一眼，语气里透着疼爱，说："你这丫头……说啥呢？一辈一辈的人都这样，男大当婚，女大当嫁。你都二十好几了……"

馃子陈倒挺开明，他磕着烟袋锅里的灰，说："咱闺女都不着急，你急个啥呀？咱又不是养不起。"

其实他们不知道，杏花已经有了自己的意中人，正偷偷处着呢！小伙子在供销社代销点站柜台，有一次杏花去卖在山上采的蘑菇，小伙子多付了钱，杏花发现后赶紧返回去退还给他，两人由此慢慢地熟了。

　　小伙子看上去细皮嫩肉的，见人不笑不说话，可能是当售货员的缘故，多少有点儿油嘴滑舌，但还不至于讨人嫌。也说不清是谁先提出来的，可能是彼此都有好感吧，中间的那层窗户纸是由谁来捅破的就无所谓了。

　　杏花常借个由子，往代销点跑，或是去卖个榛子药材山杏核啥的，或是用鸡蛋换个针头线脑灯油咸盐啥的，去了也不忙着做交易，而是磨磨蹭蹭地在那儿隔着柜台说话。一来二去，两人开始趁着夜幕降临，悄悄地往河湾边的小树林里跑。月亮倒映在缓缓流淌的河水中，周围到处都是生命的躁动，蛙鼓、蝉鸣和鸟儿的呢喃清晰可闻。他们靠着或扶着树干，喁喁私语……

　　世上没有不透风的墙。馃子陈的大丫头和代销点的小货郎搞对象的事，很快就被人知道了，街坊邻居说啥的都有，自然也传到了馃子陈的耳朵里。

　　要说馃子陈够开明的，他对杏花只提了一个要求："你相中谁算谁，但老理还是要讲究的，你让他们家来人提亲吧。"

　　杏花很高兴，小货郎更是喜出望外，他们对未来充满了甜蜜的憧憬。然而左等右等都没有动静，不久小货郎又换到别的代销点上班去了。原来小货郎的父母看中了供销社门市的一个姑娘，正在托媒人提亲。小货郎在炕上不吃不喝躺了两天，最终在爸爸的咆哮声和妈妈的眼泪中屈服了。他在给杏花的一封信中无奈地说："对不起了，杏花，把我忘了吧！胳膊拧不过大腿，我不能不听我爸我妈的……谁让我是他们的儿子呢！我若不按他们指的道走，简直就是犯上作乱，成了不忠不孝的逆子。"

　　杏花一下子蔫了，像变了一个人，在背地里偷偷哭了好几场，恰在此时家里又出现重大变故，父亲馃子陈突然间撒手人寰，天塌了，整个日子一下子变得黯淡无光，失去了奔头。接踵而至的打击让杏花心灰意冷，仿佛对一切都提不起精神来。她懒得说话，不愿意见人，脸上也没了往日的笑容，尤其是在自己的婚姻问题上，显得特别抵触，似乎死心了，那些前来保媒提亲的一个个乘兴而来，却无一不是摇头而去。母亲问她："丫头，你想怎么着呢？你这么下去也不是个事啊！再苦再难，只要有这口气在，日子总得过下去。"

　　杏花擦了擦眼泪，什么也没说，不久就应承了一门亲事。让街坊邻居及所有人不解的是，她放着那么多的好小伙子不闻不问，却挑了个又老又丑的还是二茬子光棍的人嫁了过去。当时大姨夫的老婆得痨病死了，自己拖拉着两个孩子既当爹又当妈。谁也闹不清杏花图的是啥，一个黄花大闺女，凭啥刚过门就给人当妈，有点儿太亏了吧？其实事情再简单不过，嫁谁不是嫁呢，无非就是个过日子，杏花已经心如止水，她只想着平平静静的，别再那么多事便知足了。

大姨夫是个老实厚道人，他迎娶了大姨，自觉捡了个天大的便宜，人前人后自然是乐得合不拢嘴，虽不善言辞，却知道百般呵护自己年轻的媳妇儿，除了洗衣做饭喂猪喂鸡，别的活儿概不让她动手。很多时候，他简直是拿她当闺女待，顶在头上怕吓着，含在嘴里怕化了，处处在乎她。有人耻笑说："孬种样吧，没见过女人似的，真是犯贱！将来不定把老娘儿们惯成个啥样呢，有他好受的时候。"

大姨夫却不以为然，说："她疼孩子，不毒！"大姨夫嘴笨，心里却一点儿不糊涂，大姨把前窝的两个孩子视为己出，这是最让他宽慰的事，即使后来自己生养了，也没有任何的差池和改变。继母和继子女间的关系本来是最不好相处的，有多少人家为此打成一锅粥，弄得硝烟弥漫，一个个露出人性中狰狞丑陋的一面。而在这个令不少人关注的农家大院里，人们看到和听到的却是另一番情形，只不过由于大姨和大姨夫两人话都少，略显冷清些罢了。日子在平淡中悄然流逝……

陈荷花和几个孩子的到来，使这个院落一下子喧闹起来，大人的吆喝声和孩子们的嬉笑声不时响起，连公鸡的打鸣声都似乎格外嘹亮。这段日子可以说是爱党儿时最快乐的时光，充满了情趣。

大表哥和表姐上学去了，爱党和爱国便跟着大他们几岁的二表哥玩耍。在爱党眼里，这个剃着光头，吸溜着长长鼻涕的二表哥让他佩服得不得了。比如，在山上逮鹌鹑的时候，他先朝灌木丛中扔一块石头或土坷垃，被惊动的鹌鹑便会慌不迭地跑出来，他瞅准了再一石头撒过去，准保能打中。去河套抓鱼，他的办法也与众不同，只见他顺着岸边轻手轻脚地走着，眼睛在河面上睃

寻，手里则高高地举着把叉子，还不时地示意爱党和爱国别出声。叉子是用和大人拇指般粗细的榆木做的，顶端镶了几根用铁丝磨尖了的齿子，尾端拴着一条长长的线绳。每当他停下脚步的时候，必定是发现了目标，瞬间他的身子会一个漂亮的仰俯，手里的叉子嗖一下便投进水里——由于线绳的另一头系在他的手腕上，所以叉子不会被水流冲走——他慢慢地拽过来，齿子上赫然可见扎着一条银亮的小鱼，还在不停地抖动尾巴。此外，上高粱地或玉米地打乌米吃，也是怪诱人的。起先爱党对这种在孕穗期间因感染而生成的白色棒状物不敢食用，后来见二表哥一副吃起来没够的样子，终于被勾起了食欲，试着尝了一口，感觉跟南方的茭白差不多，继而也大嚼特嚼起来，二表哥提醒说："这东西只能在嫩的时候吃，老了就不行了，里头全是黑面面……"与此同时，他们还抢着采摘一种黄豆粒般大小且颜色紫黑的浆果吃，弄得满嘴像抹了紫药水似的。二表哥管它叫"岩柚"，可这两个字到底该怎么写，爱党后来一直没弄明白，在词典上也查不到。"岩柚"在青的时候吃到嘴里是酸涩的，只有熟了变紫才甜，或许是吃麻嘴了，他们有一阵子天天跟着二表哥出去找这种东西吃，路边和地头上到处都留下他们的身影。

看着他们一个个跟土拨鼠似的，小手跟脸上都脏兮兮的，甚至连裸露的肚皮上也全是土，陈荷花又是气又是笑，端来盆水给这个洗完又给那个洗，嘴里叨叨着："看，水都成泥汤子了。一天也不着个家，就知道疯！"大姨回头瞅了自己的儿子一眼，说："哎！鼻子都快过河了，还不赶紧擦擦。赶明儿不许再领着弟弟们出去乱跑了，听到没？"但说归说，第二天一切还是照旧。

当然也有被责骂甚至挨打的时候。这天爱党和二表哥在大门外跟邻居的几个孩子踢皮球玩儿，争抢中只见二表哥一脚踢出去，皮球高高地飞了起来，但在落下来的时候，被老榆树的树枝子挡了一下，眼瞅着就落进树下的井里去了。那时候的孩子没什么可玩儿的东西，更何况这还是爱党从南方带回来的。一帮孩子全傻眼了，都围在井边发呆。井不算深，清幽幽的水面映着天上的白云，皮球就漂浮在白云上。二表哥手扶着辘轳把，探头瞧了一眼，说："没事，我回家拿个水笤把它捞上来。"一边顺手摇了一下辘轳，井绳悠了起来，挂水筲的铁钩子一下打在爱党的头上，爱党手扶着井沿一块凸起的石头，猫腰朝井里看，当时就蒙了，身子一晃险些栽进去，感到像有什么东西顺着额角爬了下来，伸手抹了一把，原来是血，吓得哇一声哭了起来。

大姨吓坏了，抄起炕笤帚满院子追打二表哥，嘴里一连声地责骂着："你个瘪犊子，不整出点儿事来算是不甘心！身上刺痒了哈，这回我非得好好给你熟熟皮子！"

陈荷花左挡右拦，说："你看你，外甥也不是故意的。"

大姨陈杏花说："不是那事！我这越寻思越害怕，真要一下子把爱党打井里去可咋好啊？我都要吓死了！"

陈荷花说："你中了啊！事已经出了，再说也不能都怨外甥，爱党要不趴井那儿瞅……"

尽管这样，二表哥身上还是挨了好几笤帚。

爱党头上缠着纱布，跟二表哥一样老实了好些日子。弟弟爱国大概是想起了以前看过的电影，跟母亲陈荷花说："妈！妈！哥哥头上再多缠点儿纱布，就更像伤病员了。"

陈荷花脸一沉，斥责他："瞎说八道，不盼着哥哥好是吧？哪有当弟弟这么说话的！"

爱国一吐舌头，吓得赶紧开溜。

毕竟好奇是孩子的天性，更何况爱党打小就生活在南方，老家的好多事物对他来说都是新鲜的，因而闹出了不少笑话。

有一次爱党跟着大表哥去拉土垫猪圈。到了土场后，大表哥拎着铁锹下去挖土装车，让爱党牵着缰绳在一旁看着毛驴。没想到这驴欺生，竟然直奔草馃子而去，爱党根本拽不住，急得直喊："站住！你站住！不许动！"

大表哥见状禁不住哈哈大笑，嘴里"吁"了一声，小毛驴立刻乖乖地停住了脚步，一动也不动。

回去时，大表哥松开车闸后，又笑着递过小鞭，撺掇爱党说："表弟，你赶个试试，看它这回听你的话不。"

于是，爱党煞有介事地举起鞭子，冲着毛驴喊道："起步走！回家！"谁知小毛驴就像什么也没听见似的，头不抬眼不睁，兀自啃着地上的青草。站在旁边的大表哥此时早就手捂着肚子，笑得浑身颤抖，嘴里直喊"哎哟"。

爱党茫然不知所措，窘在那儿。表哥这才接过鞭子，喊了声："驾！"小毛驴的两只大耳朵一支棱，身子往前一耸，立刻颠颠地甩开了蹄了。

爱党觉得太神奇了，央求说："大表哥，你能教我也说毛驴话吗？"

这段逸事一时成了人们茶余饭后的笑料，但大姨很不以为然，说："我那外甥是南方城里人，将来必定是干大事的，用不着会那些。"

母亲陈荷花则哭笑不得，她对爱党说："你啊，这回哪儿也别去了，就好好守着驴棚学毛驴说话吧！"

爱党看看这个又望望那个，弄不明白人们为什么都笑他。爱国冲他伸着舌头做了个鬼脸儿，嘴里学着毛驴叫起来……

大姨家里，在靠着三节柜的墙上挂着一个镜框，里面镶有好多照片，其中给爱党印象最深的是大姨陈杏花的一幅照片，爱党怎么看都觉得大姨像一部电影里的女演员。照片是黑白的，大姨身穿一件斜襟的碎花褂子，梳着短发，额前的刘海有些蓬松，鹅蛋形的脸，肤色白皙，眉毛弯弯的，一双大眼睛水灵灵的，微翘的鼻子，抿起的嘴角漾着一丝笑意。爱党情不自禁地说："大姨真好看，像电影演员。"

然而现实生活中的大姨陈杏花呢，跟照片里的人简直判若两人。岁月的风刀霜剑，除了能改变一个人的模样，更能给心灵造成累累的创伤。

大姨陈杏花嫁给大姨夫后，虽然大姨夫对她呵护有加，但陈杏花已然不是之前的那个陈杏花了，她的心被伤得太重了，实在难以从绝望和忧伤中自拔。她说："人还有这口气，就得活着，对付着过吧！"

村里人对她也颇多议论。你想啊，一个年轻貌美的大姑娘嫁给谁不好，却偏偏嫁给那个又穷又老一脚踢不出个屁来，且是二婚还有两个孩子的人，能不让人说三道四吗？能不让一些人吃醋吗？

俗话说，猪嘴绑得住，人嘴是绑不住的。一些爱嚼老婆舌头的人就忍不住开始搬弄是非，在田间地头歇着时或串门时，甚至走在路上碰面时，没说上几句话，就会扯到陈杏花身上："知道不，她跟以前那个小货郎睡过，差点儿把孩子给生下来。"

"那她咋跟那个人还黄了呢？"

"还没定亲呢，就跟人睡了，正经人家谁要她啊？不怕怀的是个野种。"

"也是，别看长得挺好看的，原来是个……"

"孩子呢？"

"能要吗？流了呗！"

"怪不得她嫁了那个窝囊废。"

"那馃子陈可是个好人，他丫头咋这样呢？可惜了。"

诸如此类的话语，像一群苍蝇在村子的上空嗡嗡嘤嘤。女人们被教唆得像躲瘟疫一样避着她，唯恐沾染上什么病菌，而男人们则被各自的女人一道道目光盯得死死的，不许和她接近。个别想入非非的男人，一旦在陈杏花面前嬉皮笑脸甚至多看她两眼，回到家后准保会燃起硝烟，有的脸上还会挂彩。

大姨陈杏花感受着这一切，也蔑视这一切，她什么也不申辩诉说，从不主动接近任何人。她默默地上生产队干活儿，田间地头，场院圈舍……到处都留下她孤独的身影。在家里，她也是沉默寡言，极少言笑，像一颗水珠。大姨夫看着心疼，想要安慰她，却又笨嘴拙舌，不知道如何去劝才好，急得一个劲儿搓手。而大姨似乎根本不需要谁去安慰，她说："我早就认命了，怎么活不是一辈子！"

在日复一日，年复一年的生活中，岁月这只无形的手，终于把大姨陈杏花雕塑成了现在这个样子！她的脸上难得展露出笑容，以往盛在肚里的苦水，全都化作如今的一声声叹息，或许只有这样，她的心里才不会憋得慌，所受的满腹委屈才能被排遣出来。

平心而论，大姨夫一直以来对大姨是呵护有加，但是这种呵护也只限于自家的小院，出了门他就无能为力，毕竟一个没有什么文化而又老实巴交且胆

小怕事的庄稼人，你能让他做些什么？面对扑头盖脸的脏水，大姨夫曾找过队长。在他的意识里，队长是这个自然村里最大的当家人，有事不找队长找谁呢？没想到队长轻描淡写地把他给打发了，队长问他："你都听谁说的？张三李四，还是王二麻子？我找他们！"

大姨大傻眼了，那么多人在说，可万一人家不承认，谁给你出面证明？谁又会给你站出来证明？你又没当场抓住那些搬弄口舌的人，弄不好，有人还会反咬一口，说你诬赖他，事不但没解决，还可能跟人种下仇！大姨夫吭哧吭哧，没话说了。

队长还批评他，说："别没事找事，拿个屎盆子往自个儿头上扣！"得，结果倒成了他的不是。

大姨夫灰溜溜地回到家里，再也不敢跟人去较真，只是窝在家里，一次又一次地在大姨面前说："反正……反正那些破话也没当咱面叨叨，就顶算是糟践他们自己呢！"

大姨陈杏花低头纳着鞋底子，半晌回道："我要是听那些蝲蝲蛄叫唤，早就去跳大口井不活了！谁不怕把自个儿的舌头嚼烂了，就让他狠狠地嚼去吧！一个人是啥样的，被人糟践还是糟践别人，老天爷总不至于瞎了眼。"

都说女人是弱者，可在现实生活中，女人往往比男人更有韧性，更能承受来自各个方面的磨难。大姨陈杏花就是这样，或许是已经麻木了，或许是已经没有啥退路了，大姨反倒对一切都坦然了，看开了，她说："别的都不重要，日子过好了才是根本！我陈杏花绝不让那些人看笑话……"果然，她把自己忙活成一只陀螺，起五更爬半夜，以单薄孱弱的身躯，把个家操持得井井有条，院落收拾得利利索索，去生产队干活儿更是风雨无阻，一天都不曾耽误，挣的工分甚至超过了一些男人。尤为难得的是，她还将前窝的孩子视如己出，吃穿用等方面绝不两样，这让那些想看他们家笑话的人大失所望。要知道，在村里，因孩子前窝后继闹矛盾打架的，早已不是啥新鲜事。

有一次，前窝的两个孩子放学回来，浑身上下都是土，一个脸上带着伤，一个鼻子里塞着带有血迹的纸卷，大姨惊骇，一边给他俩擦拭换衣裳，一边问他们是怎么弄的。起先他们说是自己不小心磕的，后来在大姨的一再追问下才吐露了实情。

"我们放学回来，在村口碰到几个人说你坏话，难听死了！"

"我们不让他们说，所以就打起来了……"

大姨怔了一下，默默地把他们揽进自己的怀里，泪珠顺着脸颊扑簌簌地滚落下来。

大姨陈杏花在各种各样的目光注视下，默默地出现在人们的面前，她的发辫纹丝不乱，衣裳虽旧，但浆洗得干干净净，轻轻地抿着唇，表情沉静如水，谁也不瞅，偶尔朝谁瞥去一眼，会让对方忍不住打个寒战，不敢去接她的目光……或许是时间冲淡了一切，或许是那些嚼舌头的人自己也感到乏味，泼向她的脏水渐渐地没了。

然而，岁月的流水真的能冲刷一切吗？对大姨陈杏花来说，那些无中生有的流言蜚语，她所遭受的委屈，早已刻骨铭心，表面的不在乎，不代表心里头也是云淡风轻。爱党的母亲陈荷花念叨起她的姐姐陈杏花，不止一次地说过："你大姨这个人，一辈子都没有开开心心地笑过！她太憋屈了，一肚子的苦水……和谁说啊！"

在以后的日子里，爱党随着年龄的增长和对世事的洞察，越来越感受到大姨陈杏花那一声声的叹息里，实在是蕴含了太多太多的话语！

18

在大姨家的那些日子，爱党感到格外有趣和好玩儿。有次他挎着小筐跟着表哥去山上树林里转悠着采蘑菇，发现有几株蘑菇的颜色竟然红红的，看上去格外诱人，正要上去采，却被二表哥一把拉住了。二表哥告诉他："别动，

这种蘑菇有毒！"

爱党不解地问："它这么好看，还有毒？"

二表哥说："蘑菇这玩意儿，颜色越好看越有毒；像这种红的，还有绿的和紫色的蘑菇，都有毒，人吃了会死的！"

爱党有点儿害怕，不敢采蘑菇了。二表哥鼓励他说："没事，你专挑那些不起眼的蘑菇采就行，完了我再帮你瞅瞅。"

几个孩子边采蘑菇边玩儿。在一片草地上，爱党突然被几只老鼠模样的小动物给吸引住了，它们用两只后腿站着，眼睛大大的，像镶着玻璃球，一副挺胸抬头的样子，两只前腿垂在身前，如同士兵打立正一般，头随着几个孩子走过缓缓地跟着扭动，似在行注目礼。

爱党说："快看，这些老鼠真好玩儿！"

二表哥冲着它们一跺脚，喊了声："大眼贼！"

那些小动物倏一下，顿时没了踪影。

二表哥告诉爱党，这些小动物跟松鼠是亲戚，净偷吃庄稼，因眼珠子大而被称为大眼贼。二表哥说："大眼贼这东西气性特别大，它们为了越冬，等秋凉的时候到处找草棍，把叼来的草棍码放得整整齐齐，要是不小心被谁给弄乱了或散了，它们就不厌其烦地一根一根重新码齐了！如果码好的草堆接二连三再被弄乱了或者散了，这大眼贼便走人，等找到一个树杈或别的什么，把脑袋往里一卡，就上吊了！"

爱党没弄明白，说："它上吊干啥？"

二表哥说："不活了呗！你看它傻不傻？"

爱党对他的这个表哥简直佩服得五体投地，表哥知道的东西真多呀！

爱党跟着二表哥几乎玩儿疯了，胆子也变得越来越大。这天，二表哥悄悄跟他说："西边不远有个瓜园，香瓜又甜又沙，咱去摘几个来吃咋样？"

爱党嗓子眼儿里的馋虫被逗引出来了，他咽口唾沫，说："人家让吗？"

二表哥说："咱俩小心着点儿，到时候别让人瞅着就行了呗！我把道都踩好了。"

爱党有些怕，说："去偷啊？"

二表哥快快地看了他一眼，说："你要是不敢，就拉倒吧！"

爱党分辩说："谁不敢了？我怕让我妈知道了。"

二表哥说："咱俩谁都不吱声，她上哪儿知道去？"

瓜园周围是用河卵石垒起来的矮墙，墙头帽抹着大穰秸泥，横七竖八地插满酸枣枝子，淡蓝和紫色的牵牛花缀着晶莹的露珠攀缘其上。爱党随着二表哥从一处因穿越水渠而被挖开的墙窟窿爬了进去，瓜果浓郁的香气立刻就把他们包围了，抬眼望去，大大小小的香瓜被掩隐在绿叶之中，有蜜蜂和蝴蝶在花蕊间兀自飞起落下。

爱党的心咚咚地跳着，浑身有一种因冒险被刺激起来的战栗。两个人借着畦埂和瓜秧的叶子做掩护，一前一后地朝着目标接近。不远处有个瓜棚，一个老头正靠在那儿打盹，身边卧着条大黄狗，不时竖起耳朵四处逡巡。

二表哥顺手拧下一个瓜来，在肚皮上蹭了蹭就送到嘴里大嚼起来。爱党也学他的样子，抓了一个颜色呈黄白色的瓜，却没能一下把它拧下来，瓜秧随着他的动作被扯来扯去，爱党不禁有点儿着急。

突然，从瓜棚的方向传来狗叫声，爱党吓得一哆嗦，只听二表哥急促地喊了声："快跑！"人影从眼前一闪便不见了。

爱党则傻眼了，爬起来呆呆地站在那儿一动不动，眼看着那条大黄狗张牙舞爪地朝他直扑过来，吓得用两手捂住了眼睛。好一会儿没动静，爱党偷偷地从指头缝里望出去，蓦然见面前站着个满脸皱纹的老头，正笑着上上下下打量他，大黄狗则在一旁不停地用爪子挠地，眼神凶巴巴的，喉咙里还发出低沉的呜呜声。爱党惊叫一声，不禁哭了起来。

看瓜的老头这时候说话了："甭害怕，它不敢咬你的。哦，我知道你是谁家的孩子了。"

爱党是被看瓜老头牵着手给送回到大姨家的，老头还给他包了十几个色泽金黄熟透了的香瓜，边走边和颜悦色地说："往后再别偷着进园子了，万一

我要不在跟前，让狗咬了可咋好。想吃瓜了呢，就来门口招呼一声。小孩家家的，你能吃几个啊。"

到家后，他对不住道歉还要掏钱给他的陈荷花说："外道了不是？咱亲戚里道的哪来那么多讲究！老话说得好，外甥本是姥姥家的一条狗，想来就来，想吃就吃，这姨家也算是姥姥门上吧！你们大老远地来了，能吃我几个瓜，是看得起我。"又对在一旁张罗着给他端水递烟的大姨说："侄媳妇儿，你说我说得对不对？"大姨连忙点头，说："那是！这本街当巷的，无论大人孩子，都知道顶数我老叔的心眼儿好。"

二表哥躲在门后探头探脑，不时地捂着嘴笑。

看瓜老头笑眯眯地走了。母亲陈荷花回到屋里，伸手拽过爱党，把裤衩往下一扯，巴掌就噼里啪啦地落在了他的屁股蛋上。她咬牙切齿，面目变得十分吓人，说："今儿个我非把你打趴炕了不可！平时拽着耳朵嘱咐，啥该干啥不该干，全都当了耳旁风是不？现在这么大点儿就学会偷东西，长大了还不得成二流子啊！这脸算是让你给丢尽了！"

爱党两手捂着屁股，躲避着陈荷花的巴掌，说："二表哥他不管我，自个儿先跑了，要不……"

陈荷花更来气了，说："还犟嘴，你以为跑了就没事？"

大姨横挡竖拦着，对陈荷花说："你看你啊，咋还打我外甥呢！要怨都怨我们那个瘪犊子，外甥初来乍到，能知道是咋回事？没让看园子的狗咬着，就算阿弥陀佛了。该打的是我们家那个，想吃瓜，用得着偷偷摸摸地去吗？"结果，二表哥也被大姨用鞋底子在屁股上抽了好几下。

爱党和二表哥两人躺在炕上，都闭着眼睛咧着大嘴拼命地哭泣，一副很委屈的样子。爱国则站在炕沿前，两手捧着个香瓜旁若无人地啃着，不时伸出舌头舔一舔嘴唇，小脸蛋和鼻子头上沾了好些瓜子。

爱党哭着哭着，忽然感到小肚子胀胀的，想要尿尿，于是小鸡一挺就滋了出去，尿在空中形成一道弧线，谁知不偏不倚正好落进二表哥张开的嘴巴里，二表哥也不知道躲开，就那么哭一声咽一口尿。陈荷花和大姨见了是又气又好笑，两个人赶紧上来把他们往一边拽。

陈荷花一边用抹布擦拭着炕上的尿一边说："你看这小鬼，竟敢躺在炕上就尿了，还是打得轻啊！"

大姨伸手在二表哥的脸上抹了抹，说："童子便，也不脏，大人喝了还能治闪腰岔气啥的呢，平时都淘腾不着。"

陈荷花说："就这孩子，给他点儿脸就不知道姓啥了。"

大姨沉吟了片刻，对陈荷花说："那个看瓜园的是我们个叔公公，老伴早就没了，一个丫头也出门子了。素常谁要吃他个瓜，赶上摘他的心了。可他就稀罕孩子，甭管谁家的孩子，到他瓜园里咋祸祸都不恼，再就是特别认亲。"

陈荷花吁了口气，说："怪不得，刚开始我还寻思着来者不善，他找上门了呢，给我吓的。"

大姨说："农村跟城里不一样，瓜果梨桃啥都是自个儿地里产的，摘几个吃也就吃了，没人太计较，再说攀起来几乎亲连着亲，你又不是不知道。"

陈荷花说："那也不能让孩子打小就养成偷偷摸摸的坏毛病。"

大姨脸上泛起了红晕，垂下眼帘没再吭声，兀自去抱柴火做饭。

二表哥盘腿坐在灶坑的一个蒲团上，快一下慢一下地拉着风箱，灶膛里的火光映着他不时漫过嘴唇的鼻涕，亮花花的。

爱党后来回想，在老家的时候虽然因为偷瓜的事挨了一顿打，让他难受了好些日子，但他最怕的还是见了人怎么称呼的问题。以前简单，见了人根据年龄的大小，不是叫叔叔阿姨，就是叫阿公阿婆，没那么多的讲究。回到老家以后事情则不一样了，母亲陈荷花一再地叮嘱他："咱老家亲戚多，大爷大娘、叔叔婶子、三姑四舅，还有七姥爷八奶奶……见了面一定要主动上去打招呼，该叫啥就叫个啥，不兴带搭不理的，让人在背后笑话咱没教养不懂事。"

爱党诺诺点头，觉得这还不容易，但不久他就发蒙了。尽管母亲陈荷花已经告诉过了，来的人是谁，叫什么，爱党常常不是忘了，就是张冠李戴给弄混了，不是把婶儿叫成姑，就是把舅叫成大爷。有一次，他更是闹了天大的笑

话。那天爱党正在跟二表哥捏泥人玩儿，忽听见大门外有人喊，接着进来个满脸都是皱纹的老太太，踮着双粽子样的小脚。爱党连忙站了起来，在大人们的招呼声中跑到跟前喊道："奶奶好！"没想到所有人愣了一下。

来人别看年纪大，足有七十多岁，却是耳不聋眼不花，她上上下下地端详着爱党，笑着问陈荷花："这是……"但马上摆手，"不对了，不对了，我管你妈叫姑奶奶，得喊你点儿啥才是呢！"

大姨说："可不嘛，萝卜不大长在辈上了，爱党还是叔叔呢。"

陈荷花说："这孩子，啥都不懂。"

过后陈荷花不止一次地教训爱党，说："你怎么没脑子呢？连这么点儿事都闹不明白，也太丢人了！"

一来二去的，爱党就特别怕见人，尤其是生人。他嘴唇翕动着，吭哧憋肚半天说不出一句话，怕弄错了挨训，以至于前来串门的人也被搞得莫名其妙，看看爱党又看看陈荷花，面露讶异之色。

陈荷花又数落他："瞅你屡头屡脑的熊样，见个人就吓死了？将来怎么出去创业，打不了响腰。"

还有口音问题。老家的人说话四声不分，语气既快又冲，硬邦邦的，好像是在吵架，似乎多用舌头的后半部分。而爱党带有江浙一带韵味的南方普通话软绵绵的，更多的是用舌头的前半部分。这让爱党和弟弟爱国在当地一时间成了异类，街坊邻居的孩子经常学他们，冲他们吐舌头做鬼脸，拿他们的口音当茶余饭后的笑料。比如，那时人们见面打招呼的第一句话，都是问："吃了吗？"哪怕你刚从厕所出来也这么问。老家的人对"吃"这个字发出的音是"赤"，爱党发出的音却是"呲"，这让好多人不以为然。二表哥吸溜着鼻涕一遍遍不厌其烦地帮他纠正，还让他伸出舌头来仔细地察看，说："咋回事呢，你的舌头跟我的也没啥两样啊！"

爱党也很茫然，说："二表哥，是不是吃的饭不一样，才……"

二表哥的眼睛一亮，若有所思地说："可不是咋的。你在南方净吃大米白面了，咱这儿除了大苞米还是大苞米，连小米都很少，难怪说出来的话听着不一样。还是我娘以前说过的话对，一方水土养一方人。"

爱党说："二表哥，我要是多吃大苞米，是不是说话也跟你一样了？"

二表哥寻思了半晌，沮丧地说："我娘说过，你们一家子早早晚晚还得回南方去。我老姨夫在那儿当大军官，有的是大米白面。"

爱党说："我都想我爸了！在这儿我妈老说我，什么都不对。"

二表哥说："那你真要是走了，还回来吗？要不然……要不然你跟我老姨好好念叨念叨，让我也和你们一块上南方得了。"

爱党拍着手说："好啊！那我就领着你去海边捡贝壳捉螃蟹，可好玩儿了！"

二表哥一脸的神往，说："那能不能去海里抓鱼啊？还有，能看得见龙王爷住的水晶宫吗？要是坐上我老姨夫的军舰，去海里转两圈……"想了想又似乎有点儿担心，"别的倒好说，就怕在你们南方待的时间长了，大米白面吃多了，说话也跟你一样咋办呢？"

爱党也觉得这是个问题，但他立刻想到一个办法，说："那怕啥，让我大姨多给你带点儿大苞米就行了呗！"

两个人回去的时候都很兴奋，蹦蹦跳跳地进了屋，却发现陈荷花和大姨脸对脸盘腿坐在炕上，正在唉声叹气。爱党和二表哥看看这个又望望那个，快快地相跟着退了出去，谁也不敢吭声。

很久之后爱党才知道，原来当时二舅的日子过不下去了，要举家投奔黑龙江阿城的一个远房亲戚，母亲陈荷花和大姨陈杏花闻讯后，忍不住掉泪了，姐俩一连几天都为此唏嘘不已。

爱党的这个二舅，早先在村里也是一表人才，长得白白净净的。他的衣服上从来见不着一圈圈的汗嘎巴，裤线压得就跟刀削似的，领子和袖口不管多会儿都是干净的，尤其是头发，啥时候都梳理得顺顺溜溜的，看上去特别利索，浑身透着一股子精神。那时父亲馃子陈还活着，有很多姑娘连做梦都惦记着他，更有见了他羞羞答答的，那模样足以让人怦然心动。但小伙子的心气很高，竟然一个都看不上。父亲馃子陈问他咋回事，他猫下腰去，一边拍打着裤

腿上的土，一边说："我不想老守田园，待在村里过一辈子。"

父亲馃子陈显然吃惊不小，说："那你是咋打算的，能跟我叨咕叨咕吗？"

他说："我想出去当工人。"

馃子陈沉吟了一下，说："出外当工人哪有守家在地的好，咱祖祖辈辈都是庄稼人，再说还有你爷爷传下来的打馃子这门手艺。退一步说，即使你出去当工人，这媳妇儿该说还得说。"

谁知儿子说出来的话又让父亲吃了一惊："我想娶个城里的媳妇儿。"

馃子陈似乎没听明白，问："你啥意思？你不是……做梦呢吧！人家城里的大姑娘能嫁给你？"

儿子说："所以我才要出去当工人嘛！听说铁路上正在招人，我想去试试当火车司机。"

馃子陈认为自己的这个儿子简直是异想天开，那火车他见过，呼哧带喘趴在地上长长的一溜，能把它开着跑得需要多大的本事啊！这可不是叫驴，鞭子一甩它嘚儿嘚儿地起步。儿子这是转了哪根筋，亏他想得出来，要是让街坊邻居知道，准保笑掉大牙。

馃子陈说："你也不掂量掂量自个儿，是那块料吗？快别瞎寻思了，赶紧把心收拢回来，该干啥干啥去，踏踏实实的。至于媳妇儿，还是咱乡下的比城里人会过日子。"

儿子很是不忿，说："照你的意思，龙生龙，凤生凤，老鼠的儿子生来就只配打洞呗？咱农村人一辈子都得跟土坷垃打交道，顺垄沟找豆包吃！"

馃子陈见说不动儿子，气得站了起来，说："中啊！你现在翅膀硬了，非要走我也不拦你，我就告诉你一句话，走了就甭想再回来，顶算我没生养你这么个儿子！"

娘在一旁急得走里抹外的，这时也过来开导儿子说："看把你爸气的，脸都漆青了……你咋这么不懂事呢？我们还不都是为你好！俗话说，不听老人言，吃亏在眼前。别人坑你，你爸我们能坑你吗？不许再跟你爸犟嘴了啊！"

爱党的二舅虽然有心气，但性格懦弱，到底没敢迈出那一步，美好的憧憬最终都化作泡影。不久之后，家里接踵而至出现的变故，又使他对生活彻底地失去了热情，整个人都变得浑浑噩噩，谁爱说啥让他说去，管他投来的目光鄙夷不鄙夷呢，破罐子就破摔了，脸面又能值几个钱！

这时，原本钟情于他的姑娘们一个个掉头而去，避之不及，自然而然的，给人当倒插门女婿成了他唯一的选择。

爱党曾见过那个被称为二舅母的女人，一脸的雀斑，说话像爆豆子，个头不高但腰身很粗，这使他后来在跟小伙伴们玩杂儿时，总是立刻想到她，虽然不恭却也没办法。

哀莫大于心死。婚后的二舅在那个家里是没有地位的，二舅母不管在人前还是背后，从没拿他当回事，张嘴就说："我们那败家的……"

二舅似乎也无所谓，他盘腿坐在炕桌前，嬉皮笑脸地说："媳妇，还有酒没？那啥再赏我一口中不，求你了！"

二舅母根本都不瞅他，说："灌两盅马尿就以为自个儿是爷们儿了？就你那熊样，还想让人伺候，快去饸饹锅晒裤裆吧！"

二舅继续觍着脸说："看面子了！咱们两口子了，谁跟谁呀！"

二舅母把酒壶啪地往炕桌上一撂，说："给你，喝吧！我哪辈子缺德了找你这么个孬种，除了裆里的那挂物件，你哪点儿还像个男人！"

二舅双手作揖，说："媳妇儿大人，你千万甭跟我这不是男人的男人一般见识中不？看气坏了身子咋好。"

二舅母伸手一戳他脑门，恶狠狠地说："你咋不嘎巴一声死了，我好再找个比你强的。"

除了喝点小酒，二舅还喜欢耍点儿小钱，虽然输赢不大，但二舅的手气似乎格外差，总是赢的时候少输的时候多。如此一来，二舅母就经常不让他进家门，任凭他怎么央求都不行，末了，二舅便会双膝一弯跪在地上，垂着头一声不吭，周围看热闹的孩子随之就跟着嗷嗷地开始起哄。街坊邻居起先还像看西洋景似的指指戳戳议论一番，时间长了也就习惯了，其后若有几天见不到，倒好像生活中缺了点儿啥似的。多少年后，一些老人还拿二舅当身边的教材，教育训导自己的后辈儿孙，最后说的话都惊人相似："一个男人，若是活到了这份儿上，还不如扎到尿盆里淹死算了，免得让祖宗也跟着丢脸！馃子陈咋生了这么个不争气的儿子！"

去生产队干活儿，哪个组长也不愿意要二舅，队长无奈之下，只好安排他跟着一帮年龄大的妇女干些零活。别人出一天工能挣十个工分，他若挣到七个就阿弥陀佛了，以至于二舅母指着鼻子骂他："瞅你都赶不上个老娘儿们，哪天找兽医把你裆里那玩意儿骗了得了！"二舅则一副优哉游哉的模样，他斜睨着摔摔打打的老婆，说："这可是宝贝，你舍得吗？"

在女人堆里干活儿，二舅的嘴不闲着，手脚也不老实，觍着个二皮脸啥话都敢拿起来说，还趁人不备在这个屁股上摸一把，在那个胸脯上蹭一下，且不管辈分大小。女人们自然不会白让他揩油，几个叫嫂子的一使眼色，蒙头绊腿上来就把他给放倒了，有往他嘴里挤奶水的，有解开他腰带脱下裤子往裆里面抹牛屎的，更有那愣的揪住他下面的毛采下一撮子来，疼得他哇哇乱叫在地上直打滚。二舅母知晓后，站在大门口跳着脚地骂："凭啥不把人家的玩意儿当回事？有能耐把你自个儿老爷们儿那玩意儿拿镰刀削了去啊！薅得一根不剩成了秃脑壳才好呢！糟践我们也不是这么个糟践法，一个个都没安好良心，想破坏我们两口子的感情！"

街坊邻居一打听缘由，都禁不住捂着嘴乐。

二舅和二舅母共生了四个孩子，前三个都是丫头，老丈人不乐意了，动不动就抢脸子，说些不咸不淡的疙瘩话，两口子也互相指责。二舅借着酒劲儿埋怨老婆的肚子不争气，说："真是奇了怪了，谁都说是小子，生下来就变了，你那肚皮咋回事啊！也中，将来不愁有人给打烧酒喝。"

老婆反唇相讥，说："撒的是高粱籽儿，能长出大苞米来才怪呢。自个儿没那小子种，做不出来还怨别人，啥你妈玩意儿啊，想糟践我们家？"

等到终于生下了儿子，二舅和他老丈人都喝醉了。二舅一手端着带福字的小酒盅，一手举着筷子，望着已经趴在炕桌上打起了呼噜的老丈人，嘴里含混不清地磨叨着："谁说……我……没小子种？你这老东西……才……没有呢！"

黑乎乎的炕桌上，摆着一碗熬白菜，一碟子咸菜条，带豁的酱碗旁是几根掰断了的秋黄瓜和大葱，再有就是一小碗已经风干了的鱼干。他们喝的则是小烧锅酿的那种上头的橡子酒，味道既辣又冲。

躺在炕头的二舅母说："你长阳了是不？敢骂我爹了，忘恩负义的东西，要是没我们家，这会儿你指不定在哪儿抱着棍子要饭呢，想人模狗样盘腿大坐在炕上灌马尿，喝西北风去吧你！"

二舅的酒一下子醒了大半，鸡啄米似的连连点头，说："那是那是……我今儿不是高兴嘛，所以陪着咱爹多喝了两盅！哎，媳妇儿你开开恩，让我再喝会儿中不？"

这时候的二舅喝得发紫的脸上堆满了讨好的笑容，西斜的日头透过窗户照进来，正好涂抹在他的身上，只见他乱糟糟的头发上沾着一缕塔灰，裤子的裆部已经开了线，衣服上满是层层叠叠的汗嘎巴，领子和袖口污秽不堪，一双眼睛半闭半睁，眸子里除了泛起的酒色，已经没有了神采。

二舅的老丈人是在一年后喝酒喝死的。那天二舅的儿子过周岁生日，老丈人一高兴，晚上就着花生米多喝了几盅酒，到了半夜，突然捂着肚子嗷嗷地号叫着满炕打滚，一脑门子的汗。等把大夫请来，人已经没气了。有人说是肠梗阻，实际上得的是急性胰腺炎。

二舅他老丈人一死，家里少了个能干活儿的人，本来就紧巴的日子眼瞅着一天不如一天，只能举家去东北当盲流找活路……

多年后，爱党陪着母亲陈荷花说话的时候，提到二舅，禁不住问："就因为我姥爷没让他出去当工人，他才破罐子破摔？问题恐怕没那么简单吧？"

陈荷花长长地叹了口气，说："我后来也寻思过，你二舅这个人，若是当初不听你姥爷的，真出去当了工人或别的什么，那他后来的情形绝对会是另一番样子。可惜他心气挺高，胆子小了点儿。他不知道有些东西必须得靠自己去争取，等是等不来的，结果把自己一辈子都毁了。老人的话有时候是不能全

都听的！"

爱党像不认识似的望着她，说："老妈呀，你说得真是太好了，我都有点儿不认识你了。我们小时候，你就这么想该多好！"

陈荷花显见是不乐意了，脸一沉，说："咋，还想跟我翻小肠啊！"

爱党赶紧摆手，说："没有没有，哪能呢，你是我老妈啊！"

爱党有一次到哈尔滨讲学，曾抽空专程去看望二舅。其时二舅因患肝硬化已经到了晚期，他躺在医院的病床上，肚子鼓得老高，脸色蜡黄蜡黄的，堪比吊瓶里液体的颜色。二舅母抄着手守在一旁，瘦弱得如同一页白纸。

问起几个表姐和表弟的情形，二舅母说："你表弟在火车上当司炉，难得有空闲过来瞅瞅。你几个表姐倒常来，可人家也有人家的日子。"

二舅见了爱党显然非常高兴，脸上泛起了一丝红晕，他拉着爱党的手，说话时不停地伸出舌头舔嘴唇，声音低低的，"我外甥现在了不起了，大老远坐着小汽车来看他这个舅舅。等我出院了，去你们家住些日子。外甥现在一个月挣不少钱吧……"

爱党走的时候给二舅留下一笔钱，没想到二舅竟然抱起双拳颤颤巍巍不停地给他作揖，爱党的眼睛霎时被泪水模糊了。

19

爱党看上去挺文静，少言寡语，还动不动就脸红，性格像个女孩，实际上在内心深处他也是很贪玩儿的，不愿意天天猫在家里，向往着能和小伙伴们一起到外面无拘无束地去疯去撒野。

这天早晨爱党起床后，悄悄地从半袖衫上面的口袋里掏出一团棉花，又小心翼翼地在里面翻找着什么。很快，他的目光就盯在一小片草纸上，那是班里同学送给他的蚕卵。起先他还以为蠕动的是几只黑色的小蚂蚁，再仔细一看，原来是孵出来的蚕蚁，心激动得怦怦直跳。

他赶紧打开抽屉，从里面找出一个空的火柴盒，又卷了个纸捻，把蚕蚁慢慢剔出来移送到里面。做完这些，他很自然地想到了一个问题，得马上给这些孵出来的蚕蚁吃东西，要不就饿死了。爱党知道蚕是吃桑叶的，吃了别的就会拉稀而死，可现在是早春，桑树才开始萌芽，有的刚含苞尚未放叶，但是孵出来的蚕宝宝不能等，必须赶快想办法。好在今天是礼拜，他不用去上学。

匆匆地吃完了饭，爱党和母亲陈荷花打了个招呼，说："妈妈，我上江边去玩儿一会儿！"陈荷花看他一眼，说："早点儿回来，那些作业没写呢。"

爱党答应着出去了。他下了楼，小跑着上了江堤，一抬头见宝有正在滩涂上拎着个竹笼子抓螃蟹。爱党心里一动，招呼宝有说："宝有，你能帮我去造船厂摘桑叶吗？"爱党不敢爬树，而宝有上树就跟只猴子似的。

宝有冲他摆了摆手，说："别嚷！你看螃蟹都吓跑了，我还用它和别人去换香烟盒呢！"那时候很多孩子都喜欢搜集漂亮的香烟盒，就跟后来人们迷恋集邮似的，尤其一些价钱较贵的香烟盒，更是令人趋之若鹜。

爱党想了想，说："你要是和我去，我就送你一个红玫瑰的香烟盒。"

宝有抬起头来，说："真的？说话算数。"

爱党说："咱俩拉钩。"

他们来到横拉着的铁丝网前，里面就是造船厂，有工人正在船坞上给船体除锈和刷漆，另一边有工人正在焊接船体的钢板，随着弧光的闪烁，焊花在纷纷地溅落。岸边还泊着几艘锈迹斑斑的破船，在涌浪中一摇一晃的。

两个人从铁丝网的空隙钻了进去，又探着脚爬上一堆废弃的木头垛，翻过江堤后便径直朝着有香樟树的地方奔了过去。那儿胡乱地扔着十几个盛过沥青的废旧洋铁桶，附近有棵满身都是疤痕的桑树，爱党要找的就是它。

去年夏天，爱党和宝有等几个孩子追逐一只刚会飞的麻雀到了这儿。麻雀落在距他们头顶不远的一根树枝上，翅膀一耷一耷的，像随时要跌下来似

的。小麻雀的喙角尚呈嫩黄色，不时地发出清亮的叫声，它一定以为站在树下的这几个人是在和它做游戏，所以看上去没有一点儿害怕的样子，只是扭动着小脑袋不停地打量他们。天气很热，小麻雀有绿叶的遮挡，看上去非常惬意。爱党他们几个孩子可就没那么幸运了，在阳光的强烈照射下，空气仿佛燃烧一般，赤裸的小脚丫踩到哪儿都是滚烫的。宝有举起了弹弓，朝着树上的麻雀啪地射去一颗石子。小麻雀显然被这突然发生的变故给吓着了，扑棱一声飞入树荫的深处，没了踪影。

失去了追逐的目标，几个孩子都显得很扫兴。爱国不满地对还在用弹弓朝树上乱射的宝有说："都是你，看没了吧！"

宝有在地上拣着石头子儿，说："那也不怨我，它在树上不下来，咱们谁都够不着它，就得用弹弓打。"

爱党无聊地朝周围望着，目光蓦地被不远处的景象吸引住了，在一个废旧的洋铁桶上，有一只麻雀正在跃跃欲飞，但是爪子被晒得已经融化了的沥青给粘住了，且越挣扎越陷得深。

爱党兴奋地跑了过去。麻雀见有人来，显得十分惊恐，更加拼命地扑棱着翅膀想挣脱开去。宝有和其他几个孩子也跟了过来，嘴里大呼小叫："抓住它抓住它，别让它飞了！"

这是只喙角已呈灰黑色的麻雀，当爱党抓住它的时候，它竟疯了般不停地啄爱党的手。麻雀的爪子和腿上粘着灼热的沥青，已经被烫得变了颜色，破了皮，露出血糊糊的肉来。爱党抓着麻雀，想把它腿和爪子上的沥青弄掉，但一使劲儿，它就全身抽搐并一声接一声吱吱地叫唤，显然是很疼。

正当爱党不知如何是好的时候，宝有一伸手把麻雀给抢了过去，说："留着它也没用，弄死得了！"一边狠狠地朝地上摔去，麻雀登时变成血肉模糊的一团，这还不算完，他又捡了块石头压上，再用脚使劲儿一踩，血水立刻溅了开来。

爱党气得都要哭了，说："你凭什么抢我的小鸟！你赔！你赔！以后我再也不和你好了！"

宝有见状，忙说："我陪你还不行吗？我知道毛纺厂有一窝小鸟，现在还是光腚子，等毛长齐了，咱们一块去掏，都给你。"

爱党听他这么说，便伸出手去，说："那……咱们拉钩。"

两个人的手指头勾在了一起，胳膊来回扯动着，嘴里念念有词："拉钩上吊，一百年不许赖！谁赖，王八蛋……"那时候，人们还没有爱鸟意识，小小的麻雀甚至一度被列入与苍蝇、蚊子、老鼠齐名的四害之一。以至于直到今天，麻雀见了人就飞得远远的，人似乎已经被麻雀视为天敌。

这时，就见抬起头来的宝有眼睛一亮，喊了起来："桑葚！"

人们顺着他的手指望去，这才发现，离香樟树不远，在十几个横躺竖卧的废旧洋铁桶附近，有一棵长得歪歪扭扭的桑树，它的树干上尽是疤痕，只有稀疏的几根枝丫，绿色的叶片像是被阳光涂抹了一层釉，桑葚呈黑紫色，但已经没有几个了，几乎屈指可数，若不仔细寻找很难发现。

宝有说："是我先看见的，你们谁也不许和我抢。"

他来到树下，仰脸朝上看了看，往手心吐了几口唾沫，便攀住足有碗口粗细的树干，一耸一耸地向上爬，待到了树杈那儿，腿一钩身子一扭竟骑在了上面，而后伸出手去够桑葚。

爱党看着很有些眼晕，情不自禁地在树下张开了自己的双臂，嘴里却又不敢大声说话，唯恐不小心会把他惊下来似的，一再喃喃地提醒："小心点儿。"

桑树其实并不太高，如果是大人的话，一伸手就能够着树杈，但是对只有七八岁左右甚至更小的孩子来说，多数都会望而却步。

宝有把摘到的桑葚先送进自己的嘴巴里，吃得格外香甜，一缕紫色的汁液顺着嘴角冒了出来。树下的几个孩子眼巴巴地望着，都使劲儿咽口水。

宝有又摘了几个桑葚，举在手里发话说："这是给爱党的，谁要是敢跟他抢，我就打谁！"都知道宝有惹不起，自然不会有人上来抢。

爱党和弟弟爱国在周围馋涎的目光注视下，用牙齿一点儿一点儿地啃咬着桑葚，不时伸出舌头舔一下嘴唇。

没吃到的几个孩子就纷纷央求说："宝有，给我一个行吗？回去我和你玩儿跳棋。""我把姐姐的小人书给你看。""我送你一个虎皮纹贝壳。"

最后，自然是所有的孩子都如愿以偿吃到了桑葚，只不过有的是几个人共享一颗罢了，毕竟东西太少。尽管这样，这些孩子还是对宝有表现出感激涕零的样子，争着抢着和他搭话，宝有则是一副趾高气扬的架势。

此时，爱党和宝有两个人站在桑树下，目光在那几根枝丫上搜寻着。树皮颜色已经变得润泽，一个个芽眼都拱起了苞，有的隐约可见展露的嫩叶。

爱党兴奋地用手一指说："看，桑叶！"

宝有爬到树上，专拣大的芽苞捋。由于植物具有顶端优势的特点，所以叶片稍大些的一般都在枝丫的末梢，宝有不得不斜着身子伸手去够，或者使劲儿把枝条弯过来，爱党不时提醒宝有当心。

两人正兀自忙乎着，忽然从不远处飘来一个软绵绵的声音："哎哟哟，侬勿要性命了，爬到半天空去，性命交关呀！"

宝有抬头一看，喊了声："妈呀！特务！"抱着树干就出溜了下来，转过身去就跑，比兔子还快。

爱党望去，但见一个身穿白色丝绸裤褂戴眼镜的胖老头，正站在厂区的石板路上，手搭凉棚往这边看。爱党在造船厂大门口多次遇见过他，他是这家造船厂的厂长，说起话来总是慢声细语的，脸上始终带着温和的笑容……不少人说他会讲日本话，还有人说他会讲英语，孩子们则在背地里说他像电影里面的资本家，甚至汉奸特务，故而见了他都是躲得远远的。

爱党大惊失色，一扭头，顺着刚才进来的方向狂奔而去，心里只有一个念头，绝不能让他抓住！而那个软绵绵的声音也如影相随，"我晓得侬是隔壁解放军的小孩，侬勿要逃嘛……"

爱党直到进了家门，才感觉到右脚的脚底板钻心般疼，随即发现地板上有血迹，坐在小板凳上，抬起脚来一看，不禁慌了，原来是脚掌被钉子扎了个眼儿，血水正在不断地涌出来。爱党想，这一定是翻越造船厂堤坝下那堆木头垛时扎的，那上面有不少钉子都没拔，平时还知道小心，但刚才过于紧张什么也不顾了，所以踩到了钉子上也没觉出来。

这会儿，爱党两手抱着受伤的脚丫子，疼得身子来回晃悠，嘴里咝咝地直吸凉气。母亲陈荷花一边给他上药包扎，一边骂不绝口："你个犊子还回来干啥，在外面疯多好啊！不赖，还知道疼呢，不许出声！咋没扎透气了啊，省得在家待不住！趴着耳朵嘱咐，就是不听！"

爱党"哎哟"了一声，说："妈妈，你别生气了！我没干别的，就是去给蚕采点儿桑叶。宝有上的树，我在下面来，要不是那个胖厂长……"

陈荷花说："你是学生，没事就去看书写毛笔字，养啥蚕，不务正业！"

爱党解释："老师上课时说蚕一生要蜕四次皮，最后吐丝作茧，把自己裹在里面变成蛹。我们不少同学都在养蚕，老师还问来呢！"

陈荷花说："看看，老师不让了吧！"

爱党说："没有！老师让我们把它当成课外活动，不耽误写作业就行。"

陈荷花说："是吧！这不还是怕影响你们学习。"

爱党一时不知道说什么好，母亲陈荷花按照她自己的思维方式，以大人的身份和权威居高临下，似乎怎么说怎么做都是对的。她把自己的想法和喜怒哀乐当作行为规则及标准来约束孩子，根本不顾及孩子心里的感受。

结果可想而知，当宝有把已经几乎揉烂了的桑叶芽片送来的时候，陈荷花早把那只火柴盒连同蚕卵投进炉子里，化为灰烬。但爱党没有食言，还是把自己爱不释手的一个红玫瑰香烟盒送给了宝有，这让他高兴得手舞足蹈，激动不已地说："爱党，你太够朋友意思了！等你的脚好了，我要带你去一个地方，那儿的桑叶可多了。"

爱党摇了摇头说："我妈她……不让我养蚕……"

宝有想了想，说："那咱们就去摘桑葚吃，总可以吧？"

宝有说的那个地方在余姚江的一个拐弯处，是个很大的公墓。爱党的脚好了以后，有一天下午做完了值日，便和几个孩子跟着宝有，沿着堤岸一路玩

耍着直奔而去。反正离着也不算太远，回来时跑几步就是了。

要说人最容易好了伤疤忘了疼，尤其是小孩子，一旦面对诱惑，什么都忘了。爱党的听话和懂事是左邻右舍公认的，也不能例外。

公墓的一侧紧挨着江堤，其他方向则是菜地和稻田，入口处没有门，只有两截低矮的墙垛。墓园里杂草丛生，荫翳蔽日，静得令人发瘆，大大小小的坟茔错落而无序，多数是被草和野花覆盖的土包，只有少数是用水泥或花岗岩石料修筑的，碑上还镶着烧制的陶瓷照片。几个孩子走在里面，大气都不敢出，互相靠在一起给自己壮胆，稍有风吹草动就头皮发炸，似乎到处都有阴森可怖的目光在注视着他们，随时会有鬼魅之类的东西扑过来掐住他们的喉咙。

终于找到地方，孩子们却一个个傻眼了，呈现在面前的，是由于江水随着涨潮退潮在这儿回旋，不断地侵蚀冲刷岸边的堤坝和土崖，从而使之坍塌形成的一个豁口，就像是一张烙好的饼被人咬了一口似的，哪里还有桑树的影子。

宝有左看右看，摸着自己的后脑勺诅咒发誓般说："就是这儿啊！我去年还来过呢，谁知道让江水给冲没了……真的，我要骗你们，不是人！"

爱党见这里的江面比别处要宽阔，放眼望去波光潋滟，涌浪在太阳的照射下泛着银色的水花，有几艘小船正在撒网捕鱼，灰白色的江鸥在空中追逐飞上飞下，有几个黑点儿在江中缓缓移动着，那是有人在游泳。

宝有似乎耐不住寂寞，又说："这地方怎么还敢来游泳呢？那几个人的胆子也太大了。"

爱党不解地望着他，说："这地方游泳怎么了，不可以吗？"

宝有朝四处看看，压低声音，说出来的话吓了大伙儿一跳："我听人说，这地方水里有死人肉……"

几个孩子不由自主地向后退了一步，眼睛瞟着江水，感到身上一阵发冷。

宝有继续说："真的。不少人游泳的时候都喜欢喝口水再吐出来，这地方因为公墓紧挨着江边，所以水里有不少死人的烂肉……有的人不知道，到这儿来游泳，一张嘴把死人肉喝到嘴里咽了下去，还没等上岸就断气了……"

孩子们听得毛骨悚然。爱党发现，在斜对面坍塌了的陡崖上，有许多深浅不一的窟窿，裸露着已经腐朽了的棺木和森森白骨，恐怖极了。

往回走的时候，几个孩子都无精打采的，谁也不说话，只有一只只脚蹚过杂草时发出的唰唰声。忽然，有谁低低地喊了声："狐狸……精……"

爱党抬眼望去，只见在前面不远处的一个墓碑旁，有只毛茸茸的小动物惬意地倚在那儿，正好奇地向这边看，它浑身的颜色像团火，面部形态尤其是细长的眼睛像极了小人书里画的白骨精。

孩子们停下脚步，屏住呼吸，紧张地和那只小狐狸对视着。片刻，那只狐狸竟用两只后腿站立起来，神情似笑非笑，仿佛是要迎上来握手似的。有个孩子惊恐地喊叫了起来，尿顺着裤腿往下滴答。

小狐狸嗖地跳了起来，身子如火光般一闪，窜进草丛中不见了。

然而越是害怕越来事，惊魂未定，猛听宝有惊呼了一声："哎呀！蛇！"

爱党转脸看去，不禁被吓得魂飞魄散，这是条不到一尺长的小蛇，但通体都是红的。爱党不止一次听人说过，墓地里的蛇吃过死人肉，毒性特别大，尤其是浑身变成红色的，若是被它咬了立刻就会没命。说时迟那时快，这条小蛇不是在爬行，简直就是贴着草尖在飞，眨眼间便从后面追了上来。

几个孩子稍一愣神，立刻反应过来，吱哇喊叫着撒丫子就跑，只怨爸妈没再给多安上条腿，真是都豁上命了！有的边跑边回头去看，后来爱党每次回想起来那情形，都不禁莞尔。

他们是在墓园里的石板路上停下来的，一个个都气喘吁吁，嗓子眼儿里像着了火，胸脯急剧地起伏，整个人几乎都瘫成了泥。那条小蛇也怪，见他们跑上石板路，便不再追了，瞬间钻进一个裂缝中没了踪影。

那个吓得尿了裤子的孩子说："都怨宝有，我以后再不上这儿来玩儿了！"

爱党心有余悸，问宝有："那你以前来的时候，都什么样啊？"

　　宝有显然也吓得不轻，好一阵才回过神来，说："去年我跟着一家送葬的来看热闹，在公墓里什么都没碰着，那几棵桑树上桑葚可多了，我吃不了还扔不少呢。"

　　天空上是大片的火烧云，风携着热浪一阵阵袭来。江堤上，几个孩子相跟着排成了一溜儿，默默地走着，谁也不说话。涨潮了，江水急遽地漫上滩涂。

　　后来得知，那个尿裤子的孩子回去后就病了，一连几天高烧不退，家里人了解了事情的来龙去脉后，又是烧香又是拜佛的，好一番折腾。宝有则一如既往像什么事也没发生过。爱党则又是另一番情形，晚上睡觉噩梦不断，一闭上眼就觉得身后有什么东西在窥视，随时要扑上来抓他似的，故有几次在半夜惊叫着坐了起来，心怦怦地乱跳，满脑袋都是冷汗。有一天晚上，他在梦中被吓得尿了裤子，结果醒来后发现是尿床了。

　　母亲陈荷花对尚云龙说："这孩子，八成是在外面撞着啥玩意儿了，得给他戳戳……"又问爱党："你这些天都上哪儿去了呀？"

　　父亲尚云龙未置可否，翻个身又睡去了。爱党当然不敢说实话，他避开陈荷花的目光，嗫嚅道："我就是……上学来，哪儿都没去……"

　　陈荷花找来一只饭碗，盛了半碗水，又拿了四根筷子握在一起，在爱党的头顶上方笔画了两圈，而后戳在碗里，嘴里念叨着："你站住！是谁呀？有啥事别吓唬孩子啊！是他姥爷，还是他奶奶？要是缺钱花了，我赶明儿就给你送去。是他那个大舅母吗？要是，你就站住！站住！"筷子竟真的在碗里站住了，并且像生了根似的一动不动，随后陈荷花一手端着碗，一手扶着筷子，从屋里出去了。

　　爱党目睹着这一切，感到既神秘又恐怖，屏住呼吸一动都不敢动。后半夜爱党睡着了，果然没再做噩梦，睡得还特别香甜，一觉拱到了大天亮，若不是陈荷花来喊他起床，怕是上学都要迟到了。

　　中午，爱党放学回到家，正在告诉母亲陈荷花今天写的毛笔字又得了几个红圈儿，门咚一响，出去玩耍的爱国也从外面回来了，怀里还抱着条毛茸茸的小狗，母亲陈荷花的眼睛瞪了起来，伸手一指说："赶紧给我扔出去！"

爱国磨蹭着，说："它没有东西吃，会饿死的。"

但是陈荷花没有一点儿商量的余地，说："你从哪儿抱来的，就再送回到哪儿去，家里不是狗窝！"

爱国说："我是在马路边上捡的，你看它多可怜啊！"

陈荷花伸手给爱军擦了把鼻涕，说："真是吃饱了把你撑的！有空不知道帮我哄小弟弟，竟捡个破小狗回来。"

爱党忙迎上前去，拉着弟弟出了门。小哥俩来到楼下，在僻静处寻到一个能藏匿东西的地方，把小狗放了进去，爱国还给它垫了一层草，又用砖头和石块挡得严严实实。小狗仿佛很懂事的样子，一声不吭，只是当他们俩要离开时才开始哼唧起来。爱国伏下身子，说道："小狗听话，别乱叫啊，我一会儿给你送好吃的来。你要是再叫，被人发现就没命了。"

吃饭的时候，爱党瞥见爱国趁陈荷花转过身喂爱军吃饭的时候，把一块馒头掖在了挽起的裤腿里，他佯作什么都没看见，心里琢磨着给那只小狗带点儿什么呢？天这么热，最好是带点儿水。

正是睡午觉的时候，爱党和爱国悄悄地打开门溜了出来，跑着来到小狗藏身的地方。爱国把小狗抱在怀里，用脸贴了贴，拿出那块馒头送到它嘴边，喃喃地说："你一定是饿坏了，快吃吧！"谁知小狗哼唧着嗅了嗅根本不吃，却一口叼住他的手指头吸吮起来，爱国禁不住喊了声："痒痒。"

爱党见状，说："我知道了，这小狗生下来时间太短，就知道吃奶，还不会吃别的东西呢！"

爱国一听着急了，说："那怎么办啊？咱们上哪儿去给它弄奶呀！"

爱党从裤兜里掏出一个盛药的小瓶，把盖儿拧开，说："来，给小狗点儿水喝，它一定渴了。"说着把水倒在瓶盖儿里，送到小狗的嘴边。小狗抽动着鼻子嗅了嗅，立刻伸出粉红的舌头呷呷地舔了起来。

爱国高兴极了，眼睛一亮，说："哥哥，你真有办法！我想起来了，妈妈说过以前没奶吃的孩子喝米汤也能活下来，咱们也给小狗弄米汤喝吧！"

然而谁也想不到，小狗还没来得及喝米汤，就被人弄死了。

爱党晚上放学回来，一进院就听见弟弟爱国的哭声。爱党冲进围成一圈的人群，只见爱国正蹲在台阶旁伤心地抽泣，那只毛茸茸的小狗半睁着眼，一动不动地躺在地上，整个腹部血迹斑斑，一看就是死了，对面角落里还席地坐着个孩子，垂着头一声不响，只管捏着根铁钉在石板上划来划去。他是大顺，两只小手几乎都被血染红了，沾满了狗毛，让人看了禁不住作呕。

爱国见哥哥来了，站起来指着大顺喊道："杀人犯！赔我小狗！"

宝有不知什么时候也挤了进来，对大顺说："哎！你怎么把它弄死了？我还要用它和别人换香烟盒呢。"

有人在高声呼喊大顺的名字，声音由远而近，不用说就知道是小脚女人闻讯踮跶着来了。她分开众人，上前一把抓住大顺的胳膊，对爱国说："婶儿回去让你叔狠狠揍他！别哭了啊，婶儿哪天还给你炖猪蹄子吃。"一手捡起那只死了的小狗，一手拖拽着大顺就走。宝有跟在他们后面嗷嗷地哄了几声，见没人响应，挺没趣地走了。小脚女人先到堤坝上，一扬胳膊把狗扔进了江里，而后下来在自来水池子前给大顺又洗又涮。

爱党领着爱国回到家里，爱国还不时地抽噎，陈荷花没好气地说："为了个破小狗值得这样？多让人笑话啊！刚才要不是炉子上放着锅，我早下楼去把你给拽回来了。"

爱党说："妈妈，你不知道，那个大顺也太狠了，就拿根钉子，把小狗活活地给扎死了，哪儿都是血。"

陈荷花说："行了！别说了，那种人都狠。"究竟是哪种人，她没说。

其实小狗的死，宝有也是脱离不了干系的！宝有人称"坏种"，那天他转悠到楼房后头去撒尿，无意间听到了小狗的哼唧声。他把小狗掏出来之后，颇为自己的发现兴奋不已。在进楼的石阶旁，他一眼看见大顺手里拿根钉子在墙脚来回划着抓蚂蚁，溃烂发炎的小鸡鸡从开裆裤里裸露出来。宝有蹑手蹑脚地走过去，将毛茸茸的小狗朝他裤裆里一塞，扭头就跑。大顺猝不及防，显然是被吓了一跳，他朝宝有消失的方向望了一眼，便抓着小狗坐在了地上。他盯着小狗看了一会儿，突然把它翻转过来按在地上，然后用钉子不停地扎它的生殖器，小狗挣扎着发出了凄惨的叫声，大顺越发兴奋，直到小狗血迹斑斑地躺在那儿……

这些都是爱党后来慢慢知晓的。以至于好些日子，在爱党的眼前总是交替出现这样的画面：一只毛茸茸的半睁着眼睛的小狗，一动不动躺在地上，腹部血迹斑斑……大顺被血染红了的双手和他手里的钉子以及狗毛……宝有带着坏笑的脸……

20

正是晌午，江面上波光粼粼，岸边的冬青、槐树等全都被白花花的日头晒得蔫蔫的，似乎已经昏睡了过去。

爱党泡在江水里，惬意极了。母亲陈荷花站在无遮无挡的堤坝上，手搭着凉棚眼巴巴地看着他，却不敢喊。爱党佯作没发现她，夸张地在水里玩儿着各种花样。爱党是趁着陈荷花午睡的机会，偷偷地跑到江里来凫水的。陈荷花对孩子的行动坐卧管得严，哪儿都不让他们去，即使央求也没用，所以只能给她来一个既成事实。待陈荷花午觉睡醒了，爱党也回来了。但人算不如天算，陈荷花被热醒了起来擦汗，也想给孩子们擦擦汗，却发现另一张床上只睡着爱国一人，爱党已然不知了去向。如此，便出现了上述一幕。

陈荷花这个气呀，恨不得把爱党一伸手就从江里给拖出来撕巴碎了，再骂他个狗血喷头。但实际上她只能很无奈地守候在岸边，束手无策。因为此时此刻，她更多的是担心与害怕。这条江里几乎年年都淹死人，她唯恐爱党看见她生气发怒而一紧张出现意外，那这笔账往哪儿写啊！她现在唯一能做的，就是站在岸上不错眼珠地望着在江中嬉戏的儿子，万一有什么情况好喊人，而别

的一切都只能等到以后再说，她不能犯糊涂。

起先她的额头和身上还冒汗，像溪水似的哗哗地往下淌，后来可能是都流尽了的缘故，没有汗，仿佛置身于燃烧的火中炙烤，眼前一个劲儿地忽忽悠悠闪烁金星，腿也渐渐地开始发软。

爱党这会儿只想着在水里玩儿个痛快，忘乎所以。现在他根本就不寻思会有什么后果在等待着他，回到家如何面对母亲陈荷花的震怒。要说这也太不符合爱党的性格了，因为他给人的印象一直以来都是个听话听道的孩子，惹父母生气的事几乎从来不做。或许他是被炎炎烈日给晒蒙了，身子一直都在江水里扑腾，头部多数时间可是都露在外面的，因而思维和意识有些反常，但这样的解释实在过于牵强。那么究竟是什么原因，使得一个所谓的好孩子突然间变得判若两人了呢？唯一的解释只能是逆反心理在作祟。在特定的情形下，人的天性是不受理智约束和控制的。性格是后天形成的东西，而天性则是与生俱来的。很多时候不是孩子没记性，而是天性使然，爱党自然也不例外。

一艘小火轮嘟嘟地从江心驶过，爱党被激起的浪潮推来荡去，像一根随波逐流的水草，吓得陈荷花心都快跳出来了，她想喊他赶紧回来，张了张嘴却没发出声音，于是朝他不停地挥动手臂，示意他上岸。

爱党似是故意在气陈荷花，或是要显摆自己凫水的技能，他也朝陈荷花扬了几下胳膊，一转身向更远处游去，并且还不停地变换姿势，一会儿仰泳，一会儿蛙泳，看样子是想玩点儿花样，但由于水平一般，所以动作就显得非常难看，譬如，把蛙泳游得像狗刨，仰泳则似躺在水面上抽筋，而踩水的样子更像是要拼命摆脱脚底下什么东西似的，弄得水花四溅……到了最后，只见他深深地吸了口气，脑袋往下一扎竟潜起水来。也就是眨眼的工夫，等他脑袋钻出水面，伸手抹去脸上的水，抬头朝岸上一看，才发现原本站在堤坝上的母亲陈荷花不见了……

陈荷花中暑了！

家里面来了好多人，张所长亲自指挥着匆匆赶来的医生，又是量体温又是测血压，他的老婆端着个碗，不时笨手笨脚地用羹匙给陈荷花饮水，温柔得简直像一只猫；小脚老太婆半跪在陈荷花身边，用手蘸着水在陈荷花的脖子、胸前和胳膊上又是揪又是拍打，瞬间就是紫黑一片；那个在越南帮着打美国鬼子的叔叔家的郭姨，她的头上戴着蝶形的塑料发卡，不时把毛巾在脸盆里涮了敷在陈荷花的额上；尚云龙则阴沉着个脸，在屋子里一圈圈打转，还不时地揉捏一下自己的手指；爱党腮上挂着泪痕，两手握把蒲扇，一刻不停地给躺在床上的陈荷花扇着。他知道自己惹祸了，心里害怕至极，早已经忘了屁股上的疼痛。那是尚云龙闻讯后回到家，一见面便兑现给他的惩罚，刚才幸亏有大伙儿拉着，否则屁股早就赛过公园里那些小猴的腚了。此时此刻，他的整个意识里只有一个念头，那就是妈妈一定不能死！

打这以后好些日子，爱党除了去学校上学，哪儿都不敢去，以往他喜欢跑到江边放风筝或者趁着退潮在滩涂挖荸荠、抓螃蟹、摸个小鱼小虾什么的，现在都一概免了。他尚未从一场惊吓中回过神来。他小心地侍奉着陈荷花，将功补过似的在家里抢着生炉子、做饭、洗衣服、哄弟弟，时不时窥视陈荷花的脸色，唯恐她不高兴或生气，而陈荷花也很少和他说话，对他带搭不理的。他尤其怕见父亲尚云龙，在父亲面前就像老鼠见了猫，一副战战兢兢、诚惶诚恐的模样。父亲尚云龙阴沉着脸，那目光冷冰冰的，就像两根鞭子抽打在他的身上，使他感到一种窒息般的慌乱，以至于在吃饭的时候，他总是低着个脑瓜，连菜也不敢去夹。

终于有一天，父亲尚云龙把他叫到跟前，说："知道错就行了，用不着天天哭丧着个脸，给谁看呢。"

爱党张了张嘴，不知道说什么好。

尚云龙接着说："我和你这么大的时候，都下地干活儿了，耪地、送粪、背柴火、推碾子……吃上顿没下顿的，和现在的生活根本没法比！我希望你不忘本，做个听话懂事的好孩子！你又是当哥哥的，弟弟们可都看着你呢。"

爱党没怎么听明白，但他不敢问，于是轻轻地应了一声。

尚云龙皱了下眉头，说："你去照镜子看看自己的样子，倒像个受气的小媳妇似的，至于吗？还有，以后无论在哪儿跟谁说话，都大点儿声，还怕让人把你舌头割去咋的。"

陈荷花在一旁摇着蒲扇，说："我这回是捡了条命啊！要不是你郭姨，你们真就成了没娘的孩子了，看你往后听话不。"原来郭姨因为担忧郭叔叔的安危，经常是寝食难安，没事的时候就一个人着了魔似的在屋子里打转，或者站在窗户前望着外面高远的天空久久出神。那天，她一如既往地来到窗前，恰好看见陈荷花在堤坝上软软地倒了下去，于是赶紧下楼……

尽管爱党又挨了顿训斥，但就像听到了特赦令，心头的阴霾一扫而空，感觉立刻敞亮了许多，父亲和母亲终于都开口跟他说话了，他甚至为此有了一点儿小小的激动。他情不自禁地冲着尚云龙笑了一下，又冲着陈荷花笑了一下。

记不清是哪个大文豪说过，爱孩子，是母鸡也会的事！陈荷花和尚云龙两个人都是非常爱自己的孩子的，这一点毋庸置疑，但是在具体方式上，有着自己的一套思维和做法。或许是受传统影响较深的缘故，在他们看来，孩子只有老老实实听大人话才是好的，才叫懂事，长大后才能有出息！孩子因为小，因为经历的少，所以总是做错事或可能做错事，也不知道危险，就像一棵小树，如果光给它浇水上肥，却不修枝打杈，是成不了材的！而大人们的责任，便是管好他们，绝不能由着孩子的性子来，或打或骂，都是为他们好。他们认为孩子也许在当时会不理解，但将来总会明白的。

由于历史的和本身的局限，他们以居高临下的姿态，用简单粗暴的手段管教自己的孩子，塑造他们的未来，却根本没有去想会不会对他们的心灵和性格形成伤害，而这种伤害往往是终生的。

多年后，爱党曾就此与母亲陈荷花、父亲尚云龙进行过交流。爱党摘引自己在一篇论文中的话说："这实际上是一种父权思想在作祟。由此孩子必须听命于大人，不得有丝毫拂逆……将来好与不好是否出息仅仅是扯起来唬人的一面旗帜，内心深处看重的其实是自己的脸面和名声。孩子从一开始就被置于无知和必须受管教的境地，大人们所做的一切都是对的，甚至连打个喷嚏都会被赋予某种神圣的含义……"

尚云龙坐在阳台的藤椅上，一只手在扶手上轻轻地弹弄着，说："我没你那么高的理论，但是至少在动机方面你不能对我们这一辈人有任何怀疑，至于实际效果嘛，现在看来的确是有问题的。我离休后也看了一些书，在这方面做过不少反思，对人的个性发展过度忧虑，使得我们当家长的总是以一种固定的模式和自以为是的标准，去设计和憧憬自己孩子的未来，塑造孩子的性格，好像只有这样才能够放心，而别的一切统统都是大逆不道。同时，缺乏对人性的尊重，其实是对生命的漠视。如果这也叫爱的话，只能是一种被扭曲了的爱。实际上，你自己也是很清楚的，叛逆无时不有，无所不在……"

陈荷花正掐着手绢靠在沙发上看电视剧，趁着插播广告，说："你们这是叨咕天书呢？爱党咋还学会记仇了？我们俩在你们几个犊子身上操了多少心啊，那眼泪哗啦哗啦地都流成了河，现在倒成了罪人，真一个个都是没良心那路的。"

爱党禁不住笑了，说："儿不嫌母丑，狗不嫌家贫。你老太太的辛苦甘甜，谁都不会忘，我们都记着呢！"

陈荷花说："咋的，嫌我丑了？我年轻那会儿可是个大美人，要不然你爸能相中我了。还是说你吧，小时候看似老实也不顶嘴，主意却特别正，蔫巴萝卜滋啦心，也没少让我操心。"

爱党跟着宝有，悄悄地趿着围墙爬上了房顶，猫着腰向鸟窝接近，脚下的小青瓦啪一声碎裂开来，两个人赶紧伏下身子，好一会儿没敢动弹。下面是毛纺厂烧开水的锅炉房和澡堂子，那个鸟窝就在不远处的天窗跟前，紧挨着房脊的瓦楞里，在它的上方，还有几根裸露的电线穿过。早先宝有在游荡时发现那儿有麻雀出没，嘴里衔着草什么的，便断定这儿一定有个鸟窝，且当作秘密只告诉了爱党一个人，以示两人关系近便。

或许是中午的缘故，四周显得很静谧，空阔的江面像撒了一层银箔，细碎的浪花缓缓地爬上岸来又悄然退下，有金虫从空中闪烁着飞去，偶尔传来一声鸟儿的鸣啭，清亮得像一颗水珠。

两个人又开始往前移动，似乎已经听到了鸟儿的嘤嘤。就在这时，爱党

的耳畔突然响起了一声炸雷，吓得全身不禁一哆嗦。

一位个儿不高，扎着围裙，剃着秃脑亮的小老头，不知什么时候出现在房前的空地上，他手里举着半截砖头，满是皱纹的脸上神情十分吓人。

爱党和宝有蹲坐在房顶上，手扶着瓦垄，呆呆地望着下面这个像是要把他们生吞活剥了的凶老头，一动也不敢动。

宝有壮着胆子给他解释，说："我们两人不是小偷，那儿有个鸟窝。"

小老头在下面夸张地走来走去，似在选择一个角度，作势要把手里的砖头扔上来的样子，说："侬两个是吃了老虎胆了，小命要丢掉了晓得吧？"

爱党帮腔说："我们真的不是来偷东西，就掏鸟窝……你别打我们……我们都是阿刚的好朋友……"

爱党认出了他就是毛纺厂那个烧开水炉的老头，有个儿子叫阿刚，出来进去总跟在身边。爱党听大人说过，他原先是有老婆的，后来因为老婆看不起他，跟着一弹棉花的人跑了。爱党有一次和几个小孩跑到厂子里追逐玩耍时，在水房的门口，遇见他正弯腰给一个瘦高的男孩子往腮帮子上涂抹黑乎乎的泥巴，四下里飘散着缕缕腐烂的水草气味，便捂着鼻子，好奇地围在边上看。那个男孩坐在一个小板凳上，被涂满了烂泥的那侧腮帮子肿得老高，他不时用手托着咝咝吐凉气，原来是得了痄腮。

小老头像是在安慰儿子，也像是给爱党他们做解释，说："晓得否？这种河塘里面挖出来的淤泥，寒凉得很，治疗阿刚这种毛病最是灵验。"

孩子之间熟悉得快，爱党认识阿刚后，曾在晚上结伴去捉过萤火虫，还换过一副蟋蟀笼。特别是阿刚爸爸，拎着把大铁铲在开水炉前忙碌着，总是一副笑眯眯的模样，还给过爱党烤芋艿呢！今天这是怎么了，突然间好像换了个人似的？

阿刚爸爸仿佛什么也不要听，仰着脸虎视眈眈地盯着他们，说："侬两个解放军，小祖宗！再不下来阿拉要用砖头轰了！"

爱党和宝有不敢在房顶上再停留，一边用眼睛瞄着阿刚爸爸，一边挪蹭着手脚并用，极不情愿地从原路返回到地面上。

阿刚爸爸扔掉手里的砖头，抹了把满脸的汗水，长长地吁了口气，像是身上卸掉了多沉的东西似的，说："菩萨保佑，侬俩真是福大命大。"

直到这时，爱党才知道，原来房顶上横穿的是几根高压线，如果人不小心触碰到了，立刻就会冒股烟变成一块焦炭。难怪阿刚爸爸要那么凶，性命攸关的事，他真是急坏了！

阿刚放暑假去乡下的阿婆家了，阿刚爸爸午睡口渴起来喝水，因为屋子里没吊顶棚，听见房顶上有动静便出来察看，眼前的情形把他给吓坏了，于是立刻大吼了一声……

这件事，爱党从未敢跟陈荷花和尚云龙说起过，可以想象得到，如果他们知道了会做出何种反应，挨骂是必不可少的，至于屁股会被尚云龙的大巴掌给扇成什么模样，能不能囫囵都是问题！

另外发生的一件事却没法隐瞒，也不可能瞒得住！

在江边堤坝两侧的树毛子和草丛中，经常会看到有野蜂出没，它们把巢穴筑在石头瓦块的空隙里甚至干脆悬吊在树枝上。这些野蜂成群结队，一只只状若小飞机，耀武扬威地在空中起落盘旋，似乎没把任何东西放在眼里，其中的马蜂个头足有蜻蜓般大小，嗡嗡的声音尤其骇人。即使加倍小心，人挨蜇的事情也经常发生。

爱党就被野蜂蜇过多次，包括小腿、胳膊、脑袋等部位。其时爱党并没有招惹它们，仅仅是从堤坝上经过，忽然觉得身上某处被什么东西贴住，接着便是一阵剧疼，并很快鼓起一个包来。那种痛的感觉，未被马蜂蜇过的人是很难描述的。在挨蜇的部位，可以见到一根细若纤维的蜂刺，尾部似乎还带点儿肉芽。爱党屏住呼吸，忍住疼，像大人拔胡子似的把它拔了去，因为这样消肿祛痛快一些，但脑袋上就没办法了，只能等肿起来的包自己慢慢地消下去。

这天爱党带着爱国去堤坝上捕捉蜻蜓。工具是自制的，用铁丝弯个圈固定在竹竿的一端，然后寻找蜘蛛网，一扣一旋转，使圈里面的空间靠这种黏腻的细丝形成一张网，看上去似乎有点儿像羽毛球拍，就可以挥舞着粘蜻蜓。

蜘蛛网一般都在屋檐和草木间，越是人少的地方越大且完整。眼看已经

弄得差不多了，这时爱国在与毛纺厂相隔的围墙角落里又发现一个大蜘蛛网。

似乎是感到某种危险临近，那只足有蚕豆大的节肢动物急匆匆地从八卦状的网上跑了几步，突然间身子一缩，尾部拽着一根细丝坠落下来，没入草丛不见了。遗下的蜘蛛网上粘着许多昆虫，有蛾子、蝴蝶、蜻蜓、萤火虫什么的，甚至还有两只马蜂，可见其每时每刻都可以大快朵颐。

爱党举起竹竿正要上前，忽然瞥见墙根的冬青树丛中有个大马蜂窝，土灰色的蜂窝隐藏在枝条间，蜂群在上面拥挤着爬来爬去，尾部还一翘一翘的，时而有几只翅膀一夹飞了起来。

爱党往后退了几步，喊道："马蜂。"

爱国伸长脖子，探头探脑地看着，说："在哪儿呢？"

爱党捡起一块石头，使劲儿撇了过去，马蜂顿时像炸了营，嗡一声便飞了起来，树丛上犹如腾起一团土黄色的雾。爱党扭头就跑，爱国尚未反应过来，登时就成了马蜂报复的目标，他两手抱着脑袋，一路惨叫着跟在爱党身后狂奔。

等到终于脱离了危险境地，爱党才发现自己两手空空，那件准备用来捕捉蜻蜓的工具不知何时已经丢了。而最骇人的还是爱国，只见他跌坐在地上，额头、眼睛、嘴角甚至连耳朵都肿胀起来，被马蜂蜇得面目全非，简直成了个怪物。

不知是被蜇的还是吓的，爱国似乎已经忘了哭，就那么神情呆滞地望着刚才逃来的方向。爱党却不由自主地抹起了眼泪，一时不知道如何是好，眼前交替出现的是陈荷花气得扭曲了的面孔和尚云龙举起来的大巴掌……

其时尚云龙出差去了杭州，没在家。陈荷花闻讯后匆匆赶了过来，见到爱国的模样大惊失色，冲着爱党就骂了句："你个小犊子咋看弟弟的？"她把爱军和爱华托付给去小菜场买菜回来的郭姨，背起爱国就往卫生所跑，连累带着急，弄得她满头大汗。

处置室里，医生护士进进出出的，忙着给爱国测体温量血压，在耳朵上抽血做了化验，稍后又是上药又是打针。爱国这会儿知道疼了，不时咧开铮亮的嘴唇抽泣两声。张所长亲自用听诊器在爱国胸前背后好一阵听，还翻开他的眼皮瞧了瞧，对陈荷花说："还好！嫂子你不用担心，没什么大事。"

爱党尾随着陈荷花，既不敢上前，也不敢离得太远。没人招呼他，他自己也搞不清怎么就机械地跟着来了。陈荷花除了不时用目光狠狠剜他一眼，根本就不搭理他，实际上也顾不上搭理。爱党在惶恐的同时，灰溜溜的。

傍晚的时候，张所长下班后找来一根竹竿，他在顶端缠了些纱布，又洒上酒精用火柴点着，举着去燎那个马蜂窝。一帮小孩与几个大人远远地跟在后面看热闹，都压低了声音说话，像是怕惊动了那些马蜂似的。

这个办法还真管用，那些马蜂一遇见火苗，不是瞬间被烧死，就是翅膀受到烟熏火燎后飞不起来。张所长稍后又在头上蒙条毛巾，近前去伸手把那个类似大蘑菇的马蜂窝摘了下来，呈现在人们面前的是已经被燎黑了的蜂窝，一个挨一个的小孔里面满是马蜂的幼虫。

宝有怀里抱着个盛酒精的玻璃瓶，看上去对他爸崇拜极了，大呼小叫的，似乎自己也很露脸，夜色中顶数他的声音高。

张所长往蜂子窝上浇了些酒精，用火柴点着，随着噼噼啪啪的爆裂声，那个马蜂窝渐渐地被烧成一坨灰烬，空气中散开一股甜丝丝的味道。宝有夸张地上去用光着的脚丫子踩了一下，立刻被烫得嗷一声抱着那只脚在原地转起圈来，周围的人见了不禁笑起来……

爱国被马蜂蜇肿了的地方，差不多一星期才消下去。爱军躲在一边不敢看爱国的脸，问陈荷花："妈妈，他是谁？老在咱们家干啥？"尚云龙是在第三天傍晚回来的，看着爱国惨不忍睹的模样，进门时的笑容瞬间便消失了。

陈荷花说："这比那两天强多了！你没看呢……"

尚云龙说："马蜂不同于蜜蜂，毒性太大，怎么给蜇成了这样？"

陈荷花看了爱党一眼，说："两个人去江边粘蜻蜓玩儿，不小心碰上蜂子窝了，到处都是那该死的蜂子！我就挨过好几回蜇。"

尚云龙说："那还让他们出去？"

陈荷花说："马蜂窝那天让张所长一把火给烧了。这些孩子也真是没个

155

地方去玩儿，又不能天天圈在家里。"

爱党已经感到屁股发紧了，猫在一边连大气也不敢出。这两天陈荷花在家里没少骂他，就差抢起笤帚疙瘩打他了，他明白那是给父亲尚云龙留着呢，这么大的事，他们不可能轻饶了他！这会儿听两个大人话里话外的意思，好像并没有责怪自己，竟然一时感到诧异。

就听尚云龙说："好像是蜂子的毒能治风湿啥的，有人还专门抓蜂子来蜇自己，我小时候……"

陈荷花说："爱国才多大呀！没蜇坏落下后遗症啥的就算万幸。"

尚云龙笑了一下，说："也是。"

陈荷花说："还笑呢，我二小子捡条命！"

尚云龙转过身来，望着吓得跟个猫似的爱党，说："你给我站好了！我这回不打你，不等于说你没错，先给你攒着。你是当哥哥的，就要有个当哥哥的样才行，我像你这么大的时候……"

陈荷花在一旁打断了尚云龙的话，说："咋又扯到你小时候去了！你就是给他扒层皮，事也已经出了，打坏了还得上医院，手心手背都是肉。"又对爱党说："去拿个碗，给弟弟倒点儿水喝。"

爱党看了尚云龙一眼，赶紧去找碗。

尚云龙没再说什么，点上一根烟抽了起来，屋子里顿时烟雾弥漫，呛得爱军直咳嗽，说："爸爸又冒烟了。"

陈荷花说："你不抽不行吗？再不就上窗户跟前。"

21

空中悬着许多草节似的东西，它们被一根根纤维般的细丝垂挂在树上，随着微风轻轻地荡来晃去。如果谁无意间伸手拨弄一下或受到别的什么惊扰，那草节便会抽搐似的抖动起来，吓人一跳，情形类似钓在鱼钩上的泥鳅，身体摆动着、挣扎着扭作一团。原来这些或长或短的草节竟然都是虫子。当地老百姓凭着丰富的联想，形象地称之为"吊死鬼"。

爱党在上学放学的路上从树下过，总是跟这些"吊死鬼"不期而遇，躲都躲不开，弄得身上簌簌的，直起鸡皮疙瘩。若是万一被黏附到身上，那种厌恶和避之不及的感觉，只想让人歇斯底里发作一场。

有一天课堂上，爱党觉得脖颈后面有些发痒，便伸手去挠，结果指缝间染了不少黄绿夹杂的液体，正感到诧异，后座的女同学突然一声惊叫，从座位上蹦了起来，把全班同学都吓了一跳，连正在讲台上一笔一画写板书的班主任隗老师也打了个激灵，粉笔啪一声断为两截。人们面面相觑。但很快事情就搞清楚了，原来是爱党的后脖颈上不知何时粘了条半截火柴棍长的"吊死鬼"，已经被揉搓得肚腹破裂，脓一样的秽物粘在脖颈上，让人看了既恶心又恐怖，以至于班里很多同学，尤其是女同学见了爱党都躲得远远的，仿佛爱党也成了一条"吊死鬼"。

此后多少天，爱党老觉得脖颈后面像有个东西，于是便条件反射般不时伸手去抓摸。而那个女同学的注意力怎么也无法集中，上课时总是不由自主地看爱党的脖颈子，结果弄得家长找到学校，强烈要求给调换座位。

班主任隗老师挺生气，却当着全班同学的面指责爱党："尚爱党同学，以后进教室前好好检查一下自己，不要把'吊死鬼'也带进来。否则的话，把大家搞得人心惶惶，下次若有同学要求调班级怎么办？"

爱党喃喃地说："老师，我……我也不是故意的……"

隗老师眼睛一瞪，"你不要跟我解释，有什么话去找校长讲好了。"

但不管怎么说，"吊死鬼"顶多是让人感到厌恶和不舒服，大不了惹得老师不高兴了再刺挠两句，而另一种虫子却不是这样，它能让人毛骨悚然，遭受无法形容的痛苦。

那是一种毛毛虫，俗称洋刺子，学名叫什么来着爱党老记不住。它的个

头不算太大，乍看上去有点像小刺猬，毛都是彩色的且长短不一，绿中透着些胭脂般的红晕，身上还有着一道道一圈圈的花纹，样子特别漂亮。它的胃口似乎格外好，食量也大，但凡有这种虫子的树木，叶子都很稀少，而树下地面上的粪便颗粒则密密麻麻的一片。

让人防不胜防的是，这种绿色的毛毛虫经常会自己从树上掉下来。如果落到地上倒也罢了，可要是落到人身上那就惨了，因为它会蜇人。

爱党有一次跟陈荷花去小菜市场买菜，路上看到一户人家在树上摘丝瓜。南方由于气候方面的原因，植物大多长得比较旺盛，不像北方，虽然人一般都长得五大三粗，但是植物正好相反，要不怎么南方几乎没有小老树，而北方则随处可见呢！这家的丝瓜秧栽在杨树下，藤蔓顺着树干一路攀缘，满树都是小喇叭似的黄色花朵，煞是好看。然而最吸引人的还是那一根根小棒槌似的丝瓜，炫耀般垂挂在枝丫间。一个半大小子骑在树杈上，头上戴顶破草帽，伸手抓住丝瓜的尾部，指头一动便摘了下来。树的下面守着个干巴精瘦的阿姨，仰着一张满是雀斑的脸往上看，眼睛眯缝着，裂开的嘴巴里露出黑红的牙龈。

陈荷花催促着爱党快走，说："这有啥好看的，赶紧回家，还得做饭呢！"

爱党此时正站在树下，他嘴里答应着，又抬头看了一眼。就在这一瞬间，突然有个什么东西落在了他的额头上，他本能地伸手扑打，一种异样的感觉骇得他惊叫了一声："妈妈！"

额头和手指先是像被烙铁烙了一下，火烧火燎的，紧接着仿佛有无数的针在扎一样，特别地疼，钻心地疼，还伴随着痒。

陈荷花过来一看，喊道："洋刺子！"

地上，一条绿色的毛毛虫正在蠕动，身上竖起的毛犹如一根根刺，让人一下子就联想到动物园里的刺猬。

爱党疼得就差在地上打滚了，陈荷花气急败坏地说："让你走不快走！"

那个守在树下的阿姨也走了过来，见状说："稍等。"扭头就往他们家跑，少顷，她拿着几根生甘草出来。

她让陈荷花在嘴里嚼了，给爱党敷在被洋刺子蜇了的部位。爱党并未感到疼痛有所减轻，于是忍不住抽抽噎噎地哭了起来。

陈荷花吼道："哭！哭就不疼了吗？但凡听话……"

回到家以后，陈荷花顾不上做饭，找出一卷橡皮胶布，撕下来一条就开始往爱党被蜇的地方贴，而后又揭下来，嘴里磨叨着，说："把扎进肉里的毒毛粘出来就好了，你算是不让我省心啊！"

这时，爱党被洋刺子蜇伤的地方已经通红一片，肿了起来，那针扎火燎的滋味儿实在是难以忍受，却又不得不忍受。当陈荷花用胶布不停地在患处贴上去又揭下来的时候，爱党几乎要晕过去，疼得浑身直哆嗦，眼泪一对对地往下掉，却又不敢哭出声来。

陈荷花给他擦了擦，说："知道疼，以后就好好听话！"又对站在跟前大眼瞪小眼的爱国和爱军说："看了没？谁不听话就跟这似的。"

爱军看样子很害怕，喃喃地说："妈妈，我听话。"

爱国自以为聪明，嘻嘻一笑说："我出去玩儿的时候，绕着树走，洋刺子就蜇不着了。"

陈荷花没好气地瞥了他一眼，说："就你精，别人都是大傻瓜哈！甭你跟我在这儿对付，不定哪天找着挨揍。"

直到几天后，爱党被洋刺子蜇过的地方才不怎么疼了，但是仍有麻酥酥刺痒的感觉，虽在皮肤表面，仿佛是有蚂蚁在心头啮咬爬行似的。自此，爱党见了洋刺子就惊惧不已，他真的是怕了，而更让他心有余悸的还是母亲陈荷花没完没了的训斥。

这天，爱党去摆渡口附近的小铺打酱油，走在路上的时候，突然感觉到周围的景致好像跟往日不一样，街道、房舍、树木甚至更远处的山脉，都显得比往日清晰，天地也显得特别空阔。正是日落时分，抬眼望去，连江面上都是少有的风平浪静，一派平和淡定的景象，而在西边地平线上出现了几道色彩绚丽的光芒，恰似小学生用蜡笔涂抹过一般，尤以蓝色和红色耀眼。

爱党一时看得呆了，几乎忘了回家，直到有人招呼他，才回过神来。和他说话的是个穿海军制服的叔叔，"喂！这不是尚副参谋长家的孩子吗？怎么打了酱油还不快回家，要刮台风了。"

爱党定睛一看，认出是新搬来的那个李叔叔，就住在宝有他们家原先住的那套房子里。宝有他们家搬走后，没过多久这个李叔叔就搬来了。卡车停在楼下搬东西的时候，爱党注意到他们家大包小裹没几件，家具都非常简陋，但是用废旧木板钉做的箱子倒不少，里面装的全是书。过后也不知是谁，就给李叔叔起了个"教授"的绰号。有趣的是，他家的那个阿姨戴眼镜，脸上就像扣了两个瓶子底，于是孩子们背后便管她叫"四只眼"。据说这个李叔叔是在哪个基地搞技术的，阿姨在海军四一二医院当医生，两人见了谁都挺客气，无论大人孩子几乎不笑不说话，只是不知道他们为什么没有小孩。

爱党连忙问候了一句："叔叔好！"

李叔叔手上拎个篮子，里面是鲜灵灵的小白菜、丝瓜和莴笋什么的，另一只手上拿了本书，足有砖头般厚，纸看上去还很白净，没打开过的样子，爱党嗅到了一缕油墨怡人的香味。

李叔叔见他的目光一直盯着书，便递了过来，说："刚在书店买的，《欧阳海之歌》。"书的封面上，一个年轻的解放军战士正用自己的肩膀，在奋力地顶着一匹惊马，让人一看便肃然起敬。

爱党嗫嚅着，说："叔叔，这本书能给我看看吗？我不会弄坏的。"

李叔叔笑了起来，略一沉吟，说："行！不过呢，得我先看。"他像对大人似的跟爱党解释，后天他就要返回基地了，得一两个星期才能回来，阿姨也要去上班，所以他想用明天还有晚上的时间把书看完，然后爱党就可以慢慢地看了，这样谁都不耽误。

爱党心里一阵狂喜，激动地说："谢谢叔叔！"这是他将要看的第一本大部头书，他已经不满足于看小人书了。

饭菜已经做好，但父亲尚云龙还没回来，母亲陈荷花说谁也不准动筷子，尽管爱军望着那一大碗醪糟几次说饿，爱国也瞟着炖好的黄花鱼一再喊饿死了，她一概都不为所动，说："大人还没上桌呢，你们就敢先吃？好好跟哥哥学。"

爱党站起来坐下，坐下又站起来，整个人还沉浸在兴奋中，满脑子全都是那本《欧阳海之歌》，根本就顾不上别的。假如有可能的话，他真希望时间过得快一些，好早点儿对那本书一睹为快。此时此刻，他的心思和兴趣全然不在餐桌的饭菜上面，他不是不饿，而是忘了！

爱党转身又跑到窗前，望着外面渐浓的暮色出神。就在这时，他发现天空已经被涌上来的云团渐渐遮盖了，犹如画家泼墨，转瞬间便是一幅大写意，仿佛是被一支看不见的巨笔点染，出现在人们面前的是饱含意蕴状若羽毛或马尾的高云……

台风到来的时候，天黑得像锅底，厚重的云层露出了狰狞的面目，歇斯底里般咆哮起来，随之风像要把大地上的一切都要赶尽杀绝了似的，疯狂地进行屠戮。雨根本就不能用瓢泼或如注来形容，简直如同头上顶着的一座水库被人突然捅出了窟窿似的倾泻而出，让人惊心动魄。

在老天爷肆无忌惮施加的这场白色恐怖中，平时看似挺拔的大树如同被一只看不见的手玩弄于掌心，遍地都是折损的枝丫和垃圾杂物。原本缀满了花朵和丝瓜的杨树现在光秃秃的。电线杆匍匐在路上。不少房顶上的青瓦被刮得七零八落，一片狼藉，窗户或门上的玻璃破碎了。一件蓑衣浸泡在泥水中。甚至连泊在摆渡口的一艘挖沙船也被掀翻后，倒扣在了岸上。江水浑浊不堪，有许多漂浮物若隐若现，很难看得清楚都是些什么东西。太阳时而露出头来，时而又被乌云遮盖住了，雨还在淅淅沥沥地下着，但是风似乎已经累得精疲力竭，只喘息般地偶尔刮一下过来。

爱党和一帮孩子跑到大门口的马路上，诧异地望着眼前的一切，在附近转了一圈后便赶紧往回跑。他们哪儿也不敢去了，而且家里的大人也不让，于是就在院子里光着脚丫玩儿水，后来又叠了大大小小的纸船当军舰，呐喊着做起了游戏。

这时，一辆吉普车开进了院子，溅起的水花打翻了好几只小船，从车上匆匆下来几名面色冷峻的叔叔，径直走上台阶进了楼。

一个惊人的消息迅速地传了开来，它所引起的震撼，远远超过了刚发生的那场台风：郭叔叔在越南牺牲了！

随后的几天，这成了家属院唯一的话题，许多人都哭了，孩子们也为失去了心目中的一个英雄而黯然神伤，整个大院都笼罩上了悲戚的气氛。

至于郭叔叔是怎么牺牲的，则出现了好几个版本。

其一是，在那个叫北部湾的海面上，郭叔叔指挥着鱼雷快艇，跟一艘耀武扬威的美国鬼子军舰交上了火。鱼雷快艇冒着敌人密集的炮火，迅速地逼近敌舰发射了一枚鱼雷，把美国鬼子的大军舰炸得燃起了熊熊大火，哭爹喊娘地直向大海深处逃窜。在追击途中，鱼雷快艇不幸触到敌人施放的水雷……

其二是，有条胡志明小道，专门用来运送武器弹药，十分重要。美国鬼子视之为眼中钉，肉中刺，几乎不间断地派飞机进行狂轰滥炸，还投下一种叫子母雷的炸弹。这种炸弹的肚子里是一窝小炸弹，落地后会滚得到处都是，十分麻烦和危险。郭叔叔他们部队的任务是保卫这条运输线，带着探雷器等设备沿途去进行清理，恰好遇上敌人的地毯式轰炸……

其三让人听了有点儿玄乎，郭叔叔所在的是一支高射炮部队，美国鬼子的飞机每次出来搞偷袭，总没好果子吃，不是被打得凌空爆炸，就是拖着滚滚浓烟一头扎下地来。美国鬼子的飞行员胆战心惊，后来干脆把炸弹扔在半路逃之夭夭。不甘心失败的敌人无奈之下，便偷偷地从国内运过来一种安着眼睛的新式武器，用以对付我们的防空部队。据说它会自动寻找和追踪目标，还会改变飞行方向，可厉害了。有一天，郭叔叔正在坑道里面用望远镜观察敌情，突然哨兵发现有一枚炸弹样的东西曲里拐弯地飞了过来，正是人们传说的被称之为导弹的那种新式武器，急忙喊他隐蔽，但已经来不及了……

还有别的版本，但出于保密方面的原因，不可能公布郭叔叔牺牲的真实情况。但郭叔叔献出自己宝贵的生命，则是确定无疑的。

那天，爱党随着母亲陈荷花去了郭叔叔家。

墙上挂着郭叔叔镶在镜框里的一张大照片，帽檐下两道浓眉格外醒目，清澈的眸子注视着房间里的每一个人，嘴角微微翘起，似要说些什么。

房间里有军人，更多的是一个大院朝夕相处的邻居。人们说话走路尽量把声音压得很低，连孩子们也都是轻手轻脚的，不大声喧哗。

郭姨坐在桌子旁边，握着块叠起来的手帕，看上去眼皮有些肿，但并没有在哭泣流泪，她的脸色虽然灰呛呛的，却透着沉静和坚毅，与平时魂不守舍的样子大相径庭。她的儿子和闺女守在跟前，臂上带着黑纱，眼睛都红红的，特别是那个女孩，眼角不时泛起晶莹的泪花。

母亲陈荷花上前抓起了郭姨的手，未曾言语泪先流下来了，周围也响起此起彼伏的啜泣声。爱党情不自禁地往陈荷花的身边靠了靠。这时，就听郭姨开口说话了，声音尽管沙哑但非常清晰："大姐，不哭！老郭他是军人……他虽然牺牲了，可我不会让他失望的……我知道我该怎么做！"

陈荷花说："为了孩子，你千万要保重。"

郭姨点了点头，目光朝着墙上的照片望去，久久舍不得离开。

这时，门口又响起了脚步声，随即便进来几位面容严峻的军人，爱党见父亲尚云龙也在其中。父亲尚云龙指着前面那个脸上有疤痕的军人对郭姨说："王静同志，司令员来看你！"原来郭姨有这么好听的一个名字。

郭姨已经站起来迎上前去，声音微微有些发颤，说："老首长……"

司令员一把握住了郭姨的手，轻轻地摇了摇，说："王静啊，小郭是好样的！他是我们中国军人的骄傲！你一定要节哀。"

郭姨说："这几天我想了很多很多，老郭曾经是个穷学生，后来到盐城参加了新四军，是党和军队培养了他。司令员，你是最了解他的，打一参加革命，他就跟随你。"

司令员摸着脸上的疤，说："小郭还救过我的命。那次，要不是他拼死背着我突围出来，我早就见马克思去了。"

郭姨接着说："他去了越南以后，我没有睡过一个安稳觉，那种牵肠挂肚的滋味儿……但是回过头来想，老郭他是一名军人，当国家需要的时候，他不可以当逃兵的。我嫁给了他，自然也要承担起该承担的一切，请老首长放心

好了，我没事的。”

司令员深深地点了点头，问：“王静，你有什么要求，可以跟组织上……”

郭姨把两个孩子都招呼过来，说：“这两个孩子，今年一个十五岁，一个十三岁，都不小了。我就一个要求，让他们两个参军！他们应该像他们的爸爸那样生活……我想老郭在天有灵，也一定会支持的。”

司令员爱怜地把两个孩子揽进自己的怀里，说：“好！我，答应你！”

郭叔叔的两个孩子参军走那天，家属院里几乎所有人都出来送行。郭姨目不转睛地望着她的一儿一女，就说了一句话：“别给你们的爸爸丢脸！”

两个孩子站在那里，尚未发育好的身体裹在又肥又大的军装里面，看上去既让人心疼又使人感到欣慰。

汽车开动的那一刻，许多人都流下了眼泪……

二十世纪九十年代末，爱党在北京参加一个学术会议，住在京西宾馆。有一天，他刚走出电梯来到走廊上，忽然发现迎面过来的一位军人有点儿眼熟，好像在哪儿见到过。这是位海军少将，看上去四十多岁的样子，身材魁梧，肩上的那颗将星在灯光下熠熠闪光。爱党注意到他的眉毛很浓……在两人交臂的瞬间，爱党朝写着他姓名的胸部那个位置瞥了一眼，姓郭，叫什么没看清。爱党往前又走了两步，忽然站住了，脑海里灵光一闪，久远的记忆霎时被激活了，啊！他是郭叔叔……儿子？！爱党急忙回过身去，但已经空无一人，却见电梯的门刚关上，指示屏上红色的数字急速地变动着。爱党看看表，因为他的论文要在会上交流，只好叹了口气，一步三回头地进了会场。

爱党确信自己的判断不会有错，他想去总台查一下，这是唯一能够找到那位海军少将的途径和渠道，可他最终放弃了，毕竟这么多年没见面联系，再者自己那时候还是个小屁孩，你记得人家，人家不见得会记得你。

不管怎么说，那趟北京之行，爱党是带了一丝惆怅和遗憾回来的。

22

陈荷花坐在竹凳上，用破铺衬打袼褙，她刷一层糨子，然后比量着粘一层碎布头或洗净的旧布。爱军蹲在旁边好奇地看着，问："妈妈，你用糨子往板上粘这些布干什么呀？"

陈荷花说："等干了揭下来，给你们做鞋垫呗，还能纳鞋底子。"

爱国正趴在桌子上描红，弄得手上脸上都是墨汁，回过头来说："商店和小铺都有卖的。"

陈荷花呵斥他："啥都有你一句，好好写你的字！就知道买，不当家不知道柴米贵，那不得花钱吗！"

爱党在厨房的炉子上煮炼乳。其时妹妹爱华也已经出生，但由于母亲陈荷花奶水差，妹妹爱华吃不饱，无奈只得买些炼乳来做补充。他拧开盖儿，往一只专用的小铝锅里倒了两羹匙，兑上适量的水搅散开，后置于炉子上，就眼巴巴地守在旁边，只等一开锅就端下来，待稍晾片刻倒入奶瓶里，尝试着不烫了，再拿过去送到爱华口中，而爱华用两只小手捧着奶瓶，有时还把小脚丫翘过来帮忙，开始咕咚咕咚地吸吮起来。等奶瓶空了，爱党还要把妹妹抱起来拍拍她的后背，待听到她打出两个响亮的饱嗝后放到床上。

整个过程，爱党已经驾轻就熟，无须母亲陈荷花再具体指点。但百密也有一疏，这不，爱党刚要从书包里拿出课本，就听陈荷花大呼小叫地嚷了起来："哎呀呀又尿了，咋就不知道吃完了让孩子撒泡尿再躺下！都说了多少遍，就是记不住。看屁股红的……爱党呢，去把孩子的小垫和裤子洗了晾上。"

爱党赶紧跑了过去。妹妹爱华伏在陈荷花的臂弯里，正惬意地吸吮着自己的大拇指，莲藕般的小腿还一蹬一蹬的。陈荷花在给她上滑石粉。

陈荷花说："看尿的！"

爱党看了看，说："这么大一泡尿啊。"

陈荷花睨他一眼，"还觍脸说呢，人家和你一般大那些孩子，啥都不用他妈操心，你得学着点儿！"但究竟是谁家和哪些孩子，她没说，实际上也没有具体所指。陈荷花常常这么说，以示自己并非空口无凭。

爱党把洗好的东西搭在晾衣绳上，用夹子夹好，回头又打开水龙头把盆子里外涮了涮，一转身发现父亲尚云龙从大门口走了进来，手里还用网兜拎着个大西瓜。尚云龙从来不让小车送他到楼前，都是在大门口就打发警卫员小栗叔叔跟司机开车回去。爱党喊了声："爸爸！"

爱党抱着个西瓜兴冲冲地走在前面，尚云龙拿着那个盆跟在后面。两人回到家后，爱国和爱军只看了尚云龙一眼，就奔西瓜而去。他们簇拥着爱党，目光盯着那个花皮大西瓜，乐得合不上嘴。

陈荷花问："今天咋回得这么早？"

尚云龙说："明天去舟山看看，可能得多待几天，回来收拾收拾。"

陈荷花说："我看就你忙，成天上这儿上那儿的，形势还那么紧张咋的？蒋介石嚷嚷说要反攻大陆，几年了也没见有啥大的动静，我看他纯是嘴上的功夫，在陆地上都打不过咱们，跑到台湾变成一帮虾兵蟹将想凫水过来，可能吗？就是个吹牛皮吧！"

尚云龙笑了笑，说："你少说两句吧！"

陈荷花不吭声了，拍着爱华睡觉，片刻转了话题说："海岛上一会儿阴一会儿晴的，得多带几件换洗衣服，把那治胃疼的药拿上，不舒服先吃上两片。不用惦记家里，遇到啥情况千万别逞能。"

尚云龙把军装上衣脱了挂在墙上，说："你这些话，在我耳朵里都磨出膙子来了。我一个人轻手利脚的，咋都好对付。你自己带着一帮孩子……"

陈荷花说："中了！又不是一天两天，一直不就这么过来的。"又回头看了看守在西瓜跟前的几个孩子，嗔怪说："见了吃的就一个个啥都忘到二门子后去了，你们也不过来和爸爸说说话，爸爸明天又要出差了……全是没良心那路的，唉！他们也是惯了。"

爱军仿佛什么也没听见似的，兀自抚摸着西瓜。爱国做了个鬼脸，讨好地对尚云龙说："嗜！反正过几天就回来了，还能带回好吃的，是吧爸爸？"又端详着西瓜，装作抬杠似的对爱军说："我敢说爸爸买的这个大西瓜，准保是又甜又沙。不信咱俩打赌，我要是赢了，就把你的那份让我咬一大口。"

爱军在吃上倒也不傻，说："我小，你不能和我抢，要不我就使劲儿使劲儿哭，让爸爸打你的屁股。"

陈荷花哄爱华睡着了，起身点着他俩的脑门，说："这两个小犊子，吃的心眼儿一个赛一个。我告诉你们啊，吃饭之前谁也甭打西瓜的主意。"

尚云龙脸上难得露出一丝笑容，说："肚皮就一个，要是先吃西瓜再吃饭就倒不出地方来了，两泡尿撒出去，立马前腔贴后腔该饿了。听妈妈的，吃完饭咱们再来对付西瓜！"

爱党搬起西瓜，说："爸爸，那咱们把西瓜先放在水里拔上行吗？待会儿吃的时候凉快。"爱国和爱军眼巴巴地看着哥哥抱着西瓜进了厨房。

陈荷花一边在盆里和面，一边对爱党说："你爸爸明天出差，咱们晚上包饺子吃，猪肉雪里蕻馅儿的。"

一家人围着桌子包饺子。陈荷花负责擀皮，随着擀面杖在她手底下来回地滚动，揪好的剂子瞬间变成一个个饺子皮。尚云龙正襟危坐，手指头笨拙地捏着饺子皮，他包的饺子特点是馅儿大，看上去胖乎乎的，像弥勒佛。爱国手指灵巧地捏捏弄弄，包出个麦穗状的饺子，他自己端详了一下，转眼见爱军正在拿撒着小手按剂子，脸上抹得跟扑克牌里的小丑似的，说："你看像不像你的小鸡？"爱军闷着头也不吭声，趁爱国又去取饺子皮的时候，突然伸出沾满了面粉的手在他脸上抹了一把，而后扭头就跑，爱国也立刻变成小丑模样，大伙儿不禁被逗得笑了起来。陈荷花说："看了没，三儿更不是个东西，蔫儿坏！"

爱党把手里的一个饺子包好后，又把两端弯过来捏到一起，放到了盖顶上，炫耀般说："我包个大元宝，像吧？"

爱军颇有兴趣地轻轻摸了下，说："一会儿煮熟了我要。"

最后剩的馅儿只能包一个饺子，但皮多出了一个，只见陈荷花顺手把它也拿了起来，盖在另一个饺子皮的馅儿上，说："咱们用它包个合子，管着好的。"面和馅儿正好是一点儿不多一点儿不少，地净场光。

爱党忍不住问："妈妈，这管着什么好的呀？"

陈荷花说："都是老辈子传下来的话，要是剩面，就管着家里会有穿的没吃的；要是剩馅儿，就管着有吃的没穿的。"

爱国摇着脑袋一脸不屑，说："哼！都是迷信，要是剩啥就有啥，那我吃蹄髈的时候假装剩下点儿，是不是就天天都可以吃到蹄髈了？"

陈荷花面色一凛，说："嗬！看你这架势，想开我斗争会咋的？实际上说白了就是为图个吉利，都好好的，未必日子都过落套了才……风光？"

尚云龙也在边上帮腔，揶揄道："现在不少孩子动不动就拿个大帽子给人乱扣一气，显摆自己可是会几个破词，好像多了不起似的。嗐！才不穿开裆裤几天。"或许是勾起了心中郁积的什么不快，他又话题一转说："有些人也是如此，啥也不是，可耍嘴皮子却一套一套的，耗子嗑茶碗，是口口咬词，还真就有人赏识这个。"

陈荷花看了他一眼，说："我说出来你别生气，要不然咱也给上级打报告转业算了。头几天我去百货商店碰上陈文秀，说老苗自打转业到地方以后可好了，到点上班到点下班，事也不多，一年到头出不了几趟差，都胖了有二十多斤，陈文秀也胖了，看上去比以前白了不少。"

尚云龙沉吟不语，掏出烟来点着后兀自抽了起来，半晌，站起来说："还是少跟我提那两个白眼儿狼，给当兵的丢死个人了。"

陈荷花提到的老苗曾是尚云龙的战友，在机关当协理员。农忙季节，部队去驻地附近帮助老乡收割稻子，尚云龙认识了在生产大队当会计的陈文秀。当时陈文秀还待字闺中，协理员老苗才死了老婆不久，于是尚云龙就好心给他们当了回红娘。但他们两人结婚刚半年，老苗就提出要求转业。老苗的老家在河北承德的滦县，家里尚有父母和一个前妻死后送回去再没往回接的孩子，对此陈文秀一概不闻不问，说什么也要老苗留在当地，理由是自己根本无法适应北方的生活环境，去那里一定会冻死，而老苗竟然也一味迁就她，唯老婆的话为圣旨。尚云龙知道了以后，一气之下不再和他们有任何来往。

陈荷花见状，忙说："哎呀！你也是，都好几年了……一家有一家过日子的方式，你管那么多干啥？不嫌累。"

尚云龙没好气地说："谁管了？我是觉着，连自个儿的爹妈乃至亲生骨肉都抛弃的人，简直不如个牲口，让人听了就来气！"

这顿饺子吃的，因为不经意的一个小插曲，弄得有些沉闷。直到后来切了西瓜，气氛才似乎又活跃起来，但仍让人感到拘谨。

这天晚上，一家人都早早地被陈荷花轰上床睡觉了。隔着蚊帐，爱国冲她离去的背影夸张地做了个鬼脸，还伸开拇指和食指做手枪状，嘴里发出啪啪的射击声。爱党则默默地躺在床上，心里情不自禁地泛起一丝委屈的涟漪。说不出从什么时候开始，他在家里时常被一种压抑的情绪所支配，似乎变得敏感、孤僻和不愿意与人交流。作为一个孩子，他是非常依恋自己这个家的，可很多时候他又怕待在这个家里，觉得不知所措。每当他看见尚云龙和陈荷花的身影或者跟他们在一起的时候，浑身就不自在。尤其是当他们把目光投向他，无论其中蕴含着什么，他竟然都条件反射般产生莫名的紧张和不安，而当他们一旦对他进行说教和训斥，他的脑袋里就会嗡嗡作响，手心直冒汗，恨不得立刻拔腿逃得远远的。当然了，不知道是因为粗心还是根本就没当个事，父亲尚云龙和母亲陈荷花均未发现爱党有什么异常，只有爱党自己晓得，现在自己表面上还是貌似顺从听话，然而在心里已经滋生了叛逆的萌芽！他不会和他们公开在言语上发生任何冲突，但如果有机会，他敢做自己想做的一切，又不让他们知道。

爱党闭着眼睛，但脑子里一直在胡思乱想，根本没睡意，他听见在另一个屋子的尚云龙和陈荷花似乎没睡，不停地翻身喘粗气……不知什么时候，爱党蹑手蹑脚地爬起来走出房间，下了楼一个人来到江堤上。皓月当空，浩瀚的江面波澜不兴，一片沉寂，四周除了蛐蛐在浅唱低吟，没有一点儿动静。现在

满世界就他一个人，真是惬意极了！忽然，有一只麻雀从面前飞了过去，似乎还回眸看了他一眼。他感到好生奇怪，晚上鸟儿应该待在窝里的，怎么……一边寻思着一边抬腿就要去追，却没料到身子突然间被从天而降的什么东西给压住了动弹不得，急得他浑身冒汗又无可奈何，都要哭了，猛听见半空中又啪的一声巨响，爱党打了个激灵，倏地醒了，原来是个梦！

爱党睁开眼，见尚云龙正举着两个大巴掌，在蚊帐里东张西望地给他们打蚊子。见他醒了，尚云龙把巴掌冲他亮了一下，说："看这血，睡觉都不老实，把蚊帐给蹬开那么大个缝，蚊子能不进来吗！"

爱党心里一动，情不自禁地喊了声："爸爸。"

爱党想挪动一下身子，才发现爱国睡觉打把式，都已经横过来了，一条腿搭在他肚子上睡得正香，嘴里还发出黏腻的呱唧声，不知道是在回味饺子的好吃还是西瓜的甜蜜。

尚云龙把爱国的腿从爱党身上挪开，又拍着他的屁股，说："起来！下地去尿泡尿。吃了那么多西瓜，一会儿该发大水了。"

平心而论，那几年尚云龙动不动就出差，家对他来说几乎成了客栈，最不容易的其实是母亲陈荷花，她一个人带着挨肩大的几个孩子，吃喝拉撒，缝补浆洗，一件件一宗宗什么不得操心？光这一天三顿饭，就够忙乎的了，要是再有谁生个病长个灾啥的，那情形简直让人无法想象。爱党已经懂事了，他愿意替母亲陈荷花多分担些家务，知道自己该怎么做，觉得能够帮大人多做点儿事情是应该的。尽管那个宝有不止一次地嘲笑他，说："你咋净干些娘儿们活儿，赶明儿我们都管你叫大姑娘得了！"但爱党一点儿也没觉得这有啥丢人现眼的，难道就忍心看着妈妈忙得满头大汗，而自己袖手旁观，油瓶子倒了也不扶，什么都不干就好吗？

让爱党受不了的是陈荷花的磨叨！当然了，若是就事论事也行，你做错了或做得不好，难道还不让人说吗？打一巴掌踢两脚都不为过。爱党只是砸破脑壳也想不通，自己还有弟弟妹妹们似乎生来就带着罪孽，陈荷花几乎把所有的不如意、所有的烦恼，都一股脑儿地怪罪到几个无辜的孩子身上。她经常把这样的话挂在嘴上："你们知道不知道，我现在焦黄精瘦一身病，都是生你们几个才落下的啊！有你们之前，谁不说我又白又胖，脑袋一挨枕头就睡得呼呼的，现在翻来覆去就是没觉。自打有了你们，我就没一天省心过。我都这样了，你们还动不动惹我生气……唉！说有啥用，我这纯是哪辈子缺德欠你们的。"她可以抓住任何一件事一个话题引申开来，喋喋不休地抱怨自己怎么不容易，怎么在为这个家操劳，怎么吃不好睡不好，怎么身体有病，怎么着急上火生气，怎么消瘦憔悴……总之，是要让你明白并且牢牢记住，你一生下来就欠了她的，即使用一生一世也还不完的债！这让爱党感到十分惶恐，母亲早先不是这样的，她怎么像变了个人呢？

爱党对此感到沮丧，更多的则是不解和疑惑。那时候他还不知道有一个后来用得很滥的叫"原罪"的词，况且年龄尚小，虽然脑子里面想得很多，但也只是停留在感受的范畴里，然而作为孩子，心灵所受到的刺激是很大的。

爱国不知深浅，每每就对陈荷花说："妈妈，我们这么不好，你干吗还把我们捡回来呀？"因为陈荷花说，孩子都是大人起早从外面捡回来的。

陈荷花没好气地说："欠你们的呗！"

爱国眼珠子一转悠，说："那都欠什么呀？我咋啥都不知道呢！要不别的就算了妈妈，你每天给我买西瓜吃就行了。"

陈荷花面露愠色，说："嗬！好你个犊子，净想美事儿哈，绕着弯地和我犟嘴。"

爱军上来抓着她的衣襟，说："妈妈，我也要吃西瓜！"

陈荷花把他的小手扒拉到一边去，说："吃！吃！一个个就知道吃，赶明儿你们几个把我也吃了算了！"

爱军无端地受了数落，委屈地哇一声便哭了。陈荷花见状吼道："哭啥呀哭？乐意哭上一边哭去！"爱军吓得立刻把哭声憋了回去。正在睡觉的爱华被惊醒了，她可是无知者无畏，兀自响亮地大哭了起来，小脸涨得通红。

其实，陈荷花在家里的权威，很大程度上是靠了尚云龙的支撑。因为惧怕尚云龙的大巴掌，所以爱党和爱国几个平时才不敢跟陈荷花犟嘴，她说啥就是啥，以免惹她生气。说白了，这无非是种自我保护意识。但头脑发热忘乎所以的时候也不少。有一次，爱党、爱国和爱军哥儿三个在家里打了起来，起因若在大人看来根本就不算事。爱国逞能帮着爱军画向日葵，不小心把爱军新买的蜡笔弄断了，爱军坐在地上哭了起来，爱国哄不好，就骂了他一句："小臭三儿！"爱党见状不让了，本来是你的不对，怎么还骂人呢，便说爱国："你把小弟弟的蜡笔给弄断了还骂人，简直是个二赖子！"没想到爱国不服，回头又冲着爱党骂了一句："不用你管，傻瓜头！"这下热闹了，哥儿几个你一句他一句地打起了被陈荷花称之的所谓"罗圈儿仗"。后来可能是爱国恼羞成怒，扑上来和爱党揪着脖领摔起跤来，两个人从这头骨碌到那头，又从那头骨碌到这头。陈荷花说的话谁也不听，破口大骂也没管事，直到爱党的鼻子流出血来，才都老实了。

结果可想而知，爱党和爱国两人的屁股，被尚云龙的大巴掌伺候，走路时得夹着裆，腿都不敢回弯。这还不算，他们还得去哄陈荷花，给她说好话。而陈荷花头冲里躺在床上，抱着双臂，后脊梁对人，身子随着呼吸一起一伏。

爱党和爱国站在床边。爱党小心翼翼地说："好妈妈，你别生气了……"其实这时候他的心正在抽泣，尚云龙不问青红皂白动辄就打的教育方式，陈荷花近乎怄气拱火的做法，已经使他对所谓的亲情产生了疏离，但他怵他们也是真的。

爱国神情呆滞，像背课文似的说："妈妈，你起来吧，我再也不了。妈妈，你起来吧，我再也不了……"

但甭管爱党和爱国怎么说好的，陈荷花就像是睡着了，没任何反应。尚云龙则在不远处虎视眈眈地盯着他们。哥儿两个傻眼了，不禁呜呜地哭了起来。

陈荷花这才转过身来，说："我不生别的气，你们几个都是从一个娘肠子里爬出来的，咋跟仇人似的？那个故事，白给你们讲了？"

酷热的夜晚，陈荷花在乘凉时多次讲过一个"兄弟阋于墙"的故事。她盘腿坐在凉席上，手里摇着蒲扇，每次都讲得很认真："从前有一家人，几个儿子动不动就撕巴到一块，打成一锅粥，外人也趁机挑唆，闹得家里头几乎没肃静的时候。他们的父亲一气之下病倒了。临死的时候，他把儿子都叫到床前，让每人都拿一根筷子撅，结果儿子们没费啥劲儿就把手里的筷子弄断了。父亲又让他们每人都拿一把筷子，结果没有一个儿子能够把它撅断。儿子们终于醒悟过来，羞愧地低下了头，等再看他们的父亲，他已经咽气了……"讲到这儿的时候，陈荷花总会停下来，然后像归纳中心思想似的接着说："这个故事告诉我们一个道理，只有团结才有力量，外人才不敢欺负，家和万事兴。"

陈荷花讲这个故事是有寓意的，她希望孩子们懂得其中的道理，否则她的心血岂不白费了？今天几个儿子竟然打起"罗圈儿仗"，说谁都不听，难怪她要生那么大的气。

23

粮站不算大，进门后迎面是一排长方形类似木箱的仓斗，所不同的是都敞着口没有盖儿，里头分别盛着大米、白面和切成丝的地瓜干。仓斗与仓斗之间摆放着台秤，台秤上是粮站专有的用来过秤的容器。粮站的一侧有面窗户，下面弄出两个窟窿。来买粮食的人需先在这里排队，把粮食供应本递进去，里面的人按照你要购买的数量，在本上撕去相应的票证或者签上字，再盖上章，然后把一个领取米面等的凭证夹在粮本里递还给你。当然了，此前你若是忘了交钱，里面的人也是一定会提醒你的。

取粮食的时候还要排队，没有人会加塞儿。轮到谁，谁就把相应的凭证递过去，台秤后面那个扎着围裙戴着套袖的人拿在手里仔细地瞄一眼，先把秤星都拨拉好了，然后抄起一个铮亮的金属小撮子，就往秤上的那个容器里或扢米，或扢面，或扢地瓜干，待够斤两了，会示意你在外面张开袋子接好，他把

盛有粮食的容器一掀一磕，粮食便顺着容器的口落入你的袋子里。接下来的一位依然如此这般，所以用"周而复始"这个词来形容是再准确不过了。

爱党跟着陈荷花机械地经历了上述程序后，终于迈出了粮站的大门。

爱党背着半袋子地瓜干，闷着头往前走。陈荷花又是米又是面的，步履显然有些吃力，于是对爱党说："走那么快干啥？不等着我点儿，喘口气！"

爱党放慢了脚步，说："明天上学，我算术作业还没写完呢！"

陈荷花说："这个礼拜天我也没用你干别的，就帮我出来买点儿粮食，还能耽误你写作业，你是不是不会呀？"

爱党看了陈荷花一眼，说："我会。"

陈荷花说："待会儿到家啥都不用你干，先把作业都写完了！"

爱党欲言又止，嘴唇动了动应了一声。

陈荷花像是忽然醒悟过来，她斜睨着爱党，说："哦！我知道了，你准是惦记着回去看那本书对吧？"神情颇为自得，潜台词在告诉你，啥都甭想瞒我。

陈荷花判断得不错，爱党的确是惦记着回去看那本《欧阳海之歌》。这是那个新搬来的李叔叔借给他的。李叔叔真的是一诺千金，在上班之前专程把书送了过来，当时爱党还没起床，是陈荷花替他收下的。

陈荷花，应该连尚云龙也算上，在爱党的眼里简直没道理可讲，他们在孩子面前那种居高临下自以为是的做派，以所谓听大人的话为标准来衡量和约束孩子的行为及训斥加棍棒的教育方式，已经到了不可理喻的地步。或许是受"万般皆下品，唯有读书高"传统意识的影响，再加上自己小时候没念过书，他们唯独在涉及孩子学习方面表现得异常开明，几乎百分百地满足要求，给予支持，这其中也包括阅读课外书。陈荷花在把《欧阳海之歌》交给爱党时，说："你都能看这么厚的书了？"语气里似乎还有些不相信，但更多的是一种喜悦。

爱党感到万幸，而这也是他一直以来最敬重尚云龙和陈荷花的地方，并不是每个当父母的都能做到这一点，它使爱党兄妹几人一生都得以受益。

在那个尴尬的年代里，好多书都是不让看的，所以能借阅到的书少之又少。当爱党把《欧阳海之歌》这部长篇小说捧在手里的时候，有一会儿的工夫他不敢相信是真的，有点儿像在做梦的感觉。爱党实在太喜欢看书了，小人书早已满足不了他的阅读欲望。

爱党把手洗干净，而后找了张报纸先包上书皮，坐直了身子，小心翼翼地翻开来，一页接着一页，如饥似渴般读了起来。在明亮的灯光下，他一动不动地坐在桌前，仿佛身边的一切都已不复存在，整个人徜徉于作家描述的故事情形中，情感随着主人公的命运而跌宕起伏。

要不是突如其来的台风，特别是郭叔叔牺牲的事，爱党也跟院里所有的人一起陷入哀伤之中，什么事都干不下去，或许早就把书看完一遍了。

爱党抓了一把地瓜干在嘴里嚼着，问陈荷花："妈妈，粮站怎么不净给大米白面啊，还让买地瓜干，吃了老胀肚放屁。"

陈荷花说："粮食不够吃，号召瓜菜代呗。"

《欧阳海之歌》这本书爱党看了两遍，欧阳海小时候的遭遇和他参军后的英雄壮举，强烈地感染着爱党，他尤其惊异于那一个个方块字，竟然可以让书里面的人物活生生地站在面前，一颦一笑一举一动都牵动着自己的心。

爱党去还书的时候是晚饭后，夜幕已经降临。在明亮的灯光下，李叔叔和阿姨两人正在家里跳舞，留声机放着一曲好听的音乐，旋律是舒缓的、抒情的，像河水在潺潺地流淌。多年后，爱党在大学里的一次舞会上，才知道它就是施特劳斯的《蓝色的多瑙河》。其时李叔叔一手抓着阿姨的手一手托着阿姨的腰，而阿姨的一只手搭在李叔叔的肩上，两个人身子贴在一起，目不转睛地望着对方，你进我退地转悠着，很陶醉的样子。爱党站在门口一时惊呆了，他们怎么也跳这样的舞，多……流氓啊！

爱党对此的评判完全来自于看过的电影。在他的印象里，好人是绝不会跳这种舞的，只有坏人……可李叔叔是坏人吗？爱党感到惶惑，他实在搞不懂大人是怎么一回事了。

李叔叔笑吟吟地迎了过来，阿姨则关了留声机。李叔叔接过书，翻过来

掉过去地看了一眼，脸上露出赞许的神情，说："看完了？嗬！还给包上了书皮，有什么感想啊？"

爱党还在发蒙，没注意李叔叔都说了些什么。阿姨过来拉住他的手，让他在椅子上坐下，说："这孩子这么喜欢看书，将来一定有出息的。"

李叔叔拿给他一个橘子，说："来，黄岩蜜橘，自己剥着吃吧！"

爱党回过神来，说："叔叔，我不要。"

阿姨说："你这小孩，还蛮客气，要不阿姨给你剥好吗？"

爱党不好意思地说："谢谢叔叔阿姨！"

李叔叔显见很喜欢爱党，说："你这么小，就能看大部头作品了，真是不简单。古人讲，行万里路，读万卷书，还讲读书破万卷，下笔如有神，都是在告诉我们要多读一些书。叔叔希望你养成读书的好习惯，而且叔叔还希望你将来也写书。对了，到时候可别忘了送我和你卢阿姨一本，扉页就写'李海波、卢燕同志惠存'。"爱党才知道，原来李叔叔的名字叫李海波，阿姨叫卢燕。

阿姨笑了，说："你看你，怎么和孩子开起玩笑来了。"

李叔叔正色道："这怎么是开玩笑呢？我看好这孩子。"

多年后，爱党作为国内社会学研究的后起之秀，出版了他的第一部学术专著，除了自己的导师，他第一个想到的便是李叔叔。为此，他曾专门通过甬城的校友打听李叔叔的下落，但反馈回来的信息让他唏嘘不已，李叔叔早已于十几年前，为测试海军某项工程数据，不幸积劳成疾倒在了工作岗位上；卢燕阿姨因所在医院撤并，也转业回老家无法再取得联系。当然，这些都是后话。

而在当时，李叔叔仿佛知道爱党心思似的，又从里屋拿出一本书，递给爱党说："这本书是写越南人民抗击美国入侵者及其走狗的，其中最打动人的是战争状态下那种难以割舍的亲情，非常有味道。"

爱党看那本书名，不禁念出声来："南方来信……"瞬间便想到了那位在越南牺牲了的郭叔叔，此时他仿佛就站在江边的堤坝上，一手挂着镐把，笑眯眯地和大伙儿说："这下孩子们在江边玩儿没问题了……"他的脚边，是被

176

打死了的大蛇……

《南方来信》汇集的全都是越南南方游击队员、地下党以及离散民众写给他们北方亲人的信件，内容有点像我国的《野火春风斗古城》《敌后武工队》和《红岩》，只不过是用书信体表现，其中还夹杂些椰风、蕉雨及海浪的气息。这本书的高明之处是把战争与爱情、战争与亲情交织在一起，从而拨动千千万万读者的心弦，产生了强烈的共鸣，尽管有些书信简直就像是小说传奇。

爱党手里捧着书，一迭声地说："谢谢叔叔！"此刻他满脑子都是对李叔叔的感激，已经把刚才见到他们跳舞而产生的疑惑忘得一干二净，倒是李叔叔仿佛早就知道他心里曾想过什么，笑着对他说："看你刚才的眼神，是不是见到叔叔和阿姨在一块跳舞，觉得不可思议？"

爱党一时不知道说什么好。李叔叔想了想，接着说："其实跳舞是一项很高雅的活动，它本身是没有什么阶级属性的。你知道吗？毛主席，还有周总理他们日理万机，有时候为了放松一下自己，也常常去跳舞。"

爱党不禁睁大了眼睛，这可是第一次听说，连毛主席都……但他相信李叔叔说的肯定是真的，李叔叔是不会骗他的。

此后，李叔叔将自己的藏书逐渐向爱党敞开，爱党陆陆续续地读到一些名著，诸如高尔基的自传三部曲《童年》《我的大学》《在人间》以及《卓娅和舒拉的故事》《红岩》《红旗谱》《星火燎原》《高玉宝》等等。至于《静静的顿河》，还有《刘志丹》《太阳照在桑干河上》等书，李叔叔拿在手里掂了掂又放了回去，说："这些书目前还不适合你，以后长大了再看吧。"

爱党好奇地问："为什么？"

李叔叔笑了，拍了拍他的脑袋，说："因为你还小，快点儿长吧！"

卢阿姨正在看一本厚厚的工具书，她回过头来，说："海波，你可不能什么书都拿给这孩子看，报纸上……"她看了爱党一眼，没再往下说。

李叔叔说："你放心吧，我给他看的都是好书！"

爱党毕竟还小，不明白他们话里面的意思。李叔叔要求他一定不能把借

的书带到学校去，他真就一次也不往学校带，很听话地在自己家里看。他当时想得特别简单，自己既然答应李叔叔了，就一定要做到，若是自己说话不算数惹李叔叔生气了，再上哪儿去借书看呢！

那段日子，是爱党小时候过得最快乐的。他徜徉于一本本的书中，神游于充满诱惑的字里行间，一个又一个不同的世界在他的面前展现开来，生活原来是如此丰富多彩，他被深深陶醉了。

而尚云龙和陈荷花见他哪儿也不去，写完作业就痴痴地坐那儿看书，高兴的同时又有些好奇。尚云龙似乎还有点儿不放心，说："啥书那么入迷？该不是帝王将相、才子佳人一类的东西吧。"

爱党把书递给他，他瞧了瞧，说："哦，《星火燎原》，这书好！你们就应该多受些这方面的教育，知道新中国是怎么来的，不忘本。"尚云龙得知书都是爱党从李叔叔那儿借来的，此后也就不再过问。

陈荷花说："那么厚的书，几天就看完了，累不？还是悠着点儿，眼别离书太近了，开开灯，小心成近视眼。"要知道，陈荷花平时怕费电，都是动不动就把灯给闭了，摸黑干活儿或说话。

当然了，爱党并没有因此就偷懒，他还是挺有眼色的，照常帮陈荷花做饭、洗衣裳、哄弟弟妹妹。那个卢燕阿姨见了面就夸奖，说："这孩子真招人喜欢，又懂事又勤快，跟个姑娘似的，还特别爱学习。"爱党挺不好意思的，只是他弄不明白，好像女孩天生就比男孩好似的。

陈荷花的脸乐成了一朵花，说："家里仗着有我这大小子，唉，他要是个闺女比这还强。"

爱党心里嘀咕，怎么她们都喜欢女孩呢？一时间很为自己不是个女孩而耿耿于怀，但很快又释然了，这事该怨谁呢？

原本爱党在放学路上喜欢在小人书摊上逗留，花几分钱，看一本或两本小人书然后回家，但是现在，随着能够阅读大部头著作，他开始迷恋上了书店。

出了学校不远的另一条马路上，有个新华书店，爱党放学后总是不由自主地去那里转转，否则就会有一种该做的事情没做完的感觉。倘若有三两天没去，他简直就像是丢了魂一样坐卧不安。书店的规模不算小，进门后可见三面都是玻璃柜台，里面分门别类地摆放着各种图书，柜台后贴着墙壁的是一排书橱，也按图书类别分成了不同的区域。门口的一侧是间小木屋，里面木然地坐着个收款的胖阿姨，小木屋的上面没有盖儿，只有几根细细的铁丝放射状通向各个柜台，不时有夹着钞票和单子的铁夹子刺刺地滑过来又滑回去，颇像是杂技演员在走钢丝绳。

书店里人不是很多，有的贴柜台站着，在售货员指点下翻阅挑选图书；有的在柜台前猫着腰或干脆蹲下来，全神贯注地望着里面展示的样本，不用说是在找寻自己心仪的图书；还有的侧着身子，慢慢地移动脚步，目光在书架上摆放的图书间逡巡；在卖小人书的地方，有一个刚高出柜台的女孩伸着胖乎乎的小手指点着，细声细气地说："姆妈，我要那本，还有那本。"站在旁边的妈妈笑着不住地点头，说："好啊，小囡。"

相比外面马路上的嘈杂，这书店里显得幽静淡然，大人小孩说话的声音都很轻，唯恐惊扰了什么似的，空气里流荡着一缕缕浓郁的墨香。

爱党有时在里面转一圈就走，更多的时候则是流连忘返。虽然没过多久他即使闭着眼睛也能找到哪一本书摆放在哪一个位置，但仍旧鬼使神差般要用目光逡巡一遍，仿佛不这样就会遗漏什么东西，留下遗憾似的。因为老是去书店里转悠，那些售货员慢慢地都认识爱党了。起初他们不相信一个小孩子能看大厚本的书，后来见是真的，纷纷地喜欢上了他，有的就向他推荐图书，有的则问他想看哪本书，拿给他让他随便翻阅，这样爱党又断断续续地看了些书。爱党知道家里因为经常要给老家的亲戚寄钱，不宽裕，陈荷花在钱上把得很严，一分钱都是掰成了两半儿来花，所以从不张嘴要钱买书，而书店里的那些售货员阿姨也没人给他抛白眼，这让他的心里有一种温馨的感觉。尽管这样，爱党还是不敢耽搁得太久，母亲陈荷花身体有毛病，他需要抓紧回去帮她干些家务，于是他把书还给售货员，说了声："阿姨再见！"背着书包匆匆出门而去。

陈荷花自然要问："怎么这时候才回来，放学晚了是咋的？"

爱党觉得没必要隐瞒，说："我上书店了。"

陈荷花说："你又不买书，老去干啥？想看，去你李叔叔那儿借呗！"

爱党说："有的书李叔叔没有……"

陈荷花对此倒也宽容，说："去是去，也别尽贪玩儿了，早些回来！"

爱党想说，上书店看书，怎么会是玩儿呢？但她嘴唇动了动，只是应了一声。陈荷花要的是听话和顺从，而不是解释，那样她反而不高兴，以为是在和她犟嘴。她说什么，你满口答应着就是了，否则惹她生了气，不让去书店看书怎么办呢？爱党现在有他自己的小心眼儿。

黄老师曾在课上讲过一则古人酷爱读书的故事，让爱党的内心受到极大的震动。故事说古代有个姓钱的才女，酷爱读书，听说住在同一个城里的范氏人家有一藏书楼，收集保存了大量的文献典籍，藏书达数万卷，为了能获得读书的机会，她托人做媒嫁入范家。她满以为这下可以如愿以偿，谁知由于封建礼教以及族规的限制和歧视，已经成了范家媳妇的她仍然不能进入藏书楼一睹为快。这使她终日郁郁寡欢，不久竟抱憾而终。临死的时候，她唯一的要求是让她的夫君把她葬在离藏书楼不远的地方，唯愿以灵魂与书做伴，了却自己平生的夙愿……

黄老师最后说："一个人想读书竟然到了这种程度，即使已经死掉了最终也不放弃，可见书在她心里面的位置。书是什么？书就是知识！它可以充实我们的生活，提高阅读者的文化素养。可能有的同学还不知道，这个故事里提到的藏书楼就在离我们学校不远的地方，是现存历史最悠久的家族图书馆。同学们如有空闲，应该跟爸爸妈妈一同去看看。"

于是，爱党就有了一个心思。那个地方他以前曾跟大人们去过，有好大一片古色古香的房舍，挺神秘的，环境非常幽静，藏书楼就掩映其中。当时爱党年龄尚小，是抱着一种玩儿的心态去的，虽然院落里也有假山水榭、亭子小桥以及花草竹林什么的，还有一些字迹模糊不清的石碑，却总觉得不如公园热闹、动物园有意思，因而麸皮潦草地转了一圈便出来。对那座藏书楼，他印象中就是一栋木结构的两层小楼，楼上是个大通间，楼下有几个小间，但具体有几间已记不清了，且门都是锁着的，窗户也关得严严实实。记忆里比较清晰的是楼前有个用来救火的小池塘，里面的水据说是从不远处的一个湖里引进来的，爱党和几个小朋友围在边上争论过池水的深浅，有没有鱼，还往里投石头子儿做过试探。

一连好些日子，爱党都沉浸在老师讲的传奇故事里，原来那里竟然是一个读书人梦牵魂绕的地方，而自己却不知晓，他很为自己当初贪玩儿错过了一次机会而后悔，心里面嘀咕，要是早点儿听到老师讲的这个故事就好了，不免产生尽快前去一探究竟的冲动。他对陈荷花说："妈妈，我想去那个藏书楼。"

陈荷花正在用奶水给爱华洗脸，显见没听清楚爱党的话，说："你都多大了，还那么贪玩儿。"

24

厂区内机器轰鸣，工人们在偌大的织造车间里紧张地忙碌着。一排排的织机看上去气势磅礴，随着各个部件的开合运转，引纬、打纬、卷取……真让人眼花缭乱，尤其是引导着纬纱的梭子，在经纱间做着间断式往复运动，急风般发出持续的摩擦撞击声。

爱党等几个孩子站在门口探头探脑，目光追逐着梭子，盯住不放。镶在梭子两端的梭尖，用来做陀螺的尖头再好不过了，而眼下他们大多是拿轴承里面的滚珠替代，陀螺转的时间短不说，珠子还易丢失。

这时，有个胳膊上戴着红箍的人出现在面前，撵他们走开。爱党见他那红箍上有"安全"两个字，几个孩子扭头就跑。那个时候，人们对胳膊上戴红箍的人都有一种本能的敬畏，见了他们仿佛就没了底气，身子不知不觉便矮了

下去。

爱党等几个孩子是带着某种碰运气的期待，到人家厂区院子里捡废弃的梭子的，万一如愿以偿，就把梭尖敲下来，安到陀螺上，那是很让人羡慕的。

机器上飞速运动着的梭子，即便再望眼欲穿，心里面再馋得慌，也只能是眼巴巴地看着，想要得到，只能去堆放废弃物和垃圾的地方寻找。

从车间门口跑开后，几个孩子专往偏僻的角落去，见到有废弃物和垃圾的小偏厦或池子就进去扒拉一气。可能是太专注了的缘故，他们时常忘了废弃物和垃圾里混杂的玻璃纤维。那些在太阳底下银光闪闪的纤状物，黏附在裤腿或皮肤表面，会像无数根钢针往肉里钻，尤其是出了汗以后，那种滋味儿，虽没有被洋刺子蜇了般烧灼得慌，却也是刺痒难耐，而且还挠不得，像皮肤过敏，一挠就起疙瘩，通红一片。那种痒，是渗透到心里的。

爱国蹲下来不走了，两手在小腿上想挠又不敢挠，脸上的表情看上去快要哭了的样子。他说："哥，我痒痒。"

爱党的腿上也刺痒，但比爱国要好得多。他围着弟弟转来转去，一时不知道怎么办才好，说："要不然去江边洗洗。"

仿佛会传染似的，几个孩子腿上全都开始刺痒，还有一个甚至连脖颈和胸脯上都刺痒起来。在午后强烈的阳光下，他们一个个猫腰弓背，手胡乱而又无奈地抓挠着，嘴里均发出了咝咝哈哈的嘘声，偶尔扬起脸来，那眉毛、鼻子还有腮帮子上的肉都是错位的。

在摆渡口的石阶上，几个孩子把腿浸泡到江水里，总算安静下来。正是涨潮的时候，江水缓缓地冲刷着皮肤，忽凉忽热，他们感觉舒服多了。

江边的空地上有一个垃圾场，爱党知道，那是乡下的农民在城里拾来后准备运回去做肥料的，每天他们头戴草帽，脚穿草鞋，挑着那种箕型的大竹筐，走街串巷地寻找垃圾，一趟一趟送回到这儿，不几天就会有船过来装运。

那几个拾垃圾的农民，就住在离江边不远的一个毛纺厂废弃的库房里。

此时，正有两艘船泊在岸边装运垃圾，农民们有的用钉耙往筐里装，有的顺着颤颤悠悠的跳板往船上挑，还有的在船舱里攉来攉去。现场散发着一股臭烘烘的气味，令人作呕，但他们似乎不当回事，互相说笑着、吆喝着，黑红的脸膛上以及前胸后背都缀着亮花花的汗珠。

爱党等几个孩子路过的时候，不禁停下来看热闹，跟着傻笑。

显然众人是在逗弄一个梳小分头，眼睛眯缝着的人，他个儿不高，说起话来还有点儿结巴，有句口头禅："侬……勿晓得……"

人们笑了。一个长着两撇小胡子的瘦子，用搭在脖颈上的毛巾擦了把额头和脸上的汗水，说："侬老婆心里惦记谁，我肯定是勿晓得。"

一个黑红脸膛、身材敦实的人，挑着粪筐，边走边说："侬回去才住了两夜就回来了，新娘子一定哭得稀里哗啦，鼻涕流成了两道渠水。"

一个身子弯得像虾米的人拄着钉耙，仰起脸来，哧哧地笑着说："侬那小身板里全是稻壳，肯定交不了公粮，若需要帮忙，尽管开口。"

小分头把玩闹当成真的了，极力想分辩，越着急越拎不清，翻过来掉过去只会说一句话："侬……勿晓得……"结果又引起一片笑声，与江中驶过的小火轮拉响的汽笛互为响应，煞是热闹。

爱党对这些乡下人的生活一直感到很新奇。有一天，爱党和几个孩子结伴去捉蟋蟀，忽然发现毛纺厂废弃的库房里面住进了人。其实这所谓的库房，现在只剩下几面墙壁，门窗不知什么时候早已被人卸去，好在房顶还在，能够起到遮雨蔽日的作用。

几个人惊异地四处张望，只见地面已经收拾得干干净净，还洒了水，那些砖头瓦块、杂草以及污物等都被清理出去，房梁和墙面甚至犄角旮旯的地方也是一片清爽，过去满眼皆是的遢灰和蜘蛛网也不见了。一只小燕子呢喃着从窗口飞了进来，转了一圈后又从门口飞了出去。

靠墙摆着一溜床，不是现成的棕绳绷的那种，而是下面垫些砖头，临时用木板搭起来的，铺着厚厚一层捆扎好了的稻草，稻草上面有一领凉席，枕头竟然是用竹篾编的。爱党在床上坐了一下，屁股还颠了颠，挺暄乎。每张床的上方还吊着一顶蚊帐，上面的补丁看上去很醒目。床头的地上，放着盏用墨水瓶做的煤油灯，空气里不时袭来一股煤油味。离开床的位置不远，在头顶的上

方还横着拉了一根铁丝，晾晒着几件衣服。

烧饭和吃饭的地方则在另一端。墙角码着一垛稻草，用来盛水的缸是口小腹大的那种，矮墩墩的，有些像弥勒的肚子。饭桌是方的，已经油漆斑驳，一看便知有些年头了，但擦拭得很干净，上面放着碗筷酱油瓶子什么的。灶是用几块石头垒起来的，上面坐着口大铁锅。

一个身子弯得像只虾米的人，此时正坐在地上用稻草打草鞋。他冲着几个小孩龇牙笑了一下，便低下头去继续忙他的活计。爱党发现，这个人打草鞋的方式挺特别的，他不用鞋耙，而是将预先搓好的草绳结成四股，一头固定在腰部系着的一根棕绳上，另一头竟然扣在了自己的脚趾头上。这让爱党怀疑，他的身子会不会就是这样弄弯的。只见他边编织，边用一把槌状的工具不时拨弄着，也没见他的手怎么动作，瞬间一只草鞋便成形了。

爱党蹲下来仔细端详，见他打的草鞋又结实又好看，两端呈椭圆形，而且前宽后窄，恰跟人脚的形状相似，鞋的两头还安有耳纽，用一根细绳将各个耳纽贯穿起来，正好套在脚上。但是最让爱党感到有趣的，还是这人竟然把自己的脚趾头也当作工具，简直太不可思议了，不禁问他："你不勒得慌吗？"

他抬了下腰，说："习惯了。"

爱党又问："你没有工具吗？"

他龇牙一笑，说："就在身体上带着嘛，你看现在用起来多方便。"

爱党不禁也被他逗笑了，说："你打这么多草鞋，都给谁穿啊？"

那人看来很愿意和爱党说话，一点儿也没有厌烦的意思，"我们每人每天至少要穿坏两双，你想五六个人得需要多少双？"

"这么不结实啊！"

"不是不结实。我们每天都要挑着担子，在大街小巷寻找垃圾，脚底板一刻都不停，还要送到江边，然后运到乡下去，需要走漫长漫长的路。"

"你们拾垃圾干什么用啊？又脏又臭的！"

"发酵后撒到田里做肥料嘛。我们乡下人，不能和你们城里人比，所以脏也好臭也罢，自小就习以为常了。"

"那……你们住在这破仓库里，不害怕吗？"

"能有这么一个地方栖身，够享福的了。"

爱党感到困惑，住在这么一个几乎是四敞大开的地方，每天干的是挑着筐拾垃圾的活儿，够遭罪的了，无论如何也和享福联系不到一起，可这个乡下人却一点儿都不犯愁，也没有一句牢骚话，看上去倒像是很快乐的样子。

后来爱党又多次去过那里。几个乡下农民与众不同的生活方式，是爱党从没有见到过的，这让他着迷，仿佛有什么东西在吸引着他，使他有空就想往那个地方跑，而不愿在家待着。譬如，煮饭烧水，他们用的是稻草，而不是煤球，需不停地往灶里添稻草，燃烧的火苗是黄的，升起的烟霭则淡淡的，袅袅地飘向天空，甚至连灶膛里面的灰烬都显得单纯。空气中弥漫着一股股沁人心脾的清香味，充满了温馨，竟然还有几分亲切。

很少见他们烧菜吃，除了就着一种叫雪里蕻的咸菜，下饭主要是靠自己配的一种酱油汤。这种酱油汤的制作方法要多简单有多简单，就是在一只碗里倒入适量的酱油，撒点儿葱花，用开水一冲便成。若想再奢侈些，拿筷子蘸点儿猪油进去就是了，真可谓色香味俱全，让人垂涎，登时就可以风卷残云般把两海碗的大米饭送入肚皮。

那个黑红脸膛、身材敦实的人，是这几个人领头的，大伙儿都叫他龙哥。有时候他们吃晚饭喜欢张罗着喝点儿老酒，只见他从床底下摸出一瓶绍兴老酒，依次倒入碗中，而后便谁也不看，兀自端起其中的一只，先是一小口一小口地啜，时而还吧嗒吧嗒嘴唇，像是在品味，到后来剩半碗的时候，干脆仰着脖颈咕咚一下全都喝干，随即哼哼着小曲儿开始津津有味地吃饭。

那个身子弯得像只虾米的人叫阿宝，是爱党最早认识的。他在喝光了碗里面的酒以后，除了喘气声变得粗重，谁说什么都不搭齿，塌着腰似乎变得更弯了，手托着饭碗一声不吭，眼睛笑得成了一对月牙儿，自顾自地用筷子往嘴里大口地扒拉饭。

那个嘴唇上长着两撇小胡子的瘦子名字怪怪的，叫什么"阿三老鼠"。他不错眼地盯着碗里橙黄的液体，一副喜出望外的神情，迫不及待捧起碗，像

渴急了似的，咕咚咕咚几口就喝了个底朝天。接下来他也不吃饭，目光开始在别人盛酒的碗里来回逡巡着，喉结不停地上下蠕动。尤其是当别人喝酒的时候，他也跟着做下咽的动作，并且话也明显多了起来，却又口齿不清、磨磨叽叽，没人明白他在说什么，谁也不搭理他，看上去就像他一个人独自在那儿自言自语。爱党后来曾好奇地问过阿宝："那人怎么起了这么个怪名啊？喊他不生气吗？"阿宝告诉说："他在家里排行老三，又生了那么一副相貌，所以邻居街坊就这么叫他。"

最让爱党感到好笑的，是那个梳分头的小个子，眼睛眯缝着，仿佛是用竹篾划出来的，整个瞳仁都隐藏在厚重的眼皮后面，只能看见眼白，可能是因为这个缘故，大家都管叫他"白眼儿"。只见他小心翼翼地把碗端了起来，用一种近乎乞求讨好的神情，依次看着饭桌前的每个人，磕磕巴巴地说："侬……勿晓得，阿拉不……不能喝酒的……"话虽这么说，却又拿出一副拼死吃河豚的架势，先夸张地做了个深呼吸，而后慢慢地将嘴巴贴近碗沿，但听得咪溜咪溜几声响过，碗里的酒顿时被喝得一滴不剩。紧接着，他弯下腰去开始咳嗽，声音越来越大，甚至于连眼泪鼻涕都迸溅出来。

让爱党不解的是，众人都不去管他，就当没他这个人似的，一个个兀自吃饭喝酒，看都不看他。而"白眼儿"见没人理他，竟然很快不作声了，自己起身去拿了个碗，到锅里盛了满满一碗大米饭，坐在桌前埋头吃了起来。

直到这时，"阿三老鼠"才斜睨了他一眼，说："侬真不像个男人，又要做婊子又想立牌坊，兜兜里没钞票打酒没关系，家里养了只母老虎嘛，事情就是这样子的，不会有人耻笑。但侬一装相，让人很不舒服。"这工夫，他的口齿一下子又变得清楚了。

"白眼儿"的面孔像一块红布，结结巴巴地说："侬……勿晓得，我老婆人……人很贤惠的，绝对不……不是一只母老虎……"

龙哥扑哧一下乐了，说："我晓得，侬老婆绝对像猫一般温顺。"

这下子，大伙儿全都望着"白眼儿"笑了起来，"白眼儿"也不好意思地抚弄着自己的后脑勺笑了，爱党等几个孩子也傻乎乎地跟着笑。晚霞从窗口斜斜地映进来，涂在墙壁上，天色渐渐地暗了，而这座被废弃的库房里，却洋溢着一派快乐的气氛。

爱党对这几个乡下人颇有好感，他们不做作，没那么多的讲究和说教，也不必顾忌什么，一切都自自然然，想说就说，想笑就笑，似乎所有的事情对他们来说都十分简单。而这些，正是爱党心里一直向往的。

母亲陈荷花对爱党与他们的接触嗤之以鼻，说："你没事老往几个乡下人跟前去凑啥？他们成天和垃圾打交道，身上准有味儿，不嫌脏啊？"说这些话时，她似乎忘记了自己也曾是乡下人。

爱党说："他们天天都洗澡，衣裳也老换，可讲卫生了！"

陈荷花很不以为然，说："再洗也白扯，一个到处拾垃圾的农民，我就不信能干净到哪儿去！"

爱党不想和陈荷花顶嘴，就转移话题说："他们说话什么的可好玩儿了！"

陈荷花显然一点儿都不感兴趣，说："你去把盆里泡的衣裳洗了。我手上的骨节个个都是疼的，不能沾凉水。这都是生你们几个落的。"

紧贴着用石头凿出来的水池子，爱党踮着脚，一边用手在搓衣板上揉搓着衣裳，一边在心里反驳母亲陈荷花："哼！竟然看不起乡下人，难道我大舅、我大姨，还有我大爷他们不是乡下人吗？不管怎么说，人家根本就不是你所想的那样。"

爱党对那几个农民讲卫生的习惯印象是非常深的。爱党多次遇见过，即使一天再累，他们在傍晚睡觉前都要冲个澡。他们去江边挑来水，先从头到脚把自己整个擦洗一遍，然后再将换下来的短裤和小褂也浆洗干净晾上，而绝不会团巴团巴顺手那么一扔。接下来，他们会一个个神清气爽地坐在竹凳上，手里摇着大蒲扇，喝水抽烟讲笑话什么的，伴随着噼啪的拍打声，那是他们在胳膊上或腿上驱赶蚊虫。

爱党曾经在他们睡觉的床上躺过，也紧贴在他们身边听过故事，却从没闻到过那种令人作呕的汗馊味儿或是臭脚丫的味儿，空气里面流溢的，是一股股稻草的清香，散发出迷人的田野气息。

下雨天，不能出工的时候，他们有时捡几粒石子儿或用过的火柴棍，蹲在地上玩儿五子棋，在这个过程中，常常会因为某一方悔棋或输赢像小孩子一样争得面红耳赤；有时几个人围着饭桌大呼小叫地打牌，啪啪地甩着扑克牌争上游；更多的时候，他们什么也不做，就倚在门口或站在窗前，一根接着一根地吸烟，呆呆地望着外面的天空出神，除了淅淅沥沥的风雨声，听不见任何别的动静。此刻，在这废弃的库房里，有一缕愁绪，还有惆怅渐渐弥漫开来，忧伤在潜滋暗长，让人的心头充满窒息般的酸涩，直想哭。

有一次，爱党见谁都不吭声，憋得难受，忍不住说："下雨天正好歇歇，睡懒觉啊，做好吃的，还能玩儿，你们怎么都不高兴了呢？"

那个叫龙哥的抚弄了一下爱党的脑瓜，说："你小孩子不懂，我们最怕的就是不能出去干活儿。一天到晚若忙得脚不沾地，什么事情都忘了。要是闲下来的话，就该想家了。"

爱党说："想家了，那就回去看看呗。"

"阿三老鼠"接过话说："生产队长晓得了，是要受罚的。"

爱党不明白，说："偷偷回去，想办法别让他知道。"

阿宝连连摆着手说："万一知道了要扣工分的，我们是社员，没有工分就等于没饭吃，必须处处小心。"

"白眼儿"做出一副可怜相，说："侬……勿晓得，队……队长握……握着我们社……社员的工分和口……口粮，招惹不……不得……"

爱党说："你们队长这么厉害啊！看样子好像谁都挺怕他的。"

龙哥笑了，说："也不是怕他。我们都是社员，既然生产队派我们进城来拾垃圾，这大小也算个集体，不能自己想干什么就干什么，犯自由主义。"

隔了几天的一个傍晚，爱党和几个孩子去江边抓萤火虫，在堤坝上碰到了龙哥、"阿三老鼠"及阿宝几个人，他们坐成一排，默默地吸着烟，烟头的火光在夜色中忽明忽暗。江水变得深邃，似乎已经静止凝结，映着天上的繁星和一弯月牙。萤火虫在草丛上飞舞，尾部像点了只小灯泡，一闪一闪的。

爱党和他们打了声招呼，说："叔叔，你们在这乘凉呢？咦，白……那个怎么没来啊？"他没好意思说出"白眼儿"几个字。

阿宝嘻嘻一笑，神秘地说："伊老婆来了，两人今夜要洞房花烛，我们给他提供方便嘛。"

龙哥制止他说："侬莫跟小孩子讲这些。"

"阿三老鼠"语气有点儿酸溜溜的，说："伊一个人享福，我们几人在这里给蚊虫会餐。明天一定要他去打老酒，否则我们岂不都成了傻瓜头！"

爱党毕竟还是个孩子，说："要是他老婆天天来，你们是不是天天都上江边来坐着呀？他睡他的觉，你们睡你们的觉呗！"

阿宝的神情显得有些诡异，说："睡不好觉的，即便我们用棉花把耳朵全部塞满了，也睡不好的。"

爱党奇怪地问："为什么要往耳朵眼儿里面塞棉花呀？"

"阿三老鼠"说："不把耳朵里塞上棉花，我们几人就有热闹听了。"

龙哥正色道："勿要乱讲了。人家小夫妻，结婚才几个月就两地生活，交关不容易的。我们应该帮他们忙，谁都是从年轻时候过来的……将心比心，我们辛苦点儿无所谓的，不就是坐一夜。"

几个人都点头称是，接着便沉默了，谁也不说话，都若有所思地望着夜色中的远方。堤下草丛中的萤火虫飞来飞去，像是在寻找什么。

爱党等一帮孩子追逐着跑开了。大人的事情他们搞不懂，也难以引起他们的兴趣，还是抓萤火虫好玩儿……

25

正是暑假期间，爱党得空就往江边跑，去那几个乡下人住的地方。他实

在不愿意在家看父亲尚云龙的脸色和听母亲陈荷花的磨叨，不绝于耳的说教和训斥让人不知所措，也难以忍受，仿佛当孩子的永远都处在不懂事的过程中，时刻都叫大人看不顺眼，怎么做都有不对的地方。爱党实在感到无所适从，感到惶恐和窒息，本能地要逃离开去。但这样做的时候，他的心里也是非常矛盾的，可谓五味杂陈，扯不清，理还乱，因而常常被忧伤的潮水淹没，好想躲到没人的地方去放声哭一场。

一只金虫在头顶上嗡嗡地飞了过去，琥珀色的翅子亮闪闪的，转眼间遁入冬青树的浓荫中。爱党和爱国追逐过去，在树下仰起脸来寻觅着，墨绿的叶片像被阳光涂抹上了一层金箔，晃得人眼晕，根本发现不了金虫的踪影。

爱党捡起一块石头，使劲儿扔上去，随着哗啦一声响，几片破碎的树叶在微风中飘飘悠悠地落了下来，却不见有金虫飞起。

爱党正兀自失望，忽听爱国喊道："在这儿呢！"人已若脱兔般扑上前去，用两只巴掌罩在了地上，小心翼翼，一动不动。

也真是巧了，那只金虫竟然没飞走，跟着树叶一块掉到了地上。爱党也是兴奋不已。小哥俩撅着屁股，脑袋顶着脑袋，四只手相互配合着，终于把它给捉住了。这是一只非常漂亮的金虫，它有六只生满了细毛的脚，眼睛长在耳朵上面，嘴巴尖尖的，翅膀在阳光下闪烁着耀眼的光芒，让人喜欢得不得了！

爱党从兜里拿出一根早就准备好的线，一头交给弟弟爱国，一头绑在金虫的脖子上，然后撒开手。金虫飞了起来，爱国用线牵着它，像放风筝似的跟着它在江边奔跑，有趣极了！

天很热，空气仿佛在燃烧，地面就跟烧红了的烙铁一般，烫得脚底板火辣辣的，只能缩起脚掌走道，整个人像是要被晒干了，感到头晕眼花。

爱党一抬眼，见毛纺厂废弃的破库房就在不远处，忙对爱国说："快走！咱俩上那儿凉快会儿。"

此时，几个乡下人正在午休。他们或躺或坐，手里都摇着把蒲扇。外面是毒毒的日头，里面可能是屋顶和墙壁都晒透了的缘故，显得异常闷热。

龙哥一见他们，立刻把扇子停了下来，眼睛瞪得大大的，说："哎哟！

这么老热的天还跑出来玩儿，要中暑的！"

爱党喘了口粗气，说："哈！这时候去江里面泡着，准保舒服。"

"白眼儿"说："万万去不得，日头会把人晒晕的，很危险。我小时候热得受不了，跳进河里，结果小命差点儿不保！"

爱国玩儿着金虫，眨了一下眼睛，说："吃点儿醪糟就不会中暑了。食堂天天中午有卖醪糟的，你们没去买吗？可好吃了！"

"阿三老鼠"说："我们乡下人，吃不起的。"

爱国说："嗨！不贵，才几分钱一碗。"

龙哥说："我们是农民，一分钱都要掂量着花。"

在暑期，几乎每天的午饭时间，毛纺厂的食堂里都要卖醪糟，长条凳上摆放着几只盛着醪糟的木桶，工人们手里拿着饭盒或搪瓷碗，依次凑到跟前，或多或少都买上点儿。炎热的夏日，吃上一口冰凉的醪糟是很享受的，既能降温，又能防暑。空气里面，一缕甜丝丝的酒香味儿迅速地弥漫开来。

爱党和他的弟弟们都喜爱这种用糯米发酵而成的食物，连妹妹爱华都是吃了这口要那口。醪糟的乙醇含量极少，味道香甜醇美，异常爽口，咽到肚子里凉丝丝的，痛快极了。隔三岔五，母亲陈荷花总会从外面买一盆子回来，分成小碗给全家人吃。最可笑的是爱国，往往碗已经空了，还意犹未尽地伸出舌头来把碗再舔一遍。为此，他经常会受到尚云龙的呵斥："别给我丢人了！像啥都没吃过似的，至于吗？！"

其实，醪糟是南方一种极普通的吃食，价钱也不贵，可对这几个乡下来的农民而言，却近乎奢侈，为了省钱，竟然说吃不起，爱党感到惊讶，他们也太会过了，一碗醪糟，眼下才仅仅几分钱，都不舍得花……这一幕，在他的脑海中留下了长久的记忆。直到后来去了黑龙江生产建设兵团，在和附近村屯农民接触的过程中，他终于理解了，中国的农民，他们之所以宁愿苦自己，是因为他们家里的日子实在太艰辛了！而这也为他日后能与社会最底层产生心灵上的共鸣埋下了最初的种子。

阿宝招呼爱党过去，从床底下拿出一样东西，说："喏！这是在垃圾里

面捡到的，送给侬，侬不是一直在寻找它吗？"

爱党眼睛一亮，原来是半截梭子，且锈迹斑斑污秽不堪，但上面的确镶着一只他梦寐以求的可以用来做陀螺的梭尖。爱党喜出望外，一迭声地说："谢谢叔叔，谢谢叔叔！"

爱国也凑过来，眼巴巴地望着，说："要是能把那半截也找着就好了。"

大家当然明白他的心思。阿宝笑着说："给你哥哥还是给你，其实都一样的，对吧？东西做出来了，你们两个人一起玩嘛！"

爱国嘟嘟囔囔地说："才不一样呢。"

爱党见状，忙说："那这个先给你吧！"

爱国拿在手里，翻过来掉过去地看，似乎还有些不放心，说："真给我了？"

爱党说："不是都已经给你了吗？"

爱国想了想，说："那……你能帮我做陀螺吗？"

爱党说："那有什么不能的。"

龙哥在一旁赞道："看人家兄弟俩，爱党不愧是当哥哥的。"

陈荷花身上仅穿了背心和大花裤衩，一边抹着脑门子上的汗水，一边岔了声地在吼："我还没死呢，你们号啥？"

爱华嗓子已经哑了，兀自躺在床上不管不顾地哭。爱军则躲在墙角，肩膀一耸一耸地嘤嘤抽噎。爱党和爱国一进屋，立刻被眼前的情形吓了一跳，呆立在门口不敢动了。

陈荷花一见他俩，抄起鸡毛掸子就扑了过来，显然已经怒极了，"你俩还回来干啥？死外头算了！甭回来，还记得有这个家啊？"

爱国哧溜一下跑了，爱党躲闪着，说："妈，又怎么了？"

几根羽毛在空中飞舞起来，又飘落到地上。

陈荷花呼呼地喘着粗气，说："嗬！还质问上我了？这死热慌天的，你们不好好地在家睡觉，帮着我哄孩子，死着出去浪，还咋了？"

爱党捂着被鸡毛掸子抽疼了的屁股，吸着凉气，急了，说："妈！你有话就不能好好说啊？不是打就是骂的，难听死了！"

爱国也在一旁帮腔，说："就是，骂人没脸，丢丢臊臊。"

陈荷花愣了一下，扔了鸡毛掸子，一屁股坐床沿上抹起了眼泪，"一帮没良心的崽子，会气我了是不？这翅膀还没硬呢，就敢和我犟嘴了！我咋生了你们这么一帮冤家啊！好，打今儿个往后，我要是再管你们试试，你们爱死哪儿就死哪儿去，你们也没我这个妈，都是石头缝里蹦出来的！"

爱国冲她做了个鬼脸，嘻嘻地笑着说："我们不都是你和我爸在江边捡来的吗？咋又……我又没让你们捡……"

陈荷花被气得笑了一下，紧接着便又开始连哭带骂："你个小犊子，有你这么说话的吗？我是你们的亲妈！赶明儿把我给气死了，让你爸给你们再说个后妈来，看咋收拾你们，一天饿你们三顿，打你们八场，就统统都老实了。"

爱国顶她："我们还是你亲儿子呢！你咋啥都骂，死了活了的。"

陈荷花气急败坏，扑过去又要打爱国，说："我是你妈！"

爱国转身就跑，嘴也不闲着，说："我……我不是你儿子，行了吧？"

一个在前面跑，一个在后面撵。爱华哭得已经呛了，嘴里漾出奶来。爱军不知道什么时候凑过来，抓住了爱党的胳膊，身子簌簌发抖。

爱党情不自禁地大喊了一声："别闹了！"

陈荷花愣住了，紧接着又呜呜地哭了起来，边往门口走边说："你们几个今天存心是要气死我啊……我不活着了！"开开门就出去了。

爱党目瞪口呆，继而感到一阵恐惧，回过头去看了爱国一眼，爱国此时也傻了，正可怜巴巴地望着他。爱党急忙向门口跑去，想去追陈荷花，没想到跟转身回来的陈荷花撞了个满怀。

陈荷花一脸的冰霜，鼻子哼了一声，说："我死也不能这么死，得把我那些好衣裳都穿上。"原来她刚才情急间穿着背心短裤就出去了，可能是感到不妥，于是又回来，打开箱子开始找衣裳。

爱国的脑子转得快，立马上前去说好听的："妈，你别生气了，我不是故意要气你的。"

陈荷花嘴里还是不依不饶，说："甭管我叫妈，你们也没我这个妈！等着让你爸给你们找后妈吧！这回说啥我也不活了！"

爱国抱起她的一只胳膊摇晃着，说："好了，妈，我再不惹你生气了……我要是再不听话，出去就让蜂子蜇死还不行吗？"嘴一咧，哇哇地哭了起来。

陈荷花眼睛的余光一再地朝爱党扫过来，那意思是再明白不过了，但爱党始终装作未看见，他感到很委屈，有一缕酸涩从心底慢慢溢了出来，好想找个没人的地方哭一场。若是在以前，爱党或许早就过去哄陈荷花了，而现在他偏不这么做，那些好听的话他根本就没法说出口。他实在是受够了！说不清从什么时候开始，叛逆的种子已经在他的心里悄悄地扎下了根，久而久之，他对他们已经变得不那么敬重了，时不时地便要以某种方式反抗一下。

陈荷花丝毫没有意识到，他的儿子已经在心理上完成了一次突变。她从来没有也不会换位思考，她的思维模式是与生俱来的，"我是你妈！你是我儿子！小孩子家家的必须听大人话，爹妈所做的一切都是为了孩子好……小孩子是不能也不允许和大人犟嘴的……"

陈荷花见爱党竟然没有反应，又声泪俱下地骂："我哪辈子缺德，养了你们一窝子白眼儿狼！一把屎一把尿把你们拉扯大了，翅膀都还没硬呢，倒先学会气我了，要活活把我气死！我舍不得吃、舍不得喝、舍不得穿，为了这个家把心都快操碎了，可结果……我，我图啥呀这是……"

爱党打小就对说话带脏字和骂人极为反感，他自己也说不清为什么，甭管是有理还是没理，只要你嘴里冒出来脏话或骂人的话，他都从心理上甚至生理上产生排斥。他鄙视一切说话带脏字和骂人的人！陈荷花是他的母亲，在这个问题上也概莫能外，只不过是由于怕她，更由于惧怕父亲尚云龙的大巴掌落在屁股上，爱党才无奈地把对她的不满深深地藏在了心底。自然而然，这使得他在母子间的感情上，与陈荷花不可避免地产生了裂隙，且渐行渐远。

这会儿，爱党看都不看陈荷花，似乎房间里没她这个人似的，径直过去从床上抱起了妹妹爱华，在房间里走来走去。爱华不哭了，睁起浸泡在泪水中的一对乌溜溜的大眼睛，定定地望着爱党，伸出小手抓他的鼻子，复又用头在爱党的胸脯上拱来拱去。因为哭得太久了的缘故，她不时地抽噎一声，长出一口气。

爱党拿起茶缸喂她喝水，她竟然抓着不撒开。爱党冲她笑了一下，她似在回应什么，还高高地翘起一只小脚丫抓在手里把玩着。爱军守在一旁逗着妹妹，不时地偷偷看一眼陈荷花。爱国也凑了过来，冲着爱华做怪相。

陈荷花鼻孔里重重地哼了两声，像是把一肚子的火气释放出来，她啪一下盖上箱子，洗了脸，又用毛巾擦了擦身上的汗，便谁也不搭理，头冲里躺在床上，兀自摇着蒲扇给自己扇风。

爱党知道，这顿晚饭得他来做了。

仿佛在一夜间，当兵的军装几乎都变成一个模样，所不同的，只是军官的上衣比战士的多了两个兜，大檐帽没了，肩牌和领花也没了，怎么看都不如原先的精神。尚云龙以前习惯把军帽端端正正地放在会客室桌子的左上角，看上去显得威武，透着一股子气势，让人肃然。而现在的帽子，怎么摆放都是一副呆头呆脑的模样，瘪瘪的，显得没精打采。整身军装，若不是有颜色的区别及领章和帽徽映衬，走在大街上，似乎和老百姓的衣裳也没多大的差别。

尚云龙对这种装束上的变化很高兴，他说："还是这种样式的好，穿在身上舒服。以前的那种，忒板得慌，一点儿都不自在。"

陈荷花说："随裆尿裤的，比以前的差远了，一点儿都不精神！"

尚云龙说："军装说到底也是衣裳，穿在身上不露肉就行了呗！过去打仗那会儿，咱们部队穿的……"

陈荷花说："穿啥样式的军装，又不是你说了算。反正部队发啥，你穿啥就是了。咱俩争没用。"

尚云龙说："那倒也是。"

时隔不久，有一天晚上在睡觉的时候，他们突然争吵了起来，而且声音越来越大，把几个孩子全惊醒了，爱华哭了起来。

原来，出于某种考虑，部队要给现役军人降低薪资，貌似缩小与地方的收入差距，但具体到每个人身上降多少，让自己先报个数。尚云龙对上级要求的事宜一贯都是积极响应的，此事当然也不例外，但没想到回家来跟陈荷花一说，陈荷花不干了，认为他报得太多了。

陈荷花说："咱这一窝八口，全指着你那点儿工资活着呢！况且三天两头还得往老家寄，花钱的地方多着呢！上级的号召咱不能不响应，可咱家也不能扎脖啊，随个大溜儿就是了。还有，这么大的事情，你也不说回来和我商量商量。"

就着窗外的星光，陈荷花坐在床上，呼呼地喘着粗气。

尚云龙也坐了起来，点起一根香烟抽着，说："我是副参谋长，碰上这种事总得主动带个头吧。"

陈荷花抱起被吵醒了的爱华，在怀里轻轻拍着，说："前面有司令员、政委、参谋长呢，能显着你了？赶紧把烟掐了，呛死我们了！"

尚云龙把烟熄了，压低声音说："司令员他们都没少报……其实钱这东西生不带来死不带走，多了多花，少了少花。想想老家那些还在顺着垄沟找豆包吃的亲戚，咱不比他们强太多了。"

陈荷花可不愿意听这话，反驳道："甭跟我讲这些没用的，反正你是吃凉不管酸——都惯了，家对你来说跟个客栈差不多。还是说真格的，咋着吧？"

尚云龙像是牙疼似的吸着气，说："我看这次就这么着吧！干部战士都大眼瞪小眼地看着呢，咋好意思再变啊！何况都已经报走了。这样，以后若是再有这种事，我一定先回来跟你商量。"

陈荷花显然是吓了一跳，急问："你说啥？以后还……不行！我明儿个找你们政委去，你不好意思张嘴，我不怕。"

尚云龙哭笑不得，说："你看你，咋还越说越来劲儿了。你若为这事去找政委，往后我也甭在部队干了，大伙儿还不指着我脊梁骨埋汰死我。你可就大大地出了名！"

陈荷花不吭声了，少顷，似乎还有些不甘心，问："真就这么着了？那咱是不是太亏了点儿。"一边把哄睡了的爱华放到床上。

尚云龙说："可不就这么着了呗！"

陈荷花想了想，又说："这要觉着地方工资低，你往上给他们涨就是了，何必让军人往下降呢？咋没人替部队的随军家属想想，说声走，拿起腿就得跟着走，要工作没工作，住所也不稳定，负担有多重。"

尚云龙说："行了，谁让咱是军人呢！战争年代，那么多的人把自己的命都丢了，还有缺胳膊少腿的，咱好歹活着，身上也不少零件。"

陈荷花不再说啥，只是打这往后，有好长一段时间，每当爱军嘟囔着要买棒冰或者爱国嚷着想吃醪糟了，陈荷花脸不是脸鼻子不是鼻子地说："咱家现在可没那么多钱给你们买零嘴，别饿着肚子就不错了！"去小菜市场也是，专门往便宜的青菜上盯，鸡鸭鱼肉连看都不看，实在要改善生活了，便挑那些个头小的，买那么一点点儿。

尚云龙揶揄她，说："到那个程度了吗？老辈子人常说，吃不穷，喝不穷，算计不到才受穷，你犯不上那样。"

陈荷花说："不当家不知柴米贵，我这还不是给你们老尚家省，一旦哪天谁来信要钱，买个啥啥的，不至于现出去借。"

尚云龙只得无奈地笑笑，不吭声了。

晚饭是绿豆稀饭和花卷，有四个菜，一盘烧芋头，一盘虾米皮，一盘雪里蕻咸菜，再就是一盘吃剩下的符离集烧鸡。一家人围着饭桌，闷着头吃饭。

爱军伸手抓了个鸡爪子，刚要啃，被陈荷花一把夺了过去，说："小孩不能吃鸡爪子，要不将来写字跟鸡刨似的，难看死。"

爱军差点儿哭了。尚云龙赶紧挑了块鸡肉放到他碗里，说："鸡爪子上除了皮啥都没有，咱不稀罕，还是肉好吃。"

爱军"嗯"了一声，用筷子笨拙地夹起碗里的鸡肉吃起来。

爱国叹了口气，说："当小孩真不容易，连吃东西都被管着。"

陈荷花用羹匙给爱华喂了口稀饭，说："不管着，你早饿死了！"

爱党没吭声，默默地掰着花卷吃着。他知道，母亲陈荷花在吃上的讲究是很多的，比如猪尾巴，烧熟以后香气袭人，闻着味儿都让人流口水，可她就是不让孩子们吃，说是小孩吃了猪尾巴，会觉着屁股后面有啥东西跟着，且走哪儿跟到哪儿，吓死个人，而且时间久了，屁股上也会长出个小尾巴来。其实陈荷花不知道，爱党已经不止一次地偷吃过猪尾巴，除了解馋，别的什么感觉都没有，摸摸屁股，也没长出尾巴来。

爱党曾提出过异议。陈荷花说："这些都是老辈子传下来的，不能不信。"

<h1 style="text-align:center">26</h1>

黑沉沉的夜晚，爱党感到天旋地转，整个人仿佛在空气里漂浮起来，且头部一直冲下，似要呕吐，蒙眬中觉得有一只大手在脑瓜和身上抚摸，接着父亲尚云龙说："这孩子发高烧了。"

一辆军用吉普在公路上颠簸，车灯在风挡玻璃前呈现出一团昏黄。爱党躺在父亲尚云龙的怀里，浑身发冷，上下牙磕得咯咯直响。尚云龙见状不时地催促司机："再快点儿！"

爱党烧得稀里糊涂，什么时候到的医院根本不知道，待到睁开眼睛，人已经在急诊室里了，面前几乎所有的东西都是白色的，一股浓郁的来苏味儿钻进了鼻孔里，只听有急促的脚步声由远而近，随之门口响起一个似曾熟悉的声音："首长。"尚云龙说："哦！是小卢值夜班啊？"

爱党循声望去，原来是卢燕阿姨！尽管她穿着白大褂，还戴着口罩，爱党还是一眼就认出了她。爱党轻轻地喊了声："卢阿姨。"

卢燕俯身过来，说："是爱党啊！怎么发烧了？"

尚云龙抹了把额上的汗，说："这孩子，晚上我起来抓蚊子，见他在床上骨碌过来骨碌过去，一摸身上跟火炭似的。"

卢燕伸手在爱党的额上拭了拭，对尚云龙说："还烫手呢！看样子恐怕已经烧成肺炎了，先量下体温。"

爱党躺在急诊室的床上，嘴里含着体温计。卢燕转身搬过来一把椅子让尚云龙坐下，又倒了杯开水递过来，说："首长，喝点儿白开水吧！"

尚云龙说："小卢，别客气。这孩子不要紧吧？"

卢燕抬腕看了眼手表，取出爱党嘴里的体温计，冲着灯看了看说："四十度零五！"她从兜里掏出听诊器，抖落开来，在爱党的胸部等位置不停变换着凝神细听，少顷，对尚云龙说："可以确诊是肺炎。"

尚云龙站了起来，说："那孩子就交给你们了！"他上前摸了摸爱党的额头，嘱咐说："好好听医生护士的话，特别是听你卢阿姨的话，在这儿给我老老实实打针吃药，不许调皮捣蛋。"

走到门口，他站住了，似乎想起了什么，转过头来问："你们这儿那个林静蕊林医生，她还在吗？"

卢燕说："林主任下部队了，一时半会儿可能回不来。首长要找她吗？"

尚云龙说："哦……不！我就是问问。好吧，孩子就交给你们了。"

卢燕说："首长放心，我们会尽快治好孩子的病！"

爱党知道，尚云龙这就要走了。以往也是这样，他生病的时候，尚云龙把他往医院一送，即刻便走人，待要出院时，医院打个电话，尚云龙再派车过来把他接回去。整个住院期间，医院也不要求有家人陪护，但想的做的甚至比家里的人还周到，无微不至。

海军四一二医院坐落在一个半山坡上，隔着马路不远处有个湖泊，称作

东钱湖。爱党的病室在三楼，毗邻的病床上正在翻看一本画报的是一个与自己年龄相仿的小病号，门口靠墙的那张病床上则坐着一个面色忧郁的叔叔。爱党的病床在里面靠窗的位置，坐在床上一抬头就可以看见东钱湖镜子般的湖面以及远处黛色的山峦。楼前是病号散步的花园，一圈修剪得整整齐齐的矮树墙，里面有亭子和石桌石凳及毛毯似的绿地，开着一片片、一丛丛的花，还错落地生长着一些阔叶乔木，一条河卵石铺就的小径蜿蜒其间，不时响起小鸟的鸣啭，清亮得如同一颗水珠。渐渐地，爱党的目光被一种开在树枝上的乳白色花朵给吸引住了，颇像一个个的小铃铛，花瓣是椭圆形的，且被太阳镀上了一层金灿灿的光晕，看上去格外娇艳新鲜。

爱党不禁问站在床前的卢燕："卢阿姨，那是什么花啊？"

卢燕顺着爱党手指的方向望去，告诉他说："那是白玉兰花，香味儿不是特别浓郁，是一种淡淡的清香！"

爱党在床上躺了好几天，现在高烧终于退了，看上去精神了不少。卢燕轻轻地舒了口气，她两手抄在白大褂的兜里，眼镜片后的眸子里满是喜悦。她对爱党说："待会儿吃完药打了针，阿姨领你下楼去转转。"

正说着，一个身材瘦瘦的护士端着搪瓷托盘，轻盈地走了进来，托盘里面放着几个小杯子，盛着病号要服用的药物。她挨着床逐个喊着病号的名字，递过去杯子，看着病人把药吃下去方离开。

"黄海。"这是靠门口病床上那个叔叔的名字。

"王援朝。"这是毗邻病床上那个小病号的名字。

"尚爱党。"她戴着口罩站在面前，柳叶眉下，眼睛如天空般澄澈。

爱党把大小药片都倒在手上，一闭眼全搁到嘴里，端起茶缸连喝了几大口水方咽了下去。护士回头看了卢燕一眼，说："这个小病号，看上去好多了。"

卢燕说："小孩子不藏病，只要好点儿就躺不住了。"

护士显然是笑了一下，说："他吃药像大人。"

爱党说："姐姐，我吃多多的药，不打针了行吗？"

护士说："这要问医生。医生说不需要打针了，我就不给你打。"

爱党可怜巴巴地望着卢燕，"阿姨。"

卢燕笑了笑，说："爱党特别懂事，打针虽然疼一点儿，可病好得快。如果早些天出院，就能少耽误功课，是不是？"

爱党想想是那么回事，于是应了一声。

爱党不怕吃药，就怕打针。他打的是青霉素，当针扎进屁股，随着药液被缓缓推进肉里，那种酸胀痛的感觉简直无法形容，整条腿都动弹不得，好半天迈不开步走不了路，真让人欲哭无泪。

但是怕也不行，该来的还得来。往往过不了一会儿，护士便会端着盛放有针剂和注射器的托盘来到床前，用不容置疑的口吻说："小病号，打针！"而后便是一系列的操作，直到从他的屁股上拔出针来走人。

今天也不例外。当护士做完准备工作，举着注射器走近他的时候，他本能产生了恐惧感，全身肌肉霎时绷得紧紧的。护士用镊子夹着棉球在他屁股上消毒，禁不住笑了起来，说："小病号，放松点儿嘛！"

爱党侧着身子，咬紧了牙关一声不吭。

护士按了按他的屁股蛋，说："你这么紧张，肉绷得像块石头，要是针断在里面或拔不出来可就麻烦了。"

卢燕赶忙制止，说："小田，你别吓唬他！"

护士不吱声了。卢燕俯下身对爱党说："你烧了好几天，头是不很痛？还有身上的骨节是不也挺痛的？"一边朝小田使了个眼色。

爱党注意力被分散了，当他感到屁股上痛的时候，针已经扎了进去。护士小田一边推药，一边用另一只手的拇指和食指轻轻地抚弄注射的部位。爱党似乎觉得没有以往那么疼，腿上酸胀的感觉也轻多了。

拔出针头后，卢燕问："感觉不像过去那么疼，是吧？"

爱党点了点头，身子仍然不敢动弹。

卢燕说："以后打针的时候，你就想别的事情，就不那么疼了。"

爱党跟着卢燕下楼的时候，腿还有点儿一瘸一拐的，不时用手去捂屁股上打针的地方。待到进了花园，嗅着一阵阵袭来的芬芳，他什么都忘了。特别是当他站在玉兰树下，感到枝头上那一朵朵的花是那么圣洁，意趣超逸，在阳光下悄然开放着，于不经意间溢出些清香，其卓尔不群的姿色令人喜爱。

爱党在公园的小径上跑来跑去，卢燕见他额角冒汗，就让他歇会儿，毕竟他刚退了烧，不能累着。坐在亭子里的石凳上，爱党忽然想起一直以来疑惑不解的问题，"卢阿姨，你们家怎么没有……小孩啊？"

卢燕愣了一下，脸上的笑容变得黯淡，她轻轻地叹了口气，说："原来曾经有过一个女儿，是剖腹，在肚子上开刀取出来的，活了整整九十六小时零二十七分钟！那孩子，皮肤白白净净的……要是……该上二年级了！"

爱党发现，镜片后面，卢阿姨的眼睛里分明蒙上了一层泪光。爱党张了张嘴不敢再往下问，只是望着卢燕发呆。

整整一上午，爱党都心神不宁，脑海里总是闪现卢阿姨忧伤的面孔。爱党知道自己触碰了卢阿姨最敏感的一根神经，虽然是无意的，但他仍感到很对不起卢阿姨，惹她不高兴了。

王援朝找他下跳棋，他也没兴趣。直到中午护理员送饭来，爱党才重新打起了精神。这个护理员看上去似乎不比爱党大多少，姓白，有一张还没有褪尽孩子气的脸，扎两根齐肩短辫，站在那儿跟他个头差不多，但她的肤色让爱党立刻想到了楼下园子里的玉兰花。

护理员见爱党闷闷不乐的样子，说："小病号，想妈妈了吧？"

爱党白了她一眼，说："你自己比谁大？小囡囡。"

王援朝冲着她摇头晃脑做着鬼脸，说："小囡囡，小囡囡。"

那个叫黄海的叔叔去食堂吃饭了，病房里就爱党和王援朝两个小病号。护理员的腮上飞起一片红霞，说："我已经十六岁了，比你们年龄大好多……你们该叫我……叫我姐姐的……不能没大没小！"

爱党心头似乎被什么柔软的东西拂了一下，他的目光落在小护理员拎来的那只装饭菜的像小笼屉似的提盒上，便转移话题问道："都有什么好吃的呀？"

提盒是用竹子做的，共三层。小护理员掀开了盖儿，一股饭菜的香味儿顿时在病房里飘散开来。小护理员一样样地取出来端到床头柜上，有红烧肉、炸鱼块、炒香莴笋、鸡蛋羹，还有大米饭……爱党的口水立刻从舌根底下涌了出来。

小护理员见爱党一副馋猫的样子，说："把手洗干净再吃。"一转眼发现王援朝正欲伸手去捏红烧肉吃，喊道："哎呀！你怎么不讲卫生啊？"

爱党咽着口水，和王援朝乖乖地去了洗漱室，而后小跑着回来，便大口小口地吃了起来。爱党高烧退了，肚子里开始感到饿，因此食欲特别好。他一手端着碗，一手挥舞着筷子，眼睛不离那些好吃的，没等这口咽下去，那口又塞进了嘴里，随着咀嚼，唇边有汤汁溢了出来，下巴上还沾了几粒米饭。

小护理员望着他的吃相，不禁哧哧地笑了起来。她瞥了正背着身子吃得津津有味的王援朝一眼，迅速地把一样东西送到爱党的手里，原来是个绿皮咸鸭蛋。爱党起先愣了一下，接着眼睛一亮，这是他最爱吃的东西！爱党不禁抬头冲护理员笑了一下，他不过是在吃饭时念叨了几句，没想到说者无意，听者却有心，这小护理员姐姐还真记住了。

一转眼十几天过去了。这期间，卢燕阿姨还带着爱党专程到一家地方医院进行了会诊。爱党的病好得很快，可以自由地跑到外面去玩儿了，只是屁股上打针的地方，一边起了一个包，摸上去里面硬硬的，卢燕阿姨便让那个叫小田的护士用热毛巾给他敷。

小田让爱党趴在床上，先把毛巾在洗脸盆的开水里浸了，拧干后再用手背试试，而后就要往爱党的屁股上敷。

爱党已经知道害羞了，所以往下褪裤子的时候尺度不是很大。小田护士就笑他说："再往下褪点儿嘛！不用那么使劲儿抓着裤子。"一边伸手把他的裤子往下撸，这下屁股全露了出来。

王援朝在旁边冲着爱党不停地挤眉弄眼做鬼脸，一副幸灾乐祸的样子。爱党见状恨不得一跃而起，过去掐住他的腮帮子。

但最让爱党不好意思的还是洗澡，浑身上下都脱得光光的，小田护士让

他坐进一个大木盆里，给他从头到脚地淋水，打肥皂。爱党则一直用手捂着自己的小鸡鸡，怕丢了似的。小田护士莞尔一笑，说："你这小病号还挺封建，晓不晓得我家里也是有弟弟的。"她半蹲着，手在爱党身上搓起了一层泡沫。爱党感到她的手软绵绵的，很柔和。当她的手触到爱党的胳肢窝时，爱党怕痒，不禁躲避着嘿嘿笑了起来。小田直了直腰，说："跟我弟弟一个样。你自己搓一下吧！"稍后，她的手在爱党屁股上打针的部位停了下来，在那儿轻轻地按了按，说："这么大两个包，疼吗？"

爱党迎着她的目光，心头突然涌上一股暖流，刹那间对小田护士有了一种亲近感。他说："姐姐，我不打针了行吗？"他实在是打针打怕了。

没有戴口罩的小田护士面容姣好，柳叶眉下澄澈的眸子里漾满了笑意，她望着爱党，说："要是不打针，你怎么能好得这么快呢？姐姐不骗你的，屁股上的包不要紧，我每天都用热毛巾给你敷，慢慢地会消去。"

爱党说："那你给我打针的时候，用小点儿的针头！"

小田说："好！我答应你。只是你也要放松点儿，别那么紧张。"

洗完澡从木盆里出来，小田给他擦拭身上的水渍，爱党还是有些害羞，虽然手不再捂着小鸡，但眼睛一直看着别处，好像自己不看，别人也看不见了似的。这又让小田护士忍俊不禁。

这天，爱党打过针吃完药后，独自一人跑到医院后面的山上去玩儿。

南方的山不像北方的山。北方的山看上去仿佛害了秃疮似的，到处可见荒坡和巉岩峭壁。南方的山全被各种各样的植物覆盖着，几乎没有裸露的地方。

一条石阶蜿蜒而上，将爱党引入一片竹林里。竹子的茎一节节的，颇像圆柱，绿中泛些黄，一根根笔直地耸入云天，枝叶苍翠欲滴。阳光从缝隙间挤了进来，有水气在蒸腾翻卷，时现彩虹。地上，一条清澈的小溪在竹林里淙淙流淌，溪的侧畔开着些粉的蓝的各种颜色的花朵，几只蝴蝶悠闲地飞来飞去，舞姿婆娑。爱党蹑手蹑脚地上前扑抓一只彩色的蝴蝶，却怎么也抓不住，那只蝴蝶就像跟他嬉戏似的，很轻巧地一闪就躲开，气得爱党在地上拣小石子儿去打它。

爱党蹲下身子在小溪里洗手，忽然发现溪水里有小鱼在游弋，于是眼睛一亮又忙乎着去抓鱼。小溪里的鱼似乎有点傻，爱党很快就抓住了几条，便在溪边用泥圈了个水坑放在里面。

竹林里面静悄悄的，可以看见竹叶三三两两地从空中垂直地落下来，并在地上发出一声轻响，极像是金属薄片落在了石板上。偶尔传来一声鸟儿悠长的鸣啭，清亮得如同在水里浸润过。

爱党在一块突兀而起的石头上坐了下来，眼睛在周围逡巡着，他见不少竹子根部周围的土都被拱了起来，露出一个个尖尖的东西，知道那是竹笋。他想这要是长在家门口，就不用再上小菜市场去买了，随时可以挖来吃，还新鲜。

他双手托着腮，垂下眼帘，思绪刹那间插上了翅膀，充塞脑海的是远在甬城市区的家……母亲陈荷花一定忙着给妹妹爱华喂奶吃，已经上学的二弟爱国自然是在教室里上课，三弟爱军肯定是在房间的哪个角落不声不响地摆弄他的那些玩具，父亲尚云龙很可能又出差了，而自己……也不知道现在班上功课都讲到哪儿了。此刻他感到自己一个人孤零零的，眼睛里慢慢地涌起了泪水……

一片竹叶无声无息地落在他的头上，又从额前滑了下来，爱党叫了一声蹦起来，以为是蜇人的毛毛虫洋刺子呢！手在头上乱扑打一气，待看清楚是一片竹叶，才长长地舒了口气。以前洋刺子给他留下的记忆太恐怖了，真可谓一朝被蛇咬，十年怕井绳。

爱党回到病房的时候，感到气氛有些异样，以往门都是敞开的，但今天关得严严的。那个姓黄的叔叔不在，去食堂了。王援朝缩在床上，神情紧张地告诉他："你上哪儿去了？刚才对过那个抢救室里死了个人，是个女的，说是放学后上同学家玩儿回去晚了，她妈打了她几巴掌，她就跳江了！"

爱党说："真的？那她肯定不会游泳。"

王援朝说："我偷偷看了一眼，肚子没鼓起来，像是没喝多少水。"

爱党说："那是炸肺了，要是肚子灌得滴溜圆，更死不了人。"

205

王援朝说："她妈嗷嗷哭！"

爱党说："哭死也活该，就知道打孩子，有话不能好好说吗？"

王援朝问："你爸你妈打你吗？"

爱党一时语塞，想了想说："有时候也打两下。你爸你妈呢？"

王援朝倒也爽快，说："我爸一生气，抬起穿着大皮鞋的脚咣一下就踢过来。我妈不打我也不骂我，可她净拧我脸和屁股，老狠了。"

爱党朝他脸上看。王援朝说："我一闹病，他们都对我可好了，我想吃什么都给我买。唉！我要是天天都闹病，就贼毙了！"

爱党茫然："贼……毙了？你挨打和贼有什么关系？"

王援朝脸上现出不屑，说："这都不懂？就是好得不能再好的意思呗……"

爱党"哦"了一声，正想说那也不能天天都闹病，还上不上学了，就见病房的门一下被打开了，小护理员拎着提盒一闪身走了进来，一张娃娃脸有些苍白，还不时地朝身后看。

王援朝出溜下地，说："你怎么才来，我都快饿死了！"

小护理员嗫嚅着，说："我……我不敢过来……害怕……"

爱党不解，问："你那么大个人，有什么怕的呀？"

小护理员往门口瞥了一眼，说："那个跳江的小妹妹……从抢救室里抬出来的时候，眼睛睁得大大的，真吓人！我在走廊搞卫生，正好看见……我……"

王援朝嗖一下又蹦回到床上，斜着眼睛朝门口看。

爱党心里也有点儿发瘆，他硬着头皮过去关上了门，转过身来装出一副若无其事的样子说："你们胆子也忒小了，要是赶明儿去越南打美国鬼子，准保都得当逃兵，吓得尿裤子！"

王援朝说："那不一样，我手里要是有杆枪，什么都不怕。我爸跨过鸭绿江参加过抗美援朝，他说美国鬼子也就那么回事儿，稀松平常。"

小护理员低着头没吭声，脸红红的。她把饭菜从屉子里端出来，放到两个小病号面前，低低地说："快趁热吃吧！"

爱党朝门口望去，仿佛看见两只睁得大大的眼睛，不禁打了个冷战。

27

爱党跟王援朝头抵着头，在床头柜上下军棋玩儿。还没走几步，王援朝的司令就被爱党的炸弹炸死了，王援朝连连叹息，也想炸爱党这边的司令，他一会儿用棋来试探，一会儿用目光在爱党的脸上探寻，企图找到目标，结果几颗炸弹炸的全是小连长和排长。王援朝不服气，一次次地悔棋，要求重新下，爱党不想和他玩儿了。

王援朝见状，忙央求说："要不咱们下跳棋吧，我保证能赢你！"他打开床头柜的小门，从里面又端出一盒跳棋来。

王援朝说："我要红颜色的，你呢？"

爱党说："我要蓝色的。"

王援朝又说："咱俩石头剪刀布，看谁先走。"

于是，两人嘴里喊着"石头剪刀布"，若猜拳行令般，把藏在背后的手不时地亮出来，没几个回合，王援朝的"布"就罩住了爱党的"石头"，"剪刀"最终没派上用场。

跳棋的棋盘是六星型，棋子为玻璃球弹子，有红黄蓝绿白黑六种颜色。按游戏规则，每人占一个角，拥有同一种颜色的棋子，以连走带跳的方式，率先将己方的棋子全部占领对角阵地为胜出。

王援朝喜不自禁，先动手把一枚弹子跃过一枚弹子落到下一空格。爱党则不动声色地把己方的一枚弹子移动到相邻的空格里。

在开局阶段，两人俨然一副运筹帷幄的样子，都下得小心翼翼，时不时

地还计算一下某个弹子能跳跃几步。到了中盘的时候，红蓝两种颜色的玻璃球已经纠缠混杂在一起，两个棋手开始捏着弹子频频争夺出路，同时给对方的棋路设置障碍，气氛诡异且紧张。王援朝忙中出错，竟将爱党这一方的棋子当成己方的移动起来，甚至还把己方的一枚弹子移动到旁边的角里去，后悔得又是挠头又是跺脚。最后到了收官阶段，双方的弹子基本脱离了接触，各自按自己的方式和路径进入对角的阵地。

第一盘，爱党先王援朝两步完全占领对角的阵地，故胜出。王援朝显然很不甘心，说："我要是那一步不走错，准保赢！"接下来的两盘，他果然都赢了爱党。

爱党想去外面玩儿，不想再下了。王援朝把所有的弹子都摆好后，说："咱俩再玩儿最后一把，这回叫世界大战，你三种颜色，我三种颜色……"

这种玩儿法倒是够新奇的，禁不住诱惑，爱党便又和王援朝在棋盘上比拼了起来。整个棋盘让人看上去眼花缭乱，稍不小心就会走错方向。

这时，姓黄的那个叔叔也凑过来看稀奇，闷声不响地在旁边站了一会儿，扔下一句话："挺有意思，你们怪会玩儿的啊！"复又走开了，回到自己的床上，两手托着后脑勺躺在那儿，闭着眼睛一动不动。

由于六种颜色的玻璃弹子一起上，中盘时双方的弹子一度呈现胶着状态，只能移动边缘的弹子，两个人多次拿错弹子，搞得敌我不分，煞是有趣，玩儿到最后全乱套了，只好不了了之。

窗外，天上的云朵像一堆堆的棉花，远处的湖光山色尽收眼底，楼前的树荫下，有几只小鸟在枝上嬉戏。一片绿色中，洁白的玉兰花格外引人注目，空气里似乎可以嗅到一缕淡淡的馨香。

王援朝看了爱党一眼，仿佛是心有灵犀，爱党说："走哇，下楼！"

两人登时便来到楼下的花园里。沿着鹅卵石铺就的小径，爱党辨认着各种树木和花草，流连在玉兰树下。王援朝起先还兴致勃勃，一会儿采朵花，一会儿撅根树条，还捡起石头子儿打树上的小鸟，但很快就百无聊赖，跑到亭子里坐下不动弹，同时像大人似的夸张地叹了口气，呆呆地发愣。

爱党见状，问他："你怎么了？"

王援朝用手里的树条随意地抽打着，半晌，闷闷不乐地说："过几天我就要出院了……医生说已经给我爸打电话了……"

爱党说："是吗？那你就能回家了，怎么还不高兴呢？"

王援朝看了爱党一眼，低下头，说："我怕。"

爱党奇怪地问："你怕什么呀？"

王援朝吞吞吐吐地说："我爸我妈老吵架。"

王援朝沉浸在对往事的回忆中，眼圈一会儿红了，他对爱党说："一家人为什么老吵架呢？他们当爸妈的，真的不知道我们心里有多害怕吗？难道非得我们生病了，受伤了，才对我们好。"

爱党默然无语，他想到了自己，想到了父亲尚云龙和母亲陈荷花，心里头也酸酸的，他说："我爸我妈也是！我爸打我们的时候下手可重了，我妈什么话都骂。我一直闹不明白，他们当大人的那么膈应咱们，看咱们不顺眼，那干吗还要生咱们呢？"

王援朝嘻嘻一笑站了起来，身子一扭，把手里的树条像投标枪似的投了出去，说："我想好了，我爸我妈要是还和过去那样，我就带着妹妹跑到一个他们找不到的地方，永远都不回家！"

爱党并没感到吃惊，类似的念头他过去也有过，而且连地方都想好了。他甚至想象过自己一旦出走，家里面会是一番什么样的情形。

一只知了在树荫里叫了起来，很突兀。另一棵树上，一只知了刚叫了一声便哑了，不知是声带出了问题还是没调好弦子。天开始变热了。

爱党和小护理员做伴，去食堂打饭。他记不起来是从哪天开始，反正一到开饭时间，便和小护理员一起去食堂。

走在路上的时候，小护理员显得非常兴奋，白皙的面庞怎么看都像玉兰花的花瓣儿，一对宛若杏核般的眼睛里波光盈盈，或许是由于个子娇小的缘故，她穿在身上的那件白大褂显得有点儿肥大。她笑吟吟的，和爱党两人一边一个抓着提盒的梁，不时地跟遇到的人打招呼，有人见状就逗他们说："蛮般配的嘛！再过三年结婚……"

爱党懵懵懂懂似乎什么都不明白，没啥反应。小护理员的腮却红了，认真地回应说："叔叔，这样的玩笑不好开的噢！"

在食堂的后厨，把饭菜打好装进提盒，小护理员见厨师转身离开，顺手从一只盆里拿了个咸鸭蛋塞给爱党，爱党笑笑，放进短裤的兜里。两人的动作一气呵成，配合默契。而后，他们装作若无其事的样子走了出来，这使两人的关系亲近了不少。爱党已经知道了她的名字——白晓妮，挺好听的。他们一人一只手拎着提盒的梁，边走边聊，话自然多了起来。

爱党问她："你爸爸也是当兵的吗？"

白晓妮说："我爸爸原来就在这个医院的食堂工作。有一次，他出去买小菜的时候，在对面的东钱湖里救人时牺牲了……"

爱党好一会儿没说话，小护理员则神色悲戚。闷着头走了一段，爱党终于还是忍不住，又问："你爸爸……他对你好吗？"

小护理员的眼眶里已经转泪了，仿佛陷入回忆中，喃喃地说："我爸爸对家里人可好了，他总是一副笑眯眯的样子，从来没和我妈妈吵过架，也从来没骂过我们，更没动过我和妹妹一指头。即便我和妹妹做错了什么，他也是给我们讲道理。这么说吧，只要是见过我爸爸的人一定会喜欢他。可惜……"

爱党有点儿将信将疑，说："你爸爸真的没骂过你，也没打过你？"

小护理员颇为诧异地望了爱党一眼，擦了擦脸上的泪水，说："我的爸爸是世界上最好的爸爸，怎么会打我们骂我们呢，想想都不可能！"那神情，好像爱党的话亵渎了她的爸爸似的。

爱党没好意思说自己家里的情况，又接着问："那你家里现在还有谁啊？"

小护理员说："妈妈和妹妹呀！妈妈在被服厂上班，挺辛苦的。妹妹年龄和你差不多，她学习成绩特别好，个子比我还高呢！噢，对了，我妈妈五一节时评上先进了，捧回这么大一个奖状，厂里还奖给她一支钢笔和一个塑料皮的笔记本，都给我妹妹了。"

爱党说："怪不得这几天看你那么高兴，原来是因为这个呀！"

小护理员轻轻地叹了口气，说："要是我爸爸还在，不知道会高兴成什么样子呢……我爸爸……"她的声音有些哽咽。

爱党转过脸去看了看比他大不了几岁的小护理员，见她眼圈发红，便想着安慰她几句，却又一时不知道说什么好。

白晓妮像是知道爱党心思似的，回眸向他笑了一下，说："不好意思！咱们快走几步吧……你现在肯定饿了，都怪我。"

一颗晶莹的泪珠从她的腮边溅落下来，她那白皙的面庞，恰似带着露珠的玉兰花瓣儿。爱党心里很替白晓妮难过，她没有爸爸了！可是，爱党又非常羡慕白晓妮，你看她提起自己爸爸还有家的时候多亲啊！而自己的家，爱党真的不敢拿来跟人家比，他的眼前不期然地晃起了尚云龙的大巴掌，耳边则若有若无地响起了陈荷花的咒骂声，不禁喘了口粗气……

28

同病房那个叫黄海的叔叔，平时很少搭理爱党和王援朝他俩，跟医生护士话也不多，更不上其他病房去串门，整天都耷拉个肿眼泡，像是在想什么心事，再不就拉开抽屉，拿出纸和笔来胡乱地画一通。由于他始终绷着脸，一副拒人于千里之外的样子，爱党自打住进这个病房，心里面一直都打怵他，从没敢主动上前和他搭过齿说过话，爱党只知道他得的是肾病，好像还听医生说尿里面有什么东西。爱党有时坐在或躺自己病床上，悄悄地观察他，见他的脸看上去有点儿胖，但颜色白得发暗，缺少光泽。偶尔，他会撸起裤腿，用手指头在腿上摁，一摁就是一个坑，好半天都平复不了。

爱党在洗澡的时候，问过护士小田："姐姐，那个黄叔叔在腿上用手一摁就是一个小坑，我的腿上怎么摁不出来啊？"

小田说："他得的是肾病，因为浮肿才会那样。"

爱党说："他的病很重吗？"

小田说："重。"

爱党说："噢，我明白了，怪不得他老是不笑，也不跟人说话。"

小田给他在身上打着肥皂，说："反正他和别人有点儿不一样，听说是海航哪个基地的地勤，有点儿好高骛远。"

爱党问："好高骛远是什么意思啊？"

小田解释："就说他这人有点儿不切实际，想的做的不怎么靠谱。他有个老乡是咱们医院政治处的，在背后只要一提起他就摇头，说他的想法和别人不一样，净冒出些怪念头。"

爱党问："都是什么怪念头啊？"

小田说："我也不知道……你个小孩问那么多干什么？"

这天爱党在床上午睡，梦见跟宝有打起来了。梦有点儿乱，先是宝有把大顺按倒在地上，爱党回头看了一眼，喊："大顺他妈来了！"其实周围根本没有颠着小脚的女人出现，爱党这是在吓唬宝有。谁知宝有信以为真，噌一下就上了树，转眼间变成一只麻雀，全身的毛乍着，说："爱党，你骗我……"爱党惊诧莫名，寻思这鸟怎么会说人话了呢，且神情腔调跟宝有几乎一模一样？正百思不得其解，就见那麻雀突然变成一只大公鸡，脖子一挺响亮地打了个鸣，紧接着便一头扑了下来，要啄爱党。爱党转身便跑，就听宝有在后面喊："爱党，快点儿过来！快……"爱党回头一看，见宝有抓着只芦花大公鸡，正在一把一把地往下薅毛。没想到宝有把大公鸡朝地上狠狠一摔，上来就抓住了爱党的领子，爱党一伸手揪住了宝有的耳朵，两个人顿时扭打到一块。而那只公鸡在地上打了个滚，却变成大顺，旁若无人地坐在一边。猛然间一声巨响，宝有和大顺都不见了，爱党睁开眼睛，才知道刚才做了一个梦。

爱党从床上坐了起来，一扭头见王援朝的床上空着，那个叫黄海的叔叔则站在地上，手里拿着个茶缸子，正望着他。原来他的茶缸子掉地上了，声音在寂静的中午因而显得特别大。

黄叔叔难得地笑了一下，说："真是对不起，把你给……弄醒了。"

爱党好半天才反应过来，有点儿受宠若惊似的笑了笑，说："叔叔，你不睡觉忙什么呢？"一转眼瞥见他的床头柜上，摆着几件亮银色的东西，仔细一看，竟然是小飞机，爱党咚一下就跑了过去。

这是几个用铝做的战斗机模型，巴掌般大小，打磨得光亮润泽。爱党曾因和几个孩子采野葱，去过一个海军航空兵部队的机场。或许是几个孩子都说普通话的缘故，持枪的警卫战士可能认定他们都是首长家的孩子，竟然没有阻拦他们。二十世纪六十年代前后，沿海一带军人和军用设施特别多，走在街上，十个人里面总有几个是穿军装的人，且几乎都是海军服饰，极少见到陆军。在机场的停机坪，那一排排银灰色的战机在阳光下昂首挺胸，颇让爱党着迷。他当然叫不出飞机的名称，更不了解相关的型号和性能，但能近距离看上一眼足够了。

在一个小土包上，当看到一架架的战机轰鸣着，几乎是贴着树梢从头顶上方掠过，尾部喷出耀眼的火焰和气体，爱党情不自禁地跳起来向飞机招手。他寻思着，在朝鲜战场上打下美国"空中英雄"戴什么斯还有"双料王牌"费什么尔的就是这种飞机吗？只可惜上面没有特殊标志来注明。老师曾在课堂上讲过抗美援朝的故事，爱党特别崇拜那个叫王海的战斗英雄，可以说记忆犹新。

现在，爱党看着黄叔叔床头柜上的飞机模型，喜欢得不得了。他伸出手想摸一摸，又有点儿不敢，嘴里喃喃地说："和真的一样！"

黄海拿起一个小飞机递到爱党手里，说："认识这是什么飞机吗？"

爱党捧着小飞机爱不释手，说："这是战斗机，我在飞机场看过真的。"

黄海说："它叫米格-15，咱们的主力战机。"

爱党见另外几个小飞机的形状和手里的这个不一样，问："黄叔叔，它

们是咱们国家的飞机吗？我怎么从来没见过。"

黄海说："这是我在一些资料上看到的外国战斗机的样子，性能比咱们国家的可要先进多了，飞得更高更快，火力也更猛。"

爱党说："那……咱们国家是不是打不过它们？"

黄海说："问题不在于打过打不过。咱们国家这么大，要抵御已经武装到牙齿的帝国主义的侵略，保卫我们的胜利果实和世界和平，我们就必须拥有先进的战机，还有战舰。只有这样，在未来发生的反侵略战争中，才能最大限度地减少损失和人员伤亡。小米加步枪的精神不能丢，但这不等于我们的部队不需要先进的武器装备。落后是要挨打的呀！"

爱党有些诧异地望着滔滔不绝的黄叔叔，原来他挺能说的啊！只是黄叔叔好像把爱党当成大人了，说的话有些让爱党似懂非懂，也插不上嘴。

黄海显得有些激动，脸上泛起了一层红晕，目光变得炯炯有神，他在地上来回走动着，自顾自地继续往下说："咱们国家的空域和海域这么大，台湾还被国民党反动派占据着，如果我们没有一个强大的空军和海军怎么行呢？现在美帝国主义及其走狗还在加紧对我们进行封锁，国家又刚刚经历了一场自然灾害……真让人着急啊！要到什么时候，我们中国人自己设计制造的先进战机，能够翱翔在祖国蔚蓝的天空上呢？要到什么时候，我们中国人自己设计制造的先进战舰，能够在祖国的万里海疆劈风斩浪呢？"

黄叔叔的眼睛里，突然滚下大颗的泪珠，爱党被吓坏了，呆呆地望着黄海，一时间不知如何是好。这个黄叔叔，真是和别的大人不一样！

黄海也意识到了自己的失态，他停止了走动，站在那儿愣怔了片刻，用手抹去脸上的泪，对爱党说："叔叔让你见笑了。我这样，是不是有点儿像人们笑话的杞人忧天？我也知道没用，管不了什么事，可我就是忍不住要去想！"

爱党可不管黄叔叔在想些什么，毕竟他还是个孩子，很多事还不是他这个年龄段的人感兴趣的。他见黄海已经恢复了常态，忍不住问："黄叔叔，这些小飞机你都是怎么做出来的呀？真好！"

黄海手里摆弄着小飞机，说："其实很简单，你要是去过工厂的翻砂车间一看就明白了。先用木头做出飞机样子当模型，再用泥巴做个模具，接着把铝熔化了顺着模具上留出来的眼儿慢慢浇铸，待到冷却以后，打开模具把小飞机取出来，剩下的就是用锉和砂纸了……不过你还小，说了也不一定能懂。"

爱党其实听得如坠云雾中。对他来说，这几个形状各异的小飞机无非是些以前从没见过的玩具罢了，因为比较独特，所以稀罕，便有点儿让人好奇且爱不释手，仅此而已。同时由于他在无意间发现了黄叔叔的这个秘密，如果能算作秘密的话，而王援朝没有在场，这又让爱党心里有点儿小小的激动，他在想告诉还是不告诉王援朝呢，要是告诉的话，黄叔叔能让吗？

爱党还不知道，当他终于有了跟黄叔叔近距离接触的机会，独享着一个所谓的秘密带来的乐趣的时候，贪玩儿的王援朝却遇到了一件惊心动魄的事。

王援朝午间很少躺在床上睡觉，常常一个人跑出去玩儿。而且他还有个与众不同的习惯，不喜欢凑热闹，专爱到那些没人和偏僻的地方转悠。

这所部队医院原本就是建在一个山坳里，除了正面垒了道墙，留出个大门口以外，其他地方完全都是利用地势和沟沟岔岔来与外界隔离，别说是用砖和石头砌墙，甚至连铁丝网什么的也没有。用当今时尚的话来说，周围的环境够原生态，草丛树趟子溪流什么的极少有人进来祸害。王援朝还就稀罕到这样的地方来玩儿。他的目光在树间和草丛中以及其他物体上依次扫过，看上去就像别人把什么东西遗漏了，他一定要把它找到似的。偶尔他会捡起一块石头，漫无目标地投出去，却引不起任何的反应。爱党曾提醒过他："小心碰上蛇！"王援朝则很不以为然，说："没事的，蛇见了我不咬！"爱党说："吹牛，我才不信呢！"王援朝说："真的，我要骗你是王八蛋！"爱党狐疑地望着他，说："蛇又不是你舅你姑，认得你。"王援朝甚是得意，说："告诉你吧，我还敢抓蛇呢。你肯定不敢！看见蛇，上去只要拎起尾巴抖搂几下，它的骨头节就全散开了，然后找个树杈吊起来，从脖颈那儿拿刀割一圈口，蛇皮一下就撕下来了……"爱党的头已经摇成了拨浪鼓，说："我还敢上山抓老虎呢，谁看见了啊？"王援朝就差指着天发誓了，说："要不然咱俩就打个赌，

你要是胜了，我给你买白糖棒冰，我要是胜了，你给我买，都管够！"爱党说："我不和你赌，你去的地方要是连蛇的影子都没有，我不是输了？我才不上你当呢！"王援朝挠了挠自己的脑瓜皮，说："那要怎样你才能信呢？"爱党说："我怎么知道，又不是我要和你赌！"

王援朝太想把在他看来很神奇的能耐证明给爱党看，却又苦于找不到令人信服的办法，急得抓耳挠腮，于是更加不在屋里待了，吃完饭服过药之后便一溜烟地往外跑。

这天中午，王援朝还是如往常一样，觉也不睡，去医院周边那些旮旮旯旯的地方转悠。他先是在一口废弃的井边上驻足，往里面丢石头，侧着耳朵听水花溅起来的声音，随即又蹚着没腰深的杂草奔向了一棵桑树。他甩掉脚上的凉鞋，朝手心吐了两口唾沫，胳膊抱着树干，下面用腿夹着，一耸一耸地往上爬，到最后如鹞子般来了个翻身，便坐在树杈上，探着身子开始摘桑葚吃。很快，他的手指和嘴唇被桑葚的汁液给染得紫不溜丢的。他的两条腿在半空中晃悠着，看上去甚是惬意。

天很闷热，除了绿荫处有些许凉意，凡阳光能照射到的地方都很晒。王援朝大饱口福后，从桑树上出溜下来，向着一条淙淙流淌的小溪奔了过去，蹲在那儿撩起水来洗手洗脸。四周除了知了声嘶力竭地呼喊"热死了！热死了"，仿佛看到的一切都无精打采。在被太阳点燃了的空气炙烤下，树叶蔫蔫的，全都一动不动，彼此谁也不搭理谁。灌木丛似要脱去身上的衣衫，好像只有这样才有可能凉爽一些。成坡连片的野草本来就缺少规矩和调教，这时候更是自顾自地垂下头来打盹儿。那些姿色各异的花朵，也争先恐后地藏起了自己的脸，没有了争奇斗艳的执拗劲儿；蜂们和蝶们原来是最能前来争风吃醋的，可现在根本见不到它们的影子。只有这条若缎带般的溪流，活泼泼地逶迤而来，又蜿蜒曲折地飘然远去。

王援朝站起身来，正要抬脚，目光忽然被一样东西吸引住了，在夹杂着各色花朵的草丛中，有一截圆滚滚黑乎乎像汽车轮胎似的东西裸露出来，闪着阴恻恻的光泽。他正诧异间，那截东西忽然扭动了起来，向着草丛的深处隐去，倏忽就没了踪影。它的后面，有一长溜杂草被压得倒伏在地，就像是挺好的毛毯上划开了一道口子。

王援朝的第一个反应是蛇，只是它太大，超出了他的想象。

王援朝的第二个反应是快跑，虽然他在过去确实抓过几回蛇，但当时都有人帮助，且那些蛇大多只有拇指般粗细，而眼前的这条恐怕就是蛇的爷爷的爷爷还不止，即便现在有人把一只豹子活生生地塞进他的嘴里，他也不敢去招惹它。王援朝这会儿早已是汗毛倒竖，尿水顺着腿脚流了下来，他竟然毫无知觉。

王援朝大气不敢出，眼睛瞄着那截东西消失的位置，慢慢地挪动两只脚倒退着走，待认为已经安全了，他才发出一声尖叫，猛地转过身去，撒开丫子狂奔起来，只恨身上少长了两条腿。他跌跌撞撞，一路上不知道被草蔓子和灌木缠绕绊倒了多少回，爬起来还是跑。他的裤衩和小褂上沾满了土，还有被草的汁液染得一块块绿斑，脸及胳膊多处被树枝划伤，膝盖也磕出了血，却全然顾不上。他的心里面只有一个念头，逃命要紧！

王援朝气端吁吁，想哭却又哭不出来。他不敢回头去看，潜意识里总觉得那个家伙就像影子似的跟在身后，张着血盆似的大口要把他生吞了。

他是在一块菜地旁遇到人的，他不知道自己怎么会跑到这儿来。那人头上戴顶麦秸编的草帽，鼻子上架副黑框眼镜，眼镜腿上都缠着胶布，肤色黝黑精瘦，两边的鬓角上露出花白的头发，正在青菜上捉虫子。

王援朝停住脚步，抹了把脑袋上的汗，急切地告诉他："爷爷爷爷，我刚才在那边碰到一条大蛇，尾巴有这么粗。"一边用手笔画着。

谁知那人听了竟然一点儿都不惊讶，慢腾腾地说："不是蛇，是蟒！它已经在那个地方住了好多年，从没害过人，我早就晓得的……哦，我真有那么老吗？"

王援朝自顾自地说："可吓人了！"

那人摇了摇头，说："你莫要害怕。人只要不去无端欺负它，它肯定不会来跟我们人过不去。动物也是有良心，讲究感情的！"

王援朝不懂，说："蛇……蟒怎么能和我们人一个样呢？"

那人笑了笑，说："这个地球，不仅仅是我们人类自己的，各种各样的生命都有资格在上面繁衍生息。只有互相依存，那才叫大千世界！"他推了推鼻梁上的眼镜，转过身去继续专心致志地在菜叶上寻找虫子，不再理会王援朝。

王援朝心里嘀咕，这小老头说的话都什么意思啊，怎么听着有点儿像老师上课似的，还戴个破眼镜。他快快地离开了这儿，很为自己的遭遇未被人当回事而感到意兴索然。也不知道爱党听了后会怎么样，他想。

王援朝从外面回到病房的时候，爱党正坐在床上翻一本《解放军画报》，是黄叔叔给他的。听到脚步声，他抬起头来，愣住了，说："王援朝，你怎么了？上哪儿去了呀？衣服闹那么脏，腿上还有血。"

王援朝装出一副若无其事的样子，说："不小心绊倒了，没事的！"

爱党说："我还以为你碰上流氓阿飞了呢。"

王援朝到底还是忍不住，说："哎呀！爱党，我今天碰到一条……那种比蛇还大的蟒，它见了我就跑了。真的，不骗你！"他的手笔画着。

爱党根本就不信，说："怎么啥见了你都跑啊？我在动物园见过蟒，样子长得像蛇，起码有两三根扁担那么长，脑袋挺大的，能一口吞下去个牛犊子。它能怕你？要说你怕它还差不多。"

王援朝说："我在小溪边洗手的时候看见的，开始我还以为是汽车的轮胎呢，后来动弹起来，才知道是蛇……蟒，它爬过的那个地方，草全都被压倒了，那么长一溜……"

爱党不想再听他胡诌了，说："你还是快把衣裳换了吧，再去护士那儿给伤口抹点儿药，小心别发炎了。"低下头接着看画报。

谁知王援朝却说："爱党，你敢跟我去那个地方看看吗？"

爱党见他急了，说："你怎么这样啊，就算你说的全是真的，连动物园的狮子都怕你，也没什么了不起。你会做小飞机吗？"

王援朝不解，说："做小飞机？你……"

爱党说："你不会吧！我也不会，可黄叔叔会。"

王援朝一时没反应过来，说："哪个黄叔叔？"

爱党不禁瞪大了两眼，说："还有哪个黄叔叔，咱们一个病房的呗。他做的小飞机，可好看了，有好几样。"

王援朝回头朝门口那张床望了一眼，也来了兴趣，问："能飞吗？你是怎么知道的？是他告诉你的？"

爱党故意卖起了关子，说："你就别问了。这是我们俩的秘密。谁让你老是往外跑呢，成天连影子都摸不着。"

王援朝解释说："我在屋待着憋得慌，另外也想出去转悠的时候，顺便找个什么办法证明我不是吹牛。蛇见了我真的跑了！"

爱党说："你还挺当回事。"

王援朝挠了挠头皮，嘿嘿笑了一下，岔开话题问："黄叔叔去哪儿了？"

爱党告诉他："才走不一会儿，卢阿姨又带着他做检查去了，还说要给他再会会诊。黄叔叔的病好像挺厉害，我听卢阿姨跟人念叨怕发展成尿毒症。"

王援朝问："什么是尿毒症啊？"

爱党说："我哪儿知道。"

王援朝眼珠子转了转，揣测说："尿毒？那就是尿出来的尿有毒呗！把身上的毒都从尿里尿出来，太好玩儿了。要是哪儿有蚂蚁蟑螂什么的，把小鸡掏出来对准一滋，准保消灭得干干净净，比撒六六粉可方便多了。"

爱党不乐意了，说："你真不是人，拿黄叔叔的病闹玩儿。"

王援朝急忙给自己辩解，说："我没那个意思！我……怪不得黄叔叔整天板着脸和谁都不说话，原来是尿里有毒了。"

爱党正色道："瞎说！现在还没有呢！"

29

爱党的病已经好得差不多了，不用再打针，但药还得吃。每顿饭后，小田护士便端个搪瓷托盘送药来，药被放在一个个比酒盅还大的杯子里，杯子的外面都贴着胶布，上边写着病号的姓名。小田护士逐床把药送到病号的手中。尽管都已经认识，她还是喊着每个人的名字，核实以后再把盛药的杯子递过去。病号们接过杯子，将里面的药像喝酒似的倒进嘴里，再端起早就晾好了的开水喝几口，药便吃下去了。

多年后，爱党每逢去医院，都会想起过去自己住院时，护士顿顿给病号送药吃时的情形，觉得这种方式实在值得提倡，它比开一大堆药，让住院的病人自己记着吃药时间，看着说明书吃药更为科学，更及时有效。既然是住院，医院理应对与病人治疗有关的事宜都管起来。可实际上，当下有不少医院仅仅满足于给病人提供一张床位，如果有可能，连打针恐怕都想让病人自己往屁股上扎。爱党对此是很不以为然。

爱党终于可以不打针了，但一天三次吃药的滋味儿也并不好受。人或许都是贱坯子，给个碌碡不嫌沉，给个尿脬不嫌轻，用这样的比喻来形容爱党对待吃药的态度，可能并不贴切，但爱党一见药就恶心要吐是真的。每当小田护士端着托盘走进病房，爱党都有一种大难临头的感觉，他对那不起眼的小杯子里盛放着的东西产生了深深的恐惧。尽管小田护士待他像亲姐姐一般，但当她眼含笑意把药递过来的时候，爱党还是迟迟疑疑地不愿接，且不说那大大小小白的黄的甚至是黑的药片让他触目惊心，他尤其害怕闻那股子无法形容的药味儿。

爱党在小田护士的注视下，龇着牙，极不情愿地伸手捏出一粒小药片放进嘴里，喝口水，一仰脖想吞咽下去，无奈药片偏偏就在舌头边转悠，不往嗓子眼儿去，非得接二连三地喝水，才能把药冲下去。待他挑着拣着把杯子里的小药片吃完，肚皮也被水灌得鼓了起来。望着剩下的那些大药片，爱党开始发愁，不知道怎么打发它们，而那些药也像一个个大白眼珠子瞪着他。

爱党无奈地屏住呼吸，捏出一片放进嘴里面，结果水下去了，药片却粘在舌根不动了。最要命的是有的药不但没吃下去，还在嘴里化开，又苦又涩不说，还酸不溜丢的。这时，爱党便会感到肚子里翻腾起来，有一股东西急着往上蹿，要从嗓子眼儿往外漾。他赶紧用手捂住嘴巴，好不容易才压下去，眼睛眉毛等脸上的摆设被折腾得全挪了位置。一旁的小田护士见状，忙放下托盘，给他端过痰盂来，又拿起暖壶往茶缸里添上水。爱党赶忙喝了一口，继而一手捏住鼻子一手捂住嘴，两眼一翻白，总算是都咽了下去，而这个时候额头上已经冒出汗来。他呼哧呼哧地喘息了一会儿，又可怜巴巴地捏起一片药来。每天吃药成了问题，折磨着爱党的神经，并且过程也越来越长。后来爱党灵机一动，对小田护士说："姐姐，你别在这儿等着了，我自己慢慢吃。"

小田护士见状也只好如此，毕竟每个病号都要照顾到，不好为一个人耽误太多的时间。爱党见小田护士转身走了，假装不经意转过身子，看了看王援朝和黄叔叔，而后夸张地捏起一片药来放进嘴里，端起茶缸喝了口水，咕噜一声咽了下去。很快，盛药的小杯子就空了。王援朝甚是诧异，说："哎，怎么没看你要吐啊？都吃了？护士不在跟前，你吃得更快。"

爱党又喝了口水，摩挲了一下肚皮，说："又灌蛤蟆了！"扭头就往外走。

王援朝说："你上哪儿？我和你一块去！"

爱党说："肚皮撑破了，上趟厕所！"

爱党跑进厕所，看看没人，这才把一直攥着的拳头松开，掌心里，赫然是几粒大大小小的药片，有的已经被汗浸湿了。他迅速地把药抛进蹲位下的便槽里，那些白的黄的黑的药片，瞬间就随着水的冲刷无影无踪了。

爱党自以为做得神不知鬼不觉，谁知没几天便被王援朝发现了。王援朝吃药的痛快劲儿令人咋舌，他接过小杯子后，把药尽数倒进张开的嘴里，然后

一口水便冲了下去，甚至有时候不喝水，也能把药咽下去，把药含在嘴里，蠕动着腮帮子聚集些唾液，然后眼白朝天一翻，便万事大吉。未几，王援朝发现原本吃药像受刑似的爱党，突然间速度比他还快，感到有点儿吃惊，就偷偷地注意上了。王援朝用眼睛的余光观察着爱党的一举一动，不声不响地尾随在爱党的身后，未几就掌握了他整个的秘密，而爱党竟然丝毫没有察觉。所以当爱党再一次向便槽里扔药时，被身后嘻嘻的笑声着实吓了一跳。

王援朝神情颇为自得，说："好啊爱党，闹了半天你没把药吃了啊？"

爱党极力掩饰，说："王援朝，你也撒尿吗？"

王援朝说："你那手上攥着什么，能给我看一眼吗？"

爱党忙打岔说："咱俩一会儿上后面山上竹林里玩儿去啊？可肃静了，树叶掉下来都能听见动静。"

王援朝盯着不放，说："你把药扔了，不浪费了吗？再说也影响治病。"

爱党见藏掖不住，说："我实在咽不下去，一吃就要吐！"

王援朝想了想说："你把药片掰成小粒吃，就没事了。"

爱党摇了摇头，说："那也不行，我现在看见那些药就想吐，一闻着味儿，肚子里就翻个儿……真还不如打针呢，疼一会儿就过去了。"

王援朝同情地望着爱党，一筹莫展的样子，说："那……那怎么办呢？"

爱党叮嘱王援朝："你别跟卢阿姨说啊，要不然我就不和你好了！"

王援朝做两肋插刀状，说："你要不放心，咱俩就拉钩！"但随即又自言自语般说："要是不吃药，病好不了怎么办？"

爱党说："我已经好了……真好了，没事了！"

东钱湖边，爱党和王援朝捡起片状的石头，侧着身子奋力撇向湖里，比赛谁打的水花多。澄澈的湖面被阳光涂抹上一层粼粼的银光，映着天上棉絮般的白云和远山黛色的剪影。有鸥鸟在空中嬉戏，不时地追逐着湖中用桨拨水行驶的划子。岸边的浅滩上生长着一片片的水草，有许多蜻蜓在那里飞舞，像一只只的小飞机，还有的落在草尖上，一动不动。

爱党用拇指和食指掐着块瓷片，眼睛斜睨着湖面，胳膊抢了几下似在攒劲儿，嗖一下撇了出去，瓷片划出一道好看的弧线，刚一沾到水又跳了起来，像是在水面上舞蹈，一直打出十几个水花才沉下去。

爱党美滋滋地望着王援朝。王援朝把手里的石头一扔，说："我不和你玩儿这个了，没意思。咱俩还是换个样式。"

爱党问："那你说玩儿啥？"

王援朝想了想，嘻嘻一笑，说："咱俩比赛滋尿，看谁滋得远。"一边把短裤往下一撸。

爱党也来了兴趣，说："还是比谁滋得高好玩儿！"

王援朝说："行！"

两人面对面地站在湖边，喊了声"一二"，便手抓着各自的鸡鸡，挺着肚皮使劲儿滋了起来。两道亮花花的尿水，直直地滋向天空，划出一道弧线后很快落向地面。可能是喝水少的缘故，爱党还没怎么使劲儿就把尿都滋出去了。王援朝看样子憋了挺大一泡尿，或许是一心要取胜，太性急了的缘故，忙乱中竟然把尿滋到了自己的脸上，这还不算，当他慌忙伸手去擦脸上的尿的时候，没想到小鸡又缩回到短裤里，结果没尿完的尿全都滋到了短裤里，顺着腿流了下来。爱党见状，禁不住用手指着他哈哈大笑。王援朝似乎没回过神来，一脸的茫然，也跟着傻笑，还伸出舌头舔了舔嘴唇。

岸上的大柳树下忽然传来一个女孩的喊声。爱党回头望了过去，只见一个长头发，嘴里叼着烟卷，裤子紧绷着屁股的小阿飞，趁着周围没人，正在抢夺一个女孩手里拎着的网兜，网兜里是几个被称为黄金瓜的香瓜。

爱党和王援朝互相看了一眼，急忙跑了过去。那个女孩身材娇小，眉清目秀的，正两手抓着网兜与那个小阿飞对峙，那个小阿飞夺不去网兜，竟伸手在女孩儿的脸上摸了一把。爱党吼了一声："流氓！"

小阿飞转身斜睨了一眼，骂道："赤佬，晓得我是谁吗？"

王援朝背着手凑上前去，学着小阿飞的腔调，说："你个流氓阿飞，晓得我们是谁吗？"突然间胳膊一扬，就听那小阿飞啊呀一声，从脖子上拽下一根麻绳样的东西扔在地上，连滚带爬登时就跑远了。

爱党定睛一看，也吓了一跳，原来王援朝不知什么时候，在草丛里顺手捡了条死蛇，藏在身后，瞅冷子扔了过去，正好缠在那个小阿飞的脖子上。小阿飞不知道是条死蛇，自然吓得魂飞魄散，逃命要紧。而那个女孩也惊呆了，站在那儿一动不动。王援朝喊了一声："快跑！"上去拉住女孩的手狂奔，爱党捡起那个女孩掉到地上的网兜，撒腿跑了起来。

一直到了医院门口，三个人才停了下来，猫着腰呼呼地直喘。爱党心里直恶心，几乎都要吐了。女孩惊魂未定，接过网兜后嘤嘤地哭了起来。爱党和王援朝两人一时不知道怎么安慰她才好。

正在这时，护理员白晓妮忽然在门口出现了，她奔过来一把拉住女孩的手，问："妹妹，你怎么了？谁欺负你了？"审视的目光在爱党和王援朝身上扫来扫去。王援朝见状，忙说："不是我们……"爱党明白了，这个女孩是白晓妮说过的那个妹妹。

白晓妮的妹妹抽抽噎噎地告诉她说："是一个小阿飞，抢我的网兜……还要流氓……"

王援朝来精神了，小胸脯一挺，说："被我们打跑了！"

白晓妮似乎有些不信，说："你们……"

爱党说："真的！王援朝把一条蛇扔他脖子上，吓得他屁滚尿流地跑了！"

白晓妮望着王援朝，说："蛇？你敢抓？"

王援朝嘻嘻一笑，说："死的……不过蛇都怕我，见了我……"

白晓妮说："谢谢你们救了我妹妹……"又转身问她妹妹："你一个人到这儿来干什么？多危险啊！"

白晓妮的妹妹说："你都两个多星期没回家了，人家不是想你了嘛！姆妈还让我给你带了几个黄金瓜，闻着可甜了……"

白晓妮说："走，咱们找地方去把这些瓜都洗了，一块吃。"

病房的门敞开着，墙边放着一把墩布，护理员白晓妮正在擦拭床头柜，床都已经收拾完了，看上去整洁干净。

白晓妮一见他们就说："你们去哪里了？连药都不吃。再不回来，就得派人去找你们了。田护士已经来好几趟了！"

王援朝突然说："黄叔叔出院了？"

爱党这才发现，黄叔叔住的那张病床上，原来叠得整整齐齐的军装及一些书刊不见了，床头柜上也是空无一物，连床底下的脸盆和牙具都没了。

白晓妮一脸的肃穆，说："黄海在食堂吃饭的时候晕倒了，卢医生他们给他会诊，好像是病情有什么变化，给他转院了。"

爱党懊悔不已，喃喃地说："我要是吃完饭不出去玩儿就好了，还能见黄叔叔一面……黄叔叔肯定很生气！"

这时，小田护士端个托盘进来，说："哎呀，你们两个总算回来了！赶紧吃药，都快把人急死了……你们腿也太快了，吃完饭就没影儿了。"

小田守着两个小病号吃药。爱党咽下去一片药后，忍不住问："姐姐，你知道黄叔叔上哪儿了吗？我不知道他要走。"

小田说："去杭州了，那里条件要好一些。"

王援朝翻着白眼咕咚一声把药都咽下去，问："黄叔叔去的医院，离西湖远不远啊？"

小田瞪了他一眼，说："你这个小孩子就惦记着玩儿！黄海是去治病，再说能不能好还说不定呢？"王援朝不好意思地搔着头皮，嘿嘿了两声。

爱党急切地问："黄叔叔的病，很难治吗？"

小田说："肾开始坏死了……"

小田走了，片刻又返了回来，手里拿着一本《解放军画报》和一个铝质的小飞机模型，对爱党说："这是黄海临走时让我转交给你的……他说他喜欢你！"

爱党把画报放在枕头边上，拿着小飞机翻来覆去地看，爱不释手。王援

朝不离他左右，羡慕极了。渐渐地，小飞机在爱党的眼前幻化成黄叔叔的面孔，含笑注视着他，爱党轻轻地喊了一声："黄叔叔……"

30

"儿的生日，娘的苦日。"每逢爱党或弟弟妹妹们过生日，这是母亲陈荷花说得最多的一句话。爱党是腊月的生日，提前好多天，陈荷花就开始念叨："生你那会儿正是数九寒天，这该死的南方也没个火炕，屋子里冷得像个冰窖，差点儿没把我给冻死。你爸就知道忙着下部队，人家坐完月子都胖了，我呢，出了月子都瘦脱相了！谁见了都问你这是咋了？我现在手指头的每个骨节都疼，全是那会儿在你月子里洗褯子落下的病……"

爱党做出一副认真听的样子，脸上还配合着露出相应的表情，只是一时不知道说什么好，憋了半天，才说出这样一句话："妈，我刚出生的时候，是不是也满脸的皱纹和褶子，像个小老头似的？"

陈荷花顿了一下，说："小孩刚下生那会儿一般都挺丑的，但是你们几个可不那样，全白白净净的招人稀罕，谁见了都夸。"

爱党说："我小时候是不是也挺好玩儿的？"

陈荷花眉毛一扬，说："好玩儿？你生下不到三天就闹毛病，发烧说抽过去就抽过去，没把我给吓死。我哪还顾得了自个儿，成宿地抱着你，眼珠子差点儿哭瞎，流的泪也不知有几洗脸盆子了。你寻思我拉巴你们那么容易啊！现在动不动还和我犟嘴，知道我有多伤心吗？"

爱党小心翼翼地说："其实我也不想和你犟嘴，可你老骂我们，还骂得那么难听，我爸动不动就打……"

陈荷花说："咱是根本人家，对你们管得严点儿还不是为你们好？没听

226

老辈人说，惯子如杀子！要是你们想咋着就咋着，一个个都成了流氓阿飞，到那时候说啥都晚三春了。"

爱党刺了她一句，说："三天两头又打又骂的，就能保证小孩子长大了成不了流氓阿飞？毛主席还说不打人骂人呢！"

陈荷花眼珠子瞪起来了，说："你这孩子，咋和你妈说话呢？竟敢教训起我来了！"

爱党把头垂了下去，低声说："我没有。"

到了生日这天，陈荷花整日喜滋滋的。吃早饭的时候，她会把一个煮好的红皮鸡蛋拿出来，用手在桌子上一旋，说是骨碌骨碌，管着好的。

鸡蛋在饭桌上面骨碌碌地旋转着，爱国、爱军都围过来，眼珠子随着那个鸡蛋转来转去，爱军还把一根手指噙在了嘴里。

陈荷花笑着呵斥说："别在这儿守着了。你们过生日，妈也给你们煮……"

爱党把鸡蛋捧在手里，舍不得吃。爱军凑了过来，说："哥哥，让我拿一会儿行吗？就一会儿。"

爱党把鸡蛋放到他手里。爱军拿着它，一会儿用鼻子闻闻，一会儿又在嘴唇上蹭蹭。爱国笑话他，说："三儿的馋虫要出来了。"

爱党是他们的哥哥，他知道自己该怎么做，且以往他也是这么做的。他笑了笑要过鸡蛋，先把一头在桌子上啪地磕了下，剥去硬币大小的皮，又把另一头磕破，也剥去硬币大小的皮，然后在小的一头使劲儿一吹，凝脂般的鸡蛋便整个从壳里出来了，看上去晶莹剔透，充满了诱惑，让人垂涎欲滴。

爱党把鸡蛋分成几份，先给了爱军，再给爱国，哥儿几个欢天喜地，各自一点一点地用门牙咬着吃了起来。

爱党掰了块蛋黄，喂到妹妹爱华的嘴里。爱华花骨朵似的两片嘴唇，贪婪地吮动着，吃得津津有味。

陈荷花见状，说："给她饮点儿水，别噎着！"

午饭的时候，陈荷花会蒸一锅馒头，然后再张罗一桌子荤的素的菜，全家人围坐在一起，其乐融融，气氛犹如过节一般。这样的场合，父亲尚云龙除了出差赶不回来，都是尽可能参加。

有好吃的，爸妈的脸上也净是笑意，最兴奋的自然是孩子。他们大声地喊叫喧哗着，在各个房间跑进跑出，时不时地凑到饭桌前，面对盛在碗里和盘子里的菜肴，微闭上眼睛，惬意地翕动着鼻翼去闻香味儿。爱国趁人不备，一会儿捏根肉丝迅速地塞进嘴里，一会儿抓几粒花生仁，装作若无其事的样子，走到一旁伺机慢慢地品尝。爱军见了，舌头舔着嘴唇，走到饭桌前，踮起脚来也去抓花生仁，却怎么也够不着。尚云龙其实早就发现了，他抱着爱华过来，抓了一捏放到爱军手里，爱军蹦着跳着，跑到床边倚着吃了起来。

爱党在厨房里帮烧菜的陈荷花打下手。尽管陈荷花一再地说："今天是你的生日，啥都不用你！"但爱党还是不离左右。

陈荷花手里忙乎着，嘴也不闲着，说："儿的生日，娘的苦日。其实这一天该给当妈的做点儿好的吃才对……一把屎一把尿，把你们从豆芽那么大点儿拉扯成人，容易吗？我都不敢往回寻思。"

爱党说："我知道，等我长大了……"

陈荷花说："到那时候，还不一个个都娶了媳妇忘了娘啊！只怕走对面也假装不认得，捂着鼻子说这是哪来的死老婆子，身上挺味儿的，快滚一边去……唉！那时候丈母娘就成了好亲戚……"

爱党嗫嚅着，一时不知道说啥才好。陈荷花把菜倒进锅里，兀自沿着自己的思路说下去："将来你们说媳妇儿，一定好好地挑挑，得我相中了才算。人长得啥样不重要，谁不想长得跟个天仙似的？必须是根本人家的姑娘，还有，千万不能找独生女，独生女忒娇惯任性，吃不了苦。"好像爱党已经到了恋爱结婚的年龄。

爱党哭笑不得，说："妹妹也是独生女！还有，我现在才多大啊，你就跟我说这些事，反正以后我不说媳妇儿。"

陈荷花用铲子翻着锅里的菜，说："算了吧，现在说再好听的也没用，到时候还不啥都听媳妇的。我得老早给你敲警钟，让你脑子里好有根弦。唉，这当妈的，啥心都得操到了，要不咋老得快呢！"

爱党试探着说："其实……其实有好多事，你不用说我们也知道。"

陈荷花把铲子在锅沿上啪地磕了一下，说："咋？嫌我这当妈的磨叨嘴了是吧，还没吃你们喝你们呢，到吃你们喝你们的时候再说。"

爱党连忙笑了一下，说："我不是那个意思。"

陈荷花却颇为自得，说："你心里都想啥我还不知道？我是你妈！哎呀，坏了！菜煳了，快去给我拿点儿水来。"

待到一家人都围着饭桌坐好，陈荷花瞄一眼尚云龙，说："都先别动筷子，你们爸还有话说呢，都好好听着。"

尚云龙举起筷子，说："都饿了！我就一句话，今天是爱党的生日，你这个当大哥的可要带好头，给弟弟妹妹们做个榜样！"

爱党赶紧嗯了一声，说："知道。"

陈荷花抢过话去，说："不告诉你们，你们上哪儿知道去。我们像你这么大的时候，全都顶大人使唤了。你姥姥眼神不好，一到晚上就看不见啥，家里缝补拆洗一应活计都是我的。哪像你们现在，就知道贪玩儿，还动不动惹我们生气。"

爱国忍不住打断了她的话，说："妈，我下午还有考试呢！"

爱军也说："我饿了。"

陈荷花这才把话收住，说："好好，咱这就吃饭。爱国，还有爱军，咋不祝哥哥生日快乐啊？"

爱国的生日是在夏天，在那前后，陈荷花就不停地磨叨："知道吗？怀你那会儿，你就没少折腾我，吃啥都吐，差点儿连苦胆都吐出来。生的时候又赶上五黄六月，险些没把我热死，浑身起痱子，全挠破了。"

爱国想了想，问："妈，那我身上起痱子了吗？"

陈荷花说："起！死热的天，又不敢开窗户，能不起痱子吗？你身上刺挠睡不着，哭起来没完没了，咋都哄不好，急得我就抱着你一块哭。我这偏头疼，还有眼睛有时看东西模糊，就是在你月子里坐下的！"

爱国若有所思，说："怨不得老师说我唱歌五音不全，像个破锣，闹半天是小时候把嗓子哭坏了。唉，那时候你要是好好管着我，别让我老哭，我的嗓子今天也不至于……"

陈荷花眼皮一翻，说："嗝！你唱歌嗓子不行，倒还赖上我了？好你个没良心的东西！我过去可是啥病都没有，现在这个病那个病的，还不全都是在你们身上得的。我也就是顺嘴念叨念叨，你倒先不让起我来了。"

爱国不吭声了，少顷，有些茫然地说："要是小孩刚生下就有错，就有那么多罪过，那还生他干啥呢？真不如都掐死算了。"

陈荷花眼珠子瞪得滴溜儿圆，说："你个小短命鬼，这么和你妈说话呀？"

爱国似乎还沉浸在自己的思绪里，自顾自地说："怪不得那么多大人对我们这些小孩说骂就骂，说打就打，原来我们还没生下，就让他们……"

陈荷花疑惑地望着他，说："你在那儿叨咕啥呢？别不乐意，我这是在告诉你一个道理，是为了你好！别人，你即使上赶子，也不待管你的。"

爱国还没回过神来，他有些发蒙，以他眼下的年龄，好多事情是想不出个所以然的，充其量只能产生一些直观的感受，况且也理不出头绪。陈荷花原本来自僻壤，没念过多少书，她的价值观和思维方式纯粹得自祖传，衡量好坏的依据和标准也只有一个，即老辈子如何如何，全然没有站在孩子的角度换位思考。她渲染了当父母的不易，却不理解孩子。这让爱国难以理解，不知所措。

而陈荷花却振振有词，说："不养儿不知父母恩，等你们长大了，娶妻生子后就知道。这拉扯孩子的事，太不容易了，肚子里怀着的时候，再难受也不敢吃药。生下后，奶水够不够？今天拉稀了，明天发烧了，每时每刻这心都揪揪着。好不容易背上书包上学了，老师待着好不好，受同学欺负吗？学习跟得上跟不上，考试成绩咋样……再以后，毕业了找个啥工作……该说媳妇儿了，找个啥样的？两口子生不生气，有了孩子怎么帮着哄……等都弄得差不多了，自个儿也老了，爬不动了，一辈子就这么下来了。"

230

爱国脑瓜皮发紧，说："妈，我去撒泡尿。"一去就再没露面，原来是顺着尿道逃走了。

到了爱国生日这天，自然也做了很多好吃的，但陈荷花前事不忘，趁着爱国大快朵颐之际，说："我头两天无非顺嘴和你念叨几句当妈的辛苦甘甜，你咋还跑了呢？好像我要吃了你似的，你就那么膈应你这个妈？"

爱国把一口菜咽下去，说："人家不是撒尿去了嘛。"

陈荷花盯着不放，说："尿完了咋不快回来？"

爱国嘻嘻一笑，说："撒完了尿，我看江上在过竹排，那几个撑篙的人全都光着腚，还又唱又喊的，就只顾着看西洋景了，所以……"

陈荷花说："还不承认。"见尚云龙皱起了眉头，忙改口道："算了！今天你过生日，要不我跟你没完，非得好好说道说道……甭管咋说，我也是你妈！"

爱国夹起一块猪肉塞进嘴里，吃得顺嘴流油，说："你是我亲妈！其实我最愿意听你讲我小时候的事了，多好玩儿啊！要不我啥都不知道。"

陈荷花给他夹了一块鱼肉，说："你就是个嘴好，先把人气够呛，再假装说几句好听的，打一巴掌，给个甜枣吃。哼！你倒挺会做人。"

爱国一高兴，话自然就多起来，说："我们班上同学比赛妈妈来着，比谁的妈妈脾气好，谁的妈妈长得漂亮，谁的妈妈上班还是没上班。"

陈荷花显然对此很感兴趣，问："你是咋说我的？"

爱国看了她一眼，说："我告诉他们你长得可漂亮了，是个大美人，就是有时候脾气不怎么好，另外也没去上班，专门在家……当妈妈……"

陈荷花起先还笑容满面，听到后来脸就拉下来了，看上去很不高兴。爱国没有想到，他的话在无意中触到陈荷花心里面最忌讳的一根弦。

陈荷花原来在海岛的一家渔网厂上过半年班，后来为了在家带孩子，便在尚云龙的劝说下辞去了这份工作。对此，她一直耿耿于怀。倒不是她怎么喜欢那个活计，主要是有人能在一起说说话，不寂寞。其实那挂着"渔网厂"牌子的所谓厂子充其量是个作坊，一伙人，主要是些年龄或大或小的女人散散落

落地坐在几株榕树下，手里掐着把竹梭子，用尼龙线或预先纺好的麻线，按不同的规格要求编织渔网。这些人里面，有当地的居民，也有随军家属。

都说三个女人一台戏。这女人要是聚了堆，自然会格外热闹。不远处，海浪哗哗地拍打着礁石，溅起雪白的浪花，风轻轻地从榕树枝丫间掠过，发出沙沙的响声。她们手里忙活着，嘴也不着闲，叽叽喳喳，一个比一个声高，更有那胆大不害臊的，引得大伙儿笑声不断。

陈荷花挺着个大肚子，开始还有些腼腆，但很快也被感染了，自然而然地加入他们的说笑中，且嗓门儿也不比谁低……她喜欢这样的光景，给人的感觉简单而又明朗，心情十分怡然。

但是随着孩子的呱呱坠地，这段幸福生活很快便结束了。她虽然很不甘心，却也无奈，这使得她心里一直很纠结。

尚云龙劝过她："家里面也不缺你那点儿工资，带好孩子啥都有了。"

陈荷花闷闷不乐地说："照你的意思，我往后只能待在家里，一辈子就当个家庭妇女了呗？"

尚云龙说："这有什么不好？从前女的都不上班。"

陈荷花说："从前是从前，现在是新社会。唉，整天窝在家里，守着个孩崽子，指不定啥时候得把我给憋死了。"

尚云龙说："不上班了，并不是让你不出屋，啥时候憋得慌了，你就带着孩子去海边捡贝壳。"

陈荷花说："天天捡啊？"

尚云龙说："你看你，咋那么死心眼呢？还可以去串串门。"

陈荷花头摇得像拨浪鼓，说："我可不去串门子，你不怕人说，我还怕人笑话呢！一个大老娘儿们，成天东家进西家出的，招摇个啥？"

话是这么说，事实上由于孩子的拖累，即使尚云龙撺着她去上班，她也离不了手，孩子已经把她的身子给牢牢地拴住了。晨光中和夕阳里，她只能眼巴巴地瞅着别人匆匆忙忙地上下班，暗自叹息一声，转过身去接着洗涮盆里面泡着的裤子，心里面的那份委屈，那一缕哀怨，慢慢地竟形成一个结，甚至到了听不得"工作""家庭妇女"等字眼儿的地步。爱国一个小孩子，哪里会想得那么复杂，以为陈荷花听了备不住还高兴呢，谁知却犯了她的忌。

尚云龙见状，赶紧转移话题，说："我小时候过生日，没啥好吃的，就去老河套湾子里摸鱼，再不就上山爬树去掏鸟窝。有一年，我在树林子里发现一堆从来没见过的蛋，高兴坏了。谁知道拿回家后，却把你奶奶给吓哆嗦了，你道是咋回事？原来那是一窝蛇蛋！你奶奶赶紧在我手脚上抹了些烟袋油子，又让送了回去。"

全家人都被吸引住了，一时忘了动筷子。

爱军问："爸爸，蛇蛋能吃吗？"显然这是他最关心的。

爱国脸上带着不解，问："我奶奶给你抹烟袋油子干啥？"

爱党看了看尚云龙，抢着对他的两个弟弟说："这你们都不懂，蛇蛋是孵小蛇的，里面有毒，人哪能吃呢？还有，蛇最怕烟袋油子味儿，闻着就跑。奶奶这么做，那是怕爸爸往回送蛇蛋时被蛇咬着。"

尚云龙笑了笑，说："是这么回事。"

陈荷花瞥了爱国一眼，说："你爸净打岔，他那是啥时候。"又转过脸来对爱党说："还有你，我当初是为了你，才把那工作辞的。现在我一看见人家出门去上班，就眼热得不行。这都是为了你们啊！我这应该也算是做出的牺牲吧？听着，你们谁以后要是不孝顺，我非得找人说说不可。"

尚云龙说："菜都凉了，赶紧吃吧！爱党，还有爱国，你们两个下午不是还要上学嘛，别迟到了。"

陈荷花不愿意了，说："你也真是的！上啥学啊，早就放暑假了。咋，我说个啥，你们爷们儿都听着不顺耳啊？"

本来过生日是挺喜庆的事，陈荷花却逮着这个机会，教训起孩子来。其结果是一家子人谁都不吭声，耷拉着眼皮闷头吃完饭后，便各自散去。

爱党洗完碗，回到自己房间。爱军已经睡着了，爱国则坐在桌前，手里拿着铅笔在一张纸上乱戳，纸上画着一个长头发的人，显然还是个女的。

爱党诧异地问："爱国，你在干什么？"

爱国又在纸上狠狠地戳了一下，说："咱妈是亲的吗？要是亲的，她怎么见了咱们就训起来没完啊，什么都说，好像欠她钱不还似的，比我们老师都凶！"

爱党心里一动，他何尝没有这样的想法呢？整天像犯什么错误似的，除了挨训就是聆听教诲，没完没了的，让人时时处于一种惴惴不安中，弄得简直就像猫捉老鼠，老鼠总想躲着猫，而猫却时刻窥探着老鼠的一举一动，一门心思要伺机捕捉"做坏事"的他们，即便不予惩罚，也要耳提面命教训他们，两者之间的关系竟然扭曲到这种地步，变得形同天敌。

爱党什么都没说，他神情慵懒地躺在床上，然而内心深处，却似海水般翻腾不已。其时，一个念头已经在潜滋暗长，只是目前还不能告诉别人。十几岁的孩子，心里面已经能盛事了。

<h1 style="text-align:center">31</h1>

离垃圾存放场不远处，有一片生长茂盛的茭白，是利用江边的滩涂挖出来的池沼种植的。涨潮的时候，水会漫进去；退潮的时候，因为有围堰，茭白池沼中仍然会有水，且常常把一些没来得及游走的鱼留在里面。

经常在这片长着茭白的池沼里出没的，是个戴斗笠的小老头。刚开始，爱党等一帮孩子见了他就跑。倒不是他怎么凶，而是当他看人的时候，一只眼睛里面竟然没有瞳仁，白花花的，极像镶了个玻璃球，怪吓人的。

孩子们跑开了一段距离后，便停下来，冲着他有节奏地吼一首儿歌：

　　　　白眼儿白，
　　　　偷茭白，

茭白两头尖儿，

白眼儿坐火箭，

火箭嘟嘟飞，

白眼儿掉进池塘里……

但他像没听见似的，兀自去忙自己的事情。他换上高腰水靴，一手举着手捞网，一手拎个鱼篓，头一低进了青纱帐般葳蕤的茭白池沼中，身影很快就被那一簇簇扁平而宽大的叶片遮住。

爱党和爱国隔三岔五会和一些孩子做伴到这地方来玩儿。他们知道小老头不可能整天都待在这个地方，江水涨潮之前肯定会走的，于是便先跑到垃圾场去，忍着刺鼻的臭味寻找废铜烂铁或牙膏皮什么的，用这些东西可以跟那个每天都挑着担子、摇着拨浪鼓走街串巷吆喝着收破烂的人换麦芽糖吃。届时看着他一手拿着刨刀状的铲刀，一手举个小铁锤，在铲刀上面轻轻一敲，放在洋铁皮托盘里的麦芽糖，就会依据废旧物品的相应价值，被敲下一块来，黄澄澄的且飘着一股甜丝丝的香味儿，让人垂涎欲滴，待吃到嘴里，别提有多美了！

孩子们一边用小木头棍在垃圾里扒拉，寻找要捡的东西，一边不时地朝着茭白池沼方向瞭望。终于，那个被他们称为"白眼儿"的人出来了，蹲在江边洗涮一番后，站起来慢慢地走了。孩子们注视着他的背影，直到看不见了，不知谁先嗷一声喊，于是全都雀跃欢呼起来，把手里的小棍一扔，蝗虫般朝那个生长着茭白的地方扑去。

爱党把凉鞋脱了，赤着脚下到泥沼中。一只青蛙蹿了起来，扎进水里，把他吓了一跳。他定了定神，开始在一簇簇茭白的根部摸起鱼来。爱国在离他不远的地方，首先薅了根茭白吃起来，这种因某种病菌寄生后膨大的嫩茎，看上去洁白光滑，肉质细嫩，有一缕甜丝丝的味道。爱国吃得津津有味，像奶油棒冰一样的汁液顺着嘴角往下流。

爱党用脚把水蹚浑，试图以此来使鱼现身，因为水一浑，潜在水面下的鱼感到憋气，就会探出头来呼吸，正好捕获它们。然而让人沮丧的是，爱党除

了弄自己一身的泥水，也未能如愿看到一条鱼的影子。

茭白丛中很闷热，爱党钻出来，站在池沼边上，呼呼地喘着粗气，心里嘀咕说："这个白眼儿真厉害，把鱼全给抓净了。"

爱国忽然伸手指着他的腿喊了起来："哎呀，蚂蟥！"

爱党低头一看，不禁吓得险些尿裤子，只见在他的小腿上，醒目地叮着一个铜钱般大小，背部呈暗绿色，形若纺锤且异常肥硕的物体，原来是只蚂蟥。

爱党不敢用手去拽，他找了块蚌壳，小心翼翼地想把它扒拉下来，谁知越是扒拉，那只蚂蟥却吸附得越紧，少顷，竟有血顺着腿流了下来。

就在这时，不知谁突然喊了一声："白眼儿来了。"

孩子们稍一愣怔，立刻稀里哗啦地四散而逃。

爱党紧盯着自己腿上的蚂蟥，站在原地没动。爱国跑出去几步，回头看了看又返了回来，站在爱党身边，俨然一个警卫员。

"白眼儿"是回来找东西的，他走时太匆忙，忘拿手捞网了。他丝毫不去理会那些跑远了的孩子，也不问爱党哥儿俩到他的茭白池沼里来干什么。他看了眼爱党腿上的蚂蟥，说了句："勿要害怕，没关系的。"便蹲下身子，在爱党的腿上啪啪就是几巴掌。还没等爱党反应过来，只见那只蚂蟥竟然身子收缩成球状，从爱党的腿上啪一下滚落下去。他又用手在爱党腿上被蚂蟥叮咬的地方使劲儿挤出了一些血水，才笑笑站起来。

爱党第一次近距离和这个人接触，起先心里还惴惴不安，怕他会让爱国他们两兄弟赔他的茭白，甚或抓着他们去家里告状也说不定，然而这些都没有发生，除了那只眼睛看上去还有点儿吓人，他的另一只眼睛里闪动的全是和善的光泽。爱党感激地说："谢谢叔叔！"

爱国开始的时候也是充满了戒心，并看好了地势和方向，做了随时撒丫子逃跑的准备，到了后来见根本用不着害怕，不禁好奇地问："叔叔，你怎么一拍打我哥哥的腿，蚂蟥自己就掉下来了呢？"

"白眼儿"并不解释，说："被蚂蟥叮了，大多都用这种办法处理，方便的话也可以撒一点点盐或者用香烟烫，效果都很好的。"

爱国毕竟还是个孩子，"白眼儿"的话立刻引起了他极大的兴趣，说："用香烟烫？哈！那准保好玩儿。"目光在爱党的腿上扫来扫去，似乎最好现在就叮着几只大蚂蟥，他马上拿根香烟来尝试一下才过瘾。

"白眼儿"让爱党站在江边的一块石头上，洗去腿上的血迹，说："你们小孩子不懂得危险，池沼里面不但有蚂蟥，还有蛇的。"

爱党又蹲下身子，把脚洗涮干净，穿上凉鞋。就在这时，他的目光被水里面的一样东西吸引住了，仔细看去，竟然是只乌龟。尽管随着涨潮，江水不停地涌动且拍打着岸边，它的头尾和四肢都缩入壳内，静静地趴在那儿一动不动。

爱党唯恐惊动了它，轻轻喊了声："乌龟。"

爱国蹑手蹑脚地凑过来，伸长了脖子看着，说："大王八。"

"白眼儿"把手伸进水里，迅速按住了它，随即将它抓出水面。或许是肚皮朝天不舒服的缘故，它的头和尾及四肢全都从壳里伸了出来，捯动着，煞是好玩儿。可把它正过来，肚皮朝下的时候，它的头尾还有四肢又全都缩回到壳里面去，似在等待逃跑的机会。

"白眼儿"用另一只手弹了弹它的背甲，说："它不是乌龟，是鳖。你看它的背上有一层软皮，是吧？乌龟就没有，乌龟的背部是硬的，颜色是黑的，另外还有花纹。这鳖还有个名字叫甲鱼，但俗称和乌龟一样，也叫王八。"

爱党伸手在甲鱼的背上摸了摸，说："可不是，真有一层皮。"

爱国围着这只甲鱼转来转去地看，说："要是在它尾巴上拴根绳牵着，准保好玩儿。哎，对了，它的肉能吃吗？"

"白眼儿"笑了笑，说："可以的，大补。"一面四处张望着，似乎在寻找什么。片刻，他顺着岸边紧走了几步，捡起一个半埋在泥里的破网兜，把它在江水里涮干净，而后将那只甲鱼裹在了里面，对爱党说："拿好，回去让你妈妈煲汤喝，味道很鲜的。"

爱党迟迟疑疑地伸手接了过来，说："送给……我们了？"

"白眼儿"看了他一眼，说："你发现的嘛，当然应该归你了！一定小心不要被它咬了，否则很麻烦的。你们莫要贪玩儿，赶紧回家去吧！我还要去找我那只手捞网，唉，人年纪大了，总是丢三落四的。"

爱国在一旁喜出望外，说："叔叔，不，阿公你真好，往后我再也不管你叫白眼儿了！"

被爱国摘去了绰号帽子的小老头冲他们摆了摆手，转过身去，绕着那片茭白转悠起来，寻找他遗忘在里面的那只捕鱼用的手捞网。

太阳已经升起老高，江面上波光粼粼，尚云龙还躺在床上呼呼大睡。陈荷花告诫孩子们谁都不许大声说话，没事别走来走去，老老实实在自己房间里面待着。偌大的空间，只有尚云龙的鼾声如海涛般持续不断，震荡着空气。

尚云龙这一趟所谓的出差，不同于以往，他指挥部队，全歼了一股从海上窜犯大陆的武装特务。自二十世纪五十至六十年代初，退踞台湾的老蒋不时派遣武装特务窜犯袭扰大陆，有时派飞机空投，有时则用渔船做掩护，无论是空投还是从海上进犯，基本上有来无回，各种舰船相继被击沉，其中包括"剑门""章江""永昌"三艘战舰及多架侦察机。

这次也是，蒋军先开着舰艇到公海上，然后再换成捕鱼的机帆船，趁着夜色悄悄地向大陆接近。而我军根据所获得的情报，早已布下天罗地网，在地方民兵武装的配合下，待敌人刚一上岸，便截断了他们的退路。结果除两人因顽抗被击毙，其余二十几人全乖乖地缴械投降做了俘虏。

整个战斗进行得很顺畅，称得上是干净利落。为了打好这一仗，尚云龙连续多日没睡过一个囫囵觉，现在自然需要补补。在战争年代，尚云龙打完仗后可以不吃不喝地睡上一天，除非是枪炮声，否则就是在他的耳朵边上敲锣打鼓都吵不醒他。

陈荷花撵几个孩子去外面玩儿，以往这是他们求之不得的事，但今天，几个孩子竟然哪儿都不想去，他们望眼欲穿地守候在一旁，等尚云龙睡醒后听他讲打仗和抓特务的事。在二十世纪五六十年代，这些对孩子们来说太有诱惑力、太刺激了，何况又是他们的父亲亲自指挥，亲力亲为。在他们眼里，尚云龙简直就是一个大大的英雄！

事实上，尚云龙很快就起来了，毕竟与战争年代相比，布好口袋聚歼一小股前来袭扰的武装特务，简直算不得什么，几乎是战斗刚开始，就结束了。或许是任务完成得十分出色的缘故，尚云龙的情绪看上去非常好。吃完饭后，他点起了一根香烟，笑眯眯地看着几个孩子，说："你们怎么不出去玩啊？"

爱党说："爸爸，我们……你能把打仗抓特务的事给我们讲讲吗？"

尚云龙脸上做出茫然的样子，说："打仗？抓特务？咦，谁告诉你们我去打仗了？你们这消息是从哪儿来的？"他回头看了眼陈荷花，其实陈荷花也是在他回来后，听他念叨才知道的，曾一时惊得半晌没回过神来，目光在他的身上好一阵逡巡。尚云龙自然明白她的意思，说："别看了，皮都没蹭破！"

陈荷花说："吓死我了！你咋不早告诉我，那子弹可没长眼睛。"

尚云龙说："军事秘密，我怎么可以随便乱讲？再说了，这都算不上打仗，不过是抓几个蟊贼。"

爱国挑他最想知道的问："爸爸，特务长得啥模样啊？是不是就跟电影里演的那样，一个个尖嘴猴腮的，再不胖得像猪？"

尚云龙莞尔一笑，说："那是电影，其实你看大街上的人啥模样，他们就啥模样，从长相上是看不出来的。"

爱国显然感到困惑，说："可……电影上的为什么是那样呢？"

陈荷花抢过话去，说："连这都整不明白，那不是电影嘛！"

爱国若有所思地说："噢，我知道了，敢情电影上是演的。"

陈荷花说："就是嘛！"

爱党问尚云龙："爸爸，你们是怎么知道特务要来的呀？"

尚云龙说："一个靠情报，一个靠警惕性。咱们部队，还有地方上的民兵跟老百姓，一直都密切注意着敌人的动向，有啥风吹草动，随时都能发现。"

窗外，江面上响起了小火轮的汽笛声，肯定又是一排吃水很深的驳船在逆水行驶，激起的浪花不断地拍打着堤岸。

爱党、爱国、爱军围坐在尚云龙膝前，托着腮，目光中满是崇拜。尚云龙绘声绘色地给他们讲述自己刚刚指挥过的那场战斗……

午饭时，陈荷花把那只甲鱼煲好后，连汤带肉都让尚云龙吃了。爱国偷偷地用筷子沾了点儿汤尝了尝，说："也没什么滋味儿啊！"

陈荷花说："真是个馋鬼！这东西小孩是不能吃的，鼻子会流血。"

爱国吓得赶紧撂下筷子，转身去找痰盂，一连气地吐了好几口唾沫。尚云龙见状，禁不住哈哈地笑了起来。

这样的情形，是很少见的。其后多少年，爱党每当想起这一幕，心底里都似有暖暖的涟漪泛起，感受到一片温馨。

一场小雪，让街市、树木以及路旁的菜田披上了一层薄薄的轻纱。爱党放学回到家里，忽然感到气氛有些不对头，尚云龙破天荒地坐在椅子上，还冲着自己笑了一下，以往他不是出差，就是很晚才到家，像这样一进门便能见到他的情形，让爱党很不习惯，特别是他一改往日板着的面孔，简直让爱党受宠若惊，感到不真实。爱国放学稍早一些，此刻正在写作业，不时地抬起头来，露出茫然的神情。陈荷花像是哭过，眼圈红红的。老三爱军似乎受到了什么惊吓，眼睛里满是恐慌，见了他就赶紧跑过来。爱党看看这个又望望那个，本能地感到家里一定有什么事情发生，心怦怦直跳，他使劲儿咽了口唾沫，说："妈妈，爸爸今天下班这么早啊？"

陈荷花似乎没听见，看上去有点儿魂不守舍。

饭菜端了上来，一家人围着桌子开始吃饭。爱军举着筷子，夹了块黄花鱼肉塞进嘴里，立刻又吐了出来，说："妈，咋一点儿滋味儿都没有啊？"

陈荷花尝了一口，说："哎呀！我忘了放咸盐。"

这时，爱国也咧着嘴，把一口炒莴笋吐了出来，"妈，你是不是把街上卖咸盐的打死了，这菜齁咸齁咸的，赶上咸菜了。"

陈荷花夹了几根莴笋丝，皱着眉头咀嚼着，说："我……今天这是咋了？"

尚云龙哈哈一笑，说："把鱼和这个莴笋掺和着吃，不就行了嘛！"

直到临睡前，爱党才弄清楚，原来是父亲尚云龙生病了。医生在给尚云龙做体检时，发现他肺部有阴影，怀疑是得了什么不好的病。尚云龙自己没怎么当回事，从战火硝烟中过来的人，原本在生死面前就很泰然。陈荷花一听便吓坏了，尽管尚云龙在告诉她时装作漫不经心的样子，语气和口吻上也故意轻描淡写，但陈荷花本能地认定尚云龙一准是得了不治之症，整个人顿时陷入恐惧之中，当时就哭了起来。

尚云龙安慰她，说："没事啊！就咱这身板，啥病都躲得远远的，像三大战役老蒋的兵遇见了解放军，逃跑还来不及呢。"

陈荷花说："全是累的！我就没见你有一时一刻闲的时候，今儿出差，明儿下部队，即便是铁打的身子也顶不住哇！"

尚云龙一只手在自己的大腿上轻轻抚弄着，说："看你说的。放心吧，我不会有啥事的！一半天我还要去杭州再查一下。"

陈荷花抹着泪，说："你要是有个啥好歹的，我们娘几个可咋办啊？"

尚云龙说："你看看，不告诉你吧不合适，告诉你了你又这样。还是那句话，我说没事就没事，天塌不下来，你赶紧把心放肚子里去。"

但是陈荷花已经蒙了，攥着条手绢抽抽噎噎几乎哭成了泪人。老三爱军见状，不知道发生了啥事，他躲在自己小屋里，一脸的惊恐，透过门缝偷偷地观望着，连大气都不敢出。爱国是最有眼色的，放学回来一进门就发现情势不对头，吐了吐舌头赶紧掏出课本写作业，还悄悄地招手让爱军过来，问："他们怎么了？"爱军摇了摇头，说："我也不知道，妈妈老哭。"

这天晚上，爱党久久不能入睡，他的整个身心都被恐惧包围着，脑子里全是乱七八糟的念头，其中想得最多的，是自己要没有爸爸了！他手脚发凉，仿佛跌入冰窟窿里，浑身直打冷战。也不知什么时候，他突然发现尚云龙站在自己面前，还冲着他笑了一下。他正要打招呼，尚云龙却一转身扬长而去，转眼间就走远了。他呆了呆，发疯般追了上去，嘴里大声呼喊着："爸爸！"哪里还有尚云龙的踪影，他一着急，惊醒了，心兀自怦怦乱跳。原来他刚才做了个梦。窗外，夜空中小船似的月亮，被大朵的云团遮住，星星犹如一只只眨着的眼睛，水汪汪的。爱党回味着做的那个梦，心里说不出的害怕。

第二天，尚云龙便被组织上安排去了杭州，那儿有个海军疗养院，连疗养带检查身体，有可能多住些日子。陈荷花在家里要带孩子，不能随同前往，然而她的心似乎已跟了去。自打尚云龙走后，她就变得失魂落魄，常常一个人站在家门口发呆，有时还偷偷地抹眼泪。

这期间，楼上楼下的邻居不断有人来串门，有的拉着陈荷花的手唉声叹气一番，安慰说："不管怎么着，还有孩子呢。"还有的摇着头说："肯定是医生搞错了！就你们家老尚那身子骨，啥病也找不上他。"但无论谁说啥，陈荷花都是神情木然地重复着一句话："唉！他这个人，就知道上班，一点儿都不爱惜自己身体，真要有个啥好歹的，可咋办呢……"

家里面被一种不祥的气氛笼罩着，令人感到压抑和不安。陈荷花的脸上满是忧悒，她耷拉着眼皮，影子般在各个房间里走来走去，看似忙着什么，其实什么也没干。爱党、爱国、爱军一个个都小心翼翼的，谁也不敢大声说话，甚至连爱华也受到某种感应，兀自躺在床上吸吮自己的大拇指，不哭不闹。爱党放学回来，撂下书包就去做家务，要不就哄爱华，招呼爱国写作业，或者给爱军洗弄脏了的小手。作为家里的老大，他知道自己应该怎么做。然而总是有一种恐惧时时地包围着他，他这个年龄的孩子，其实已经想事了，且有了不为人知的微妙的内心世界。现在，萦绕在爱党脑海里面挥之不去的，全是父亲尚云龙的影子……不知道为什么，爱党是那么害怕失去他！爱党不能想象，家里一旦没有了父亲，会是个什么样子，尽管尚云龙曾经用大巴掌在他的屁股上留下那么多的痛苦。潜意识里，爱党宁愿天天都挨几下尚云龙的大巴掌，也不愿做一个没有父亲的孩子。

由于心里有事，爱党上课时常常走神，站起来回答老师的问题也驴唇不对马嘴。有一次，他上前面的黑板做填空题，竟然还闹出了笑话，引得全班同学哄堂大笑，以至于老师诧异地问："尚爱党，你怎么了？"

那个题本来应该填"向我开炮"这几个字，是电影《英雄儿女》里王成在阵地上喊出的一句话，他竟然稀里糊涂地填上了"爸爸"两个字。

32

大顺坐在马路边的一个沙土堆上，叉开穿开裆裤的两条腿，揪着已经肿胀溃烂的小鸡，兀自往尿道口里面塞沙子，脸上是一种陶醉模样。过往的行人见状，脸上无不露出讶异的神色，有人便停下脚步，围着看西洋景。不远处的大院里，一个北方口音的女人在喊："大顺，你死哪儿去了？吃饭了！"

卢燕休班回来，见很多人聚在一起看热闹，还交头接耳地议论着，她透过缝隙朝里面看了一眼，赶忙挤了进去，说："大顺，你怎么还不回家？你妈妈找不到你一定急坏了！听，你妈妈都在喊你了。"

卢燕牵着大顺的手，在各种各样的目光注视下进了部队家属院的大门。

大顺妈跩着两只小脚迎了上来，说："好啊！你在院里丢人还不够，又上当街给俺现眼去了。你……"

卢燕忙打断她的话，说："大姐，孩子这样下去恐怕不行，得想想办法给他抓紧治疗，否则以后长大了很麻烦的！"

小脚女人说："也没少上医院找大夫给他看，可一出院就犯了。我现在也豁上了，听天由命吧！"

卢燕问："他是从什么时候开始的？"

小脚女人说："起先俺也没在意。要说这孩子打小就龙睛虎眼的，长得也特别白净，谁见了都稀罕不够，这个过来亲一口那个过来抱抱的，让他给摸个鸡吃就摸个鸡吃，小孩子嘛！后来大点儿了，他自己没事就摆弄，脑袋上和身上的汗呼呼的，不让他那样他就哭。没少骂他，也没少打他，可根本不管事。不怕卢医生你笑话，肯定是俺和他爸爸上辈子干啥缺德事了，所以现在要遭老天爷这样的报应。"

卢燕笑了，说："大姐，不要这样讲嘛！孩子的病，我分析主要还是受外界刺激引起的，是一种心理作用。除了消炎防止感染，还应该想办法转移他的注意力，用其他的兴趣来淡化和取代他目前的这些临床行为。"

小脚女人似懂非懂，两眼茫然地望着卢燕。

卢燕说："简单地讲，就是除了药物治疗，还需要进行心理治疗，就像一个抽烟或者喝酒已经上了瘾的人，他主要还是一时沉溺在某种刺激引起的快感中不能自拔才这样的。孩子的病不是不能治。"

小脚女人的眼睛亮了，她一把抓住卢燕的手，说："真的？那你快给俺想想办法吧，俺都快要愁死了！真要治好了他的病，顶算是救了这孩子一命。"

卢燕说："别让他穿开裆裤了。赶快去医院看医生，孩子的生殖器已经发炎很严重了，务必不要耽误治疗。最重要的，是别让他一个人待着，想方设法转移他的注意力，让他对其他的事物感兴趣。"

小脚女人连连点头，说："俺全都听你的，只要能治好俺大顺的病。"

卢燕说："要治好这孩子的病，不是一朝一夕可以做到的事情，你要有充分思想准备。这样吧，待我上班就帮你联系有关的医生。"

小脚女人激动得不知说什么好，半天才喊出一句话："卢医生，你是俺们家的观世音活菩萨啊！"

卢燕连忙摆手，说："大姐千万别这么讲，大家都一个院住着，更何况我还是个医生。"

卢燕上楼的时候，看到几个孩子正在楼前的台阶上玩斗蛐蛐，他们脑袋挨着脑袋，全神贯注地盯着竹筒里蛐蛐决斗的场面，一个个时而屏声敛气，时而大喊大叫，赢了的眉飞色舞，输了的则一脸懊丧，伴随着蛐蛐趾高气扬的鸣叫声，听起来颇有些得意扬扬的味道，一准是赢了的那只蛐蛐在表功邀宠。卢燕不禁停下脚步，饶有兴致地望着他们。

爱国一抬头发现了她，喊了声："卢阿姨！"

卢燕说："你们在斗蛐蛐呢？"

爱国说："啊！我们比赛谁的蛐蛐厉害，最厉害的就封它司令。我的现在已经是团长了，一会儿要是再赢了，就能当上师长！"

卢燕扑哧一声笑了，说："亏你们想得出来，倒怪有意思的。那要是当上司令，有什么讲究吗？"

爱国说："谁的蛐蛐当上司令，每人都给他进贡一只蛐蛐，还准他玩儿抓特务的游戏时，可以不当特务，专门当地下党。"

卢燕忍俊不禁，说："那你可得赢，好跟蛐蛐尝尝当司令的滋味儿。"

爱国悄声对凑过来的卢燕说："卢阿姨，你放心吧，我的这只蛐蛐是个黑头将军，肯定能当上司令！你看……"他把手里的一个竹筒小心翼翼地亮了出来。

卢燕见那竹筒有他的小胳膊粗细，一尺来长，上面横着用钢锯条等距离锯的几个口，并用铁片隔出几个空间，每个空间又用小刀顺着镂刻出篱笆状的隔栅，里面各关着一只蛐蛐。

爱国指着其中的一只说："它就是。"

卢燕仔细看去，果然在竹筒的中间位置，有一只硕大的蛐蛐，它的头部黑黢黢的，后腿粗壮，正张着一对铡刀似的利齿在啮咬笼子的隔栅，看那架势，恨不得立马从里面出来。

卢燕把伸到半道的手又缩了回来，说："它够凶的！"

爱国得意地说："那当然，我逮它的时候，它把我手都咬流血了！"

卢燕伸了伸舌头，说："哎哟，真不愧是将军，真要是决斗起来，肯定勇往直前，不要命的。"

爱国说："有时候它也偷懒，让它上，它偏往后缩。"

卢燕问："是吗？那怎么办啊？"

爱国手上捻着一截草棍，说："用这个呀！"

卢燕不解地问："是给它吃吗？"

爱国瞪大两眼，说："什么呀！"他朝四外一撒目，指着墙角一丛顶端有十字形鞭状花的草，"看了没？就那种草，从顶上撕开一点儿，再搣过来折断，头上就会有一缕毛毛，用这毛毛去逗引蛐蛐脑袋瓜上的须子，蛐蛐的气性大，会张开嘴来咬，这样两个蛐蛐不就凑到一块了嘛。"

卢燕笑了，"原来斗蟋蟀这么有趣。你，还有你们真是不简单哦！"想了想，她又试探着说："阿姨问你们一件事情好吗？"

几个孩子都抬头望着卢燕，爱国说："什么事啊，卢阿姨？"

卢燕说："以后你们做什么游戏的时候，能不能带上大顺一起玩儿啊？"

孩子们显然没想到卢燕说的是这个事，一时脸上都露出诧异的神情，继而互相间开始做鬼脸，又是吐舌头又是眨巴眼的。

爱国说："大顺……大顺老那样，我才不和他一块玩儿呢！"

别的孩子也七嘴八舌地说："爸爸和妈妈让我离他远点儿。""大顺他不学好，成天……多丢人啊！""大顺是流氓……"其中有两个女孩用小手捂着嘴咻咻地笑，什么也不说。

卢燕愣住了，好一阵儿才回过神来，说："大顺其实是生病了。小朋友们应该团结友爱，去帮助他克服掉不良习惯，这也是学雷锋，对不对？"

爱国说："卢阿姨，大顺要是不那样，我就和他玩儿。"

一个胖乎乎的男孩说："我妈妈要是知道我和大顺一块玩儿，会骂我不听话的，就不给我做新衣服了！"

另一个男孩吸溜着两桶就要过河的鼻涕，说："我爸说大顺以后肯定是个小流氓，让公安局给抓起来，都不许我和他说话。"

还有一个男孩嘟嘟囔囔地说："我妈说坏种宝有都不那样，大顺将来指不定出个啥东西呢。"

卢燕还想说什么，这几个孩子就像是约好了似的，起身都跑了，如同家雀儿般腾一下飞了起来，很快又在不远处落下，在大门口旁的院墙根聚在一起继续他们的游戏，不知谁还喊了一声："爱国，该你们家黑头将军出马了……"没人再搭理卢燕。

卢燕目瞪口呆，感觉就像是在梦中一般。

爱国是在一帮小朋友的簇拥下回的家。他的黑头将军果然厉害，最终如愿赢得了司令的尊称。胜者王侯败者寇，爱国也摆出一副颐指气使的架势，往家走的路上如同古代的大将军打了胜仗后班师回朝，别提有多风光了。

爱党开门的时候被吓了一跳，还以为爱国在外面闯了什么祸，待到弄清楚原委，忍不住责备他说："你还美呢，妈妈也生病了！"

爱国显然吃惊不小，说："妈妈她怎么了？得的什么病啊？我放学回来的时候见她还好好的。"

爱党说："头疼……"

这时，就听爱军喊："哥哥！妈妈要喝水。"

爱国随着爱党蹑手蹑脚地来到陈荷花的床前，只见她手臂搭在额头上，闭着眼睛一动不动地躺在那儿，肚子上盖了条军毯。

爱党凑到跟前，手里端着茶缸轻轻地喊："妈妈，给你喝水。"

陈荷花像是睡着了，半天都没反应。

爱国说："妈妈睡着了。"但他很快发现，在陈荷花紧锁的眉头下，眼睫毛却在不停地翕动。

爱党伸手推了推陈荷花的肩膀，说："妈妈，水拿来了。"

陈荷花还是不动。爱党和爱国互相看了一眼，不知道怎么办才好。爱军小嘴一咧，声音带了哭腔，"妈妈要死了……"

没想到陈荷花呼一下坐了起来，急扯白脸地吼道："嘁！你才这么大点儿就盼着我死是吧？好啊，我要是死了，让你爸给你们几个再找个后妈，顿顿饿着你们，天天挨打受气，你们就老实了！一个个都是狼崽子，没良心！"

兄弟几个着实吓了一跳。躺在旁边玩耍的爱华，本来嘴里正吮着自己的大拇指，眼睛盯着缀在蚊帐上飘来荡去的气球出神，显然也被吓着了，哇一声

哭了起来。

爱党连忙上前抱起了妹妹，哄着她："别怕，别怕，来，哥哥和你玩儿突突飞。"他抓着爱华的小手，分开合拢地笔画着。

爱国则拽着一脸委屈的爱军，迅速逃出了房间。

陈荷花似乎余怒未消，嘴里依然骂声不绝："我哪辈子缺德了，养你们这么帮白眼儿狼！我一把屎一把尿拉扯你们，冬天怕冻着，夏天怕热着，有一口好吃的先想着你们，谁要是有个头疼脑热……我的娘哎，我就要吓死了，成宿成宿地不敢合眼，流的泪啊，就像外头那江水，哗啦哗啦的。我早先当姑娘的时候一点儿没病，扛起装满谷子的口袋来脚底下一溜风。看看现在，我这浑身上下没有不疼不难受的地方，还不都是在你们该死的身上弄下的病？但凡你们要是有一点儿孝心，也不会进来出去谁都不闻不问！哪天我嘎巴一声死了，你们就乐了！"

爱党开始被陈荷花的歇斯底里弄得丈二和尚摸不着头脑，这会儿才听出一点儿意思来，好像是嗔着几个孩子对她不关心。

爱党很有点儿不忿。说不清是从什么时候开始的，陈荷花变了，变得让人不可理喻，特别是父亲尚云龙去杭州以后，她的性情喜怒无常，刚还好好的，眨眼间却毫无缘由地发起火来，说出来的话要多难听有多难听，而且刻薄狠毒，仿佛一语置人于死地方解心头之恨；把生病挂在嘴上，身上不是这儿疼就是那儿难受，似乎每分钟都在经受着病痛的煎熬，且跟前越有人越一声连着一声呻吟："哎哟！哎哟！哎哟哟哟……哎哟……"唯恐别人不知道她有病且病得很重，让人听了心乱如麻，头皮直发麻，好像不马上送她去医院救治，就会耽误了似的；谁都对不起她，如同普天下的人上辈子都欠了她情不还似的，三句话不来便说自己不容易，磨叽起来没完没了……

爱党弄不明白，陈荷花怎么变成这个样子？疏远不得也亲近不得。本来这个家就够让人诚惶诚恐的了，现在陈荷花又突然间变得这般乖戾，可以说是雪上加霜，更让人感到压抑和恐怖。爱党情不自禁地怀念起在东钱湖畔住院的那段日子，心里面充满了温馨，真想变成一只小鸟，可以无忧无虑地在天空飞翔。

这时，就听陈荷花说："还有你们那个爹，去了都快一个月了，连个信儿也不知道往家捎，到底是有病没病，得的啥病，倒给个动静啊！他倒好，准保成天在西湖边转悠，花了眼珠子，把啥都忘到二门后去了！可这些人还傻了吧唧天天惦记着他，牵肠挂肚吃不好睡不香……还有你们几个小犊子，瞪眼看着我都趴炕起不来，没一个上跟前问问妈你咋的了，用不用上医院，吃点儿啥药喝水不……"

爱党忍不住争辩："有啥事你就说一声呗，我们也不是故意的。"

陈荷花的声音一下子又拔高了好几度，说："嗬！照你这意思，倒是我这当妈的不对了，错怪你们了呗？真是眼瞎心也瞎，要是你们心里头有这个妈，还用得着我使啥动静吗？噢，哪天我躺床上都快咽气了，也得招呼你们才过来，不招呼就都装没瞅着是不？我算看透你们了，一个个翅子还没硬呢，就拿我不当回事了，将来……"

爱党感到耳朵里面嗡嗡直响，脑袋瓜也有些发蒙，整个胸腔像是要爆炸般憋得难受，他想吼叫，想砸东西，想跑到一个没人的地方躲藏起来……他浑身颤抖不已，两手紧紧地抱着妹妹爱华，眼睛被涌出来的泪水蒙住了。

陈荷花见状更来气，说："不愿意听是咋的？"

泪珠一串串地从爱党的脸上滚落下来，怎么也止不住。

尚云龙从杭州回来了。在他开门进屋的瞬间，一家人全都愣了，还以为是谁走错了门，片刻后才反应过来。尚云龙胖了一圈，原本瘦削的脸颊肉嘟噜下来，这使得他的嘴显得小了，肤色也变白了，甚至连肚皮都鼓了起来。

陈荷花打量着他，说："回来了……那病……"

尚云龙看上去精神不错，说："没事了！嗨，你们都愣着干啥！"

爱党忙上去接过他手里的兜子，喊了声："爸爸！"

爱国嘻嘻一笑，说："你都不像我爸爸了。"

爱军躲在陈荷花的身后，露着半拉脑瓜偷偷地望着他。

尚云龙伸手在爱华的小脑瓜上轻轻地拍了拍，想稀罕她一下，没料到小丫头竟然眼生，吓得不敢看他，嘴一咧哇地哭了。尚云龙悻悻地说："这孩子，怎么连我都不认识了呢？"

尚云龙在杭州的一个海军疗养院住了一个多月，这期间好一通检查，又请了地方医院的专家会诊，结果除了心脏有些杂音，胃有点儿小毛病，身体其他部位均无大碍，原来在肺部发现的一些阴影，系肺结核痊愈后的钙化点。

尚云龙感叹说："怪不得我十来岁那年，有一阵子老咳嗽，晚上睡觉还不明不白地出汗，闹半天是得了肺结核。那时候根本不知道是咋回事，还以为是伤风了呢。可甭管咋说，也没找大夫看，它自个儿就好了，可见我这身板打小抵抗力就强，啥病都躲着我走。"

陈荷花头瞥了他一眼，说："去这么长时间，也不往家捎个信儿。"

尚云龙咧了咧嘴，辩解说："这你就笨了，要有啥事的话，部队早派人通知你了。也是查不出个结果，后来没啥问题了，寻思捎不捎信儿的……"

陈荷花呛他："你知道我们娘几个这一个多月都咋惦记你吗？不是你刚进门我就磨叽你，但凡你把咱这个家放在心上……"

尚云龙见状忙转移话题，打量着几个孩子说："我没在家，你们是不是整天不着家，在外头惹是生非，让妈妈生气了？"

陈荷花面色一凛，说："孩子听不听话是他们的事，我且问你，你去杭州就是个看病、疗养，总不至于比下部队还忙吧，真就连让人往家捎个信儿的工夫都没有？也是，医院里的那些小护士又年轻又漂亮。"

尚云龙脸沉下来了，"你说啥呢？有意思吗？"

爱党看看两个人的脸色，想说啥却终于没敢张嘴。他不明白，本来父亲回来是一件高兴的事，母亲干吗非要弄得人人都不快乐呢？

爱国毕竟还小，没心没肺地问尚云龙："爸爸，你都吃啥好东西了？"

尚云龙立马接过话头，说："每顿都好几样菜，标准赶不上空军，但是比陆军的好多了，有不少都是第一次吃，你像那什么乌龟蛋……嗨，反正我也叫不上名来。"

爱国咽了口唾沫，目光里满是憧憬，说："唉，啥时候我也去解解馋。"

爱军则问道："爸爸，那乌龟蛋吃到肚子里，会不会变成小王八？"

陈荷花呵斥道："去！你们别打岔，大人说话呢！"

尚云龙诧异地望了她一眼，起身进里屋，砰一声关上了门。陈荷花见状把怀里抱着的爱华往床上一撅，就势躺在床上。爱党忙上前抱起咧起小嘴欲哭的妹妹。爱军呆呆的，大气都不敢出。爱国则一吐舌头，蹑手蹑脚地回了自己的房间。

多年后，父亲尚云龙躺在病榻上，和爱党聊起跟母亲陈荷花的婚姻，曾不止一次地叹息，若不是为了不拂逆自己的母亲，也就是爱党奶奶的意愿，他说啥也不会狠心地断绝与那个叫林静蕊的女军医的恋情，以至于……唉，这世界上啥东西都可以买得到，唯独就是买不到后悔药！可见，长辈的话不能不听，但是也不能啥都听！所谓听话，有时候真不见得就是一件好事。

爱党望着似沉浸在往事中的尚云龙，也不禁深深地叹了口气！父亲几乎用了一生的时间，才从自己的遭遇中，完成了对一些观念和意识的重新认识。

33

南方的冬天跟北方不同，北方只不过冻手冻脚，冷的是皮肉，南方则全身心似乎都浸到冰窟窿里，是一种阴恻恻的冷，仿佛将骨头直接搁在冰上。爱党一直弄不明白，本来冬天的时候，北方要比南方寒冷得多，但为什么在感觉上南方好像比北方还要冷呢？对此母亲陈荷花的解释是，老家那地方一到冬天人人都穿棉衣、棉裤、棉鞋，这儿你看谁穿？他要是不冷都怪了！父亲尚云龙却另有一番说辞，因为南方的天气比北方暖和得多，人的肉皮子松，不紧，

又穿着单薄，所以小北风直接就透进皮肉到了骨头上，可不就显得更冷嘛！

爱党觉得他们说的好像都挺有道理的，潜意识里他真想跟两个大人探讨一下这方面的问题，以便弄个明白，可话到嘴边他又咽了回去，在这个家里都是大人说什么，当孩子的听着就是了，从来还没有过围坐在一块，对某个问题畅所欲言的习惯。爱党不想找那不自在，他也不敢。他每天急于想做的，是怎么避开陈荷花和尚云龙，离开他们远远的，看不到他们的脸色和目光，更听不到他们的训斥和说教，时间越久越好。为此，他经常找种种理由去外面。只有在外面的时候，他才觉得轻松，不憋得慌，呼吸也变得顺畅。望着在天空中飞过去的小鸟，他甚至想若是自己也有一对翅膀该多好！

他拎起一只竹篮，对陈荷花说："我去江边捡煤渣了。"

对诸如此类的事情，陈荷花一般都是认可的，生火做饭要用煤球，捡回点儿没烧透的煤核填到炉子里，就能省下几个煤球，再说了，这总比光知道在外面疯要要好，好赖也算个正经事，懂得过日子了，但她嘴里说："我看你是一时一刻也不想在家待着，这么大冷的天还惦记着往外跑……小心着点儿……"

毛纺厂食堂和水房为了省事，一直以来都是把烧过的煤渣用手推车就近往江边一倒，那时候人们还没有环保意识。况且公家不像个人家，渣子里面还有好多没烧透的煤核，于是不少人便会抢着去捡，尤其是小孩子，往往把这个事情当成一种乐趣，都暗地里憋着一股劲儿，不时地用眼睛的余光瞄向别人的篮子，看谁捡得多，是不是超过了自己，无论别人比自己捡的煤渣多还是少，手底下是绝对不会慢半拍的。也有手被烫起泡的时候，但蹦起来在原地跺着脚转几圈，嘴里嘬嘬哈哈夸张地吸几口凉气后，便又蹲下来继续在煤渣里面扒拉，谁也不会因此而离去。倘若有人捡到一块稍大点儿的煤核，那更是要大大地炫耀一番，其他人会投来羡慕的目光，于是手底下更起劲儿了，都渴望着自己也捡到这么一块，甚至更大。

寒风从江面上吹过来，直渗到骨头里，心都好像被裹了一层冰。煤渣刚倒不久，还有些烫手，升腾着雾般的热气，吸进嘴里有一股糖精的味道。爱党握着铁丝挠子的手飞快地扒拉着，另一只手则往篮子里面捡着煤核，还时不时地去捂一下冻得生疼的耳朵。爱国似乎耐不住寂寞，他不在一个地方扒拉，手里握着铁丝挠子一会儿跑到东一会儿蹿到西，嘴里嘟囔着："这煤核也忒小了，都赶不上蚕豆粒大。"

爱党几次让爱国挨着自己捡，但也就一转眼的工夫，他又挪了地方，爱党懒得再去管他，兀自半蹲着身子，手里的挠子快速地舞动着，全神贯注地在煤渣里面搜寻"猎物"。正干得起劲儿，忽听有人吵嚷起来，紧接着便传来爱国的喊声："哥，快来啊！"

爱党抬头望去，只见爱国和那个叫阿刚的孩子扭打在了一起。

阿刚就是毛纺厂那个烧水老头的儿子，他到这地方不是来捡煤核，纯粹是一个人待着没意思，图人多凑热闹罢了。他见大伙儿谁也不搭理他，一个个跟疯抢似的只顾在煤渣里面扒拉，颇不以为然，说："我阿爸那里有的是煤，谁若陪我玩儿，我可以去偷一点儿出来给他……"边说边把手里的一块瓦片奋力朝江中撇去，瓦片在水面上以优美的姿态滑跃着，若蜻蜓点水般打出了一溜儿水花，但荡起的涟漪瞬间便被风吹散了。

爱国呛了他一句，说："那煤是公家的，不是你们家的。你当小偷，不怕让公安局的人把你抓去关起来吗？"

阿刚不愿意听了，说："你说我是三只手？这话要讲清楚的。"

爱国说："谁偷煤谁就是呗！"

阿刚本来就因为没人搭理他而怪生气的，现在正好借机发泄一下，于是二话不讲，一膀子便向爱国撞去，爱国猝不及防，一下跌坐在地上，他望着阿刚，愣了半晌才反应过来。周围的几个孩子见状，都哈哈大笑起来。爱国也真是急眼了，揉了揉被摔疼了的屁股，龇着牙瞪着眼，上去一把就抱住了阿刚的大腿，把他顶翻在地上，二人登时便像被激怒的两只蟋蟀，缠斗在了一起。

到底爱党是怎么冲过去的，又如何将骑在爱国身上的阿刚扯了起来，使之脑袋瓜瞬间变成血葫芦，过后爱党全想不起来，依稀记得好像顺手捡起一块煤矸石。

尚云龙在处理这类事情上一如既往，他当着那上门来告状的爷俩，一把就将爱党扯过来按在床沿上，扯下裤子后，噼里啪啦便是一顿大巴掌，且下手一下比一下重，怒火把他的脸烧得几乎都变了形，话简直就像是从牙缝里迸出来的："我让你不学好！我让你不学好！"眼看着原本白花花的屁股蛋子登时就肿胀起来，变得紫青蓝靛惨不忍睹，陈荷花在一旁看不过眼，说："你把他打死吧！"爱国躲在门后，探出头来说："是阿刚先动的手，他……"话没说完，便脚底下抹油，逃得远远的。而爱党既不喊叫也不求饶，尽管疼得浑身直打哆嗦，但他一声不吭，只是用一种冷漠的眼光注视着尚云龙。

阿刚父子二人显然被眼前的情形给吓坏了，烧水老头两手不安地在胸前的围裙上擦来抹去，说："爱党爸爸，我没有让侬打他的意思。小孩子的事情……"阿刚头上缠着纱布，像电影里面的伤病员。

在爱党内心深处，他在怨恨尚云龙的同时，也对自己今天的举动感到诧异不已，搞不懂何以能够下去手，竟然把阿刚打得头破血流。阿刚的爸爸是多好的一个人啊，平时见了面总是笑眯眯的，像个弥勒佛，从来没见他跟谁发过火，自己怎么把他儿子的脑袋瓜给开了瓢呢？况且自己一直以来都不是那种好勇斗狠的角色，今天自己是怎么了？而最不可思议的，是自己做了这样的事情以后，为什么还隐隐有一种宣泄之后的快感呢？这究竟是怎么回事啊？

尚云龙让陈荷花拿钱，烧水老头的秃脑壳上此时已经渗出汗珠来，他慌乱地摇着两只手，说："我……我怎么可以要侬的钞票呢？我们来的目的，是让阿刚给爱国赔不是！我已经问清楚了，事情的起因在我们阿刚，是他先动的手。"

尚云龙显然愣了一下，说："这是两回事！爱党都多大的孩子了，怎么可以跟社会上的小流氓学，打架斗殴……"

这件事情过去后，本来不大爱吭声的爱党话更少了，常常一个人漫无边际地瞎寻思，其中他在脑海里想得最多的，是怎么离开这个家，走得远远的，为此还做了很多假设。他想象着自己突然失踪后，尚云龙还有陈荷花会是一副什么模样，尚云龙肯定鼻子都气歪了，大巴掌弄不好把桌子给拍碎，而陈荷花准保是先开骂，啥话难听骂什么，当然最后剩下的只有抹眼泪……可他怎么走呢？孤身一人，还是找上个同病相怜的伙伴？走着去还是坐车？吃饭问题怎么解决？他无法想下去，觉得两眼一抹黑，有一丝恐惧在周身漾了开来，毕竟自己一个人没出过远门。

这期间，爱党的性格也悄然发生了一些变化。他原来给人们的印象是腼腆得像个小姑娘，还有点儿胆小怕事，可眼下不同了，很多时候其行为举止简直是判若两人，让人目瞪口呆。

有天晚上，爱党和几个孩子在江边的草丛间捉萤火虫玩儿。月色里，一只只萤火虫从腹部末端发出淡绿色的光，仿佛拎着盏小灯笼，一闪一闪地在空中飞来飞去，爱党举着用尼龙丝网做的类似鱼捞的罩子，看准离得最近的一只萤火虫便扣了过去。萤火虫趴在地上一动不动，只是屁股上仍然闪烁着亮光，爱党从裤兜里取出一只小玻璃瓶，把它装了进去。瓶子里面已经有好几只萤火虫，在瓶底映出一团淡绿色的光晕。

爱党晃了晃瓶子，见萤火虫在里面战战兢兢，似乎大气不敢出的样子，感到很开心。就在这时，前面不远的地方突然传来了一阵哧哧的笑声。

爱党循声望去，原来是一男一女并排坐在堤坝上，那男的竟敢用一只胳膊搂着那女的腰，而女的则将头靠在男的肩膀上。江水倒映着小船似的月亮，两人只顾埋头喁喁私语，伴随着女的不时发出的笑声，完全没注意有危险在靠近。

爱党朝小伙伴们摆了摆手，猫腰捡起一块石头，突然喊了声："快来抓流氓阿飞啊！"手里的石头也随即撇了出去，然后撒腿就跑。

那对沉浸在爱情中的恋人显然吓了一跳，女的本能地推了男的一把，或许用的力气大了些，男的猝不及防，竟然身子一歪，顺着堤坝的斜坡径直滚了下去，女的惊叫着想伸手去拽，恰好被撇过来的石头砸了个正着，伴随着"哎哟"的惨叫声，她两手捂着脑瓜，一脚踩空也滚下了堤坝。

幸亏下面是一片滩涂，两个人才不至于受到更大的伤害。当他们像泥猴似的爬上来，相互搀扶着四处逡巡时，除了有几只萤火虫在周围飞舞，哪里还

有小孩子的踪影？

那个男的纵然有天大的火气，也没处撒放，禁不住一跺脚骂了句："娘希匹。"他也顾不了别的，急忙架起那个头部仍在流血的女的下了堤坝，很快便消失在月色里，身后只留下一串嘤嘤的哭声。

爱党在第二天装作没事人似的来到"作案"现场，一眼便发现了滴在地上的血迹，像黑色的蝴蝶，他下意识地朝四外看了看，心咚咚地跳着，抬起脚来用鞋底使劲儿地去抹……

陈荷花突然间像是变了个人，遇到生气事，既不吵也不闹，而是两条胳膊交叉着在胸前一抱，给人一后脊梁，躺床上不起来，或默默地流泪，用很大的声音擤鼻涕，顺手往地上一甩，再在床沿上抹几下，招呼吃饭不动弹，让她喝水也不理不睬，甚至大白天的，连解手都不去外面的厕所，从床底下拽过痰盂就哗哗地撒将起来。家里被一种无法形容的气氛笼罩着，就像冬天没有阳光的日子，阴恻恻的，让人从心里面感到发冷，浑身打寒战。

尚云龙有些发蒙，看上去百思不得其解，他用眼角的余光瞄着爱党，小声嘀咕着，说："这是整啥事呢？神经病。"见爱党还有爱国谁也不吭声，都耷拉着个脑袋望着自己的脚尖，忍不住大声吼道："是不是你们惹的？啊？"

爱党也搞不懂是怎么回事，这一阵子他和爱国甚至连爱军都算上，谁都没跟陈荷花顶过嘴，也没见陈荷花在院里同谁生过气。爱党只记得，有一天陈荷花要用药灭蟑螂，对家里好多地方都进行了整理和收拾，还吆喝着爱党他们帮她打下手，但令人不解的是，正当大伙儿干得兴致勃勃的时候，她却突然让爱党抱着爱华，带爱国和爱军出去玩儿，自己则一个人呆坐在小板凳上，脸色变得十分难看。几个孩子面面相觑，本来满屋子都是说笑声，刹那间便静得让人瘆得慌，谁也不敢说啥，赶紧相跟着蹑手蹑脚地就出去了。

尚云龙根本没想到，陈荷花之所以变成这样，纯粹是由于他的缘故。多年后爱党陪着已经风烛残年的陈荷花回了趟老家，一路上在对往事断断续续支离破碎的回忆中，陈荷花终于道出了深埋在心底的一个秘密。原来那天她在清理尚云龙抽屉的时候，忽然从一本书里掉出了张相片。她捡起来仔细一看，顿时整个人像遭了电击般怔住。相片上，一男一女两个军人正笑眯眯地望着她，那女军人两手挽着男军人的一只胳膊，背景则是一座有着飞檐的建筑。

陈荷花呼吸急促，都能听见自己咚咚的心跳声。她捏着相片，瞪大眼睛盯着那女军人，一张清秀可人的面庞，那眉眼简直就像是画上去的，嘴角微微地翘起了那么点儿，好像有什么高兴的事抑制不住要说出来，腰上扎着的武装带则使她的身材显得更加纤细苗条。而那个男军人自然便是尚云龙了，看上去美滋滋的，都不知道姓啥了。

陈荷花把孩子们都打发出去后，泪就像决了堤的河水哗哗往下淌，怎么擦也止不住。自己为了这个家累死累活的，落下了一身的病，可人家的心却在别的女人身上。这时候的她，已经一头钻进了牛角尖里不能自拔，心想怪不得尚云龙不怎么着家，家对他来说简直就像个客栈。细寻思，他真就忙得几乎连家都不顾了吗？现在终于弄明白，原来是有别的女人在勾着他的魂儿。

陈荷花说："那一阵子，我真想去跳江。"

爱党长长地吁了口气，逗她说："原来是这么回事啊！其实那女的是我爸处的第一个对象……若细究起来，是你把我爸从她身边给抢走的，人家没来找你算账就不错了，你还……"

陈荷花说："你是我儿子吗？咋胳膊肘还往外拐呢。"

爱党当时在心里既惊异又感慨不已，这么多年，老太太竟然从未提起过这件事，真不知道她是怎么想的，会在心里藏这么久。望着依然还是满脸醋意愤愤的陈荷花，爱党情不自禁对她说："那你……怎么没问问我爸呢？让他给你解释解释。"

陈荷花摇了摇头，诡异一笑，说："我傻啊？这种事他若不提，我就得装啥都不知道。一旦把这层窗户纸捅破了，他给你来个破罐子破摔，咋着都无所谓了，这个家也就散伙了，最吃亏的还不是我啊！你爸若不要我了，到时候我连个去处都没有，只能回老家给人遛房檐吃下眼子食，那还不如死呢。"

爱党追问："那张照片呢？"

陈荷花说："起先我想把它撕了，寻思寻思又放回去了。"

爱党触到了陈荷花内心最隐秘的一角，觉得好笑，又似乎有些悲哀，他对陈荷花说："哪有那么严重，是你自己想得太多了，我爸一直对你挺好的。"爱党嘴上这么说着，思绪却已经插上了翅膀，想起了尚云龙躺在病榻上曾和自己不止一次说过他的初恋，平淡的话语里分明蕴含着深深的悔意，那个叫林静蕊的女军人，在尚云龙心里几乎伴随了他一生一世。

就像拍摄出来的电影镜头，经过了记忆的剪辑和组合，爱党终于将其构成一部完整连贯的影片。爱党想起来了，自己曾经见过林静蕊的。那还是在他刚上学的时候，有一天放学走出校门，竟破天荒地见尚云龙迎了上来，旁边还跟着个漂亮的解放军阿姨。

阿姨弯下腰，仔细地打量着他，还伸手在他的脸蛋上摸了摸，说："个头蛮高的，挺像你。"声音柔柔的，很好听。

尚云龙似乎有点儿走神，嘴唇动了动，却没有说话。

爱党问："爸爸，她是谁啊？"

尚云龙说："这孩子，真没礼貌，叫林阿姨。"

爱党说："林阿姨真漂亮，和画上的人一样。"

林阿姨笑了笑，说："这孩子，蛮会讲话的。"

尚云龙也笑了，两人对视了一眼，都不说话了。爱党听见，林阿姨似乎轻轻地叹了口气。

爱党已经喜欢上了这个漂亮的林阿姨，说："林阿姨，我怎么从来都没看见过你啊？你从哪儿来……"

尚云龙打断了他的话，说："小孩子，话怎么那么多。"

林阿姨对爱党说："这是军事秘密。"随即笑了，"阿姨到市里来参加一个会诊，顺便来看看你爸爸。"

爱党心里想什么，嘴上就说了出来："林阿姨，你比我妈妈漂亮。"

林阿姨蹲下来，把爱党搂进了怀里，说："不可以这样讲的。"

爱党发现，林阿姨的眼圈突然红了，清澈的眸子里水漉漉的。

这件事，爱党回到家就告诉了陈荷花，说："妈妈，今天我在道儿上碰见爸爸了，还有个解放军阿姨，那阿姨长得可好看了。"

其时陈荷花根本没往耳朵里听，一边忙着做饭，一边随口道："是吗？爸爸今天怎么有闲空了呢？哼！再好看的人，也赶不上郭俊卿。"郭俊卿是女扮男装的战斗英雄，陈荷花对她崇拜得不得了，认为全天下的女人都算上，也没那郭俊卿好看。爱党见陈荷花对他的话不感兴趣，也就自顾自地玩儿去了。

爱党感到深深的忧伤和悲哀，母亲陈荷花和父亲尚云龙两个人在一起生活了几十年，然而心却始终没贴在一起……那么这一切都是怎么造成的，又是谁造成的呢？作为他们的儿子，爱党不可能也很难去评判他们两人的是非曲直，谁对谁错什么的。清官尚难断家务事，更何况涉及自己父母感情方面的事呢！

爱党无声地叹了口气，眼睛忽然被涌出的泪水蒙住了。终于真相大白了！在爱党的记忆里，就是打那时起，陈荷花性情变得不可理喻，尽管表面上看还是一如既往地操持着家务，然而话却明显少了，声调也降了下来，脸上的笑容更是难得一见，尤其懒得再管所谓的"闲事"。尚云龙一开始对她的那种冷漠方式很不适应，又弄不明白是怎么回事，显然又气又急，看上去甚是无奈，一副束手无策的样子，只好呆坐在凳子上，一根接着一根地吸烟，弄得满屋子都烟雾缭绕，呛得人都睁不开眼，嗓子眼儿火辣辣的，一个劲儿地咳嗽。

俗话说，时间可以改变一切。没过多久，尚云龙就不再对"家里的事情"操那份儿心了，他似乎不想把精力花在这上面。陈荷花好也罢，赖也罢，他都一概视而不见或者熟视无睹，她爱怎么着就怎么着，自己该忙啥忙啥，该出差的时候抬起腿就走，一切均按自己的时间表进行。不知从什么时候起，两人的关系突然间变得微妙起来，彼此说话都客客气气的，像初次见面的生人，然而这种客气又绝不属于举案齐眉、相敬如宾之类，相反却让人感觉非常别扭，甚至提心吊胆，就像在头顶上悬着一把剑，不定什么时候会落下来。

这样的情形，使得爱党终日寝食难安。晚上睡在床上，他不由自主地会竖起耳朵捕捉父母房间里的动静，渴望听到哪怕是吵架的声音也好，但结果除

了死一般的寂静，什么也没有。白天坐在教室里，他的注意力常常集中不起来，满脑子都是乱七八糟的念头，有一回数学老师叫他去黑板做题，谁知他起身后径直朝门口走去，弄得老师和同学目瞪口呆。当他走在放学路上，离家越近，心里面就越是紧张和压抑，仿佛有一块石头压迫得他喘不过气来，他真想狂吼一声转身逃开，却又不知前往何处。毕竟他是个十几岁的孩子，虽然此时已经产生了深深的叛逆心理，对自己的家厌恶和恐惧到了一定程度，但是要让他真的斩断和家里的关系，独自离家出走，他还是缺少胆量的。对一个孩子来说，家原本是心灵的一块栖息地，而父亲和母亲则是阳光、空气和水。人之所以需要一个家，归根结底需要的是一份亲情，融融的亲情可以拂去一切不快和忧伤，甚至遮挡住滔天的恶浪，犹如云淡风轻的港湾，使人踏实愉快地睡一个好觉，家再怎么不好，可它终究是个能管着自己吃饭睡觉的地方，是个奔头啊！

爱党忘不了后来被他自己称作是人生"蓓蕾季节"的那些日子，每每想起心里便痛得慌。或许是家庭的缘故，爱党比同龄的孩子要成熟得早，内心世界更加丰富一些。他曾经不止一次地站在余姚江的堤坝上，泪眼蒙眬中望着浩浩荡荡流淌的江水发誓，将来自己有了孩子，绝不骂他们一句，动他们一指头，哪怕他们真的有错……一定要让他们感受到，家有多么温暖、多么快乐，爸爸妈妈有多么爱他们……

34

时光静静地流淌，但随之而来的生活是不平静的，有时会让人目瞪口呆。比如宝有，就在大人、孩子快要把他忘了的时候，有一天突然出现在家属院里。他看上去长高了，穿件草绿色的军上衣，一进院就开始大呼小叫。在他的身后，是一群跟他年龄差不多的男男女女，有的身上还背着锣鼓、镲、二胡、笛子等乐器。

人们或站在门口，或从窗户探出头来，一道道惊讶的目光射向在院子里前审后跳的宝有，显然这小子是来者不善。就见他来到韩参谋家门口，忽地抬起腿狠狠地朝韩参谋家的房门踹了一脚，吼道："小脚老太婆滚出来！"

再看韩参谋家，房门和窗户紧闭，没一点儿动静。

少顷，韩参谋家的邻居打开门走了出来，告诉他们："韩参谋和家属带孩子去医院了，家里没人。"

宝有似乎呆了一下，看上去很不甘心，又朝门上踹了几脚，而后转身向一个背着黄挎包的人要来墨水和毛笔，在韩参谋家的门上画了起来。登时，门板上出现了一个做投降状的人物像，从那粽子似的小脚上，不难看出他画的是谁。跟他一块儿来的那帮男男女女伸手指点着，一个个笑得前仰后合。

接下来的情形更是让人感到不可思议和滑稽，这伙儿男男女女非但没有要撤的意思，有些人竟然坐在楼前的台阶上，操起乐器调试起来，另有几个人则在宝有的带领下，开始挨家挨户地敲门，高声吆喝着说要演出革命文艺节目，每家人都必须去看并接受教育。但人们似乎对此没什么兴趣，不是说家里有事离不开，就是嘴里哼哈敷衍着，神情甚是漠然。只有那些不谙世事喜欢凑热闹的孩子们，将之视为一种难得的娱乐方面匮乏的补偿，吵吵嚷嚷，表现得最为积极。

看到爱党时，宝有显得异常亲热。趁着有人在跟陈荷花说话的空儿，宝有把爱党拽到一边，贴着他的耳朵说："现在坐火车不用买票了，过几天你想不想跟着我们去一趟北京，还有……"

爱党说："上那么远的地方，我爸我妈肯定不让去。"

宝有说："你告诉他们是去北京见毛主席，看谁还敢挡你？"

爱党说："他们才不信呢！"

宝有眼珠子一转悠，说："那就偷着去，别让他们知道！"

爱党迟疑了一下，说："那多不好……"

宝有说："也就是你，别人我都不告诉……"

爱党说："我晓得……"心里却在嘀咕，尚云龙和陈荷花要是知道自己跟着宝有走了，还不得急了眼啊！

宝有懒得再搭理爱党，说："反正我告诉你了，去不去随便吧！"

演出开始了，第一个节目是跳舞，在几乎人人耳熟能详的一首乐曲声中，一帮男男女女手里掐着根红布条做道具，双脚抽搐般踢踏着地面，一会儿向前，一会儿后退，一会儿往左蹦，一会儿朝右窜，忽而双臂高举脸上呈现出朝圣般的庄严，忽而按住自己的胸部抬头望天，倏忽间手指着地面做满腔怒火状，继而紧握双拳一副捶胸顿足模样，稍后一个转身亮相，完成一个前腿弓后腿绷表示追随的造型……肢体僵硬，动作夸张粗野，整个场面显得十分怪异。

围观的孩子们都看傻了，这样的戏是他们从小到大从没看过的。接下来的一个节目既让他们感到诧异，更让他们不知所云。

这个节目的表演者竟然是宝有，谁都想不到他还会上台演戏。只见他盘膝坐在地上，双手举着一本用来做道具的书，闭着两眼，身子摇来晃去，嘴里磕磕巴巴像是在念经。在他的身后，还蹲着个提词的。不知是因为过于紧张还是别的什么缘故，宝有老是忘了词，而给他提词的人可能声音太小，这使得宝有一次次睁开眼睛，回过头去追问："什么？大点儿声！"每当这时，孩子们便会发出一阵哄笑，七嘴八舌地学着他的口吻喊："大点儿声！大点儿声！"

终于，宝有在又一次忘词后恼羞成怒，一骨碌爬起来，把手里的道具往地上一摔，急扯白脸地嚷道："你们什么态度？再要乱喊，把你们一个个都打入十八层地狱，踏上一万只脚，让你们永世不得翻身！"边说边用脚狠狠在地上跺了一下。

看戏的孩子们见宝有凶神恶煞般的模样，以为他要打人，哗一下便逃了开去，但一个个嘴上没闲着，"什么态度……什么态度……""不得翻身……不得翻身……"

宝有和那帮人一下子傻眼了，没有了观众，这戏显然是没法再往下演了，只得匆匆收拾起各种道具，灰溜溜地收了场。临走前，宝有又出人意料地捡起块儿石头，跑到韩参谋家窗户跟前，一扬手砸了过去，玻璃的破碎声响起，他才转过身大摇大摆地走了。

院子里终于又恢复了平静，然而各家各户却热闹起来，无论在饭桌上，还是在乘凉时扯闲篇，话题全都是围绕着宝有展开的。

陈荷花在吃饭的时候，忽然间像是想起了什么，问爱党："那个宝有上咱们家来的时候，趴在你耳朵边说啥来？看那架势恐怕我听见。"

爱党装出一副若无其事的样子，说："就告诉我他们演节目的事。"

陈荷花撇了撇嘴，说："我才不信呢！就他那满肚子坏水儿，哼！"

爱党咽下去一口饭，望着她说："你要实在不信，我也没法。"

陈荷花眼珠子瞪了起来，说："嘀！我不该问是吧？我是你妈。"

爱党嘀咕道："谁不让你问了，我俩说说话都不行啊！"

陈荷花露出一脸的诧异之色，嗓门儿骤然提高了许多，说："啥时候学会和我犟嘴了？行啊，你现在翅膀硬了是吧，顶算没我这个当妈的，我也没你这么个犊子，你是从石头缝儿里自个儿蹦出来的。"

爱党一时语塞，暗自寻思难道陈荷花已经知道宝有说的是啥了，然而那可能吗？正斟酌着说什么好，爱国却在一旁嘻嘻笑着接了茬儿："妈，哥哥那不成了孙悟空？"

陈荷花把筷子啪一撂，说："那你就是猪八戒，又懒又馋！甭和我嬉皮笑脸的，你们一个个都是喂不熟的白眼狼！哼，没良心的！"

爱国一伸舌头做个鬼脸，不敢再吱声了。

晚上睡觉前，陈荷花和尚云龙提起了白天的事，说："那个宝有今天领着一帮人回来了，耀武扬威的。"

尚云龙说："那孩子早晚得栽个大的，净祸害人。"

陈荷花瞥了眼正在给爱军洗脚的爱党，说："那个坏种今儿领着人招呼大伙儿下楼看戏时，还把爱党拽到一边嘀咕了半天，也不知道又滋啥坏水儿呢！"

尚云龙问："爱党没告诉你吗？"

陈荷花说："谁知道了，兴许是我多心。"

尚云龙转过身去，问爱党："那个宝有都和你说啥了？"

爱党已经听见了陈荷花的话，他没想到陈荷花还真当回事了，好像不问出个结果来不甘心似的，这使得他异常反感，叛逆的幽灵开始在全身游荡，他迎着尚云龙的目光，使劲儿咽了一口唾沫，说："我自己有分寸，知道该怎么做！"

尚云龙看上去很疲倦，眼睛里布满了血丝，他顿了一下，说："你也老大不小了，还是当哥哥的，我今天别的啥都不说，还是那句话，咱老尚家祖祖辈辈没出过二流子，没让人戳过脊梁骨。你奶奶过去常说，雁过留声，人过留名。名声这东西是拿多少钱都买不来的。"

爱党想说："我那个当车老板子的大爷，就没少让人戳脊梁骨！"但话到嘴边儿又咽了回去，他可不想犯傻，找着挨揍。

陈荷花接过话茬儿，说："扯那些没用的干啥？以后不许再搭理那个宝有就是了。"

几天后的一天，爱党从学校里出来，身不由己地去了火车站。他远远地看见站台里面人山人海，最醒目的是那些飘扬的红旗以及抖动不已的横幅。待挤进熙熙攘攘的人群里，发现几乎所有人都臂戴红袖章，手上捎本小红书，肩头斜背着个黄挎包，还有不少人头上戴顶军帽，一个个满脸汗水，显露出兴奋不已的样子，等待着火车进站。

爱党很快就被这里的气氛所感染，心里面也插上了翅膀。只是，他希望能遇上一个认识的人和自己做伴，这样他的胆子就会更壮一些。于是，他开始在人群里挤来挤去，并用急切的目光搜寻着，不一会儿就热得汗流浃背。

当尚云龙派小栗叔叔找到爱党的时候，他正随着宝有准备上车。

尚云龙自然是怒不可遏，等小栗叔叔走后，他顺手抄起一只胶鞋，把爱党往凳子上一按，就照着屁股打了下来。

爱党嚷了起来："你凭什么打人，我要去北京见毛主席！"

尚云龙说："毛主席是你想见就见的吗？你是谁呀！"

爱党疼得一边哭一边高声喊："打人犯法！"

尚云龙下手更重了，说："老子这是教育你，随便你上哪儿告去！"

陈荷花见爱党屁股的颜色已经发黑，肿起了老高，对尚云龙说："你想把他打死咋的？手也忒重了！"

爱党这会儿豁出去了，一点儿都不领她的情，说："把我打死算了，用不着你装好人！"

陈荷花说："你真不知道好赖！看把你爸气成啥样了，还不快认错！"

爱党说："我没错！让他打吧，打不死我还走，就走！"

突然，尚云龙一手捂着胸口，一手举着鞋不动了，像木塑泥雕一般，豆大的汗珠从霎时变得苍白的脸上滚了下来。

陈荷花见状上前一把扶住了他，对爱党喊："你想把你爸气死咋的？还不快去找药，你爸心脏病犯了！"

35

站台上锣鼓喧天，人声鼎沸，巨大的横幅上一溜大字格外醒目："到农村去，到边疆去，到祖国最需要的地方去！"

爱党坐在火车上，从打开的车窗望着正在抹眼泪的陈荷花。此前他拒绝了尚云龙要他当兵去军校的要求，而选择了遥远的黑龙江生产建设兵团。这中间不能排除有怄气的成分，他一心要摆脱家庭对他的束缚，现在终于有了机会，当然要抓住不放，谁劝也不行，而且他的理由任何人都无法驳斥："我响应毛主席的号召到边疆去不对吗？"

尚云龙脸色铁青，默默地坐在椅子上一根接一根抽烟。

陈荷花早已呜呜地哭成了泪人，显然还不死心，说："爸妈过去打你骂你是不对，可都是为了你好，你还真记仇了咋的？你岁数还小，黑龙江那地方冬天能把人的耳朵冻掉了……听妈的话，还是去部队当兵吧！"

爱党对此仿佛视而不见听而不闻，他什么话也不说，但是在心底，有一个声音在大声地呼喊："不！我就去黑龙江，就是要离你们远远的！"

临走的这天夜里，爱党在睡梦中忽然被一声轻轻的叹息弄醒了，他猛地睁开眼睛，发现是尚云龙站在床前，正俯身望着他，从窗口洒进来的月色里，父亲柔和的目光让他怦然心动。见他醒来，尚云龙什么也没说，转身默默地离去了。

"爸爸……"他在心里喊着，眼泪不争气地流了出来。

早晨醒来，尚云龙已经走了。陈荷花给包的饺子，爱党知道，母亲这是按照北方老家"上马饺子下马面"的习俗，给他饯行。

爱党心里悄然泛起一串温热的涟漪，他夹起个饺子塞进嘴里，抬头望了陈荷花一眼，见她用围裙擦拭着双手，正呆呆地注视着自己。

饺子是肉丸的，闻着就香，但爱党没吃出滋味儿来，在嘴里嚼来嚼去难以下咽。爱国挪蹭着凑到跟前，小声地说："哥哥，过两年我也去。"

爱党伸手在爱国的肩膀上摩挲着，说："在家好好哄小弟和小妹，别惹爸爸妈妈生气，我到了地方就给你写信！"

爱国伸出小手指头，爱党也伸出了小手指头，两根手指头勾在一起，轻轻地来回拉了拉，心里默念着："拉钩上吊，一百年不许变！"

陈荷花坚持一定要去车站送爱党。爱国则被留在了家里，照顾小弟弟爱军和妹妹爱华，尽管不愿意也没办法。

随着汽笛的一声长鸣，火车在响成一片的锣鼓声和人们的呼喊声中缓缓启动了。陈荷花挥动着手臂，边小跑着边大声地叮嘱车上的爱党："到了地方就给家里写信，有啥困难写信告诉家里……别逞能……干活儿悠着点儿。"

爱党情不自禁地探出头去，对陈荷花说："妈！别老生气！"

火车的轮子咣咣地敲打着钢轨，越走越快，陈荷花的身影转眼间变成一个黑点儿……

北大荒的秋天是迷人的，满眼都是望不到边的大苞米，空气里弥漫着旷野和庄稼特有的清香。爱党从场部取了一个包裹，里面是陈荷花给他织的毛衣和毛裤。他骑着从连部借来的自行车，嘴里哼着电影《地道战》小曲儿，优哉游哉地走在通往连队的土路上。

当他推着车子爬上一道梁岗后，突然被远处如画的景色给吸引住了。这是一处不算小的湖泊，波光粼粼的水面上，倒映着澄澈的天空和几缕淡淡的白云。然而最诱人的，是那些飞舞起落的大雁，它们时而在水中游弋，其中有的还曲颈相交，似在喁喁叮嘱什么；时而展开翅膀一飞冲天，主动寻找到自己的位置后，便排列成不同的队形，一会儿呈"一"字，一会儿呈"人"字，似在进行操练，并发出欢快的鸣叫声，清亮极了。

爱党手扶着车把，似乎已经忘了赶路，当一队大雁在天上呈"人"字形向南飞去时，他突然哭了……

2012年2月草毕于北京怡海花园
2019年4月改毕于北京富泽园